CONNECTIONS IN DEATH
by J.D.Robb
translation by Hiroko Kobayashi

差し伸べた手の先に
イヴ&ローク 49

J・D・ロブ

小林浩子［訳］

ヴィレッジブックス

我々は皆、運命という一枚の衣にくるまれ、
逃れることのできない相互依存の網に搦《から》めとられている。
——マーティン・ルーサー・キング・ジュニア

大地に流された血のために、贖罪《しょくざい》はあるのか？
——アイスキュロス

Eve&Roarke
イヴ&ローク
49

差し伸べた手の先に

おもな登場人物

●イヴ・ダラス
ニューヨーク市警(NYPSD)殺人課の警部補
●ローク
イヴの夫。実業家
●ディリア・ピーボディ
イヴのパートナー捜査官
●イアン・マクナブ
電子捜査課(EDD)の捜査官。ピーボディの恋人
●シャーロット・マイラ
NYPSDの精神分析医
●ナディーン・ファースト
〈チャンネル75〉のキャスター
●ロシェル・ピカリング
児童精神分析医
●ライル・ピカリング
ロシェルの弟。元〈バンガーズ〉
●ディニー・ダフ
〈バンガー・ビッチズ〉メンバー
●〝スライス〟・マーカス・ジョーンズ・ジュニア
〈バンガーズ〉トップ
●〝ボルト〟・ケネス・ジョルゲンソン
〈バンガーズ〉幹部
●サミュエル・コーエン
元弁護士
●ファン・ホー
〈ドラゴンズ〉トップ

1

社交という合法化された拷問におしゃれな靴という要件が加わったとたん、計画殺人が頭に浮かんだ。

それはイヴ・ダラス警部補が精通している領域である。彼女はおしゃれな靴を履いて社交的集まりに参加する殺人捜査官だ。

殺すだけでは飽き足りない……。

女性用のおしゃれな靴にとんでもなく細くて高いヒールを義務づけ、歩くことはおろか何の役にも立たない代物にすることを命じた者は、ただちにあらゆる種類の——合法、非合法を問わず——拷問にかけるべきである。

そうよ、この忌々しいアメリカ合衆国は二〇六一年の早春までに役立たずの細いヒール靴を禁止すべきよ。ハンマーで叩きつぶし、火をつけてから禁止しろ。

イヴはその呪《のろ》わしい靴で豪奢《ごうしゃ》なペントハウスに近づいた。長身のしなやかな体の線もあらわな翡翠《ひすい》色のドレスをきらめかせ、首から下げた大ぶりのティアドロップ形ダイヤモンドから炎のような光を噴射しながら歩いていく。

無造作にカットした茶色のショートヘアの耳元では、ダイヤモンドが不遜《ふそん》なウィンクを放っている。茶色の大きな目は邪悪な考えに細められている。

カクテルパーティなどというものを思いついたのは、どこのどいつなの？　どんなやつであろうと、そいつもおしゃれな靴の考案者と一緒に拷問部屋行きよ。だいたいどうしたらそれが素晴らしい慣習だなんて思えるのだろう？　たいがいは仕事終わりに集まって、突っ立ったまま片手にグラス、もう一方の手には得体の知れない料理が載った小皿をバランスよく持ちながらつまらない世間話に興じることの、いったいどこが面白いのよ？

ああ、そうそう、世間話を社会規範だと定めたのは誰なの？　そいつも拷問部屋へ直行。ついでに、パーティの招待客に毎度毎度の贈り物を義務づけたろくでなしも、同罪だ。

まともな人間なら、クソ面白くもないパーティに招待したやつへの贈り物なんかで頭を悩ませたくないから。まともな人間なら、仕事終わりにわざわざパーティに出かけてバカみたいに細いヒール靴で突っ立ったまま得体の知れない料理の小皿を落とさないようにしながら、バカみたいな世間話に興じたいとは思わないから。

まともな人間は家で心地よい服に着替えてピザを食べたいと思うものだから。

「もうすんだかい？」

イヴは声の主のほうを見た。とんでもなく美麗な顔立ちの夫――このセクシーなドレスと、呪わしい靴と、体のあちこちで輝くダイヤモンド案件の張本人。あの蠱惑《こわく》的な青い目を愉快そうに光らせ、完璧に刻まれた口元に朗らかな笑みを浮かべている。

ロークはきっと迫りくる拷問を楽しむだけでなく、自分の思いどおりに牛耳ることさえできるだろう。

わたしに殴られずにすむなんて、運のいいやつめ。

「脳内会話はまだ終わらないのかな？」そのアイルランドの響きはロークの魅力を増すだけだ。

「これから交わす会話のなかではいちばん気が利いてるわ」

「おいおい、なんてことを言うんだ。ナディーンの新居祝いにはきみの友人が大勢やってくるだろう。みんな利口で面白い連中じゃないか」

「利口な人間は家でビールを飲みながら、ニックスがキングズをやっつけるのを楽しむのよ」

「お楽しみはこれからだよ」優しくイヴの尻を叩き、ナディーン・ファーストのペントハウスの外扉へ促す。「それに」とロークは付け加えた。「ナディーンにはパーティを開くのにふさわしい理由がある」

そうね、それは認めてもいいかもしれない。スクリーンの花形レポーターにしてベストセラー作家、おまけに今やなんとオスカー受賞者の彼女にはパーティを開く権利がある。とはいえ殺人課の捜査官、おまけにそこのボスであるわたしも、出かける寸前にホットな事件が転がりこんでくることを望んでも罰《ばち》は当たらないんじゃないの？

ナディーンだって事件記者として名を馳せたのだから捜査優先は理解できるはず。

イヴはもう一度夫のほうを見た——ロマンティックな天使が彫った顔、それを縁取る黒いシルクヘア。おしゃれな靴のおかげで目の前の高さにあの青い目がある。

「なんでパーティはビールとピザと球技観戦じゃいけないの？」

「いけなくないよ」ロークは顔を近づけ、唇を触れ合わせた。「今夜は別だけどね」

ドアが開くと、静粛な洒落《しゃれ》た通廊に話し声や音楽が流れこんできた。クゥイラ——ナディーンの見習いのティーンエイジャー——が出迎えた。黒いドレス姿で、ウェストのベルトには銀のバックルがついている。低いヒールの赤いブーツ。髪に入れた紫のメッシュがきらきら輝いていた。

「どうも。ていうか、こんばんは、ようこそお越しくださいましたって言わなきゃいけないんだ。よかったら――よろしければ」クゥイラは目を天井に向けて言い直した。「コートを預かりましょうか?」

「わたしたちが押しかけ客じゃないってどうしてわかるの?」

「あたしがあなたたちを知ってることのほかに?」

イヴはうなずいた。「そのほかに」

「ロビーの警備員は招待客のリストみたいなやつを持ってるし、あなたたちがここに上がってくるにはそこを通過しないといけないから。それにあなたたちがセキュリティを擦《す》り抜けたアホか、ここの住人かなんかだったら、ナディーンが追い出すからいいの。ここは警官だらけよ」

「なるほどね」とイヴが納得するかたわらで、ロークは二人分のコートを差し出した。

「今夜はいちだんと素敵だね、クゥイラ」

クゥイラは頬を少し染めた。「ありがとう。えーと、そうだ、どうぞおはいりになって、楽しんでください。ダイニングエリアにはバーとビュッフェがありまして、給仕スタッフがお料理や飲み物の世話をいたします」

ロークはほほえみかけた。「よくできたね」

「もう百万回くらい言ったもの。ナディーンは知り合いがクソ多い――ていうか、大勢いるから」

「クソ多いでわかるわ」イヴは言った。なかに足を踏み入れてホワイエのほうへ向かうと、恐ろしいことに招待客の大半が知り合いだった。

どうしてこうなるの？

「いいドレスね、ダラス。その色、衝撃的」

「ただの緑よ」

「翡翠色」クゥイラが訂正する。

「正解」ロークがウィンクを投げかける。

「それはともかく、贈り物を預かるわ。自分で直接渡したいっていうなら別だけど。モーニングルームにギフトテーブルがあるの」

「モーニングルーム？」

「なんでそう呼ぶのかは知らない」クゥイラはイヴに言った。「でもそこにギフト係がいるのよ」

「すごーい」イヴはおしゃれな紙袋をクゥイラに押しつけた。

「クール。そんじゃ、キックを味わってね」

「キックを味わう？」イヴはクゥイラの後ろ姿を眺めながらつぶやいた。

「楽しんでということだと思うよ。きみ向けの表現だね」と言い添える。「きみはなんでも蹴るのが好きだから」ロークはイヴの背中を撫でた。「飲み物を取ってきてあげよう」

「じゃんじゃん、ちょうだい」

しかしバーへの道筋は障害物だらけ――知り合いだらけだった。その種の者たちは決まって何か話しかけてきて、何か返事をしないわけにはいかなくさせる。

通りかかった給仕スタッフとロークの素早く導く手のおかげで、完全な素面《しらふ》で世間話することはなんとか免れた。

ロークの機転となめらかな動きのおかげで、ナディーンのリサーチャーの長話につかまらずにすんだ。「ダーリン、ナディーンの登場だ。挨拶《あいさつ》してこないと。ちょっと失礼するよ」

ロークはイヴの腰に手を置いてその場から遠ざけた。

ナディーンはテラスからなかにはいってきた。そのパーティ用の髪型――カールがふんだんに垂れ下がっている――はトリーナの仕事にちがいない。いつもの洗練されたジャーナリストらしい髪型とはまるでちがうけれど、メッシュとカールを加えたブロンドヘアは、肩紐《ひも》なしのチリソースのように真っ赤なぴっちりしたミニドレスによく合っている。

あの猫のような緑の目があたりを見まわし、イヴとロークをとらえた。摩天楼のように尖《とが》った赤いハイヒールでこちらに向かってくると、ロークに熱烈なキスをした。

「わたしたちの家はお客をもてなすのに最適よね」

「わたしたちの家？」

ナディーンはイヴにほほえみかけた。「だって、ここはロークのビルでしょ。あなたの部下はテラスに集合してるわよ。暖房もはいってるし、小さなバーやビュッフェもあるの」

友情というのはいまだに苦手なイヴでも、自分の務めは承知している。「で、どこにあるの？」

ナディーンは髪をふわりと揺らし、あの緑色の猫の目をしばたたいた。「どこにって何が？」

「あ、そう。別に見せびらかしたくないなら――」

「見せたいわよ。もちろん」笑いながら、ナディーンはイヴの手を取った。ランニングバックばりの動きで人込みを縫うように進み、湾曲した階段をのぼって超エレガントなホームオフィスへ導いた。洒落たブルーのソファ、同じブルーが白を基調とした椅子の渦巻き模様に使われている。テーブルはスレートグレーで、共色のT字形ワークステーションからはニューヨークシティの壮観な景色を一望できる。

左手の壁に組み込まれた暖炉では柔らかな火が揺れている。炉棚の上に金色の像が載っていた。イヴはそばに寄ってしげしげと眺めた。全身金色の性器のない妙ちくりんな男だが、台座には〈ナディーン・ファースト〉と記されているから、これが肝心なのだろう。だけどオスカー像に性器をつけてやるつもりがないなら、せめてパンツぐらい穿《は》かせてやればいいのに。

「すごい」好奇心から像を持ち上げ、肩越しに振り返る。「重いわね。鈍器による外傷が待ち受けてそう」

「そんなこと思うのはあなただけよ」ナディーンはイヴの腰に腕をまわした。「受賞スピーチで言ったことは本音なの」

「あら、スピーチで何か言ったの？」

ナディーンが笑いながら腰をぶつけてくると、イヴはオスカー像を炉棚に戻した。

「それはあなたのものよ、相棒」

「とんでもない――でも、毎日見にこられるわね。だから」振り向いて、イヴはロークに手を差しのべた。「下に戻ってシャンパンをじゃんじゃん飲みましょう」

ジェイク・キンケードがやってきた。ナディーンの恋人であるロックスターは言った。

「やあ」

無精ひげの生えたくっきりとした顔に、後ろに撫でつけた黒い髪を額にひと筋垂らしたジェイクの衣装は黒ずくめだ――スーツではなく、黒のジーンズにスタッズベルト、黒のシャツ、黒のブーツ——羨《うらや》ましくなるほど頑丈で履き心地がよさそうなやつ。
なんでこれほどのロックスターが一般人みたいな恰好《かっこう》をしなければいけないの？

「元気かい？」ジェイクはロークに話しかけ、握手した。「いちだんと綺麗だね、ダラス。もう金色男は見た？　ピカピカだけど、びっくりするよな。盛装させる気がないにしても、何か着せてやることはできるだろう？　せめてパンツぐらいは」

「驚いたな」ロークはつぶやいた。

ジェイクはちらっとそちらを見た。「おっと、失礼」

「いや、そうじゃないんだ。ただ、僕の妻もまったく同じことを考えたにちがいないから」

「まあ、そんなところね。当然の疑問よ」

「でも、ジェイクはそれを殺人の凶器とは見なさなかったけどね」

えくぼを作って、ジェイクはナディーンに笑いかけた。「まあ、似たようなもんさ。それより、招待客の第二波が押し寄せてくるよ、ロイス。なんでこんなに知り合いが多いんだ？」ジェイクは彼だけが用いる愛称でナディーンを呼んだ。

今度はロークが笑ってイヴの手を取った。「先に挨拶できてよかったようだね」

「警官だらけだ」ジェイクはそう言って歩きだした。「セントラルに行ったときを別にして、あんなに大勢の警官を見たのはあの……」ちらっとイヴを見やった。「たぶん言わないほうがいいんだろうけど、十六のころ、偽のIDを使ってギグをやってたクラブに手入れがあったとき以来だ」

「誰か殺した？」

「いや」

「じゃあ聞かなかったことにする」

「警官といえば、サンチャゴがキーボードを鳴らせるって知ってた？」

「つまり……ピアノを弾けるってこと？」

「それがうまいのなんの」ジェイクは断言した。「レンがキーボードを――というか、器材一式を運び込んできたら、あのお嬢ちゃんがサンチャゴに弾かせたんだよ。お嬢ちゃんはいい喉をしてる」

「歌えるってこと」ナディーンがイヴに通訳する。「お嬢ちゃんじゃなくてカーマイケル捜査官よ、ジェイク。そうそう、モリスにはサックスを持ってくるように頼んだの。言っておくけど、あの死体担当のドクターはサックスを吹けるのよ。あら、別の仲間が到着したわ」

ジェイクが視線を落としたほうへイヴも目をやり、メイヴィスを見つけた。限りなく透明に近いブルーの髪は滝のようになだれ落ち、薄手のピンクのドレスはミニ丈の裾をふわりと広げ、ブルーの靴はそびえるように高いヒールを三個の光るシルバーボールが支えていた。

隣にいるレオナルドはいにしえの異教の聖職者のような恰好で、自身の肌の色よりいくらか濃いめの銅色《あかがね》のベストをなびかせている。肩まで垂らした髪は何百本もありそうな細いブレイズに編んである。目下メイヴィスは結束の固い仲間たちに話しかけて――というより、はしゃいだ声をかけていた。

電子捜査課《EDD》の警部であるフィーニーは例によって、仕事用のしわの寄ったクソ茶色のスーツを着ていた。横にいるのはナディーンのボスのベベ・ヒューイットで、きらめくシルバーのパンツに赤いロングジャケット姿が見事に決まっている。大きな目をしたクゥイラの隣でそびえ立っているのはクラックだ。このセックスクラブのオーナーもベストを着用しているものの、凶器になりそうなスタッズが肩についた腰丈のベストを素肌の上にはおり、筋肉とタトゥーを見せつけていた。

その隣では見かけたことのない女性が穏やかな笑みを浮かべている。ニューヨーカーが大好きな黒い服を着ていて、シャープなラインの頬骨と重たげなまぶたが相貌《そうぼう》にエキゾティックな魅力を加えている。

「あの子にはカクテルパーティはまだ早いんじゃないの?」イヴは言った。

「イベント主催の方法を学ぶのに若すぎるなんてことはないわ、そこでの振る舞いかたも含めて」ナディーンが言い返し、メイヴィスを出迎えに階段を降りていった。

「あの子は大丈夫だよ」ジェイクがイヴに言った。「ナディーンと張り合っている」

「あの子が？」

ジェイクは笑った。「一流だ。今夜のパーティに出席する作戦を練って、このパーティの三分間のビデオレポート――軽いスポットニュース案を提示してみせた。クゥイラは飲み込みが早い」ジェイクは指先でこめかみを叩いた。「きみたちの、ロークの〈アン・ジーザン〉計画については耳にはいってくるよ。クゥイラもずっと注目している。その件について、そのうちゆっくり話したいね」

「いつでもどうぞ」

「ヘイ、ダラス」メイヴィスがシルバーボールの上で舞いながらイヴに抱きついてきた。「このパーティ、サイコー」ローク、ジェイクと次々にハグしていく。「あたしの好きな人たちだらけだし、料理や大人の飲み物はあるし、終わらないし。テラスではジャム・セッションもやるんだって？　あたしも混ぜてくれる？」

「当てにしてたんだよ」ジェイクが答える。「曲目を相談しないか？」

「賛成」

「飲み物を取ってくるよ」レオナルドが言った。

滝のような髪のてっぺんにキスされて、メイヴィスは夫に笑顔を向けた。「ありがとう、ハニー・ベア。じゃあみんな、またね」

「僕は音楽のほうへ行くよ」フィーニーがイヴを指さした。「サンチャゴがキーボードを弾けるって知ってたか？」

「さっき聞いた」

「あいつは能ある鷹《たか》か」かぶりを振りながら、フィーニーはしわの寄った上着を脱いでテラスへ向かった。

「鷹がどうしたっていうの？」イヴは尋ねた。

「あとで説明してあげるよ。お会いできて光栄です、べべ」

「こちらこそ、おふたりにお会いできて嬉しいですわ。警部補、ラリンダ・マーズ事件では大変お世話になりました」

「仕事ですから」

べべはうなずき、自分のグラスをのぞきこんだ。「みんなそうよね。では失礼します」

「彼女は責任を感じすぎてるの」べべの後ろ姿を見送りながらナディーンは言った。

「彼女のせいじゃないわ」

「ええ」ナディーンはあいづちを打った。「でも、ボスだから。彼女の負担を取り除いてくるわ。ついでにみんなのお代わりを持ってこさせるわね」

クラックが眉を上げた。「お巡りがいるとパーティがしらけるな」

隣の女性がさっと肘でつついた。「ウィルソン！」

クラックは笑ってすませた。「白人の痩《や》せっぽちの女お巡りにしてはイカシてるな」

「そっちも黒人の大男のもぐり酒場のオーナーにしては悪くないわよ」

「〈ダ《D》ウン&ダ《D》ーティ〉はもぐり酒場じゃない。ただのいかがわしい店だ。よお、ローク。俺の美しいレディを紹介させてくれ。こちらはロシェル・ピカリング」

ロシェルはイヴに手を差し出し、続いてロークと握手した。「おふたりにお会いできてとても光栄です。あなたのお仕事にはずっと注目しているんです、警部補。あなたのお仕事にも、ローク。なかでも〈ドーハス〉と〈アン・ジーザン〉について」

「この人は精神分析医なの」と高らかに告げるクゥイラに、クラックが笑いかける。

「児童精神分析医だ。そういう子たちに注意していて、何かあれば助けてやる」

「まるであたしが……」クゥイラはつぶやきながら人込みに紛れこんでいった。

「ウィルソン」ロシェルは目を見ひらいた。「わたしは児童専門の心理学者よ。実は〈ドーハス〉でも相談を担当しているんです」

「知っていますよ」ロークが言うと、ロシェルはまばたきした。

「それは……意外です」

「うちの主任カウンセラーがあなたのことをとても評価している」

「彼女は素晴らしいかたです」

約束どおり、飲み物が載ったトレイが届いた。

「ちょっとひと息入れないと」ロシェルは話を続けた。「こんな素敵な場所に自分がいるなんて現実だとはとても思えないです。目の前にはあなたがたがいて。ナディーン・ファーストとジェイク・キンケードにもお会いして、それに、あのメイヴィス・フリーストーン――彼女はわたしが思い描いていたとおりの華やかな人でした。そのうえレオナルド、彼が作るのはため息がこぼれるような服ばかり。そして、わたしはここでシャンパンを飲んでいる」

「俺にくっついてな」クラックが言った。「この豪華さは天井知らずだ」

イヴには山のような疑問があった。たとえば、クラックを本名で呼ぶ人に出会ったのは初めてだ。この女性のどこがちがうのだろう？　それにどんないきさつで児童精神分析医が世慣れた〈D&D〉のオーナーと付き合うようになったの？　クラックはいつこの女性にすっかり――こういう状態をなんと言うんだっけ？　そう、のぼせあがる、ね。クラックはいつこの女性にすっかりのぼせあがってしまったの？

魅力があるのはわかる。そりゃこの女性は姿も顔立ちも美しいけど……とにかく彼女は何者なの？

考え込みながら、イヴはマイラのほうへ近づいていった。精神分析に関して尋ねるには精神分析医にかぎる。そしてこのニューヨーク市警《NYPSD》の第一級プロファイラーの右に出る者はいないのだ。

マイラはソファのアームから腰を上げ、イヴの頬にキスした。いつものように装いは完璧だった。パーティで振る舞われている濃厚な赤ワインと同じ色のドレスは流れるようなシルエットの膝丈で、裾まわりと七分袖の袖口には洒落たボーダーレースが施されている。後ろに梳《と》き流したミンク色の髪にはトリーナ（イヴがこれまでのところ、どうにか避けてきた人物）の手による銅色のメッシュがさりげなくはいっている。

「ナディーンはここを自分らしく作りあげたわね。スタイリッシュだけど、多様な要素を取り入れた居心地のいい住まい。彼女は幸せそうだわ」

「上にいた金色の男とテラスで演奏しているロックスターのおかげで」

「そのとおりね。わたしも彼は気に入っている――オスカー像はもちろんだけど、ジェイクのこと。彼のこと、好きだわ」

イヴはテラスのほうへ目をやった。ガラスを通してジェイクとメイヴィスが顔を寄せあって歌い、ジェイクの指がギターを奏でているのが見える。

「ええ、彼には惹《ひ》かれますね。惹かれるといえば、クラックにくっついているロシェル・ピカリングとかいう女性について、何かご存じですか」

マイラは眉を上げた。「少しは。何か問題があるの？」

「それをお聞きしたいんです」

「わたしが知るかぎりではないわ。わたしは〈ドーハス〉で年に数回ボランティアをしているけど、数ヵ月前にそこで彼女と顔を合わせる機会があったの。熱心でとてもしっかりした人だという印象を受けたわ。まじめな女性」

「ですよね。そんな女性がどうしてクラックと付き合っているんでしょう？」

マイラはテラスのほうを見た。クラックとロシェルは音楽に合わせて体を揺らしている。

「楽しんでいるようね。これはパーティなのよ、イヴ。パーティは楽しむためにあるの。ほら、デニスがそのいい証拠よ」

デニス・マイラがひとロサイズの料理《フィンガーフード》の載った皿を持って、こちらへ向かってくる。黒のスーツに糊《のり》のきいた白いシャツとストライプのネクタイというでたち。ネクタイは曲がっていて、風に吹かれたグレーの髪は乱れている。あの世界でいちばん穏やかで優しい緑の目がほほえみかけてきた。

イヴの心は蕩《とろ》けだした。

「ひとつ食べてごらん」

デニスは皿から何やらつまみあげ、イヴの口元へ運んだ。こまかく刻んだ野菜らしきものを何かでテカテカさせ、厚切りのズッキーニに載せてある。なんとしてでも口のそばに近づけるのを避けてきた代物だ。ましてや口のなかに入れるなんて。

ところが、あの穏やかで優しい緑の目にうながされたイヴは口をあけ、デニスに食べさせてもらった。

「おいしいだろう？」

かろうじて「うーん」と発しながらも、イヴの心は蕩けきった。

誰もの人生にデニス・マイラがひとりいたら、イヴの仕事は必要なくなるだろう。暴力的な考えを抱く者はこの世からいなくなるだろう。

「きみの分も持ってきてあげようね」

「いえ」イヴは口のなかのものを飲み込み、ひと月分の野菜ノルマは達成したと判断した。「もう充分です」そして、マイラが夫のネクタイを直しているのを見て、少しだけしょぼんとした。

「実に楽しいパーティだね？」デニスは話しつづける。「様々な分野の魅力的な人たちが一堂に会するなんて。きみとロークが開催するパーティでも、いつもそう思っているんだ。主催者が魅力的だからそういう人たちが集まるんだね」そう言って、あの笑みを浮かべる。

「今夜はいちだんと綺麗だね。そうだよね、チャーリー?」と妻にきく。

イヴが頬を染められるような女性なら、きっとそうしていただろう。ロークが擦り寄ってきて——さらに会話に花を咲かせてから、四人はそろってテラスのほうへ歩きだした。イヴはトリーナを避けているのと同じ事情でテラスへ出るのも避けたかった。けれど、今夜はそんな弱気なことは言っていられない。

音楽がニューヨークの街へ響き渡っていく。市民に騒音苦情を申し立てられたら、彼らは全員しょっ引かれるだろう。イヴの部下たちも、EDDの連中も——それに部長まで。

目下のところ、ホイットニー部長は地方検事補のシェール・レオとダンスを踊り、盛んに肩を揺らし、腰をぐるぐるまわしている。イヴのパートナーのディリア・ピーボディ捜査官は、EDDのエースにして最愛の人マクナブとともに激しいスウィングだかホップだかを踊っていた。

洒落たスーツにノーネクタイのバクスターは恐るべきトリーナといちゃついているが、女たらし捜査官の異名を取るバクスターにとっては、相手がどんなに恐ろしかろうと女性であれば恐れることはない。ライネケとジェンキンソンは乾杯しながら女性デュオのコーラスのようなものを務めている。彼らの前ではカーマイケル捜査官とメイヴィスが力強い歌声を轟《とどろ》かせていた。

たしかにカーマイケル捜査官はいい喉をしているようだ。そしてジェンキンソンのネクタイは、絵柄の月が本物の月のようにきらきら光っていた。

サンチャゴは両足を大きく広げて立ち、キーボードに指を走らせている。聞こえてくるのは紛《まご》うかたなき音楽だ。へえー、びっくり。バクスターの若きパートナーであるまじめなトゥルーハートは、恋人とフィーニーとともに座っている。誓ってもいいが、フィーニーは目を輝かせ――もしくは、ジェンキンソンのネクタイのようにきらきらさせながら〈アベニューA〉のドラマーのドラムさばきを見つめていた。

ガーネット・ドゥインターもいた。この法人類学者はホイットニー部長の妻と会話しながら、モリスのサックスに耳を澄ましている。

EDDのカレンダー捜査官がテラスに駆け込んできて「わお！」と声をあげ、笑っているチャールズを引き寄せて踊りだした。公認《L》コンパニオン《C》の資格にはダンスの技も必要だったのだろうと、元LCのチャールズを眺めながらイヴは思った。彼の妻のドクター・ルイーズ・ディマットが腕を絡めてきた。

「この家はあたたまっているわね」

「テラスにも暖房がはいってるのよ」

「そうじゃなくて」ルイーズは笑いながらグラスを掲げた。「ハウスウォーミング・パーティのことよ、ダラス。新居祝いはまちがいなく盛会だわ。ところで、クラックと踊っているあの美人は何者？」

「わたしもそれを知りたいのよ」イヴは肩をすくめた。「児童精神分析医ですって」

「そうなの？　あの口紅いいわね。わたしがやったらゾンビみたいになっちゃうだろうけど。あれはたしか――メイヴィスと一緒に歌っているのはカーマイケル捜査官ね」

「そう。彼女はいい喉をしてるの」

「まったくだわ。さてと、カレンダーにお相手を盗まれたから、わたしも誰かのを盗んでくるわ」宙で指をくるくるさせてから、「フィーニー」と声をあげて指名し、踊りの輪に加わった。

ロークが飲み物を持ってきてくれたので、それでズッキーニの後味を消した。音楽がスローテンポに変わるとロークに引き寄せられ、空に浮かんだ細い月の下で抱き合って体を揺らした。

たしかに、この家はあたたまっている、とイヴは感じた。

だからといって、帰りの車中で手のひらサイズのコンピュータ《PPC》を取り出して、ロシェル・ピカリングについてクイック検索しないわけではない。

ロークはリムジンの後部座席で脚を伸ばしている。「そこで何をしているのかな、警部補？」

「ちょっと調べ物」

一拍おいて、ロークは言った。「まさかロシェルのことを調べているんじゃないよね」

「さあね」

「イヴ、クラックはもういい大人なんだよ。体が大きいだけじゃなく」

「そうね」

「イヴ」もう一度呼びかけると、ロークはイヴの手を押さえた。「彼女のことならもう調べがついている」

「なんですって？　警官でもないのに、なんで――」

「彼女は容疑者でもない。それどころか、〈アン・ジーザン〉の主任セラピスト候補の筆頭なんだ」

「それならもう決まったと思ってた」

「決まっていたよ。だが先週、個人的な問題が発生して、息子さんと東ワシントンに移り住むことになったんだ。だから代わりの者を吟味しなおしているんだよ。ドクター・ポーに決定したとき、ドクター・ピカリングは主要候補リストに載っていた」

「本人はそれを知ってるの？」

「知らないだろうね。彼女は経験豊かで、とても有能で、熱心で、強く推薦できる人物だと言える。犯罪歴もない」

「あなたが見つけた範囲ではね。はい、はい、わかったわよ」じっと見つめられて、イヴはぶつぶつ言った。「犯罪歴があるなら、あなたは絶対見つけてる」肩をすくめて認めた。「じゃあ、わたしの時間を節約して」

「彼女は四人きょうだいの二番めで長女だ。父親は二度服役した——暴行と違法麻薬の罪で。弟は未成年のときに窃盗と違法麻薬所持で、成人してからも違法麻薬所持で逮捕されたことがある。彼は〈バンガーズ〉の一員だった」

「たちが悪いわ。彼らの縄張りは縮小されたけど、まだ悪事を働いてるわよ」

「ギャングとはそういうものだ。彼は二年の刑期とリハビリをきちんと終えた。誰にきいても〈バンガーズ〉からはきれいに足を洗ったという答えが返ってくる」

その件はあとで調べなおすことにした。〈バンガーズ〉は昔ほど大きな組織でも極悪でもないが、組織犯罪をやめたわけではない。

「父親は彼女が十五歳のとき、刑務所の暴動で死亡した」ロークは説明を続けた。「母親はその直後に自殺した。それ以降——というか、行間を読むならそのずっと以前から——子供たちは母方の祖母に育てられた。育ったのはバワリー」そして付け足す。「そのもっとも治安の悪い地域だ」

「〈バンガーズ〉の縄張りね」

「ああ。長男は職業専門学校に通い、トライベッカで商売を――配管工事業を始めた。結婚して三歳になる娘とまもなく産まれる子がいる。末弟は奨学金を獲得してコロンビア大学のロースクールに進んだ。真ん中の弟は出所してから有給職に就いた。ローワー・ウエスト・サイドの〈カーサ・デル・ソル〉でコックをしている――刑務所の職業訓練で身につけたようだ。彼は保護観察官の面接に応じ、定例の断薬会に参加し、姉とともに月に二度、地元の避難施設でボランティア活動をしている」

「〈バンガーズ〉は手放さないでしょ」

「〈バンガーズ〉はバワリー通りだ。ロシェルが弟と暮らす二部屋のアパートメントは、彼らの縄張りからずっと離れたローワー・ウエストにある。彼女はつらく困難な子供時代を送った――きみや僕ならたいがい想像がつくような時代を。彼女はそれを乗り越えた。彼女が子供たちの心の福祉に傾注するのは偶然とはとても思えない」

イヴはロークの声音を、その抑揚を聞き分けられる。彼を熟知している。「彼女を雇うのね」

「彼女と今夜偶然に出会ったのは、幸先《さいさき》のいいしるしのような気がする。ロシェルに連絡することはもう決めてあって、月曜の午前中に面接する予定だった。面接で満足な結果が出て、向こうも興味を示したら、そうだね、彼女を雇うことになるだろう」

ロークはこちらを向き、イヴの顎《あご》の浅いくぼみを指先で撫でた。「きみが反対するたしかな理由があるなら別だけど」

イヴはフーッと息を吐き出した。「そんなものないわよ。弟や父親がろくでなしだからって、彼女をけなしたりしない」

少しは心配かもしれないけれど。でも、ロークの言うとおり、クラックはもういい大人なのだ。

2

パーティと社交と世間話とおしゃれな靴の労苦を相殺するように、イヴは穏やかな日曜の休日を迎えた。新たな殺人事件が転がりこんでくることもなく、充実した一日を過ごすことができた。朝寝をして、ロークとやりまくって、クレープを食べて、VRマシンで海辺を三マイル走って、筋肉がもう勘弁してくれと懇願するまでバーベルを持ち上げた。仕上げに道場で師範に稽古《けいこ》をつけてもらってから、プールで泳いでセックスした。

そして猫と一緒に惰眠を貪《むさぼ》った。

そのあと一時間だけ、射撃練習場で思うさま撃ちまくり、次はロークと対決してあのアイルランド製の美しい尻を粉々にしてやろうと決めた。暖炉のそばでゆっくり食事をしてから、アイルランド製の美しい尻の隣で、バターがたっぷり滲《し》みこんだポップコーンのボウルを抱えて、ものがいっぱい吹き飛ぶ映画を鑑賞した。

通信司令部に邪魔されずに夜を迎えられたお祝いに、ロークに好きなだけセックスさせてやった。それから赤ん坊のように眠った。

翌日、生まれ変わったように爽快《そうかい》な気分で、未処理の書類を片づけずに昼寝をしてしまったやましさを少し感じながら、イヴは朝早くからデカ本署《コップ・セントラル》へ向かっていた。

渋滞を避けられるほど早くはなかったので、道路にはイライラした怒鳴り声が飛び交い、ドライバーの大半は三月の突風にあおられた小ぬか雨のせいで基本的な運転技術を忘れていた。それでも、警官の一日のスタートには荒れ模様がふさわしいとイヴは思った。

それに、獰猛《どうもう》な風のおかげで広告飛行船は地上に釘づけになっている。早春セールや晩冬セールをがなり立てる声を聞かずにダウンタウンをのろのろ進むのは、どこへ向かうにしてもいい気分転換になった。

それにしてもどっち？　早春、それとも晩冬？　三月はどうしてこうもどっちつかずなの？

楽観主義者は早春を選ぶだろう。雪やみぞれや氷の粒は降ってこないから。とはいえ、この吠《ほ》えたてる風のせいでまだ寒さは厳しいし、あの空は今にも雪を落としてきそうな様子をしている。

そのうえ楽観主義者はたいがい、失望という名の泥で顔をこすられることになるのだ。

だったら晩冬にしよう、と決まったところで、イヴはセントラルの駐車場の専用スペースに車を入れた。勤務交替までたっぷり一時間あることに満足しながら上階へ向かう。

殺人課の大部屋《ブルペン》にはいると、サンチャゴがデスクについていた。

「事件を担当したの？」

サンチャゴは疲れた警官の目を上げた。「はい。カーマイケルは休憩室で強力なコーヒーを淹《い》れてます。街頭の公認コンパニオン《ＬＣ》がブロージョブ《ＢＪ》を希望する客を拾った。ＢＪによく使うカナル・ストリートのはずれへ移動したとき死体《ＤＢ》を発見して、交渉は決裂。客は逃げだしたが、ＬＣは本分を尽くして巡回ドロイドを探しにいきました」

「ＤＢは何者？」

「粗悪な違法麻薬の売人で、本人も自分の商品を常用してたようです。ＬＣはそいつを何度か見かけたことがあり、もっと本格的なサービスに使う安宿の部屋から出てきたとき、そいつが地元のジャンキーと口論してたと言ってます。だけどそのジャンキーの名前は知らない。でも結局はそいつを捕まえましたけどね」

サンチャゴが振り返ると、カーマイケル捜査官が湯気の立つ警官用のまずいコーヒーのマグをふたつ持って、休憩室から出てきた。「ああ、俺の命はきみのものだ」サンチャゴはマグをさっとつかみ、コーヒーを流し込んだ。「俺たちが現場に着いたときには他のＬＣも何人か加わってて、なにやら言い合ってました。そしてひとりがジャンキーの名前を思いだしたんです。最初のLCが言ってるのはダバーにちがいないって。負け犬タイプで、数ヵ月前にその同じ安宿に移り住んできた」

サンチャゴが目をやると、カーマイケルがあとを引き取った。

「それでわたしたちは、DBと証人に巡回ドロイド・コンビ——もう一体要請したので——を付き添わせておいて、そのダバーとかいう男の様子を見にいきました。彼は自分の部屋でハイになっていた。喉を刺して売人を殺したあと奪った興奮剤で。そのアホすけはまだ凶器のナイフを持っていたんですよ、警部補《LT》」

「それをカーマイケルに突きつけた」サンチャゴが補足する。「だからその容疑も加わる。たとえうつ伏せに倒れたとしても」

「自分の足につまずいたんです。ナイフについていた血は被害者のものと一致した。アホすけは取調室に入れて十分もしないうちに自白し、被害者が代金をふっかけてきたから殺さなければならなかったと言っています。主義の問題だそうで」

「つまり、解決したのね」

「きっちりと」カーマイケルは請け合った。「容疑者にはLTの脚ぐらい長い前科歴があって、暴行罪で懲役五年をくらって出所したばかりだった。そこに今回のが加わったので、もう一生出られません」

「よくやったわ」

「ほとんどLCたちのおかげですが。今日はずいぶん早いですね。何かあったんですか」

「書類仕事よ」イヴはオフィスへ行きかけて足を止め、サンチャゴをしげしげと見つめた。

「あなたはたしか野球をやってたのよね、あれじゃなくて……」鍵盤に指を走らせる真似をしてみせる。

「どっちもです。俺は野球をやりたかった——というか、野球が生き甲斐《がい》だった。親は好きなことをやっていいと言った。勉強もちゃんとやって、面倒を起こさず、叔母から一年間ピアノのレッスンを受けるならって条件つきで。叔母はうるさい人だけど、俺は野球をやりたかったから条件を呑んだ。そしたら音楽も好きだってことがわかって、ずっと続けることになったというわけです」

「そして警官になった」

「走塁とキーボード演奏ができて、あの伝説の〈アベニューA〉とジャム・セッションした警官です」

「あなたは歌うのよね」とカーマイケルに言う。

「オープンマイクの店で歌える夜は客を魅了しています。そして今や、メイヴィスともジェイクともデュエットした肩書がついた。最高の夜だったわよね、相棒？」

サンチャゴはコーヒーマグでカーマイケルと乾杯した。「なあ、警官のバンドを作ろうよ。名前は〈ザ・バッジ〉」

イヴは撤退した。

静かなオフィスにはいると、オートシェフでコーヒーをプログラムしてからデスクに腰を落ちつけた。警察官の仕事というのは興奮剤目当てに人を殺するろくでなしを投獄することだけではないので、イヴはスケジュールや要請や報告や予算を吟味した。予算の部分はさらなるコーヒーが必要になったが、仕事の進捗《しんちょく》状況に満足をおぼえたころ、こちらへ向かってくるピーボディの重い足音が聞こえてきた。

「サンチャゴに聞いたんですけど、早出だったそうですね」

「書類仕事」

「金曜日に解決した二人殺しの報告書は今、取りかかってます。ナディーンのパーティまでに解決してよかったですよ。素敵な夜でしたね」

ピーボディは「素敵な夜」に着ていた胸を強調する派手な衣装ではなく、丈夫なパンツと飾りのないジャケット姿で、黒っぽい髪はくるくる巻きではなく、最近凝っている毛先を妙な外巻きにしたスタイルにしていた。

「警部補とまともにお話しする暇もありませんでした」

「あなたはひと晩じゅう尻を振るのに忙しかったものね」

「尻を振れば振るほどパンツがゆるくなるんです。それに、楽しいんですよ！」

イヴのコミュニケーターが鳴った。通信司令部からだ。「お楽しみはおしまいよ」


二十分とかからないうちに、イヴとピーボディは雑居ビルの二階の踊り場で死体を見下ろしていた。見たところ、ここは倉庫を改修してアパートメントにしたらしい。主に労働者階級向けで、手入れは怠っていないもののセキュリティはなおざりにされていそうだ。

隣人の証言によれば、死んだ男は三〇五号室の住人スチュアート・アドラーだという。制服警官が隣人たちを下がらせているなか、イヴはしゃがみこみ、指紋認証パッドで身元を確認した。

「被害者は当該住所の住人アドラー、スチュアート、三十八歳と判明。独身。離婚歴一回、子供はなし。前科は飲酒による紊乱罪《びんらん》、公衆酩酊罪《めいてい》が数回。強制リハビリ二期、午前九時にならないうちから酒のにおいをさせていることから、リハビリの効果はなかったと思われる」

充血した淡い青の目に見つめられながら、死体を検分する。「首の骨が折れている。頭部の傷や血痕から判断すると、被害者は階段から勢いよく落下したようである。それからナイフで刺す。そのナイフはまだ腹に刺さったままである」

「先に刺してから」とピーボディが意見を述べる。「強く押す。被害者は転がり落ちる。ただし……」

「ただし、ポケットナイフで刺されてから落下したなら、傷口からもっと血が噴き出すはず。ナイフにも腹の傷口にも乱れはそれほど見られない」

「ゲーリーがやったのよ！」頭上で叫び声がする。

「なんだと？　気はたしかか？」

小競り合いの気配に、イヴは立ち上がった。「死体のそばにいて」とピーボディに命じる。「ナイフから指紋が採れるかどうか試してみて。それからその隅に転がってるリンゴを証拠品袋に入れておいて」

イヴは階段を登っていった。五、六人が集まって怒鳴りあっている。

「やめなさい！」イヴはひとりの女性に指を突きつけて警告した。女は目を血走らせ、三月の突風にも小揺るぎもしないヘルメットのような髪型をしていた。「ゲーリーっていうのは誰？」

「私がゲーリーだ」手を挙げたのは顎ひげを生やし、先端を金色に染めたふさふさの茶色の髪をした小男だった。ツイードの上着にゆるめたネクタイ、シャツの喉元のボタンははずしてある。「三〇四号室のゲーリー・ファイザー。あいつの……スチュアートの部屋の向かいに住んでる。私が警察に通報した。警察を呼んだ。学校へ出かけようとして――私は教師なんだ――彼を見かけた。追いかけようとしたが、彼は……」

「あんたたち、ゆうべ喧嘩《けんか》してたでしょ！」ヘルメット・ヘアがゲーリーを睨《にら》みつけた。「あんたが首の骨を粉々にしてやるって言ったのを聞いたのよ」

「私はスクリーンを粉々にしてやると言ったんだよ、ミルドレッド。彼が音量を下げてくれないならね。彼はまた泥酔してたんです」ゲーリーはイヴに言った。「彼はなんだか知らないが、わめいたり衝突したりのビデオを観ていた。私の部屋は廊下をはさんだ真向かいにある。揉《も》めたのは午前二時だった。それまでに二回頼んだんだよ。いったんは音量を下げてくれるんだが、すぐにまた上げる。私は少し睡眠を取りたかっただけなんだ」

「言い争いになったのね」

ゲーリーは不安そうに身じろぎした。「まあ……そうだったと思う。彼は殴りかかってきた。空振りして倒れかかった。そして、そうさ、私は彼を殴りそうになった。これまで人を殴ったことは一度もないがね。だが、相手は酔っぱらった愚かな男だ。たしかに、私は怒っていた。だから言い合いになった。私は音量を下げないならハンマーでスクリーンを粉々にしてやると言った。ハンマーを持ってきて粉々にしてやると」

「警察に騒音苦情を申し立てようとは思わなかったの？」

今度はため息をついた。「もうやったよ――申し立てたのは私だけじゃない。警察が何をしてくれると思う？　音量を下げなさいと言い、彼は言われたとおりにする。数日はその状態が続くこともある。だけど彼はまた酔っぱらい、同じことの繰り返しさ」

「それはほんとよ」パジャマ姿のまま赤ん坊をあやしている女性が口をはさんだ。「夫と相談して、ついにわが家の壁に防音装置を施したの。うちは三〇三号室よ。スチューが禁酒を破ると――最低でも週に一度はそうなるけど――手がつけられなくなるのよ。ゲーリーは誰も殺してないわよ、ミルドレッド。あなただってわかってるでしょ。うちのロロが誰も殺してないのと同じ。ロロは騒音をめぐってスチューとさんざん口論したけど、とうとうあきらめて防音装置をつけることにしたの」

女性はあいているほうの手でミルドレッド・ヘルメット・ヘアに指を振った。「あなたもそうでしょ、ミルドレッド。あたしたちはみんなそう。スチューの真下に住んでる家族もそう。彼は酔っぱらった夜はたいがい足を踏み鳴らすから。それか、ものを叩きつけて壊したり。ミルドレッド、あなたは先月医療員を呼ぶ羽目になったばかりでしょ？　ものが壊れる音がして、彼がこの廊下でのびてるのを見つけたとき。つまずいて転んで」とイヴに教える。「鼻の骨を折ったんです。頭を打ったせいか、泥酔したせいで意識を失ってた」

ミルドレッドは巨大な胸の前で腕を組んだ。「彼がろくでもない酔っぱらいだったのは認めるけど、自分の腹を刺すほどマヌケじゃないわ」

「あるいは、自分で刺したのかも」イヴは反論した。「ピーボディ！　あのリンゴを持ってきて」

ピーボディが持ってきた証拠品袋には、皮を剝《む》きかけた部分が茶色くなった哀れなリンゴがはいっている。

「ゲーリーはリンゴが好きだったの？」

ミルドレッドの目に涙がこみあげてきた。「『一日にリンゴひとつで医者いらず』って言ってたわ。皮を最後まで途切らせずに剝くのが好きだった。全部つなげて切れたら幸運のしるしだって」

「彼はどんなもので皮を剝いてたの？」

「だいたい自分のポケットナイフだったと思うわ。でもゲーリーは――」

「遺体のポケットナイフから指紋は採れた、捜査官？」

「はい。被害者のものでした」

「もっと詳しく調べてみるけど伝えておくわ。これまでの物的証拠と証言から、これは殺人ではないようね。殺人というより事故に見える。ミスター・アドラーは酔っていて、リンゴの皮を剝きながら階段を降りはじめた。エレベーターは故障中だった」

「もう四日も故障したままよ」ミルドレッドは苦々しげに言った。「家主は――」

「奥さん、それはあとにして」イヴは言い聞かせた。「ミスター・アドラーはつまずき、バランスを崩し、階段を踏みはずす。墜落によって首の骨が折れ、頭蓋骨《ずがいこつ》を骨折し、運悪く畳んでないポケットナイフが刺さってしまう」

「いかにも彼がやりそうなことだわ」赤ん坊を抱いている女性がつぶやいた。

「みなさん部屋に戻って、われわれに仕事をさせてください」

「彼を殴らなくてよかったよ」ゲーリーが静かに言った。「ゆうべ、ろくでなしと呼んだことはすまなかったが、殴らないでよかった」


事故であろうとなかろうと捜査は必要で、証拠を集め、証言を取らなければいけない。それに午前中いっぱいかかった。イヴがコップ・セントラルの自分のデスクに戻って報告書を作成しはじめたころ、ミッドタウンでは業務補佐係のカーロがロシェルをロークのオフィスに案内していた。

ロシェルはきょろきょろしないように自分に言い聞かせた。これほど広くて贅沢《ぜいたく》なオフィスは見たことがなかった。息を呑むほど素晴らしいニューヨークを背景に、どっしりとした重厚なデスクからロークが立ち上がり、豪華なカーペットの上を歩いてきて握手を求められると、ロシェルは止めていた息と一緒に笑いを漏らした。

「お会いできるなんて思ってもみなかったのに、数日のあいだに二度もお目にかかれるなんて」

「わざわざ来てもらってありがたい。急な話だったのに」

「好奇心には勝てません」

「コーヒーでもどうですか。お茶のほうがいいかな？」

「こちらでいただけるものならなんでも。ありがとうございます」

「用意してまいります」

この業務補佐係もオフィスに負けないくらい素晴らしい、とロシェルは思った。新雪のように輝く色をした素敵な髪、自分の三年めの服が悲しくなるほど洒落たスーツ。

「座りましょう」ロークはこれまた豪華なソファに案内した。

ウィルソンはロークのことを「いいやつ」だと言って安心させてくれたけれど、でも、目の前にいるのはロークなのよ。億万長者の企業家で、慈善家で、しかも革新者。そのうえ、なんて魅力的なの？

彼の目はスクリーンで見たのと同じ色合いのブルーだった。

「パーティでは楽しんでいたようだね」

「ええ、とても！　学生のころ〈アベニューA〉のコンサートに行ったことがあるんです。最上階の席だったけど素晴らしかったです。でも、あれも素晴らしかったわ、ナディーンのテラスでの即興演奏。もう、言葉にできないほど。メイヴィスもコンサートで見たことがあるんですけど、これからは見方がすっかり変わりますね」

「音楽が好きなんだね」

「あらゆる種類の」カーロがコーヒーポット、カップ、クリーム、砂糖が載ったトレイを持ってくると、そちらを向いて礼を言う。「恐れ入ります」

「どういたしまして。お好みは？」

「クリームを少し、砂糖をひとつお願いします」もちろん、ロシェルの世界ではどちらも代用品だけれど。

「ありがとう、カーロ」ロークはコーヒーの用意を終えた業務補佐係に言った。

カーロが下がってドアが閉まると、ロシェルはカップを持ち上げた。「ご用件というのは……」コーヒーに口をつけるなり言葉が途切れた。「まあ」と彼女は言った。「まあ」もうひと口味わう。「たった今、体じゅうが目覚めて元気になりました。アイコーヴ事件の本にも映画にもあなたのコーヒーについての言及がありました。今、それを実感したわ」

「コーヒーのおかげで僕の警官に結婚を承諾させることができたと、つくづく思うよ」

「それも動機のひとつだったかもしれませんね。それはともかく、ご用件というのは〈ドーハス〉での仕事についてお聞きになりたいのですよね。強い関心をもっておられるのは存じています」

「それも動機のひとつだ」ロークはそう言って、ロシェルにほほえみかけた。「ヘルズ・キッチンの青少年施設が完成間近なのは知っているね」

「もちろんです。五月までに生徒の受け入れが可能になるというのは本当ですか」

ロークは〝生徒〟という言葉が気に入った――ロシェルに有利な点がまたひとつ加わった。「準備は順調に進んでいる。きみは〈ドーハス〉で相談に応じている以外にも、この五年間ダウンタウンの〈家庭相談センター〉でカウンセリングをおこなってきたね」

「ええ」

「開業する気はないのかな？」

ロシェルは座り直し、今度は笑みを浮かべてロークの目を見つめ返した。「正直に申し上げると資金が足りません。それに、わたしはチームの一員でいるほうが好きなんです。そのほうがチームを動かし、仲間の力を引き出してよりよい仕事をすることができます。大勢の来談者《クライエント》の治療にあたることができます。わたしが理解しているかぎりでは〈アン・ジーザン〉が目指しているのは、まさにそういうことではないでしょうか。カウンセリング、教育、リハビリをおこない、住む場所と安全を提供する。なにより、若い人たちがつながりあえるコミュニティを提供し、子供たちを健全で実り多い人生へ導きたいと願う大人がそばについている」

「まさにそのとおりだ。ここ数ヵ月は建物の修復や改築に加えて、スタッフをそろえることにも重きを置いてきた。目的を理解し、それを達成するための実績や熱意を持つだけでなく、達成できるという信念があるスタッフを。僕はきみがそのすべてに当てはまると確信している」

ロークは間をおいて、眉間にしわを寄せるロシェルを見つめた。

「わたしが〈ドーハス〉でおこなっているような相談を〈アン・ジーザン〉でもやることに興味がおありだということですか?」

「というより、きみがスタッフとして主任セラピストになることに興味を持ってくれることを望んでいる」

「わたしは──ごめんなさい」手が震えてカップがカタカタ鳴るので、ロシェルは慎重にソーサーをテーブルに置いた。「わたしはドクター・スーザン・ポーがその地位に就くものだと思っていました。ミスター・ローク――」

「ロークだけでいい」

「ドクター・ポーのことは仕事のうえでも人としてもとても尊敬しているんです。お申し出は嬉しい――大変光栄ですが、ドクター・ポーのようなかたの能力や評判を傷つけることはできません」

「僕もきみと同じくらい尊敬しているからドクター・ポーにその地位をオファーしたんだ。あいにく、彼女は家庭の事情で東ワシントンに移り住むことになった。おそらくもうこちらには戻ってこないだろう。その話は先週聞いたんだが、彼女はひじょうに残念がっていた」

「まあ、そうだったんですか。存じませんでした。お気の毒に。わたしは……」ロシェルはふたたびカップを取り上げ、コーヒーを飲んだ。そしてゆっくりと息を整えた。

「ドクター・ポーは青年心理学とカウンセリングの分野において三十年近くの実績をお持ちのかたで、いっぽうのわたしはようやく十年というところです。ぶしつけなお尋ねですが、ぜひうかがっておきたいことがあります。このお申し出はわたしがウィルソンと親密なことに関連があるのでしょうか」

「去年の秋にドクター・ポーにこの職を――僕にとっても妻にとってもきわめて重要なプロジェクトの要《かなめ》となる地位を――オファーしたのは、実績や評判をはじめとする様々な理由からだった。候補に挙がったのは五人、僕が適任だと感じた五人だ。きみはそのリストの二番めだった」

「まあ」

「そのころから……ウィルソンと親密だったわけじゃないよね」

「ええ、ちがいます。出会ったのはたしか、十二月の終わりごろです。ですからまだ知り合ってから数ヵ月しかたっていないんです。でもわたしたちは……すぐに付き合いだしたわけではありません」

「大丈夫、僕はきみたちが知り合いだなんてちっとも知らなかった。だから、土曜のナディーンのパーティでウィルソンがきみを連れているのを見たときは驚いたし、これは面白いと思った。その日の朝、きみに来てもらってこの仕事について話し合おうと決めたばかりだったのでね」

「それをうかがってとても嬉しく思います。これが重要な仕事の面接だと知っていたら、もっと準備してきたのに」

「面接はもうほとんどすんでいるよ」相手が心底不安になっているのを感じ取り、ロークはまたほほえみかけた。「土曜の夜と、ここでコーヒーを飲みながら。ロシェル、去年の秋の時点で僕が人物精査をおこなっていなかったら、きみはリストに載っていなかっただろう。

きみの学歴、職歴および評判、〈ドーハス〉で提供してくれているようなボランティア活動はすべて把握している。僕自身も調べたし、カーロもきみの同僚や上司や教授たちから話を聞いた。〈アン・ジーザン〉で働いてもらう人には全員そうしているんだが、僕はこのプロセスをここで完了させる。面と向かって話し合うことでね」

あまりに胃が暴れるので、スカートが跳ね上がるのではないかとロシェルは思った。「あなたの部下は——たとえば調査をおこなう人は、わたしの父が刑務所で死んだことを突き止めるでしょう。父は薬物依存症で、問題の多い人間で、暴力もよく振るいました。母は父に依存していて、父に勧められた薬物にも依存し、結局自殺しました」

「知っているよ。選択するのは自分だ、そうだろう？　つらい過去を乗り越えるか、親と同じ道を進むか。きみが子供時代の経験からこの道を選び、無力で無防備な者たちを助けたいと願う気持ちは改めて聞くまでもない。それはもうきみの資格の欄に加えてある。コーヒーのお代わりは？」

ロシェルの喉は張りつきそうになっていた。「よろしければ、お水を一杯いただきたいのですが」

「いいとも」ロークは腰を上げ、部屋を横切って小さなアルコーヴまで行くと、クーラーボックスから水のボトルを取り出してグラスに注《つ》いだ。「この職に興味があるなら、詳しい話をしよう。職務内容、組織構成、報酬などについて」

「これは……」ロシェルはグラスを受け取り、三度に分けてゆっくりと水を飲んだ。「大事な決断です、それこそ人生が変わるような。少しお時間をいただいて、じっくり考えてみてから……」

ロシェルはグラスをテーブルに置き、ロークのほうを向いた。「わたしったら頭がおかしいの？　とんでもないバカなの？　まさかね」と言って、大きな笑い声をあげた。「もちろん、興味があります。びっくりして、大喜びして、頭をクラクラさせながら、冷静になってもったいつけようとしているんです」

ほほえみながら見守っているロークの前で、ロシェルは笑いが止まらず、片手を胸に当てた。

「ええ、この身にあまるお申し出について詳しくうかがいたいです。その建物にも案内していただきたいです。子供たちが生活する場所を見てみたい、教育環境も、レクリエーション施設も、グループごとや個人のカウンセリング・エリアも。何もかも」

「いいとも」ロークはふたたび言った。「これからどうだい？」

ロシェルは目を見開き、しばたたいた。「これから……すぐにですか？」

「詳しい話は案内しながらできる。きみの感想を聞きたいんだ」

もう一度グラスを持ち上げ、ロシェルは水を飲んだ。「はい、もう大丈夫です」

新しい施設の案内を終えて握手して別れると、ロークは本社に戻り、カーロのオフィスに寄った。

「例の契約書をそのままドクター・ピカリングに送ってくれないか、カーロ」

「まあ、よかったですね。あのかたはそれは有能ですし、熱意もお持ちのようですから。ドクター・ポーのような経験者を失うのは残念でしょうが、ロシェル・ピカリングは彼女より若いから何か利点があるかもしれませんね。それに、ドクター・ピカリングには好感が持てます」

「どういうところが?」

「彼女はすっかり動転していたけれど、懸命にそれを表に出さないようにしていた。与えられた機会に感謝し、それを表明することはためらわなかった。そのバランスが気に入りました」

「僕もそう感じた。きみが調整してくれた会議の予定を聞かせてくれ、カーロ」

「サンフランシスコのヒッチとボルティモアのカスター・チームとのリンク会議が……」カーロは腕時計《リスト・ユニット》に目をやった。「八分後に始まります。こちらに戻られるという連絡をいただいたあと、予定に押し込んでおいたんです」

「きみがいなかったら、僕はどうすればいいんだろう」

「お説の正しさの証明になりますかどうか、昼食は役員食堂でのランチ会議に切り換えました。こんないやな天気の日に、わざわざまた出かける必要はないですものね。そのうえ、午前中に失った時間を取り戻せます」

「いつもながら完璧だ。昇給を望んでいるのかな?」

カーロは睫毛《まつげ》をパタパタさせた。「つねに」

ロークは笑いながら自分のオフィスへ向かった。

その夜帰宅するころには、雨は小降りになり、風もだいぶおさまり、ときおり突風が吹く程度になっていた。一陣の風がクリスマスにイヴから贈られたトップコートをはためかせ、髪をなびかせて、ロークはわが家のぬくもりに感謝した。

いつものように出迎えたサマーセットがコートを受け取り、太った猫が脚のあいだを擦り抜けようとした。

「こんな夜は暖炉のそばでウイスキーなどいかがでしょう」とサマーセットが言う。

「それもいいね」まだ仕事は残っているが、そのくらいの余裕はあるだろう。「一杯もらおうか」

客間にはいっていき、暖炉に火を入れるかたわらで、サマーセットがグラスにウイスキーを注いだ。

ロークはこの部屋を気に入っている。鮮やかな色調、アンティークの輝き、選び抜いた絵画。好みのものに囲まれながら、窓の外では風が葉を落とした枝を揺らしている。

サマーセット――父親代わりであり、カーロが仕事のスケジュールを取り仕切るようにこの家のことを一手に引き受けている――が向かいに腰をおろした。

上質の白鑞《ピューター》のような色合いの豊かな髪、したたかな黒い瞳、イヴが悪鬼のようだと言う頬がこけた三角形の顔。その昔、ダブリンの路地裏で暮らしていた薄汚れたドブネズミを惨めどころではない人生から救ってくれた恩人。

ロークはウイスキーのグラスを掲げた。「乾杯《スラーンチェ》。今日はどんな一日だった?」

「午前中は雨のなか買い物を。しかし、おかげで私とその友人は飢えずにすみ」その友人であるギャラハッドはロークの膝に飛び乗り、腹を上にして四肢を伸ばした。「キッチンで楽しいひとときを過ごしました。久しぶりに生パスタを作りたくなって」

ぽかんとしているロークを見て、サマーセットはため息をついた。「麺《めん》そのもののことだよ、坊や。生のパスタ。カペリーニにして、ピリ辛ソースで和えました。警部補はきっとお気に召すでしょう」

「今夜味わってみるよ」

「警部補といえば、少し洗濯もしておきました。スウェットシャツ、というよりその残骸《ざんがい》ですね。警察学校時代の――」

「あなたには価値のないものだろう」ロークは遮った。

「ぼろきれです」

「思い出の品なんだ」ウイスキーを口に含みながら、ぼんやりと猫の腹を掻《か》いてやる。頭にはつねにポケットに忍ばせているグレーのボタンを思い浮かべていた。「誰しも護符のようなものは必要だろう？　話は変わるが、今朝はドクター・ピカリングを面接して〈アン・ジーザン〉を案内した。仕事の申し出に応じてくれたんだ」

「覚えておきましょう。報告を読んだかぎりでは、最適の人物だという印象を持ちました。〈アン・ジーザン〉のほうの進み具合はどうですか」

「予定どおりだよ。メインキッチンは完成したし、バスルームや調理実習室もすべて完成間近だ。目下はそれぞれの外装に取りかかっている。建物の使用目的検査はひと月ほどで終わるだろう。スタッフの準備や、家具調度の搬入などには時間の余裕が充分ある」

「子供たちにとって、自分の家ができるのは素晴らしいことでしょう」

「そうだろうね」ロークはグラスを置き、猫を膝からどかした。「イヴが帰ってくるまえに片づけておきたい仕事があるんだ」

「いつでも仕事はあるのではないですか」

「いつもあるね。ウイスキーを飲んでしまってくれ。先にパスタのお礼も言っておこう。ありがとう」

ロークが去っていくと、猫はしばし迷ってからサマーセットの膝に飛び乗った。

ロークと同じように、サマーセットはウイスキーを飲みながらギャラハッドの腹を掻いてやった。

「彼女は血をつけずに今日一日をやり過ごせたと思うかい？　よし、よし、それを願おう」

3

イヴは血をつけずに帰宅したが、脳の回線はショートしそうだった。どうして、どうして今日は始まったときと同じように書類仕事で終わることになったの？　どうして数字とパーセンテージと報告書だらけなのよ。

今、完全に浸りきっているのが自己満足であろうとなんであろうと、二十四時間以内にもう一度書類を積み上げられたらきっとその満足感も消えてしまうだろう。

風の咆哮《ほうこう》から逃げ帰ってきたら、そこにはサマーセットがぬうっと立っていた。

「時間に遅れもせず、血もつけておられない」執事は驚いたふりをして眉を上げた。「ティンパニーがほしいところです」

イヴはティンパニーがなんであるか知らなかったが、サマーセットがそれを言いたくて待ち構えていたのはまちがいない。そっちがその気ならこっちだって。猫が寄ってきて挨拶代わりに体をこすりつけるのもかまわず、コートを脱ぎながら相手をじろじろ眺める。

「今日、外出した？」

「買い物に出かけましたが」

「やっぱりね、空飛ぶ骸骨《がいこつ》の通報があったもの」防寒ウェアを階段の親柱に放り投げ、やり返してやったわと満足し、トコトコとついてくるギャラハッドを従えて階段を登っていく。

まっすぐ寝室へ行って着替えるつもりだったが、習慣からホームオフィスに足が向いていた。隣のオフィスからロークの声が聞こえる。何やら数字の話をしている――どうしていつも数字なの？　イヴには解読する必要がないのがせめてもの救いだ。

ロークが暖炉に火を入れておいたおかげで、部屋は暖かく迎えてくれた。次は大きなグラスに注いだワインに迎えてもらおう。

銘柄を選び、栓をあけたところで、ロークと出会うまえはワインなどほとんど味わったことがなかったのを思いだした。たぶんその当時に飲めるワインといったら、馬の小便に毛の生えた程度のものだったからだろう。

イヴは二脚のグラスにワインを注ぎ――スパゲティ・ミートボールが食べたかったのでイタリアン・ワインにした――ロークのオフィスにはいっていった。リンク会議に専念させてやろうと思い、デスクにグラスを置いたら出ていくつもりだったが、待つように合図された。

スクリーンに映しだされた会議の相手はふたり——男性と女性だ。例によって、数字だの利益がどうしたのといった話をしている。だからイヴはワインを飲み——まちがいなく馬の小便ではない——窓辺のほうへ歩いていった。

新たな突風が、今のところはまだサマーセットのように骨ばかりの木々を揺らし、おじぎをさせている。門の向こうには街の明かりが見える。今ここから眺める景色はわが家より非現実的に思える。

数分前まで自分はあの渦中にいて、車列を押しのけるように進み、交差点でどっと横断歩道を渡る人波を見つめていた。誰もがどこかへ行き着こうと必死に先を急いでいた。

イヴはそこから抜けだし、自分が行き着きたいどこかに、まさしくその場所に今いるのだった。おまけに、今夜は髪を掻きむしりたくなるような殺人事件も抱えていない。

冷えきった未解決事件《コールドケース》を適当に選んで、新たな目と方向から温めなおしてみるのもいいかもしれない。

「よし、わかった」ロークが会議を締めくくりにかかった。「明日、修正された提案書に目を通すとしよう。楽しい宵を」最後にひとこと付け足した。「もっとも、提案を受け入れてもらいたかったら夜通し働くことになるだろうがね」ロークはイヴが振り向くのを待ち、グラスを掲げてみせた。「ありがとう。僕の心を読んでくれて」

「ワインが飲みたかったの。今日は数字やら報告書やらをふた山やっつける羽目になって、脳が焦げつきそうだったから。あなたは取引が半分成功したことを祝って飲んでるのね」

「どちらにも活用できるなんてワインは素晴らしいと思わないか。数字やら報告書やらをふた山やっつける余裕があったということは、新規の事件はなかったのかな」

「一件あったけど解決した」

「さすがは僕の優秀な警官だ」ロークは椅子を回転させ、誘《いざな》うように膝を叩いた。「聞かせてもらおう」

冷めたまなざしを投げかけてから、イヴはロークがよくやる真似をしてワークステーションの端に腰かけた。「酔っぱらいがポケットナイフでリンゴの皮を剝きながらアパートの階段から転げ落ち、首の骨を折って、自分で腹を刺した。検死官の報告によれば骨折と刺突《しとつ》はほぼ同時だったそうよ。薬毒物検査によれば血中アルコール濃度は二百ミリグラム。おまけに安酒だった。階段から落ちたのは午前九時にもならない時間」

「哀れな最期だね。僕の朝は幸先のよい滑りだしだったと思う。ロシェル・ピカリングと面接して、仕事のオファーをして〈アン・ジーザン〉を案内した。彼女は承諾したよ」

「ずいぶん急な展開ね。大丈夫なの――」

「ああ、僕の見る目にまちがいはない」ロークは即答した。「だけど、彼女のファイルはここにある。食事のまえに目を通してみないか？　きみが賛成するならサイン済みの契約書を彼女に送る」

ほんとうに即決だったのね、とイヴは思った。「あなたもサインしたの？」

「彼女は午後に契約書をじっくり読んでから証人の前で署名した。僕は帰宅するまえに証人の前で署名した。だが、まだ送っていないから正式に採用が決定したわけではない」

ロークはまたワインを口に運びながら、目の前にいる斜に構えた警官を見つめた。その背後にはイヴから贈られたふたりの結婚式の肖像写真が飾られている。

「あれは僕のものであると同時にきみのものでもある。だからきみの意見を聞いてからにしようと思った」

「わたしは別に……」イヴはどう言おうかと考え、ロークがよく口にする言葉を借りた。「ダメを出す《ボロックス・アップ》つもりはないの。彼女のことは調べあげたんでしょ」

「ファイルを読んでごらん」ロークは膝を叩いた。

「またそういうずるい手を使って、わたしを膝に座らせようとするのね」

「ずるい手を使わなかったら、僕たちはふたりともこうしてこの快適なオフィスにはいなかっただろう」

たしかにそのとおりだ。そうよ、ロークはいつだって正しいんだから。イヴは彼の膝に座った。そしてスクリーンに呼び出されたロシェルの報告書にじっくり目を通しはじめた。十五分もかからずに、イヴは自分が意地を張っていたことを認めた。「わかったわ」スクリーンに手を振る。「彼女の経歴は申し分ない。あなたは一流の精神分析医がほしいし、子供たちには技術だけでなく、思いやりのある人物が必要」

「そうなんだよ。それに彼女をとても気に入ったんだ。カーロもそう言っていた」

どちらも人を見る目がある人間だから、そう簡単に騙《だま》されたりしないだろう。

「だけど、しっかり教育を積んだ児童精神分析医が、どうして一筋縄ではいかないセックスクラブのオーナーと付き合うようになったのか知りたいわ」

「僕もそれを尋ねてみたんだ。面白いことに、あのふたりは僕たちみたいに葬式で出会ったんだよ」

「来談者《クライエント》の誰か？」

「いや、彼女のクライエントの友人だ。まだ十六にもならない少女がみずから命を絶った。ロシェルはそのクライエントと一緒に葬儀に参列した。クラックは自殺した少女やその家族のことも、クライエントやその家族のことも知っていた。クリスマス週間のことだったそうだ」

「ホリデー・ブルー」イヴはつぶやいた。

「悲しいことだね。ロシェルはクライエントの少年がクラックを頼りにしているのを見て、恵まれなかったり問題を抱えたりしている青少年のために、指導者としての訓練を受けることを考えてくれないかと頼んだ」

「ふうん。彼ならそういうのがうまいでしょうね」

「ロシェルもそう思ったんだ。クラックはそう思わなかったが、あとから考え直して彼女と会い、そのことについて話し合った。ふたりは意気投合した。彼女は真ん中の弟のことを包み隠さず話すうち、クラックは人を指導するのではなく落ちつかせる人物だと思うようになったというわけだ。で、きみの意見は？」

「契約書を送って。彼女、きっと部屋を歩きまわりながら待ってるわ。それを送ったらスパゲティを食べて、ワインをもっと飲みましょう」

ロークはイヴのうなじにキスして、契約書を送信した。「偶然だが、僕も今夜はスパゲティにしようと思っていた。サマーセットが生地から作ったんだ」

「ミートボールを？」

「パスタだよ、本物の麺だ」

「そんなことできるの？　どうしてそんなことするの？」

「それは僕にもわからないが、楽しいらしい。カペリーニだ――ピリ辛の」

「ミートボールもついてる？」

「確かめてみよう」


イヴがミートボールではなくズッキーニを見つけたころ――また？――ロシェルは弟のライルが移ってきてからオフィス兼用になった寝室で悲鳴をあげた。

それから歓声をあげ、踊りだした。

踊りながらぐるぐるまわっていると、ライルが駆け込んできた。

「どうしたんだい、ロー？」

「あら！　帰ってたのね、気づかなかった」

「今、帰ってきたんだ。強姦魔《ごうかんま》かなんかに襲われてるのかと思った」

「まさか。ちがうわよ」ロシェルは笑って手を振った。「今日は早番だったのね。忘れてたわ」

「八日ぶりに夜の休みが取れたんだよ」ドアの側柱にもたれたまま、姉の顔を睨む。

違法麻薬と刑務所暮らしのせいで落ちた体重が戻ってきて、健康そうになった姿を眺めると、ロシェルは胸がいっぱいになった。ひげをきれいに剃《そ》った顔のほうが好きだけれど――

ライルはハンサムだから——顎のあたりに無精ひげが伸びているのは少しも気にならない。髪は短いドレッドヘアにしている。

何より嬉しいのは自分と同じ色合いの目が澄んでいることだ。ちょっぴり疲れているようだけれど澄んでいる。

「何か食べるものを作るわね」

ライルは姉を指さした。「洒落た服を着てるね」

「洒落てないわよ」ロシェルは持っているなかで二番めにおしゃれなドレス——袖口に縞《しま》模様がついたブルーのドレス——を着ていたが、とても高級とは呼べない。「ウィルソンとディナーに出かけるけど、あなたに何か作ってあげる時間はあるわよ」

「俺はコックだよ、忘れたの？」

そう、ライルはコックなのだ——そう思うとわくわくする。

「今夜は勤務がないコックね。一緒にいられなくて寂しいわ」ロシェルは言い足し、そばに寄って弟を抱き締めた。以前はハグを返してこない時期があったが、今はちがう。床から足が浮くほど抱き締めてきた。

「さっきの悲鳴は？」

「あれはちょっと——もう、黙っていられないわ。どうしてそんなことできる？　あれはね

「……」

涙がこみあげてくると、ライルは姉の腕を握り締めた。「何があったのか教えてくれ、ロー。さあ早く」

「悪いことじゃないの。最高なこと。わたしの顔を見て！　すごく幸せなのよ。だから悲鳴をあげたの。それであなたが休みを取ったことを忘れてたの。自分の名前さえよく思いだせない。あそこに、あの契約書に載ってるからわかるけど」

ライルは姉のミニ・スクリーンのほうを見た。「なんの契約書？」

「新しい仕事。憧れていた仕事。ああもう、また感激が襲ってきたわ」

ロシェルは悲鳴をあげ、弟の手をつかんで踊りだした。

「仕事が決まったんだね。姉さんの好きな仕事。憧れてたって、どんな仕事？」

「〈アン・ジーザン〉の主任セラピスト。避難所であり学校でもある施設」

「ああ、その施設なら聞いたことがある。おかしな名前だ。待てよ、そいつはロークの事業じゃなかった？　姉さんはロークと女警官のもとで働くのか」

バカみたいにニヤニヤしながら、ロシェルは弟の胸をつついた。「女警官なんて言ったら彼女に殴られるわよ。でも、そうなの。あなたのほうに何も問題はないわよね？」

「なんで問題があるんだよ。ロークは昔からずっと石ころを黄金に変えてきた男だ。いい施設なんだろうな。じゃなきゃ、姉さんがそこで働きたいとは思わないものね」

「そうなるわよ、すごくいい施設に。五月にはオープンする予定なの。それまでにやらなきゃいけないことが盛りだくさんだわ！」

「待てよ、落ちついて。主任って言ったね？ チーフみたいなもの？ ヌメロウノ《ナンバーワン》みたいな？」

「部下には八人のカウンセラーやセラピストと、管理補佐がひとりつくの」ロシェルは何かを聞くように耳に片手をあてがった。「聞こえる、ライル？ 部下よ！」

ライルは満面に笑みを浮かべた。「すごいな、ロー。これは一大事《ビッグ・ファッキング・ディール》だよ。モンスター《M》・ファッキング《F》・ビッグ《B》・ファッキング《F》・ディール《D》だ」

「息が苦しい。そんなことがあったからウィルソンをディナーに誘ったの。彼に教えたかったのよ。それとも、彼をここに呼んで、料理はデリバリーを頼んで、みんなでわいわいお祝いしてもいいわね」

「よしてくれ。姉さんはその洒落た服で恋人と出かけて、盛大な夜を過ごすんだ。俺は着替えたら断薬会に出席して、そのあと、ばあちゃんか仲間たちに会いにいこうと思ってたんだ。ばあちゃんとはもう二週間会ってないし、それ以上会うのを延ばしたらブーブー怒られるよ。食事には遅れるだろうけど、いつも何か取っておいてくれるからね。今夜はそこかマーティンのところに泊まろうと決めてたんだ」

いいえ、きっと今決めたんだわ。姉と恋人をふたりきりにしてくれようとして。

「みんなに教えてもいい？」

「ええ、もちろん。じゃあ、明日連絡するわね。そうだわ、ライル、あなたもあの施設を見学したほうがいいわよ。わたしは今日案内してもらったの——しかもボスに！　ほんとに素晴らしいところ。細部まで考え抜かれていて、配慮されているの。わたしたちは入居者の人生を変えるのよ。人生を救うの」

「姉さんは俺の人生を救ってくれた」

「ちがうわよ、あなたが自分で——」

「姉さんはほんとすごいよ、ロー。誇らしく思う」

「わたしもよ」弟の顔を両手で包んだ。「あなたを誇りに思う」

「さあ出かけろよ、綺麗な服で。クラックに伝えてくれ。姉さんをダンスに連れていけよって。明日ランチの時間に来たらいいよ。姉さんのために特別料理を作ってやるから」

「全部言うとおりにするわ」ロシェルはコートをつかみ、袖に腕を通した。「これでわたしたちの人生も大きく変わるわよ、ライル。すっかり変わる。おばあちゃんに伝えて。あなたの次の休みの夜に、内輪だけの贅沢な夕食会をするからって。みんな倒れるまでお祝いするの。いけない、遅れちゃう」マフラーとハンドバッグをさっとつかんで走りだす。「愛してるわ、ライル」

「愛してるの二乗だ、ロー」

ロシェルは夕食のあいだもしゃべりどおしだった。クラックは顔がにやつくのを抑えきれずに、ひたすら耳を傾けた。面接や見学や申し出や契約の話。彼女の計画——彼女の頭にはすでにいろいろな計画があった。

それもクラックが彼女を好きになった理由のひとつだ。ロシェルは前もって計画を立てる。彼女は今を生きる能力があるし、今この瞬間と相手に集中しているが、先の計画を立てるコツも知っている。

これから何が起こって、そのときどうすればいいかを知っている。

「土曜日の夜にロークと出会ったとき、彼の下で働くことになるなんて誰が予想できた？ニッキは知っていたかも。わたしの上司とは会ったことがあるわよね、ウィルソン。彼女はそんな気がしていたみたい。というか、そんな気がしたと本人が言った。わたしは申し出を承諾して、契約書が届くのを待っていたとき、彼女に伝えないといけないと思ったの。彼女は喜んでくれたのよ、ウィルソン」

「もちろんそうだろう。彼女はケチな人間じゃない」

「あのチームと働けなくなるのは寂しいでしょうね。だけど、わたしは新しいチームを率いるのよ。あの設備と資金と教育者がそろっているんですもの、きっと――」ロシェルは笑いながら言葉を切った。「止めてくれなきゃだめよ、ウィルソン。いつまでだって話しつづけちゃうわよ」

「絶対止めないよ。俺のドクター・ロー、一流の精神分析医のなかの超一流の精神分析医さん」クラックは大きな手で彼女の手を包んだ。「俺も案内してもらおうかな」

「そうよ、あなたも見学すべきだわ。とても入念に計画されていて、何もかもそろっている。思いやりにあふれているのよ。あなたも覚えているでしょ、ウィルソン。あそこの工事を始めたときに遺骨で発見された少女たちに起こった悲惨な事件のこと」

「覚えてるよ」

「屋上に庭を作って、生徒たちが植物を育てたり、そこに座って外の空気を吸ったりできるようになってるんだけど、あの可哀想な少女たちのための記念碑も建っていた。悲しいけど、励みにもなるわよね。彼女たちの人生はかけがえのないもので、いつまでも忘れないんだって。立派なことよね、ウィルソン」

「ナディーンのパーティに行くまえに、あの人たちがいかに最高の人間かを話しただろ。あの人たちがいなかったら、あのイカレた野郎に大事な妹を殺された痛手から立ち直れたかどうかわからないよ」

ロシェルは彼の大きな手を自分の頬に当てて撫でた。

「俺がボロボロになったとき、あの痩せっぽちの白人女は俺をつかんで離さなかった。俺の大事な妹に正義をもたらしてくれた。おまけにあのふたりは、妹のために公園に木を植えてくれたんだ。あんな親切を受けたのは人生で初めてだった」

クラックはロシェルの手をぎゅっと握り、気持ちを落ちつけるためにビールのグラスを取り上げた。「今度はピカ一の人間を雇ったことで、彼らが利口でもあることがわかった。きみはピカ一なんだよ。愛してるよ、ロー」

「ウィルソン」彼は気持ちを軽くしてくれるだけでなく、自分は正しいのだと思わせてくれる。「わたしも愛してるわ。不思議ね。あんな悲しい席で出会ったのに、ここでこうして、一緒に素晴らしいものを築いているなんて。自分の人生が変化しているのを感じる。ライルは自分を取り戻したし、わたしはあなたに出会えたし、今度はこれでしょ。過去を振り返ることもできる、つらく、恐ろしく、非情な経験だったと感じることもできる。それが今は、祝福されているように感じるのよ、ウィルソン」

「すべて自分で勝ち取ったんだよ」

ロシェルはほほえみ、顔を近づけた。「デザートはスキップしない？」

「きみが？　甘いものが大好きな俺のレディが？」

「ワルツは部屋で踊りましょう。ライルはマーティンのところに泊まるの。だから今夜はふたりきりよ。ひと晩じゅう」

「勘定をすませてくる」

ロシェルはクスクス笑いながら階段を登り、玄関の前でクラックをつかむと熱いキスをした。彼はこんなにたくましくて、筋骨隆々で、力強い。そんなわけはないのに自分がか弱くなったように感じる。

自腹で取りつけた警察推奨の錠の前で、ロシェルは鍵をあけるのに手間取りながら、もうすぐもっといい部屋に、もっと安全な地域に引っ越せるのだと思った。

クラックは鍵を受け取り、ドアのロックをはずした。今夜のお祝いの仕上げをしようと決め、ロシェルが閉じたドアに背を預けるまでワルツを踊る真似事をした。それから奥へ向かおうとした。

そこでふたりの目にはいったのは、狭いリビングの椅子に沈み込んでいるライルの姿だった。シャツに嘔吐《おうと》した跡があり、どんよりとした目は一点を見つめ、膝に空っぽの注射器が載っている。

「嘘よ！」と駆け寄ろうとするロシェルをクラックは抱きとめ、閉じたドアにしっかりと押しつけた。

「さわっちゃいけないよ、ロー。何も手を触れないで」

「離してよ！　ライルのそばに行かせて。ライルが、ライルが。行かせてよ、お願いだから」

ロシェルは必死の力で抗《あらが》った。毒づき、拳《こぶし》を叩きつけてきたが、クラックは彼女を離さなかった。彼女の体から力が抜けるまで抱きとめていた。抱き締めたまま一緒に床にしゃがみこんだ。

「いやよ、いやよ。お願い、お願い。もしかしたらライルはまだ――」

「ベイビー、彼は逝《い》ってしまったんだ。残念だ。とても残念だよ、ロー」

「そんなはずないわ。もう麻薬はやっていなかったの、ほんとうよ。こんなことするはずがない。絶対にありえない」

「信じるよ。俺を見てごらん。俺だけを」顔を上げたロシェルの目からは涙がこぼれ落ちていた。クラックが体を揺すってやっても涙は止まらなかったが、その目はこちらを見つめたままだった。「警察を呼ばないとな。信頼できるやつにするよ。ダラスに連絡するよ」

リンクが鳴ったとき、イヴは一瞬無視しようかと思った。通信司令部ならコミュニケーターを使うだろうし、誰に対しても何も話すことはなかった。ロークが射撃練習場での挑戦に応じたとなればなおさらだ。

ロークをやっつけてやるつもりなのだから。

けれど画面にはクラックの名前が表示されていた。知り合って以来、彼から連絡が来たのは一度くらいしかない。きっと緊急の用件なのだろう。

イヴは応答した。「よお」

射撃用の服に着替えるためにシャツのボタンをはずしおえたロークは、イヴがたちまち警官に変わるのを見た。

「何もさわらないで。死体に近づかないで。部屋から出て鍵をかけて、表で待ってて。すぐ行くわ」

ロークはすでにボタンをはめおえ、イヴがはずしておいた武器用ハーネスを手渡した。

「誰が死んだ？」

「ロシェル・ピカリングの弟。彼女たちの部屋で。過剰摂取《OD》に見える状態で」

「なんてことだ」ロークは〈アン・ジーザン〉を案内したときの彼女の輝きに満ちた顔を思

いだし、胸が締めつけられた。「僕が運転しよう。住所はわかっている」

「今日は弟のこと、何か言ってた?」一緒に階段を駆け降りながらきく。

「ああ、言ったよ」動きつづけながら、ロークはリモートでイヴの車を玄関にまわした。

「率直に話してくれた。彼が陥った問題、服役、更生訓練について」

サマーセットがしまっておいたふたりのコートを取り出し、イヴの分を手渡す。「彼は更生訓練施設での期間を終えたあと、姉に一緒に住んでほしいと頼んだ。まともな人間になるために一年間一緒に暮らしてほしいと」

寒風のなかに足を踏み出したとき、ちょうど車が横づけになった。

「弟は仕事が見つかり、一日も欠勤していない。それどころか、先月昇給した。〈バンガーズ〉との関係はすべて断ち切って、断薬会に欠かさず出席し、兄弟や薬物をやるまえに付き合っていた友人たちとの関係を修復した」

道中それを確認することもできるけれど、ロークがライル・ピカリングについて調査済みなことはわかっていた。今はロークをデータソースとして利用しておこう。

「彼はどんな人物?」

ロークは口早にダッシュボードのコンピュータに所在地を告げ、車を発進させた。「僕の記憶が正確なら現在は二十六歳で、十代の初めから素行が悪くなった。不登校、こそ泥、落書き。やがて薬物に手を出し、ギャングと付き合うようになる。未成年のころ、違法麻薬所持と器物損壊で逮捕されている。少年院とリハビリ施設に入れられ、社会奉仕活動を課せられた。二年ほどギャングの安宿で暮らしたことがある。おそらく違法麻薬課には彼の記録が相当あるだろう」

「そうね」それはあとで確認しよう。

「成人してから最後に逮捕されたのは、ライバルのギャング団のメンバーと喧嘩になったときだ。ふたりとも法定規制を超えるナイフを持っていた。彼はゼウスとエロティカを含め、末端価格六千ドル相当の薬物を所持していた」

「それが喧嘩の原因だった可能性があるわね」

「彼は喧嘩にしては重い刑を受け、その服役中に目が覚めたようだ。リハビリを終え、調理師免許を取得し、仮釈放された――更生訓練施設《ハーフウェイ・ハウス》を経て、肉親と一年間暮らし、有給の職に就くといった条件つきで。去年、仮釈放条件がすべて満たされると、不定期の薬物検査を甘受しただけでなく、どうやらみずから進んで月に一度刑務所のセラピストとコーヒーを飲みながら面談しているらしい」

「つまり、表面上はリハビリの模範に思える。ところが彼は死亡し、そばには嘔吐物と注射器があった」

「つまり、この警官は裏を考える。かつて麻薬や人を利用していた者はそこから手を切ることはできないのかと」

「わたしのいちばんの親友はかつてペテン師だったのよ」イヴは思いださせるように言った。「人は変われるとこの警官は考える。そうしようと努力しないだけ。一度も努力してみない者もいる。だからこの警官は結論を下すまえに死体と現場《DB》を調べなければならない」

「ピーボディは呼ばなくていいのかい？」

「現場とDBを調べて、時系列を確認したあとで、彼がこっそり昔の習癖に戻って過剰に摂取しただけだという結論が出れば、彼女を呼び出す必要はない。そうじゃなければ、彼女の夜をだいなしにするつもり。それにしても物騒な地域ね」イヴはあたりを見まわした。薄暗い通りにはタトゥーの店、セックスクラブ、都市戦争《アーバン・ウォーズ》後に急造された階段しかないプレハブのアパートが並んでいる。

「ああ。そのなかであの姉弟は人並みの暮らしを送っているが、費用はかかる。ロースクールに進んだいちばん下の弟は学費の一部を奨学金でまかない、パートタイムで働いているが、ロシェルといちばん上の兄が学費や寮費を助けてやっている。けっこうな額だよ」

クラックはすぐに見つかった――あの大男は見逃しようがない。ロシェルと一緒に五階建てのプレハブアパートの表にいた。ロークは縁石に止まっているポンコツ車のあいだに車を割り込ませた。こんな地域ではポンコツか公共交通機関に乗るしかないのだろうとイヴは思った。

たいがいの者はポンコツでさえ買うことができない。

クラックが車のドアをあけてくれ、手を差し出してきた。「来てくれてありがとう」

イヴは悲しみを浮かべた目を見つめ、うなずいた。

ロークはすぐにロシェルのもとへ行き、それが彼の流儀なので彼女に腕をまわした。「残念だ。残念でならない」

ロシェルは泣きだした。「あの子はこんなことしない。自分のために、わたしたちのために、こんなことはしない。決して――」

これが自分の流儀なので、イヴは前に出た。「おつらいところ申し訳ないけど、お尋ねしたいことがあるの。弟さんと最後に会ったのはいつですか」

「ウィルソンとのディナーに出かけるまえでした。契約書が届いたすぐあとです。七時ごろだったかしら。そのころだったと思います」

「そうだね、僕が契約書を送信したのは七時ごろだった」ロークが裏づけた。

「弟は帰宅したところでした。今日は早番でランチとハッピーアワーの担当だったんです。

夜の休みは八日ぶりで、弟は疲れていたけど嬉しそうでした。あの子は喜んでいた。わたしのために喜んでいました。着替えて、断薬会に出席してから、祖母に食事の残り物をねだり、今夜はマーティンのところに泊まると言っていた。あの子はこんなことをするはずがないんです」

「わかりました。どこか別のところで待っていてほしいの。クラック、あなたの家は遠くないわね。ロシェルを連れていってもらえない？」

「だめよ。お願いです。ここにいたいんです。あの子をひとりきりで置いていけない」

「寒いところにずっといるわけにいかないでしょ」イヴは言い聞かせるように話しかけた。

「待っていてほしいの。ライルのことはわたしが面倒を見るから。彼はひとりきりじゃないから」

「彼女を信じたほうがいいよ、ロー。俺と一緒に行こう。しばらくしたらダラスが来てくれる。ここの鍵だ」クラックはポケットから鍵を取り出し、イヴに手渡した。

マスターキーもあるし元泥棒の名人《マスター》もいるので必要ないが、イヴは鍵を受け取った。

「兄と弟に、祖母にも連絡しないと」

「それは少し待ってくれる？　ここの検証が終わったらなんでも話していいから」

傍目《はため》にもわかるほど努力して気持ちを落ちつけ、ロシェルは力強い目でイヴを見つめた。

「話すことはひとつだけはっきりしています。あの子は自分でこんなことをしたんじゃない。あの徴候は自分の名前のように熟知しています。憂鬱《ゆううつ》、言い逃れ、引きこもり、興奮、怒り。弟を見ればわたしにはわかるんです。あの子はもう薬物を使用してなかった。部屋にあがって、あの子を落伍者《らくご》か何かのように見ないで。そんなことはしないで」

「いずれにしても彼は被害者よ。彼は今やわたしの管轄なの。わたしは彼のために全力を尽くす」

「さあ、ロー、少し歩こう。少し歩いたほうがいい」腰に腕をまわして、クラックはロシェルを連れていった。

イヴは息を吐き出し、ロークがトランクから取り出しておいた捜査キットを受け取った。

「上で何が見つかるにしても、彼女にとってはつらいことね」

「きみは真実を見つける。彼女に望めるのはそれしかない」

イヴはアパートをしげしげと眺めた。ずんぐりとしたバラック、防犯カメラはなく、セキュリティも目にはいるかぎりでは設置されていない。正面入口のロックもおざなりなものだろう。ブザーを鳴らして入れてもらうまでもない。

地下はコンクリートの土台にゴミが散らばり、街灯は消えていて暗い影を残している。

悪事を働くには絶好の場所だ。

通りの東の角で街娼《がいしょう》が客を拾うのが見えた。西の角のあたりをうろうろしている男は〝カモを待っている違法麻薬の売人です〟と書いた札を下げているも同然だった。

フードをかぶり、ポケットに手を突っ込んだ少年ふたりが、タフを気取ってふんぞり返って通りを渡ってきた。売人に用があるのだろう。

あれでは商売がだいなしだ。

「待ちなさい！」イヴはバッジを掲げた。「NYPSD！」

少年たちはタフとは程遠い足取りで逃げていった。売人は消えていた。

「彼らが一時間もしないうちに戻ってくるのはわかっているんだろう」

「そうよ」イヴは肩をすくめた。「でもそのまえに漏らしたパンツを穿き替えないとね」

イヴはアパートに近づき、ロックを見てかぶりを振った。「なんでわざわざ？」

三本あるうちの鍵を試そうとするまもなく、ロークは道具を取り出してあっという間にロックを解除した。

エントランスには——狭くて薄暗く、小便のにおいが染みついている——階段があり、このアパートが建ったときから動かされた形跡のないエレベーターの薄い扉にはチェーンが渡されていた。

「部屋は三階だよ」エントランス同様、薄暗く小便臭い階段を登りながらロークが告げる。

殊勝にも壁の落書きを塗りつぶそうとした者がいたようだ。漂白剤のようなにおいもかすかに漂っているから、その人物は混沌《こんとん》とした黴菌《ばいきん》を根絶しようとしたのかもしれない。

階段を登るにつれ、一階の部屋からやかましい音楽や、映画番組のささやきや、盛んな口論が聞こえてきた。

二階に着くと、愉快でしょうがないというような笑い声と、ボソボソ話す声が聞こえた。

ピカリングの部屋の前でロックをつぶさに眺める。

「まともなものだわ」イヴはレコーダーを作動させた。「ダラス、警部補イヴならびにロークは不審死の捜査のため、これより居住者の承認を得た住居に立ち入ります」

記録のために、イヴは鍵を使ってドアをあけた。

室内にはレモンの香りがする洗剤と死のにおいが漂っていた。

明かりは全灯になっていた。リビングエリアにはソファ、椅子二脚、テーブル二台、集塵《しゅうじん》機が置かれ、写真が飾られていた。そこからかろうじて狭い食事エリアが続き、その端にはキッチンらしきものがあった。

ライル・ピカリングはクラックが言ったように椅子に沈み込み、膝に注射器を載せ、シャツの袖をめくりあげた左腕には手製の止血帯が巻かれていた。

ニックス・ファンであることを示すスウェットシャツ、バギーパンツと履きつぶしたハイトップスニーカー。シャツには嘔吐物が飛び散っていた。

イヴは振り返ってドアのロックを見つめた。「ロックや戸口に押し入った形跡はない。部屋に争った形跡もない」

捜査キットから〈シール・イット〉を取り出し、両手両足にスプレーするとロークに缶を放った。

「僕も？」

「ええ、コーティングして。キッチンをのぞいてから寝室を調べて。わたしは遺体の検分をするから」

手順どおり進め、身元を確認した。「被害者は当該住所の住人ピカリング、ライル、二十六歳と判明した」

「キッチンのカウンターに水を入れたグラスが倒れていた」ロークが報告する。「床には被害者のものらしきリンクが落ちている」

「面白いわね。この被害者の喉にある小さくて浅い傷も、手首に見えるかすかな痣《あざ》も面白い」

「ピーボディに連絡しようか？」

イヴは遺体を見つめた。とくに左腕のギャング団のタトゥー——Ｂａｎｇｅｒｓという単語で囲まれた拳の絵柄——は消そうとした痕《あと》がはっきりわかる。答えるまえに、マイクロゴーグルをはめてその腕を調べた。

そして手の第一関節のところに小さな――それも新しい――針の痕があるのを見つけた。親指の第一関節に注射器でつけた丸い痕がある。

「ええ、そうね、連絡してくれる？」

イヴはしゃがんだまま踵《かかと》に体重を移した。「中毒から回復した者を殺すのに、一見利口なやつならどんな手を使う？」

イヴの背後に立って、ロークはロシェルの弟を気の毒そうに見つめた。「みずから過剰摂取を招いたように見せかける」

「そうよね。強盗やギャングの報復や不運な出来事に見せかけて通りで殺すよりいい。ここに、彼の住居に訪ねてきて、注射を打って殺し、姉に発見させる。そのほうが利口よね。だけど本物の利口じゃない。それに個人的な動機を感じる」

うなずきながら、イヴは捜査キットに手を伸ばして次の道具を取り出した。「やっぱり、ピーボディに来てもらわなきゃ。わたしたちは今朝、殺しに見えて結局は事故だった事件を担当したけど、今度は過剰摂取の事故死に見えて実は殺人だという事件を担当することになりそう」

4

ピーボディに連絡したあと、ロークはイヴの後ろをまわって短い廊下を進み、向かい合ったふたつの寝室と突き当たりのバスルームを調べた。

ロシェルの寝室はベッドに花柄のカバーをかけ、ひとつきりの窓をフリルのついた日よけで覆っているだけでなく、きちんと整えられたベッドのそばには脱いだものが散らばっていることもなかった。部屋の隅に小さなデスクを押し込んで仕事スペースを取ってある。

次は弟の寝室へ向かった。

適当に整えたベッドにはグレーの薄いカバーがかかっている。クローゼットの衣類はプラスティックのかごに乱雑に積み上げたり、ハンガーにかけて傾いたままぶら下げたりしてあった。

抽斗《ひきだし》が二段あるドレッサーには断薬会でよく使われる〈ニーバーの祈り〉の文句を額に入

れて飾ってある。ずんぐりした瓶は空っぽで、手書きのラベルが貼ってあった。

〈貯《た》めろ！〉

一段めの抽斗はきちんと閉まっておらず、引き出すときに少し引っかかった。下着、靴下、ごちゃごちゃのバンダナの上に、別の注射器と、イヴがさっき脅した売人が商売道具にしそうな安っぽい小瓶が二本置いてあった。

そのうち一本はほとんど空《から》になっていた。

イヴが記録するためにそのままにしておき、二段めの抽斗に移った。

Tシャツ、トレーニングウェア、スウェットシャツ。

ナイトテーブルの抽斗からスワイプで開く安物の電子ブックが見つかった。中身を調べ、元に戻し、バスルームへ移動する。

バスルームから出てくると、イヴが遺留物採取班を要請している声が聞こえた。

「ドレッサーの上の抽斗から注射器がもう一本と違法麻薬の小瓶が二本見つかった。すぐ目にはいるところだよ、イヴ。靴下や下着の上に載せてあった」

「それなら常用してたように見えるわね。あるいは、またやりだしたところか」

「ナイトテーブルには電子ブックがあった。日記みたいなもので、律儀に二年間続けていたようだ。詩や料理のレシピ。勤務スケジュール。出金記録らしきもの——給料日ごとの貯金額、部屋代の分担金、食料品、服、音楽、断薬会での募金までつけてあった。ドレッサーには貯金箱が載っていた――小銭やクレジットを貯めていたんだろう。空っぽだったよ」

イヴは道具や証拠品袋をしまいながら聞いていた。

「中身を持ち去ったのかも。彼のポケットには回復二年の記念メダルと鍵とバンダナがはいってるだけ。財布も小銭もなし。犯人はほかのものも盗んでいったかもしれない。あとでロシェルに確認してもらうわ」

「きみの考えは?」

髪を掻き上げて、イヴはドアのほうを向いた。「彼は誰かを部屋に入れた。死亡時刻《TOD》は一九二二時だから、姉が出かけてからそれほど時間はたってないでしょう」

「そうすると見張っていたやつがいたのか」

「たぶんね」見張りは必要だろう。イヴはたまたま運が良かったなんてことは信じていないから。「彼はその人物を部屋に入れる。信頼できる者、恐れるに足りない者、あるいは見た目どおり交渉相手だったのか。彼はキッチンへ行き、グラスに水を注ぐ。そしておそらくリンクを取り出す――誰かに連絡しようとして。彼らは――相手は複数の可能性が高いから――背後から彼を襲う。手首の痣は強く握られた痕に見える。力のある相手に。グラスが倒れ、リンクが床に落ちる。彼らは注射を打ったと睨んでる――遺体には針の痕があったから。それでライルをハイにさせるか気絶させる。リビングに連れてきて、過剰摂取《OD》の舞台をこしらえる。彼の喉にはかすかな切り傷があった。抵抗されないようにナイフを突きつけていた」

ロークにもその場面が見えた。「抵抗する機会はほとんどなかったんじゃないか?」

「ええ、犯行に時間はかからなかったでしょう。数分ですんだはず。彼が死にかけてるあいだに、違法麻薬や道具類を見つかりやすいところに隠す」

イヴは遺体のそばに戻り、スウェットシャツをめくって腹部をあらわにした。打撲の痕があった。

「殺すまえに二、三発殴らずにいられなかったのね。個人的な恨み。うまくやったつもりでも、自分たちが思うほど利口じゃない」

ノックの音がして、イヴはドアまで行った。

「いいタイミングね」と、ピーボディと隣にいるマクナブに言う。「浅知恵でODに見せかけた殺人事件」

「ロシェルの弟ですか?」ピーボディはイヴの向こうにある遺体を見やった。「なんて残酷なの」

「建物の前や正面入口に防犯カメラはなかったよ。すでにエレクトロニクスの神がいるみたいだけど」とマクナブが付け加える。「俺でも役に立つことがあるなら」

「ピーボディと一緒に聞き込みをしてほしいの。そうそうツキには恵まれないだろうけど、目撃者がいるかどうかは確認しないと。わたしが探してるのは、今夜七時から七時四十五分のあいだにこの建物に出入りした、もしくは近づいた者」

「了解」

「ロシェルは？」ピーボディがきいた。

「クラックに頼んで彼の自宅に連れていってもらった。ふたりは九時十五分ごろディナーから戻って発見し、わたしに連絡をよこした。あとで詳しく説明するわ。遺留物採取班と死体運搬車はこっちに向かってる。目撃者を見つけてわたしに知らせて」

そうして話しているあいだに、向かいの部屋のドアがあいた。出てきたのは四十代なかばの混血人種の女性で、白髪交じりの髪をポニーテールにしている。

「あたしは見たわよ」

イヴは背後のドアをそっと閉め、死体を見られないようにした。「聞かせてください」

「警察の人？」

「ええ、そうです」三人は同時にバッジを取り出した。

「まあ、何も聞かなかったふりはしないわよ。こちらのふたりがやってくる足音が聞こえたらね」女性はピーボディとマクナブに顎をしゃくった。「今夜は階段をあがってくる人がふだんより多い。そんなこと月に一度あるかないかだから」

それからため息をついた。「あの若いライルに、不幸なことが起こったの？」

「はい。お名前をうかがってもいいですか」

「スターシャ＝ジーン・グレゴリーよ。お話しするわ。あたしは六時ごろ仕事から戻って、着替えて、ビールを飲んで、自分の夕食を作った。ライルの足音が聞こえて——誰の足音だか聞き分けられるようになるものなのよ——そのドアをあける音がした。それがたぶん七時ごろ、七時にはなってなかったかもしれないけど、七時近かった。それからまもなくして、あの優しいロシェルが出かけるのが聞こえた。ヒールを履いてたからデートだと思うわ。ライルが帰ってきてから十分もたってなかったはずよ」

「そのあとも階段をあがってくる足音が聞こえた？」イヴは話をうながした。

「その人を見たの。明日がゴミの日だってことを忘れてて、あわてて下に出しにいったの。彼女とは階段ですれちがった」

「彼女？」

「若い子。フードをかぶってうつむいてたけど、あたしは顔をちらっと見た。体つきも若い女のものだったし、ほら、胸とかそういうところが。髪はピンクだった。彼女はライルの部屋のドアをノックした。なんだか泣いてるようで、助けてほしいみたいなことを言ってたわ。あたしが部屋に戻るとき行き合わなかったから、なかに入れてもらったんでしょう」

「何時ごろですか？」

「ロシェルが出かけてから五分もしないうちよ」

「その若い女に見覚えはありませんか？」

「まえにこの付近で見かけたことがあるかもしれないけど、ここでは見てない。それでね、また足音が聞こえたときは様子を見にいかないように自分を抑えたの。三人だったと思う」

ミズ・グレゴリーはふうっと息を吐き出した。「いいわ、なんで三人だと思うかっていうと、我慢できずにドアの覗《のぞ》き穴から様子をうかがったから」

「その三人に見覚えは？」

「顔までは見えなかった。あたしがこっそりのぞいてたとき、彼らは背中を向けてたから。大男たち、フード付きパーカーを着てた。若い女が彼らをなかに入れた。なかに入れると、その女は逃げるようにして階段を駆け降りていったわ」

そこでひと息入れると、ミズ・グレゴリーは両手で顔をこすった。「あの青年はいい子で気に入ってたの。去年の夏にあたしが足首をひねったときも、そばにいればあたしが階段を登るのを助けてくれたのよ。荷物を運んでくれたり、夜にゴミを出しにいってくれたり。去年の夏あのギャング団のタトゥーを見ちゃったの。彼は隠そうとしたけど、あたしに見られたことに気づいて、もうすっかり足を洗ったと言った。それを消すために貯金してることも話してくれたわ」

もう一度息をつく。「まずいことになってると知ってたら警察を呼んであげたのに。あたしも彼より若いころは人を見る目がなくて、付き合ってた男が警察沙汰《ざた》を起こしたし、警察はあたしに対しても冷たかった。でも、ライルと彼の姉さんを助けるためならあなたたちに連絡したのに」

「あなたは今、そのふたりを助けようとしているんですよ。男たちが出ていくところは、その三人が出ていくところは見ませんでしたか？」

「音は聞こえたわ。腰を落ちつけてドラマを見てたとき、男たちの笑い声や荒々しく階段を降りていく足音は聞こえた。部屋にはあまり長くはいなかった。まだ七時半になってなかったと思う。でも、あたしは立ち上がって見にいくことはしなかった。やつらは笑ってた」彼女は繰り返した。「あなたが言うには、そのときライルはあの若さで哀れにも死んでたのね」

ミズ・グレゴリーは向かいの部屋のドアを見つめた。「立ち上がって見にいけばよかった。そうしてればよかった。ロシェルがデート相手の大柄な美男子と帰ってくるのは聞こえた。なんだか廊下で少しはしゃいでるような声が聞こえたわ。ほほえましい気持ちになって、あたしは寝間着に着替えた。あのふたりが出ていく音は聞こえなかったけど、ロシェルはまだなかにいるの？　いるならお茶でも持っていこうかしら」

「彼女は今、部屋にはいません」

「可哀想に」ミズ・グレゴリーは唇を引き結んでかぶりを振った。「可哀想に。あなたたちの足音が聞こえたとき、今夜はいったいどうなってるのかしらと思ったのよ。だから外の様子をのぞいてみた。あなたが警察だと名乗ってドアをあけたとき、ライルがちらっと見えたわ。だからあたしは寝ないで耳を澄ましてたの」

「ご協力ありがとうございます、ミズ・グレゴリー。その若い女性をもう一度見たらわかるでしょうか。彼女の写真を見たら。それが無理でも、警察の似顔絵作成係に協力していただけますか？」

今度は頬をぷっとふくらませた。「警察と関係するのは二度とごめんだったけど、写真も見るし、なんでもするわ。ライルとロシェルのためだもの」

「ありがとうございます。ピーボディ、ミズ・グレゴリーの部屋に入れていただいて、人相を説明してもらって。マクナブ、あなたは聞き込みを開始して。もう一度ツキに恵まれるかもしれない」

「あいつらはあの青年を殺した。そんなことをしておいて、あいつらはまるで面白い冗談か何かのように笑いながら去っていった」ミズ・グレゴリーはふたたび首を振り、手招きしてピーボディをなかに通した。

クラックの自宅のドアをノックするころには、事件のあらましはつかんでいた。イヴは予備報告書を作成させるためピーボディをセントラルへ向かわせた。ミズ・グレゴリーから問題の若い女のぼんやりとした人相を手に入れたから、ヤンシー捜査官を呼び出して似顔絵を作成させる必要があるかもしれない。

けれど、ライルがその女性を知っていたなら、ロシェルも知っていた可能性は高い。まずはそちらから当たろうとイヴは思った。

クラックはディナー・デート用の無難なセーターとパンツ姿のまま出迎えた。派手な飾りはなく、ネックレスもタトゥーも表からは見えない。

〈ダウン&ダーティ〉は流行《はや》っている店で、クラック――もしくはウィルソン――は抜け目のない商売人だ。だから彼はロシェルの住まいより数段高級なアパートメントに住んでいる。

ロシェルはリビングルームにいた。そこには大胆なアフリカの美術品と主人の体格にふさわしい特大サイズの家具が配されている。目の縁を赤くし、心労で青白い顔をしたロシェルはさっと立ち上がった。

「あの子はこんなことしないわ。あなたがなんと言おうと、また麻薬に手を出したりしないことはわたしが知っている。違法麻薬をうちに持ち込んだことがないことも」

「そのとおりよ。わたしの初動捜査の結果もあなたの意見と一致してる」

「あの子は――」ロシェルは体の脇で握り締めた拳をゆるめ、ふらつきながらふたたび椅子に腰をおろした。「弟に何があったの?」

「みんな座ってくれ。あんたの好きな例のコーヒーはないけど、ペプシならあるよ」クラックは話しながら、ロシェルのカールさせたウェッジ・ヘアを撫でた。「冷たい飲み物はそれが好きなんだろ?」

「いいわね」

「ロークは?」

「僕もそれをもらうよ、ありがとう」

「ごめんなさい」ロシェルは拳を口元に押し当て、気持ちを落ちつかせようとした。「すぐに飛んできてくれたのに、お世話になっているのに、まだお礼も言ってなかったわ。ごめんなさい」

「そんなの気にしないで」イヴは座ってロシェルと目を合わせた。「ロシェル、ライルのドレッサーに載ってた瓶のことだけど」

「あの子の貯金箱よ。仕事から帰るとかならず小銭を放り込んでいた」

「どのくらい貯まってたと思う？」

「さあ、わからないわ。たぶん、半分は貯まっていたと思う。もしかしたら半分より少し多かったかも」

「空っぽだったの」

「まさか、そんなこと嘘よ。今夜見たばかりだもの。部屋のドアはあいていた――あの子は隠し事がないことを知らせるために開けっ放しにしておくの。ウィルソンとのディナーのために着替えをしようとしたとき見えたけど、少なくとも半分は貯まっていたわ」

「空っぽだったの」イヴは繰り返した。「上段の抽斗には別の注射器と違法麻薬らしきものがはいった小瓶が二本あって、一本は中身がほとんどなかった」

あの重たげなまぶたの下の目が花崗岩《かこうがん》のように硬くなった。「あなたの言うことなんて信じない。絶対信じない」

「信じて。貯金箱を空っぽにしたのが誰であれ、その人物が注射器と違法麻薬を忍ばせていったと思ってるから。それが誰であれ、あなたの弟を殺して過剰摂取に見せかけたと」

「あの子を殺した。殺した。殺した――」

「息をつくんだ、ロー」クラックが急いで飲み物を持ってきた。「ゆっくり息をして」グラスをテーブルに置くと、クラックは彼女を引っ張りあげ、自分が椅子に腰をおろして膝に載せた。

「あの子がやってないのは知っていたけど——でも……殺されたなんて。誰かがライルを殺した。もう何も考えられない。少し待って。わたしを離さないで、ウィルソン」

「大丈夫だ。ちゃんとつかまえてるから」

イヴはグラスを取り上げ、カフェインの刺激を歓迎しながらロシェルが気を取り直すのを待った。

「あの子はとても生き生きしてた」ロシェルはつぶやいた。「自分を取り戻して、本来のライルを取り戻して。わたしはほっとしたわ。あの子がようやく本来の自分らしくなってくれたから。ゆうべ出かけるときに『愛してる』と伝えたら、『愛してるの二乗だ』って返してくれた。それが最後に交わした会話。それだけは感謝しないと。ああ、あのとき出かけないと言い張っていれば、家でお祝いの料理を作っていれば——」

「彼らはまた別の機会を見つけたでしょう」イヴは言い切った。「あなたが出かけるのを待っていたように思えるの。彼らはライルの予定を知っていた、夜の勤務が休みだったことを知っていた。彼に危害を加えたがる人に心当たりはある、ロシェル?」

「ないと断言できるわ。二年前にきかれたら十人以上挙げられたけど。でも、あの子はもうその生活から抜け出した、彼らには近づかなかった。仕事に行き、断薬会に出席し、兄弟や祖母に会いにいくだけ。麻薬断ち二年の記念メダルを手に入れたばかりだったのよ」

「目撃者の話ではあなたが出かけてすぐに部屋を訪ねてきた女性がいるらしいの。フード付きパーカー、バギーパンツ、ブーツという恰好で、色はみんな黒。白色人種で、二十代なかばの小柄な女性、とても痩せてる。目撃者によれば――ちらっとしか見てないけど――細くてこわばった顔つきだったそうよ。髪はピンクだった」

「その感じからするとディニーのことみたい」

「ディニー？」

「ディニー・ダフ。ライルがギャング団にいたころ一緒に暮らしたことのある女性で、〈バンガー・ビッチズ〉の一員。自分たちのことをそう呼んでいるのよ。あの子は逮捕されるまで彼女と付き合っていた。彼女も逮捕された。それ以来、ディニーとは会ってなかった。仮釈放条件に違反するから」

「彼は今夜、彼女を部屋に入れたようなの」

「なんてこと」

「目撃者の話では、彼女は助けてほしいと泣いて頼んでいた」

「それならわかるわ」ロシェルはきっぱり言った。「助けてほしいと頼まれたなら、あの子はドアをあけたかもしれない。あの子はディニーのことを心配していたから、自分が最悪の状態でも。彼女がライルを殺したの？」

「犯人たちをなかに入れる手引きをさせられただけだと思う。彼らが部屋にはいるとすぐ立ち去っているのよ」

たちまち激しい怒りが戻ってきた。「それでも罪は罪よ」

「ええ、そうね。これから彼女を逮捕しにいくつもりよ。殺人の共犯で立件できると見込んでる」

ロシェルは目を閉じ、クラックの肩にもたれた。「あなたを責めているわけじゃないの」

「痩せっぽちの白人女は責められることなんか気にしないよ」クラックが教えてやった。

「気にするようなら別の仕事を選ぶわ。それとね、取り調べでは彼女が部屋に入れた三人組の名前を吐かせるつもりよ」

「どんな人たちだったの？　見たことがあるかもしれない。わたしの知っている人たちかも」

「目撃者は彼らの顔を見てないの。だからって、わたしが彼らを探せないことにはならない。わたしは見つけ出す。しばらくのあいだ、あなたの部屋は封鎖する。今夜はここに泊まって。明日また連絡するわ。わたしと一緒にアパートメントを調べて、なくなったり位置が変わったりしてるものがないか確認してほしいの。どんな些細《ささい》なことでもいいから」

「わかったわ、あなたのご都合のいい時間に。でも、ライルに会いたい。あなたの判断は正しかったわ、ウィルソン。あの子に駆け寄るのを止めてくれてよかった。でも今はもう、あの子に会わないと」

「明日その手はずを整えるわ」

「モリスに頼んでくれたかい?」

イヴはクラックにうなずいた。「ええ。モリスがライルの面倒を見てくれる」

「彼はそういう人なんだよ、ロー。面倒を見てくれる。俺も一緒に行くよ」

「兄と弟——マーティンとウォルター——と祖母に、彼らに知らせなくちゃ。どう説明すればいいの?」ロシェルはつかのまクラックの肩に顔をうずめた。「でも、知らせなくちゃね。ちゃんと顔を見て。みんなで力を合わせないと」

「まずウォルターの学校に行こう。車を用意するから一緒にウォルターを迎えにいって、それからマーティンのところだ」

「きみたちの車は僕が手配するよ」ロークが言った。

「そこまでする必要はないよ」

「もう決まったことだ。きみは身内なんだよ」とクラックに言う。「それにロシェルは今や僕の部下になった。ライルはイヴの管轄だ。車と運転手は必要がなくなるまで自由に使ってくれ」

「なんてお礼を言ったらいいか」ロシェルが言った。「これは現実じゃないような気がしたけど現実で、冷酷な現実だと思ったけど冷酷なばかりじゃない。みんなに伝えないとね、つらい話なのはわかっていても」

「きみはひとりじゃないんだよ」クラックはロシェルの髪にキスした。「俺がいつもそばにいる」

車に戻りながら、イヴはディニー・ダフの現住所を調べ出した。「〈バンガーズ〉の縄張りね」とつぶやく。「面白いじゃない？」車に乗り込み、住所を打ち込む。「セントラルに連絡して、あの地域で勤務してる制服警官をふたり要請する」

「我々だけで対処できるとは思わないのかい……痩せっぽちの白人女？」

「あら、わたしたちだけで充分よ、こわもてのアイルランド男。でもね、わたしはギャングと格闘したいわけじゃないの。彼らはライルを殺すのに三人使った。あれはつまらない用事じゃない、くだらない仕事じゃない。別に理由があるのよ、もっと大事な理由がね。ディニー・ダフはライルを殺した三人を知ってるだけじゃなく、殺しの黒幕も知ってる可能性が高い」

「やつらの組織には元締めがいるだろうね」

「ええ」ロークに運転をまかせ、イヴはもっとも可能性の高い編制を考えた。「たぶんそのすぐ下に幹部が四、五人いて、さらに序列が続く。だけど団の運営を仕切る者、自分たちのビジネスを監督する者がいる――違法麻薬、金融、セックス産業、それから敵対組織との交渉や抗争、みかじめ料とかそういったもの」

「やつらもビジネスだからね」

「殺し、傷害、窃盗、テロの口実よ。でもそうね」イヴは譲歩した。「ビジネスね。だったら、元メンバーが更生したからという理由で殺したりしないでしょ。動機になるのは個人的な恨みか、彼が普通の暮らしを送りながらギャング・ビジネスの障害になることをしてしまったかよ」

「少なくともそのヒントになりそうなことは日記に書いてあるかもしれない」

「あとで読んでみる。だけど、ライルがギャング時代にディニー・ダフと関係があって、彼女がまだ〈バンガーズ〉の仲間なら、彼女は何か知ってるわね」

　車はバワリー通りの懐深く進んでいった。都市戦争《アーバンズ》後、大半の地区は高級化し、活気を取り戻したが、この評判のよくない数ブロックはスラムの面影を残したままだ。

この地区の高級化とは、建物の壁の落書きが文法的には正しいということになる。

ここで生計を立てている者たちの多くは、アンダーグラウンドのクラブや酒場や劣悪な環境の店で働く。基本的な技術を持たず食費や家賃を稼ぎたい者はそこで個人や団体客相手に体を売る。

〈バンガーズ〉は狭い縄張りを支配し、縄張りの拡張をめぐってチャイナタウンの〈ドラゴンズ〉との抗争を繰り返している。

通りや路上では、縄張りに迷い込んできた愚かな観光客を襲って金を奪ったり、ジャンキーや無認可の街娼の欲求を満たしたりしている。

みかじめ料を支払わない店主は、店に火をつけられたり手製爆弾で商品を吹き飛ばされたりする。反抗的な店主はそのときたいがい店内にいる。

イヴが知るかぎりでは、彼らが手を出さないのは東三丁目の〈モスト・ホーリー・リディーマー教会〉だけだ。〈バンガーズ〉が教会を崇《あが》めているからではなく、彼らの母親や祖母たちがそこで子孫の魂のために祈っているからだ――その子孫たちはとうに最低入札者に魂を売り渡してしまったけれど。

イヴはあたりを見渡した――窓は柵や板で囲われ、鉄製の門は固く閉ざされ、廃車の残骸が放置されている。

この寒さと風を考えると、たいがいの商売は地下でおこなれていると思われるが、そのギャングのトレードカラーである黒と赤のフード、ポケットからはみ出しているバンダナ、リストバンドを身につけたグループがうろついていた。

「携行してる？」イヴは車を停《と》めるロークに軽い調子できいた。

「心配いらないよ」ロークがイヴの手を軽く叩いて答えると、ふたりはそれぞれのドアから車をおりた。

イヴは数ヤード手前からそのグループ――男性三人、女性ひとり――を品定めした。彼らが向きを変え、肩をそびやかしてこちらに向かってくると、イヴはわざとコートをめくって武器に手をかけた。

そしてにこっと笑った。「どっか行って」

いちばん長身の男が――棒のように痩せ、青白い顔にニキビの痕を散らせている――笑い返してきた。「なんだよ、ベイビー。俺たちと遊ばないか？　楽しみ方を教えてやるよ」

男が股間をこすると、仲間たちが浮かれて大笑いした。クスリをやっているのだろう。血流でダンスを踊っている化学物質によって、彼らの瞳孔《どうこう》は月のように大きくひらいている。

「そんなちっぽけなもので？」首をかしげてみせる。「うちの猫のほうがもっとましなものを持ってるわ。ほら、どっか行って」イヴは繰り返した。「さもないと、違法麻薬の使用と所持、警察の捜査妨害でその役立たずな頭ごと引っ張るけど」

「それがどうした?」そう返したのはやけに広い肩を持つ大男で、仲間の青白さとは対照的な黒い肌をしていた。〈バンガーズ〉は多様な人種を採用しているらしい。「やれるものならやってみろよ、ビッチ」

イヴはもう一度首をかしげたが、今度はロークに向かってだった。グループはさらに大きな笑い声をあげた。

「いい男ね」ギャング・カラーに染め分けた髪をなびかせて混血人種の女が言い、唇を舐《な》め、唇の銀のピアスを舐めまわした。「あの体を味わってみたい」

ロークは何気なくイヴを見たが、その青い目は身を切る風のように鋭かった。「すると、彼らが〈バンガーズ〉か?」

「うーん、声もたまらない」

「僕の国ではバンガーズとはソーセージのことだが、当たらずとも遠からずのようだね。ソーセージより脳があるなら、少しは頭を働かせて警部補の提案どおり移動するだろう。さもないと、血まみれにされて檻《おり》にぶち込まれる羽目になるから」

「くたばれ、このイギリス野郎」またもや笑いながら、樽《たる》のようにずんぐりした体格の三番めの男が真っ白な髪をなびかせ、ポケットから石を取り出して車に投げつけてきた。石はロークが作動させておいたセキュリティ・シールドに跳ね返され、にやにや笑っている女の顔に命中した。彼女は、ジョークではないが、石が落下するように倒れた。

「ちなみに、僕はアイルランド人だ」ロークは攻撃に備え、イヴは武器を抜いた。

パトロールカーがサイレンを短く鳴らして近づいてきた。

ふたりの制服警官──男性と女性のコンビ──が車からおりると、大柄のギャングは発育不良の動物の子のように小さくなった。

女性警官は肩から空気銃を下げている。殺傷能力はないが、その衝撃は苦痛どころの騒ぎではない。

「また面倒を起こしてるの、まがい物屋？」

青白い男はそのあだ名が気に入らないらしく、女性警官に歯を剝いた。「俺たちは歩いてるだけだ。このどえらく自由な国じゃ、どこを歩こうが俺たちの勝手だからな」

「だったらそこのだらしない娘を起こして、歩きつづけなさい。両手を出してポケットの中身を調べてもらいたいなら別だけど」

「面白いこと言ってくれるじゃねえか」

言葉とは裏腹に、大男が気絶した娘を引っ張りあげると、彼らは歩きだした。

男性警官は彼らの後ろ姿を見送った。「あの連中はだいたいはったりや文句を言うだけなんです。この界隈《かいわい》にはもっとあくどい連中がわんさといる。何を追ってるんですか、警部補？」

「ディニー・ダフを探してるの」イヴは一階にタトゥーとピアスの店がはいった四階建ての建物に手をやった。ロシェルのアパートが宮殿に思えるほどの荒廃ぶりだ。「現住所はここになってる」

「目下は〈バンガーズ〉の本部です。彼女はたいがいここに宿泊してます」女性警官は建物を睨んだ。「わたしのやり手のパートナーが言ったようなもっとあくどい連中も。この時間だとディニー・ダフは地下で働いてるかもしれないけど、そこに行くには援軍が要《い》るわ」

「そのとおり」パートナーがあいづちを打つ。「最悪な連中だ」

「部屋のほうを当たってみるわ。今夜は忙しかったから、彼女は部屋にいるかもしれない」

「我々も補佐します。彼女は何をやらかしたんですか」

「殺人の共犯の重要容疑者」

制服警官はふたりとも目を丸くした。女性警官がようやく声を出す。「ディニーが？　彼女は常習者で、ふしだらで、どうしようもない役立たずだけど、人を殺すような人間じゃありません」

「この地区で勤務して何年になるの？」

「八年。このザッターは七年です」

「ライル・ピカリングを知ってる?」

「ええ。二度ほど逮捕しました。常習者で、ろくでなしで、暴力沙汰もあったけど、どれもブームのようなものでした」

ザッターはうなずいた。「たしかに彼のなかのブームだったが、それは廃れた。彼はまともになろうとしてると聞きました。というか、ついひと月前にも彼がコックをやってる〈カーサ・デル・ソル〉で朝食をとったばかりです。順調にいってるようでしたよ」

「順調にいってた――回復二年の記念メダルを手に入れ、仕事に励んでいた。それが今夜、信頼できる情報に基づけば、ディニー・ダフはライルの部屋にはいり、未詳の三人の男をなかに入れるのに手を貸した。そして彼は死んだ」

「ディニーがね」ザッターは頬をふくらませ、かぶりを振った。「どうしようもないアホで、半分イカレてるあの子が。ピカリングも気の毒にな。気の毒すぎる。さてと」彼は肩をぐるぐるまわした。「用意はいいか、ノートン?」

「いつでもOKよ」女性警官は言った。「そのために訓練されてるんだから」

彼らは〈バンガーズ〉の拳が描かれたドアへ向かった。

5

ザッターがドアに近づいた。「なかの番人に通じる秘密の儀式があるんです」

イヴは彼をぽかんと見つめた。「冗談でしょ?」

「冗談じゃなく」ザッターはすばやく拳でドアを三度叩き、一拍おいて二度叩き、一拍おいて一度叩いた。

「解読不能な暗号もあるんでしょ」

ザッターは口元に笑みを浮かべた。「ドアの番人はたいがい優秀な人材とはとても呼べません」

それを証明するように、ドアをあけた番人は筋肉より脂肪でできていて、喧嘩で引っ張られたらかなり痛そうな牛の輪っかを鼻にはめ、PPCでやっていたゲームではモンスターがまだ唸《うな》り声をあげていた。

「お巡りに用はねえ」

「スライスが談笑したいんだと」

「スライスが？」

「ドラゴンの息のにおいがするな。何やってんだよ、トーロ、先にゾンビを斧《おの》でやっつけろ。クローラーにはアイスピックを突き立て、空飛ぶバンパイアには松明《たいまつ》を使え」

トーロは顔をしかめてゲーム画面を見ている。「ゾンビが先？」

ザッターは首をひねっている番人の巨体を押しのけ、階段へ続く道をあけた。「モンスターハンターですよ」階段を登りながら彼は言った。「うちの八歳の息子がやってる。さっきも言ったように、やつは優秀な人材じゃないんです」

欲情を誘う音楽と、かすれた喘《あえ》ぎ声と、過剰な息遣いが聞こえてきた。ポルノビデオが再生されていることは見るまでもなくわかる。

階段を上がりきると住居部分に出た。大半が開けっ放しだ――なかにはそもそもドアさえない部屋もあった。

左手には両開きドアを持つ部屋があったが、やはりあけたままだった。ストリップに使われる音楽が流れ出てくる。

「スライスの部屋です。ここの指揮官のトップ」ノートンが説明する。「といっても、指揮官は目下ひとりしかいませんが。新入りは減るし、逮捕者は増えるしで。彼の父親もバンガーでした」

「住人は何人いるの？」

「なんとも言えないですね。普段は二十から二十五といったところでしょうか。だけど、抗争が近づくと二倍になります。縄張りが縮小されたので今あるものにしがみつき、失ったものを取り戻そうと必死なんです」

イヴはひらいたままのドアに近づいた。広々としたリビングエリアに据えられた百二十インチのスクリーン上では、豪華な舞踏室らしきところで仮面をつけた様々な者たちが様々な形態のセックスに励んでいる。舞台上のバンドはベースを中心にした音楽を演奏していた。

このリビングエリアは壁を取っ払ってふたつの部屋をひとつにしたものだろう。家具はほとんどが光沢のある赤と黒の低いゲルソファで、そのほとんどをカップル――あるいは三人――が占領し、スクリーンの行為を真似ようとしている。

ひとつだけある特大サイズの寝椅子には見るからにラリッている女がふたりいて、隣の男にさわったり乗ったりして気を引こうと涙ぐましい努力をしている。男のほうはうわの空で乳房や尻を撫でながら、もう一方の手でＰＰＣを操作していた。

エロティカを混ぜたゾーナー煙草の煙が幻想的な霧のように宙を漂っている。

かぞえたところでは全部で十二人、いずれも裸に近い恰好なので武器を隠し持っている者はいない。それでもイヴは自分の武器に手をかけたまま、ドアの側柱を拳で叩いた。

「NYPSD」

麻薬やセックスにすっかり陶酔していなかった少数はあわてて動きだした。寝椅子にいる男は片方の女を床に押しやり、ふたりめの女を手で追い払った。そしてかすかな笑みを浮かべ、勃起《ぼっき》したものをパンツにしまった。

ピーボディが好きなミルクを入れたコーヒー色の肌をした混血人種で、黒い目は鋭く、左の頰には薄くなった切り傷が走り、右の頰には血がしたたるナイフのタトゥーが入れてあった。

赤と黒の髪はきついブレイズに編み、うなじで結わえて背中に垂らしてある。黒の長袖Tシャツの襟ぐりは喉の脇に走る傷を隠しきれていなかった。

裸の男がゲルソファの下に手を伸ばそうとして、空気銃の撃鉄を起こす音に凍りついた。

「よう、みんな、おとなしくしてろ、いいな?」スライスはかすかな笑みを浮かべたまま重々しいバリトンで命じた。「客が来てるんだ。あんたのことは知ってる」彼は節くれだった長い指をイヴに突きつけた。「たしかに知ってる。あれで見た」

スライスはせっせと動く膨張した生殖器が大写しになったスクリーンに手をやった。

「有名な警官と富豪の夫がお越しだよ。何か飲み物が必要だ！　バルジ、服を着て下に行き、トーロをドアから引きはがせ。あのバカは客が来たことを知らせる頭もない」

「みんなそのままでいいわ」イヴは言った。「われわれはディニー・ダフを探してるの」

「あの娼婦《しょうふ》になんの用だ？」

「彼女に直接言うわ」

「ほう、あいつはたしかに娼婦だが、俺の娼婦だ。自分たちのものの面倒は自分たちで見る、そうだよな？」スライスは一同に向かって言った。「あんたたちはあいつを困らせにきたのか？」

「彼女はここにいるの？」

スライスは歯を剝きだし、笑いながら食ってかかった。「今夜は手ごわいな」

「いつもそうよ。彼女に会うにはここを手入れしないとだめ？　宙に漂ってるゾーナーのにおいだけでも全員ぶち込めるわよ」

「あっと言う間に釈放されるよ」

「ふうん、そうかもね。だけど、わたしが逮捕を正当化する証拠をもっと見つけたら」部屋を見まわすと、身に覚えのありそうな者が何人かいた。「そうはいかないかも。ディニー・ダフは？」

「知らないね」スライスは肩をすくめて受け流し、ふたりめの女を床に押しやった。「たぶん地下の〈ウェット・ドリーム〉で働いてるんだろう。俺は見てない」

「探してもいい？」

「令状を見せてもらってもいい？」

イヴはほほえんだ。「五分以内に手にはいる。その間にここから違法麻薬や武器や未成年をすべて移動させるのは無理なんじゃない？　でも、われわれは令状を取って調べることができる」

「知るか、うるせえな」もはや笑みは浮かべず、スライスは立ち上がった。「ボルト、あの娼婦と最近やってたのはおまえだな。あいつはどこにいる？」

「仕事だと言ってた。金が必要だから」

ボルトと呼ばれた男はのんびりとパンツを穿《は》き、剝きだしの腹を掻いた。気だるい動作にもかかわらず、その目は険しかった。

腹を立てているのだろう。この男は武器も持たずパンツをおろしたところを見られて怒っているのだ。

ボクサーのような引き締まった体つきをした白人で、スパイキーカットの赤い髪に、胸にギャング団のタトゥーを入れている。両腕には稲妻《ライトニングボルト》がジグザグに走っていた。

「最後に彼女を見たのはいつ？」

「あいつを鎖でつないでるわけじゃないからな」それを証明するように、ボルトは手近な乳房をぎゅっとつかんだ。痛かったらしく、乳房の持ち主は悲鳴をあげた。「金が必要だから働かなきゃならない、だから今夜はやれないってさ」

「彼女の部屋はどこ？」

「おいおい、あいつに部屋なんかないんだよ。だから金が必要なんだろ？　最近は俺の部屋にやりにきて泊まってた。これはいったいなんなんだよ、スライス？　こんなたわごとを我慢する必要があるのか。俺たちには権利やなんかがあるんだ。あんたももっと堂々として、この女に失せろと言ってやれよ」

「自分のやることぐらい知ってる」スライスは言い返した。「俺たちの城ではサツにとやかく言わせない」

イヴはバッジを取り出して掲げ、スライスを冷ややかに見つめた。「わたしのことを知ってると言ったわね。だったらわたしが殺人課だということも知ってるでしょ。無認可の売春や違法麻薬のことであなたの娼婦を逮捕しにきたと思う？」

「あんたが何しにきたかなんて知らないね」

「わたしはディニー・ダフが殺人事件の重要参考人だから来たの。いつまでもこんなくだらないことを続けるつもりなら、あなたにも参考人になってもらうわよ。彼女はどこ？」

スライスは笑いだした。それが合図であるかのように、何人かが笑いの輪に加わった。

「あんた、かなり上物を吸ってるな。あいつが殺人にかかわってると思うほどラリるとは。あいつは血のついた親指を見るだけで悲鳴をあげる女だ。人殺しなんかするもんか」

「ライル・ピカリングは反論したかったでしょうけど、死人に口なしね」

スライスの顔から表情が消え、笑いもやんだ。「ピックが死んだと言ってるのか？　やつが死んだのはディニーがやったからだと？」

「わたしはピカリングが死んだから彼女と話がしたいと言ってるの。彼女はどこ？」

「ピックはどうして死んだんだ？」

「ディニー・ダフはどこなのよ？」

「ここにはいないと言ってるだろ。あいつがピック殺しにかかわってるわけもないと。〈バンガーズ〉は結束が固いんだ。あの男は元メンバーだった」スライスは床にいる女をつま先で蹴った。「ルース、あの女がどこにいるか知ってるか？　正直に言えよ」

「仕事だと思うわ、スライス。ボルトも言ったけど、お金が要るから働かなきゃって言ってた。彼女はこのところ共同の部屋代も溜《た》まってて。あなたに言われたって……」

「続けろ」

「部屋代が払えなければよそを見つけてもらうしかないって言われたって。ボルトに股を広げるだけじゃ足りないから働かなきゃって言ってた。そういうことよ」

「そのとおりだ、俺はそう言った」スライスはおもむろにうなずき、ふたたびイヴを見た。

「女だからといって支払いが免除されるわけじゃないんだ。収入の見込みは今のところセックスしかない。ピックが死んだなら〈ドラゴンズ〉を当たるべきだろう。俺たちは仲間を殺さない」

「彼はあなたたちを否定した」

「否定じゃない」その目は怒りに燃えていた――暴力的な、いらだたしい怒りに。「あいつは不恰好《ぶかっこう》な人生を送りたかっただけで、それはあいつの自由だ。だが、いったん宣誓したら俺たちの仲間なんだ。あの娼婦のディニー・ダフでさえその仕組みはわかってる」

イヴはもうひと押ししようかと思ったが、種は蒔《ま》いたし、大まかなイメージもつかめたと自分を納得させた。

「わたしは彼女を探しだす。その間彼女に何かあったら、またここに来るわよ」

「来たいだけ来いよ、ビッチ。俺はあんたより手ごわいから」

それを聞いて、ロークがふっと笑った。「そう思っていればいい」捨て台詞《ぜりふ》を残して背中を向け、イヴと一緒に階段のほうへ向かった。

外に出ると、ザッターが頬をふくらませた。「やつは手下に彼女を探させるでしょう。先に見つけたかったら地下に行かないと。援軍が必要になります」

「スライスのことはどれくらい知ってるの？」

「わたしは彼が親玉にまでのしあがるのを見てきました」ノートンが言った。「そうやって彼はあのギャング団を手に入れたんです」

「さっきの話で彼女を殺すと思う？」

ザッターが顎をこすりながらノートンと顔を見合わせた。ふたりとも首を振った。

「彼女を問い詰めて、知ってることを聞き出そうとするだろうな」

「彼がライル殺しを命じたなら、もう知ってるわよ」イヴは核心を突いた。「スライスが首謀者だとすれば、ディニーは指示に従ったことになる。用済みになったら殺すかしら？」

「それより逃亡させるでしょう」ノートンが答えた。「もう逃がしたのかもしれない。ほとぼりが冷めるまでどこかに隠しておくとか」

「つまり、どっちにしても彼はディニーを処刑する気はないってことね」風のなかでイヴは考えをめぐらせた。タトゥーの店のネオンが蜂の群れのようにジージー言いだした。「スライスが殺しを命じてなくて、ディニーが殺人にかかわったことを聞き出そうとするなら、彼はルールに従って審理する？」

「それが彼のやり方です。そういうことになれば彼女を罰するけど、そのまえに被告席に立たせて、彼女に泣きながら自白させるでしょう」

「わかったわ。ここを見張って、誰か地下街へ向かおうとする者がいたら連絡して。地下街はたしか西に二ブロック行ったところよね？」

「そうです」

「〈ウェット・ドリーム〉の入り口は？」

ザッターは制帽を押しあげ、頭を掻きだした。「最初の地下道を右、次を左です。それほど奥まで潜りませんが、援軍なしにそこへ行くのは危険です」

「状況を探るだけよ。力を貸してくれてありがとう」

「このちっぽけな地上の楽園におけるわれわれの責務です。そうよね、ザッター？」

「そのとおり」

ロークが運転席についた。「二ブロック西だね？」

「そう。そこから〈ウェット・ドリーム〉までちょっと足を延ばす」

「ダーリン・イヴ、きみとの人生は淫らな夢《ウエット・ドリーム》だらけだよ」

「笑える」

イヴは荷積み区域に駐車させて〈公務中〉のサインを点灯した。武器を検討し、トランクからギザギザの刃のナイフを二本取り出し、一本をロークに渡した。

「ありがとう、ダーリン。僕の手にしっくり馴染《なじ》む」

イヴにはわかっていた。ロークが自分の身を守れることも、それを楽しんでやるであろうことも。

「あなたが携行してる武器は？」

ロークはコートをめくり、内ポケットから警察支給のスタナーを取り出した。

「何それ、あなたを逮捕しなきゃ」

「家に帰ってからね」顔を近づけて、イヴにキスする。「僕がそれですごく興奮するのは知っているよね」

「それも笑える」イヴはつぶやいた。「ちゃんと持ってなさいよ」

「彼は例の殺しを命じると思うかい？」

「ディニー・ダフを探してあの部屋にはいったとき、彼女はターゲットだと思ってた。今は制服警官たちの意見に傾いてる」と言い足した。「ピカリングの件で彼女が命令に従ったのなら、スライスはほとぼりが冷めるまで彼女を匿《かくま》うでしょう。でも……」

「彼の反応を見て、きみはあれが本物かどうか考えている」

「本物だと感じる。だから彼女が独断でやったなら、彼女はもう終わりね。でも、彼にはルールがあるから、わたしより先に彼女を見つけて裁判にかけようとするでしょう。彼が殺しを命じたにしろそうでなかったにしろ、彼は自分がルールに従ってるように見せなければならない」

ノートンから連絡が来た。

「彼は手下を三人連れてこっちに向かってるって」イヴはロークに教え、肩をぐるぐるまわした。「さあ行くわよ」

地下街は排泄物《はいせつ》と腐敗物ともっとひどいもののにおいがした。音が反響する暗がりを左手に持ったペンライトで照らすと、人影がすうっと去っていく。壁際に立ったままの者はどんな麻薬を摂取したのか知らないが、酔いすぎて動くことができずに目をどんよりさせている。

イヴは彼らを迂回《うかい》しながら、飛びかかってきた者の喉に肘鉄《ひじてつ》を食らわせた。そいつが倒れると同時に振り向くと、ロークが同じ要領で敵を退治するところだった――もっとも、彼の肘は鼻骨に叩き込まれた。

「そいつの連れがいたのでね」ロークは何事もなかったかのようにほほえんだ。

やっぱり、彼は楽しんでいる。

「やつらは手っ取り早く金を手に入れようとして、ペアを組んで入り口に近づいてくるんだ」

イヴは左手の地下道を進んだ。やかましい音楽が聞こえ、前方で明かりが明滅している。パンツを足首まで下げた男が、壁際に立たせた女を相手に毛深い腰を前後させていた。血迷ったように突くたびに耳ざわりなうめき声をあげる。

女のほうは呆《あき》れるでも興奮するでもなく、ぼんやりと一点を見つめている。だが、イヴとロークの姿を目の端でとらえると、残り少ない歯を見せて笑みらしきものを浮かべた。

「すぐ終わるから、あんたたちふたりを半額でサービスするよ」

「めったに聞けない申し出だ」先へ進みながらロークがつぶやいた。

「性病も無料でついてくるわよ」イヴはまだ新しい汚物をまたぎ、次の地下道へ向かった。

こちらはさっきより明るく、アングラ・クラブが並び、商店も点在している。〈ボンデージ・ワールド〉という看板を掲げた店では、モデルが商品の実演販売をしていた。

フェイクレザーのぴっちりしたスーツの破れ目から巨大な人工乳房をあらわにした女が見事な喘ぎ声をあげる横で、振動する張り形を装着したもうひとりの女がニップル・クリップのチェーンを壁のフックに取りつける正しい方法を演じてみせている。

全身にタトゥーを入れたいかつい大男ふたりのおかげで、実演に参加しようという潜在顧客の意欲は奪われていた。

〈バング・オー・ラマ〉という店では希望者が金を払えば舞台上のグループセックスに参加できる。目下のところ、仲間の女たちが野次ったり囃《はや》したりするなか、舞台ではココと呼ばれる女が性的サービスに従事する男たちにあらゆる開口部を突かれて身もだえしている。その女が唯一身につけているティアラは、彼女が〈もうすぐ花嫁〉になることを宣言していた。

「女子会の夜遊びに新しい意味が加わったね」ロークが感想を述べる。

さらに進んでいくと悲鳴が聞こえたが、どんな種類の快感とも解釈できないものだった。悲鳴に続く笑い声には楽しさのかけらもなかった。

両方とも無視して、イヴは目的地を目指した。

ほかの店よりも狭い〈ウェット・ドリーム〉は壁にあいた穴蔵で、薄暗い店内には煙が立ち込め、音楽が流れていた。粗末な照明はジャンキーだらけのスタッフが麻薬代を稼ぐために働くふりをしているだけなのを誤魔化すためだろう。

さらに観察すると、客もジャンキーだらけだった。そのどんよりした目の何割かは店内を漂うゾーナーの煙を吸い込んでいるせいかもしれない。

舞台上の――舞台と呼ぶには小さすぎるけれど――女のペアは機械的に愛撫《あいぶ》しあい、三人めの女は惰性でつたないポールダンスを披露している。

カウンターの奥には〈ボンデージ・ワールド〉で購入したとおぼしきニップル・リングをつけた男がひとりいて、曇ったグラスに泥水のような液体を注いでいた。カウンター席にいる男はそれを飲みながら、あばら骨の数がかぞえられるほど痩せ細ったセックスワーカー《SW》からラップダンスのサービスを受けている。

あの従業員が十八歳を超えていたらバッジを食べてもいい。

赤いスキンスーツを着た女が近づいてきた。レースの縁取りがついた両側の切れ込みから青白い肌を露出し、体を締めつけるボディスからありえないほど大きな人工乳房を突き出している。

彼女は左側に長く流した真っ黒なウィッグをつけているが、火傷《やけど》の後遺症による頬のひきつれは隠しきれていなかった。

「テーブル席、それとも個室がいい?」かすかに薬の影響を感じる濃い煙のような声だ。

「どっちもいらない。ディニー・ダフを探してるの」

「個人サービスを受けたいなら、あたしのほうがうまいわよ」

イヴはバッジを取り出した。「ディニー・ダフ」

女は声をうわずらせた。「そんなものしまってよ。それじゃなくても商売上がったりなんだから。あの子は今夜休みよ。もう二、三日来てないわ」

「ここはあなたの店?」

「まさか。あたしはここを管理してるだけ」

「名前は?」

「タフィー・プル。ステージで働きだしたとき正式に改名したの」

「わかったわ、タフィー。どっちかはっきりさせて、ダフが来てないのは二日なのか三日なのか。

「うーん、困ったな」頭を掻き、ウィッグの位置がずれた。「月曜の夜は暇だった。まあ、だいたい毎晩暇だけど、でも週末はましなほうなのよ。週末に彼女を使うはずだったんだけど、出勤してこなかった。だから来なくなったのは……たぶん木曜の夜は働きにきたと思う。そのまえの夜も。あたしは生活できるだけの金を稼いだか逮捕されたかのどっちかだろうって思ってた」

「彼女は今夜ここで働くって何人かに言ってるの」

「でも来てない。ねえ、彼女の尻を追ってるかどうか知らないけど、あたしはなんの関係もないわよ。彼女は働いて金をもらう」肩をすくめたが、乳房はぴくりとも動かなかった。

「働かなければ、ほかの人が金をもらう。あたしにとっては同じことなの」

「彼女はここで働いて何年になるの?」

「えー？　三年くらいかな。来たり来なかったりだけど。来ないときのほうが多い。彼女を見つけたら、もう永久に来なくていいって言ってやって。店に警察が出入りするのは困るの。商売に響くから」

ボルトを先頭に〈バンガーズ〉の三人が向かってくるのが目の端に映った。「あなたがわたしを騙したことがわかったら、ここは営業停止にするわよ」

タフィーはまたもや肩をすくめた。「警察を騙してなんの得があるのよ。たかが店をずる休みするジャンキーの娼婦のために。それにね、店にとってもたいした痛手じゃないの。営業停止になっても、ほかでやればいいだけだから」

イヴはそれ以上押すのをやめた。

ボルトが足を止め、イヴを上から下まで眺めまわした。「お巡りが地下に来るとやばい目に遭うぞ」

「お巡りにスタナーを突きつけられた人間のほうがもっとやばい目に遭うわよ」

「お巡りひとりに」ロークが付け足す。「スタナー二挺《にちょう》だ」

相手が視線を下げたとき、イヴとロークはスタナーを手にしていた。ボルトは一笑に付したが、そのまま歩きつづけた。

「あいつは態度が悪いな」ロークが言った。

「ほんとね、きっとマナー101の試験に落第したのよ。あいつがせいぜい百七十センチくらいしかないのは残念ね。目撃者の証言と一致しないもの」

「ああ、やつは身長の低さを計り知れないバカぶりで補っているんだろう。あの魅力的な店長に話を戻すと、彼女は元従業員の所在を知らないようだね」

「わたしもそう思うわ。〝計り知れないバカ〟」イヴはその文句を繰り返した。「絶対覚えておかなきゃ」

〈バング・オー・ラマ〉では結婚式パーティの別の仲間が舞台に上がっていたが、イヴは取り合わずに通過した。〈ボンデージ・ワールド〉はエレクトリック0という商品の実演をしていたが、バッテリー駆動の牛追い棒にしか見えなかった。各々が選んだ地獄の雄叫《おたけ》びを聞き流しながら地下道を戻り、ふたりはようやく通りに出た。

「やれやれ、ひじょうに興味深い夜を過ごさせてもらったあとは、ゆっくりシャワーを浴びたいね」

「むかつく変態どもめ。電撃棒で股間を叩かれたいと思うやつがどこにいる?」

「僕のほうを見ないでくれよ」ロークはイヴのために車のドアをあけた。「そうすると〈バンガーズ〉の元締めも、興味をそそられる名前のタフィー・プルも嘘をついていないとしたら、残る可能性はふたつだけだね」

「そう、ディニー・ダフはうまく逃げたか、すでに死んでる」

ロークは車をまわって運転席についた。「彼女はうまくやったのかもしれない。ピカリングを裏切ることで金を手に入れ、ハイになってどこかに泊まったのかもしれない」

「ありえなくはないわね」イヴは認めた。「ひょっとしたらスライスの理解が正しくて、ピカリングは敵対するギャング団に殺されたのかもしれない。彼らはディニーに目をつけ、殺しの手引きをさせた。そして彼女は彼らのところに転がりこんだ。でも……」

「なぜ敵対するギャングが〈バンガーズ〉の元メンバーを殺すのか」

「誰が彼を狙うっていうの？　まるで彼が見かけより重要な人物みたいに」そう、謎は動機だ。「関係者のことをもっと知りたい」

イヴはPPCを取り出し、検索を開始した。

「彼女はほんとうに正式に改名してたわ。リタ・ラゾウィッツからタフィー・プルに。二軒のセックスクラブで働いた経験あり——昔はもう少し高級な店だった。これまでに前科はいくつかあるけどすべて微罪。十二年くらいまえに男をめぐって別のセックスワーカーと揉めた。ライバルは彼女の髪に火をつけた」

「愛のためか」ロークは言った。

「それでウィッグと傷痕の説明がつくわね。負のスパイラルに陥って——あらゆる種類のクスリを好むようになり、違法麻薬と無認可の袖引きで逮捕される、などなど。彼女はもう四年くらいあの店を切りもりしてる。その男にそこまでの価値があったとは思えない」イヴは考えながら続けた。「結婚や同棲《どうせい》の経歴も子供もなし。ここ四年は犯罪歴もなし」

「リタ・ラゾウィッツの哀れな人生と時代か」

選ぶのは自分だ、とイヴは思った。なぜそれを選んだのかは他人にはわからない。

「彼女はたまに働きにくるジャンキーをかばうために嘘をついたりしないわね。スライスの本名はマーカス・ジョーンズ・ジュニア。父親の通り名はロック、彼は〈バンガーズ〉のメンバーだっただけじゃなく、元締めだった。妻とは同居せず、服役経験あり。十年くらいまえに半殺しの目に遭った」

「ギャング稼業につきものの危険だ」

「それでジョーンズ・シニアの身体はダメになった。えーと、重度の外傷性脳損傷ですって。彼は医療機関に入院してる。母親はジョーンズ・ジュニアの子供時代に刑務所への入出所を繰り返し、彼はもっぱら母方の祖母に育てられた」

ロークはイヴのほうを見た。「じゃあ、彼はライル・ピカリングと共通の経験をしたんだな」

「そうね。へーえ。彼はあの建物、あのアパートを所有してる。もしくはその一部を——

〈ウェット・ドリーム〉やほかの店も。あの建物にあったタトゥー店とか、ストリップ店を。そういったものをサミュエル・コーエンという人物とエルデナ・ヴィンという人物と共同で所有してる。その名前に聞き覚えある？」

「いや、ないな。だが、実に興味深いね」

「ええ、わたしも興味を引かれた。彼のパートナーたちを調べてみるわ。ジョーンズは知恵か技量か運を持ってる。その全部かもしれない。彼は何度も尋問のために連行されてるけど、十八歳のときに半年服役して以来ずっと罪を免れてる」

「知恵があるなら地下の穴蔵を売り払い、あのアパートに投資して普通の賃貸住宅に改築するだろう。となると、その知恵もうまく活用されてないことになる」

「せいぜい資金洗浄、違法麻薬取引、詐欺、盗品売買といったところね」ロークが渋滞を縫うように車を進めるなか、イヴは作業を続けた。「よしよし、パートナーのコーエンは元弁護士よ」

「元？」

「八年前に資格を剝奪《はくだつ》された。現在はコンサルタントとして記載されてる。年は四十三歳で、ローワー・イーストに持ち家がある――〈バンガーズ〉の本部からほんの数ブロックのところ。労働者階級の住むエリア。同居人のエルデナ・ヴィンは二十五歳で、ジョーンズとコーエンとヴィンの三人が所有する〈バンプ・アンド・バング〉というストリップクラブで働いてる。職業はダンサーと登録してあるから、要するにストリッパーってことね」

イヴがようやく座席の背にもたれたとき、車は門を通り抜け、前方にわが家のきらめく明かりが見えた。

「どうやってギャングと追放された弁護士とストリッパーがビジネス・パートナーになったの?」

「きみはまちがいなくそれを突き止めるよ」

「ええ、そうする。ピカリング殺しと関係があるかどうかはともかく、わたしは突き止める。汚れたにおいがするもの」

「かぐわしい夜の街を探索した残り香かもしれないよ。ちきしょう、ゆっくりシャワーを浴びたい」

寝室にたどりつくと、大きなベッドの上ではギャラハッドが対角線上に四肢を伸ばし、腹を上に向けていた。

そうしていられるのも今のうちだけだ、とロークは思いながら服を脱ぎはじめた。

ロークは妻が武器用ハーネスを取りはずし、ブーツを脱ぎながらも、頭はまだ活動していることに気づいた。

そこで忠実な夫として、妻が仕事を忘れてぐっすり眠れるようにしてやろうと決めた。

ロークはイヴがすべてを脱ぎ、ナイトシャツに手を伸ばすまで待ち、さっと抱き上げた。

「何よ！」

「シャワーを浴びないと」

「朝浴びるからいい。あなたのいやらしい魂胆《ゲーム》はわかってるんだから」

「斬新《ざんしん》ないやらしいゲームかもしれないよ」

バスルームにはいると、ロークはシャワーを自分の好みよりかなり高い温度で命じた。そしてイヴの唇を奪いながら、ジェットの噴流のもとへ足を踏み出した。

イヴはシャワーも悪くないと感じ、床におろされるとロークに抱きついた。すでに蒸気がもうもうと立ち込めるなか、ジェットの熱いビートに打たれるのは、素肌を撫でまわす彼の両手と同じくらい心地よく感じた。

快感のお裾分けに、イヴはロークの背を濡《ぬ》れたなめらかなタイルに押しつけ、手と口をせっせと動かした。

やっぱり悪くないと満足しながら、彼の波打つ筋肉をつかんで握り締め、胸に打ちつけてくる心臓の鼓動を感じた。それからすばやく歯を立て、濡れた肌をぴったり張りつけたままくねらせた。

ディスペンサーを押して手のひらで液体ソープを受け止めると、ロークの体じゅうに伸ばして撫でまわし、興奮を煽《あお》る。堅固な壁のような胸から、逆三角形の上半身、引き締まった腹へと撫でていく。

そしてその下へ。

そのまま自分のなかへ導いてもよかったけれど、主導権を奪い、彼を奪ってもよかったけれど、あっという間に後ろを向かされた。片腕をウエストに巻きつけ、背中を彼に向けさせると、ロークはシルクのようになめらかなソープをイヴの胸の上で伸ばし、乳房をつかみ、親指で乳首を撫で、うなじから背中に唇を這《は》わせた。

すらりと引き締まったイヴの上半身を撫でおろしながら、ロークはジェットの温度のように熱い血をたぎらせていた。じらすように腰骨のあたりをなぞると、その腰は招くように動きはじめた。

まだだ。飢えかけた男のように貪《むさぼ》り食うこともできたが、ロークはまだ腹に手を這わせ、イヴが欲求に震えるのを感じ取った。互いをいたぶるようにそっと撫でさすり、やがてあのなめらかで力強い腿《もも》のあいだに手を滑り込ませた。

うめき声をあげて体をそらし、腕を彼の首にまわしてイヴは身を震わせた。彼を求めて身を震わせている。

彼を迎える準備ができている。

中心をさっと撫でるだけで、優しく手を添えるだけで、押さえつける腕のなかでイヴは体を弓なりにした。そして気だるいような動きでゆるやかにはいっていくと、イヴの荒い息から喘ぎ声が漏れた。

ゆっくり、ゆっくりいくんだ。ロークは猛《たけ》り立つ心を抑えた。ゆっくりと動かしながら、イヴが愉悦に落ちていき、溶け込み、降伏するのを感じた。

イヴは快楽に浸り、体じゅうの骨がバターのようにぐにゃりとなった。あの甘美の泉に沈み、エロティックな霧に包まれて漂っている。上へ上へと持ち上げられると、その高みにしがみつき、やがて満足げにふらふらと落下した。

「乗るんだ」ロークはぐったりしたイヴをうながした。「そのまま流れに乗って」

イヴをふたたび上昇させることはできる、昇らせてやる。今度はゆっくりとではない、優しくもない。

このタフで鋭い目をした警官に陶酔を与えることほどロークを興奮させることはない。もう一度だ、とロークは自分の筋肉を震わせながら思った。イヴがふたたび高まりつつあるのを感じながら、もう一度だけ、と念じた。

イヴが極みに近づいて身を震わせ、弓なりにそらすと、その体をこちらに向かせた。タイルに背中を押しつけ、荒々しくイヴのなかにはいり、その奥まで進んだ。そのままじっと堪えていると、イヴの解き放たれた叫びが四方の壁にこだました。

「ああ、もうだめ」イヴはロークの肩に顔をうずめ、空気を求めて喘いだ。

空気がない、とイヴは朦朧《もうろう》としたまま思った。ただ熱気があるだけ。

すると、彼がまた動きはじめた。

「まだだよ」顔を上げると、ロークが言った。

あのありえないほど青い目がじっとこちらを見ている。わたしだけを見つめている。愛が矢のように放たれ、欲望を突き抜け、イヴはその愛と欲望に圧倒された。

ロークと同じくらい呼吸を荒くして、イヴは彼の艶やかに濡れた髪をつかみ、口を引き寄せた。貪るように唇を重ねながら、あの素晴らしい野性の欲求がふたたび沸き起こってくる。

彼の肩をつかんで体を支え、イヴはあの奇跡的な青い目をもう一度見つめた。「あなたが行けるところまでわたしが連れていく」

イヴは勢いよく彼の腰に両脚を巻きつけた。「さあ乗って」

ロークは止められなかった。自制心らしきものはすべて投げ捨て、イヴのなかにはいっていき、やみくもに、容赦なく突き進んだ。腰に指を食い込ませ、激しく突くたびにイヴの叫びが聞こえる。今度は征服された叫びではない。勝利の雄叫びだった。

今や朦朧となり、身も心も奪われ、征服されたのはロークのほうだった。絶頂はナイフで切られたようにやってきて、解放され、空っぽになった。

よろめくように壁に片手をつき、イヴの体を壁に押しつけてふたりとも倒れないようにした。その決心はたちまちゆるみ、ふたりはずるずると床に滑り落ち、ロークはひと息入れた。

シャワーの噴流が蒸気が立ち込める濃い空気を切り裂き、ふたりの上に雨を降らせる。スイッチを切ったほうがいいなと気だるい頭で考えていると、イヴが覆いかぶさってきた。

「もしかしたら、ほんとに斬新ないやらしいゲームかもね」

「何が?」

「シャワーゲームのこと」

ロークはなんとか笑みを漏らした。「起き上がってここから出ないと。いつまでもこうしていられない」

「いい気持ちよ」

イヴは肩のくぼみに頭をもたせてきた。まるでここで眠るつもりであるかのように。「カエルの料理法を知っているかい?」

「どこにカエルを料理したいなんて思う人がいるの？　だいいち、あなたは料理なんかしないじゃない」

「水を入れた鍋にカエルを放り込み、とろ火で煮る。温度はじわじわと上がっていくから、哀れなカエルは鍋から出ようとしない。自分が茹《ゆ》でられて死ぬことに最後まで気づかないんだ」

イヴは眉根を寄せた。「カエルを料理したことがあるの？」

「今は似たような状況だ。僕たちはカエルで、この場合、じんわりと蒸されて殺される。だから」

ロークはどうにかイヴをどかし、手を貸して一緒に上半身を起こした。それからほほえんだ。「濡れたきみは僕のお気に入りのひとつだ」顔を近づけて眉間にキスする。「ジェット、オフ」

ふたりは互いを引っ張って立ち上がった。イヴは乾燥チューブにはいっていき、ロークはタオルをつかんだ。

温風の渦を透かして、イヴはロークを見つめた。「わたしたちはセックスの相性がいいわよね？」

ロークは振り返り、風がイヴの短い髪をなびかせるのを見つめた。「たった今、それを証明したと思うよ」

「そうね」イヴは乾燥チューブから出て、寝室に戻った。

あとから寝室にはいると、イヴはすでにナイトシャツを着ていて、猫を追い払おうとして羽毛布団を引っ張った——猫は素知らぬふりで居続ける。

しかたなく、イヴはベッドに潜り込み、四肢を広げた猫をロークの陣地のほうへ追しやった。ロークは片方の眉を上げ、ギャラハッドを抱き上げてベッドの足元におろし、問題を解決した。

自分も潜り込むと、ロークはイヴに腕をまわして引き寄せた。

「わたしたちは冒険的なセックスもするわよね」

「それもたった今証明した。何を考えているんだ?」

「みんな自分のやりたいことをできるわよね、セックスのことだけど、大人で双方の意思があれば。検死台に載るようなことにならないかぎりは。だけど……」

イヴは体の向きを変え、ロークがまだ照明を落としていなかったから、あの青い目をまた見つめた。「あなたを喜ばせるために股間を電撃棒で殴ることは絶対しない」

「なんと礼を言えばいいのか、適切な言葉が見つからないよ」

「いいのよ。それとね、どんなおもちゃであろうと、わたしの乳首をはさんでほしくない」

「それについては賛成だ」

「よかった。じゃあ、わたしたちは仲良しね」

「僕たちの相性は抜群だ」ロークはもう一度キスした。「ライト、オフ」

「カエルを食べるのもいや」

「メニューに載せないよ。ほら、おやすみ」

ロークは暗闇のなかでほほえみ、イヴの背中を撫でながら眠りに誘われていった。そして、ふたりの相性は抜群だ、とあらためて思った。

6

目覚めると、ロークはいつもどおりシッティングエリアにいて、消音にした株式市況を眺めていた。猫はちろちろと揺れる暖炉の火の前で寝ていた。

イヴはコーヒーのにおいを嗅《か》ぎつけ、その香りと、ビジネス界の帝王スーツに身を包んだロークと、暖炉の前で鼾《いびき》をかいている猫で目覚める朝は素晴らしいと感じた。

イヴはベッドから転がりおり、オートシェフに直行した。コーヒーは香りだけでは物足りないから。

「気持ちのいい朝だね」

コーヒーを飲みながらイヴは窓のほうを見やる。「いいかもね。空からはまだ何も落ちてこないから」

「天気予報もそう言っていたよ」ロークは教えてやった。「春が近づいているとも言っていたから元気が出るだろう。朝は寒いけど、午後には十五度くらいまで上がるそうだ」

「ふうん」それを聞いて、イヴはこのコーヒーを飲むのと同じくらい気分が上向いた。

「予報ではこの暖かい傾向は少なくとも二、三日続くらしい。池の工事は今日から始まるだろう」

「池?」思いだすのにしばらくかかったが、そういえば数ヵ月前に庭を散策したことがあった。どういうわけだか小さな池を作ることになって、その場所を探したのだ。「ほんとうにやるの?」

「気持ちがいいと思わないか? 春が来てしばらく去らないでいてくれるときに、散歩して水辺に腰をおろすのは」

「そりゃ気持ちいいでしょうね。三月に関するあらゆることはいつ起こるの?」

「どんなこと?」

イヴはコーヒーを飲みながら指をくるりとまわした。「ライオンと一緒に寝る羊のことよ」

「子羊だよ。ライオンが子羊と一緒に横たわる(平和が訪れるの意)」

「子羊だって羊でしょ。そしてライオンはマヌケな羊を食べるために横たわるの。それが三月となんの関係があるのかわからない」

「関係ないからだよ。きみが言いたいのは、〝三月はライオンのようにやってきて、羊のよ

う に去っていく〟だろう。子羊のように」ロークは言い直し、髪を掻き上げた。「子羊のバカめ」

「ほんと、ライオンのそばをうろつくなんてバカね」

隣のバスルームにはいっていくイヴを見送りながら、それも一理あるとロークは思った。蓋《ふた》付きの保温プレートに朝食を用意したとき、イヴが出てきた。蓋を持ち上げると、イヴは首をかしげた。

「オートミールじゃない?」

「暖かい傾向を祝して」

「春に拍手を」

ロークは朝食を正式なアイルランド風にした。今日、妻がいつまともな食事をとるか知れたものではないからだ。イヴが忌み嫌うブラック・プディングはやめて、代わりにヨーグルトとフルーツのミニ・パフェを選んだ。

イヴは腰をおろして食べはじめた。「夜明け前のリンクかホロかなんかの会議がすんでも、まだ会議のために出かけるんでしょ」

「ひとつ、ふたつ予定がある」

「昨日修正を命じてた提案書もあるしね」

「さっきサインして承認した。きみのほうは狩りだね」

「そう」好奇心にかられて、イヴはひと口大のソーセージを眺めた。「なんでこれをバンガーって呼ぶの?」

「さあ、僕もよく知らないけど、調理中の音と何か関係があるんだ。たぶん」

「ふうん。まあ、どう呼ぼうとおいしいわね」ソーセージを食べ、話を続けた。「とにかく、ディニー・ダフが広域手配《BOLO》に引っかかることを願うわ。どっちにしても、今朝はモルグに行く。低俗な元弁護士とも話をしたいし、ダフと寝ていたメンバーのことも詳しく調べたい」

「ボルトだ」ロークが名前を思いだした。「あいつは殺人者の目をしている」

「そう、そんな目をしてた。〈バンガーズ〉の事件を担当してる者の話も聞きたい。ライルの兄弟や祖母とも会ったほうがいいわね。ロシェルには言ってないことを話してるかもしれないし」

イヴはベーコンを噛《か》み砕いた。「ライルが断薬会に通ってて、回復二年の記念メダルを手に入れたなら、彼にはたぶん指導者《スポンサー》がいるわよね。その人物とも会わないと。事件ボードと事件簿を用意して、〈バンガーズ〉の本部と地下街に行った報告書を作成する」

「狩りも」ロークが繰り返した。

「そう。しかも雪やいやな雨に邪魔されずにできる」

それを頭に入れたまま朝食を終えると、イヴはクローゼットに行き、無地の白いシャツを手に取った。セーターは必要ない。パンツやジャケットの長い列、種々のブーツの棚に面食らい、はたと動きが止まった。

極寒用の服をひっつかむのにすっかり慣れていたので、何を取ればいいかわからなくなった。

ロークに尋ねるつもりも、クローゼットのコンピュータに頼るつもりもない（コンピュータの声がロークに聞こえてしまうでしょ?）。何を着ればいいかぐらい自分で決められる。ただ……冬があんまり長かったから迷っただけだ。

イヴはパンツをつかんだ。茶色の。フィーニーのお得意のクソ茶色ではなく、チョコレートブラウン。その連想で出勤したらオフィスの天井のタイルを確認することを思いだした。そこにチョコレートバーを隠し、ブービートラップを仕掛けておいたのだ。それから紺色のジャケットをさっと手に取った。袖口とサイドシームにパンツと同じ茶色の革があしらわれているから。

次にブーツを吟味した。その数の多さにはいまだに後ろめたくなる。最初のころほどではないにしても、やっぱり忸怩《じくじ》たるものがある。

茶色のブーツをつかもうとして思いとどまる。脇に茶色の革の筋がはいった紺色のブーツのほうがこの気取ったジャケットに合うし、無地の茶色を選んでも結局ロークに取り替えられてしまうことはいやというほど承知している。

わざわざ敵を喜ばせてやることはない。

イヴはパンツとサポートタンクを身につけ、シャツに手を伸ばした。

すると案の定ロークがやってきて、そのシャツを取り上げ、別の白いシャツと取り替えた。

「わたしとやりあいたいの？」

「それも僕の好きなことのひとつだけど、僕はただそっちの柔らかい白のほうが――オートミール色とでも呼ぼうか――合うと思っただけだよ」

「いいわよ。わかったわよ」イヴはそっちの白を着た。まるであつらえたようにフィットする――たぶんあつらえたのだろう。

ロークが紺のベルトを差し出しても文句は言わなかった――そんなことをしてなんの得がある？

「あのね、人殺し野郎はわたしの服装のコーディネートなんか気にしないの」

イヴはジャケットとブーツを抱えて寝室に戻った。

「だけど、きみの見かけが強くて有能そうだと、相手も多少は怖気《おじけ》づくよ」

「かもね」武器用ハーネスを装着し、必需品をポケットやベルトに収めた。「左のジャブを見舞ってやっても、相手は怖気づくわよ」

「見かけが決まっていればジャブもきれいに決まるよ」ジャケットとブーツを身につけると、ロークは納得してうなずいた。「強くて有能そうだ」と繰り返し、イヴのそばに寄ってキスした。「さすがは僕の警官だ。今日も彼女の面倒を頼むよ」

「ブーツに血をつけて帰ってきても文句言わないでよ」

「僕がそんなことで文句を言ったことがある?」

「ない」そのとおりなので、イヴはロークにキスを返した。「わたしたちは相性がいいわね」そう言って歩きだす。「じゃあ、またね」

　まさしくライオンのような風だと思いながら、イヴは外に足を踏み出した。身を切るような寒さ、風は低くかすれたうなり声をあげている。準備されている車にひょいと飛び乗ると、強い暖風が嬉しかった。

　門へ向かって車を走らせ、門を通り抜けながら、ピーボディにボイスメールを送ってモルグで待ち合わせた。

広告飛行船は舞い戻ってきて、穏やかな青空から宣伝文句をがなり立てている。みぞれや雨がないおかげで、ニューヨークのドライバーたちの運転技術を鈍らせる要素はゼロになり、路肩に残った砂混じりの薄汚れた雪も消えていた。

たぶんライオンはほんとうに寝る準備に取りかかったのだろう。

もちろん、どんよりした陰気な雨やみぞれがなくても、ダウンタウンへ向かう車は渋滞し、もつれたり詰まったり騒音規制法を破るクラクションを鳴らしたりしている。

けれどそれは許せる。

太陽はまさにぎらつき、まぶしくてコンソールボックスを手探りすると、なんと嬉しいことにサングラスがあった。

荒っぽい運転でダウンタウンを目指しながら、マーカス・ジョーンズ、別名スライスの印象を振り返った。

ならず者なのはまちがいない。路上で死ぬか半生を刑務所で過ごす羽目になりそうな輩《やから》だ。けれどまったくのバカというわけでもない。頭の切れるならず者で〈バンガーズ〉の指揮官の地位に昇りつめ、さらには外の世界のビジネスにも関心がある。

家主であり、ビジネスパートナーと共同で不動産を所有している。低俗だがギャングの一員ではないビジネスパートナー。

だとすると、彼は不動産を購入する資金をどうやって調達したのだろう？違法麻薬、個人情報泥棒、みかじめ料。ギャングビジネスのおいしい部分——もしくはつまらない部分——のピンハネ。裏取引もあるかもしれない——脅迫とか、抜け駆けの麻薬密売とか。

考えをめぐらせ、イヴは違法麻薬課の知り合いにメッセージを送った。ストロング捜査官——優秀な警官だ——なら空白部分を埋められるかもしれない。

ひとつ気になることがあり、イヴは車を停めながらその場面を頭のなかで再生した。ライル・ピカリングが殺されたと聞いたときのスライスの反応だ。

ショック——それは本物に見えた——と怒り。意外にも気取った薄笑いを浮かべるわけでも、こともなげに肩をすくめるわけでもなかった。そんなことはないと思うけれど、もしかしたら、彼にはナディーンがもらった性器のない金色男を獲得できるほどの演技力があるのだろう。けれど、その演技を披露する必要があるだろうか？

彼がピカリング殺しの手はずを整えたのではないなら——現時点でのその確率は五分五分にしておくしかない——誰がやったのか？

そしてその理由は？

サングラスをコートのポケットに押し込み、モルグの白いタイル張りのトンネルを進んでいく。まずいコーヒー、誰かの朝食のブリート、化学洗剤のにおい、そしてそれらを覆い消すような死のにおい。

モリスの部屋の両開きのドアにたどりつくと、耳慣れた足音が近づいてくるのが聞こえた。ピーボディが急ぎ足ぎみにこちらへ向かってくる。毛皮のついたピンクのスノーブーツではなく、ピンクのカウガール・ブーツを履いている。魔が差してロークの説得に負け、イヴがパートナーへのおみやげに買ったものだ。

あのピンクの魔法のコートをプレゼントしたのも魔が差したからだ。その色は魔法には関係ないけれど。そしてピンクのマフラーには春らしい若草色が編み込まれていた。

せめてもの救いはパンツが威厳ある黒だったことだ。たとえ短い髪を軽快なポニーテールにしていたとしても。

「おはようございます!」ピーボディは歌うように挨拶した。「空が美しいですね? 今日は十五度くらいになるそうですよ」

「検死台に載ってる彼も、きっとあなたと喜びを分かち合うでしょうね」

「あちゃ」ピーボディはちょっと肩をすくめた。「いずれにしても彼は死んでますけど、わたしたちは青空のもとで殺人犯を追い詰めることができます」

それもそうだ、とイヴは思った。そんなわけで、イヴは目の前のドアを押しあけた。

主任検死官は防護衣の下にスーツを着ていたが、ピーボディが浮かれている青空の色ではなく、もっと落ちついた夕暮れが近づいた空の色だった。組み合わせたシャツはギャラハッドの好きなサーモンの色。

遺憾ながらピンクの仲間と認めざるをえない。

ネクタイはスーツと同色で、一本に結わえて背中に垂らしている黒い髪にも共色の紐《ひも》が編み込まれていた。コーティングした両手は血まみれだが、こちらを見たとたん黒い目をなごませ、内臓の重さを測る作業を中断した。

あれは腎臓《じんぞう》だろう、とイヴは思った。

「おお、私の気に入りのふたりが、この麗しい日の最初のお客だ」

その声はスピーカーから流れる――ちっ――軽快な音楽とマッチしていた。イヴは春がそれほど素晴らしいものではないのではないかと心配になってきた。

モリスは音量を低くするように命じ、背を向けて血だらけの手を洗った。

「親指の針の痕によく気づいたね、ダラス。消しきれなかったタトゥーのインクでほとんど見分けがつかなかったのに。もちろん検死の際にはわかることだが、現場で見つけてくれたからこちらの仕事がやりやすくなった」

「あれはなんだったの？　もう判明してる？」

「薬毒物検査を急がせた。長くかからないことを願うよ。腕と親指にあった新しい注射の痕について断言できるのは、死体が薬物を使用した痕跡はそれらだけだということだ。内臓の健康状態や皮膚の色などから、過剰摂取をするまで彼はクリーンだったと言える」

「手首の痣は」

「それもきみの現場での意見に賛成だ。かなり大きい手によって、力強くつかまれたものだ。角度からすると」モリスはスクリーンにクロースアップを呼び出し、拡大させた。「親指とほかの指による痣が見えるだろう。角度からすると」と繰り返す。「背後からつかまれたと判断できる」

「背後から手首をつかんで彼を動けなくし、もうひとりが薬物を投与して倒す。バルビツール系のものでしょうね。鎮静剤の一種」

「おそらくはね、私もそう思う。針の痕に微細な繊維が付着しているのを発見した。法科学《ラ》研究所《ボ》はまちがいなく彼のシャツのものだと判定するだろう。つまり、犯人たちはシャツの上から投与した」

「急いでいた。彼を昏倒《こんとう》させるか、少なくとも従順にさせておき、その間に自分で麻薬を注射したように舞台を整える。静脈を浮き上がらせる止血帯、満杯になっていたとおぼしき注射器。彼の部屋に違法麻薬を隠しておく」

「よくある麻薬との闘いに敗れた常習者」ピーボディが言った。「警察はそう見ると、そう判断すると思ったんですね」

「彼らは我々ほど聡明《そうめい》ではないだろう、ピーボディ？」

ピーボディはモリスに向かってうなずいた。「足元にもおよびません」

「ずさんよ」イヴは言い足した。「見かけは利口そうかもしれないけど、考え抜かれてない。下手な小細工。あわてていたのかもしれない。彼を殺したいなら、断薬会に出かける途中とか仕事から戻る途中の夜間に、その三人組に殴殺させればいいでしょ。そのうえあの手口には……警官に対する偏見がある。警官は誰の目にも明らかなことの裏を見ようとしない、と考えている。彼はただのジャンキーにすぎない。彼に鎮静剤を打つのはまずい手だけど、そうしないと抵抗される。そして喉の切り傷。鎮静剤が効いていても抵抗される場合に備えて、喉にナイフを突きつけておいて、腕に注射した」

イヴはポケットに両手を入れ、体を揺らしながら遺体を眺めた。「お粗末な手口よね。ギャング団のトップに昇りつめる者が使う戦術とは思えない。彼を自宅で襲い、彼がやめようと努力していた薬物で殺す。そこには個人的な感情がある。お粗末で、性急で、個人的な犯行」

ポケットから両手を出すついでに鳴っているコミュニケーターを取り出した。「通信司令部から」イヴは言った。「BOLOに何か引っかかったのかも」

「ダラス」

〝ダラス、警部補イヴ、あなたのBOLOの対象者ダフ、ディニーの死体が発見されました。場所はイースト・ブロードウェイのマンハッタン橋のガード下通路。現場で担当巡査と合流してください。殺人と思われます〟

「了解。ただちにピーボディ捜査官とそちらへ向かいます。くそっ」と毒づき、コミュニケーターをポケットに戻した。「またあなたに死体を提供することになったわ、モリス」

「我々は奉仕するためにここにいるんだ」

「ひとつ教えて、この被害者の遺族はいつ会いにこられる？」

「私がロシェルに直接連絡しようか？　きみの時間を節約するために」

「そうしてもらえると助かる。ぐずぐずしないで、ピーボディ」

「もう動いてます」ドアの前でピーボディは振り返った。「ナディーン宅でのサックスにはしびれました、モリス」

モリスはほほえみかけた。「幸せな時間だった」ドアが閉じると、ため息をついて遺体を見下ろした。「さて、きみのために何ができるかやってみよう」

ピーボディは足を速めてイヴに追いついた。「ダフが死んだことに驚いてないように見えますね」

「驚いてないからよ。彼女は死んだか姿を消したかのどちらかで、死んでる確率のほうが高かった。ジャンキーは信用できないから、殺しに利用したなら、彼女が何か気づいて脅してくるまえに始末しないと。あるいは彼女がハイになったときにうっかり秘密を漏らしたり、ハイになるものを手に入れるために漏らしたりしないように」

「死んでることはわかってたんですね。彼女がピカリングのアパートメントのドアをあけた時点で、死ぬことが決まっていたと」

「そう」イヴは運転席についた。「彼女はたいがいすぐ寝る女だった。よくいる体を売って部屋代や麻薬を手に入れるジャンキー。この事件における使いみちはピカリングとのつながりだけ」

イヴは街を横断する通りに乗り入れた。「その使いみちはドアをあけたときに終わった。彼女は障害に変わった。またしてもまずい戦術」

「どうしてまずい——待ってください」ピーボディは目を細めて答えを考えた。「もっとましな戦術は彼女をその場で殺すことだから。ピカリングと同じ手口で。そうすれば一緒にハイになって過剰摂取したように見えるから」

「正解。首謀者が誰であれ、様子をうかがう者がいることも、ダフが三人組を部屋に入れるところを見られることも計算に入れてなかったけど、それでもふたりを一緒に殺しておけば、乱痴気パーティのすえにふたりだけ行きすぎてしまったようには見える。違法麻薬を死体のそばに出しっぱなしにしておくとか、酒も置いておくとか。ふたりを裸にさせて、ハイになってセックスに励もうとしたように見せかけるとか」

「うまい手ですね。ダラスがこちら側の人間でよかった」

「最初のミスは彼に鎮静剤を打ったこと、ふたつめはダフを立ち去らせたこと――そのおかげであとで殺す羽目になった。マーカス・ジョーンズについてもっと知らないとね。これまでにわかってるのはこんなところ」

運転しながら、イヴはピーボディに説明した。

「地下街の探検に行けなかったのはちっとも残念じゃありません。今のお話で際立つのは、ジョーンズが共同で不動産を購入できるほどの資金を持ってることですね。たしかに彼が不動産を所有する地域はほとんどスラムですけど、それでも元手がないとやっていけません」

「そうね。彼が事件の首謀者である確率はどう見積もってもせいぜい五割。不動産所有は収入源になるし、組織を運営したりパートナーシップを組んだりもしてる。組織を運営するには慎重な計画や頭脳が必要。それに先を見通す力も。それに対してこの二件の殺しは?」

「ずさんです」ピーボディが言い切った。

イヴは頭上の道路を走る車の反響と振動のなか、風が吹きつける穴だらけのゴミトラップに車を乗りつけた。車をおりると、現場を保存している制服警官のひとりにバッジを見せた。

四人いる制服警官のうちのふたりはドロイドだろう。イヴの読みが正しければ、彼らは賢明にも〈バンガーズ〉と〈ドラゴンズ〉の縄張りの境界地点に立っていた。

「グローガン巡査です、警部補」

トランクから捜査キットを取り出してから、イヴは規制テープをくぐった。「これまでにわかったことは、巡査?」

「発見者はナンシー・ナッツ、本名ナンシー・トバイアス。このあたりではナンシー・ナッツで通っています。路上生活者で、酒代を稼ぐためにゴミ拾いをしたり帽子を置いて歌ったり踊ったりします。私がパートナーと巡回に来たとき、彼女はよろよろとやってきて、女が死んでると言い、死体があったら客が集まらないと訴えた。我々は現場に案内させました。被害者はめちゃくちゃに叩きのめされており、IDは身につけていませんでした。指紋認証パッドに親指を押し当てたら、警部補のBOLOがヒットしたんです」

「ナンシーはどこにいるの?」

「向こうの通りに連れていって座らせ、エッグポケットを買い与えました。そのカフェでは彼女の入店を断っているんです。とても臭いので店を責められません。ドロイドが付き添っています」

「ピーボディ、彼女と話してきてくれない? 死体《DB》のほかに何か見なかったか、ゆうべはどこで寝たのかを聞き出して。やり方はわかってるわね」

イヴはグローガンとともに死体のほうへ近づいた。「このへんは〈バンガーズ〉と〈ドラゴンズ〉の縄張りが多少なりとも交差する地帯よね?」

「だいたい合っていますが、ここはなんの価値もないので中立地帯になっています。決闘の舞台に使われることもあります。ろくでなしどもがリーダーの地位をめぐって闘ったり、一方のグループの闘士が敵の闘士と対決したり。我々がここで発見したＤＢは彼女が最初ではありません」

イヴは死体を見下ろした。遠い昔にはディニー・ダフにも少しは可愛い時代があったのかもしれない。イヴがじっくり眺めたＩＤ写真は二十四歳の女性にしては疲れきった表情を浮かべていたが、遠い昔の面影はいくらか残っていた。

ディニー・ダフを殺した犯人は——単独にしろ複数にしろ——さんざん殴ってそれさえも

奪っていった。

彼女の顔は腫《は》れあがり、黒と紫の痣と、乾いた血と、裂傷だらけだった。コートもシャツも着ていなかったので、痩せ細った上半身の肋骨《ろっこつ》に沿ってさらなる黒い痣が広がっているのが見えた。

靴を履いていない足の片方は妙な具合にねじ曲がり、踏みつけられたとおぼしき痕があった。血を流すハートのマークがちりばめられたタイツは足首まで下げられ、ミニスカートは腹のほうへめくりあげられ、太腿《ふともも》と性器のひどい打撲痕があらわになっていた。

「たまにこのへんで見かけたことがあります」グローガンが言った。「無認可で客を取ろうとしてしょっぴいたことも何度かある。去年の夏は麻薬所持で逮捕した。たいした人生じゃなかったでしょうが、犯人たちが彼女のわずかな希望を打ち砕いてしまったことはたしかです」

「ええ、そうね」

「これは中立地帯侵犯です」グローガンは付け加えた。「〈ドラゴンズ〉の犯行だと判明したらギャングの抗争が勃発します」

考えをめぐらせながら、イヴは振り返ってグローガンを見た。「これは〈ドラゴンズ〉がやりそうなこと？」

「彼女が境界線を越えたからレイプして殴り殺そうと決めたなら、死体はここに放置しておかないでしょうね。〈バンガーズ〉の縄張りのほうへ捨てにいくと思います。ルール違反を承知でここに放置したり、誰もが〈バンガー・ビッチズ〉のメンバーだと知ってる女にここまでひどい暴行を加えるのは、戦争を求めてるも同然です」

面白い、と思いながら、イヴはしゃがみ込んで捜査キットをひらいた。

身元を確認し、遺体の状況を記録していく。「レイプ、おそらく複数犯によるレイプの痕跡がある。被害者は顔、上半身、腹部を殴られている。左の足と足首は骨折している模様。被害者のＩＤ、コート、シャツ、靴は現場には見当たらない。耳たぶに裂傷があることからイヤリングをつけていたが、暴行者が耳からもぎ取ったと思われる。喉の痣は首を絞められたことを、扼殺《やくさつ》を示している」

イヴはコーティングした両手でそっと血でもつれた髪を掻き分け、後頭部をさわった。「頭蓋骨《ずがいこつ》が粉砕している。頭部を地面に叩きつけられた」イヴはさらに続けた。「それが彼らのやったこと。彼女をここにおびき寄せる。上物が手にはいったとか、今夜の仕事の報酬を払うと言って。そして殴りつける。彼女の口元には濃い痣がある。悲鳴をあげられないように手で口を押さえつける。犯人はピカリングを殺した三人。その三人のはずなのよ」

大男が三人がかりで標準体重に達しない女を相手にする。勇敢なろくでなしだこと、まったくギャングの誉《ほま》れね。

クソッタレども。

「殴って、蹴って、レイプする。代わる代わるに。彼女の首を絞める。彼女の頭をコンクリートに叩きつける。彼女のコートと靴を奪う。びりびりに裂けていたにちがいないシャツ、なぜシャツも持ち去るの？　彼女が持っていたならリンクも、何もかも奪う。つまらないイヤリングまで耳からもぎ取る。そして彼女をその場に放置する」

イヴは計測器を取り出し、死亡時刻を確認した。

「まもなく二三〇〇時という時刻。わたしたちが〈バンガーズ〉の本部に着いたころ。わたしたちがスライスと話しているとき、彼女はすでにここでめちゃくちゃ殴られていた」

「スライスがこれを命じたと思うんですか、警部補？」

イヴは立ち上がった。「あなたはそう思わないの？」

「はあ、警部補は殺人課ですが……」

「でも、あなたはこの地区を担当してる」

「そうです」

「じゃあ、どうしてスライスが命じたと思わないのか教えて」

「彼がこんなことでギャングの抗争を望むとは思えないからです。縄張りを広げたがっているのはたしかですが」

「縄張りはプライドよ」イヴは言葉をはさんだ。「権力と金」

「そのとおりです。しかし、こんなやり方をした場合は何人もの警官からなんやかんやと質問されます。さっきも言ったとおり、彼女をここに放置するのはルール違反なんです。スライスが人道主義者だというのではなく、彼が殺しを命じたならもっときれいにやるだろうということです」

グローガンは指で喉を切る真似をした。「彼は鋭利な刃物を好む。彼女を殴ってレイプするのは時間がかかる。彼なら手早く片づけたがる。そしてどこかに、おそらく川に捨てる。客との交渉がこじれたとか強盗に襲われたとか、そんなふうに見せかける。自分の縄張りから離れたところで。警察はいろいろ尋ねるでしょうが、我々がこれからやろうとしていることほど執拗ではない。こんな彼の本部と目と鼻の先で起こったのでなければ」

この巡査の意見はイヴがたどった思考経路と同じだった。

「なるほどね、グローガン。筋が通ってるわ。あなたにはパートナーと一緒に聞き込みをしてもらいたいの。死亡時刻《TOD》は二二三〇時になる直前だけど、犯行には時間がかかってる。聞き込みの対象を二十一時から二十三時までに広げましょう。被害者に友達がいたかどうか知らない?」

「彼女についてはあまり知らないんです、警部補。彼女にはちょっとイカレたところがありました――なんていうか、ナンシー・ナッツのような害のない奇人ではなく、意地悪な奇人です。彼女が誰かと一緒に出歩いているところを見た記憶はあまりありません。彼女は仲間というより居候のような感じでした。おわかりいただけますか」

「わかるわ。死体のそばにいて」と二体のドロイドに命じ、イヴは遺留物採取班と死体運搬車を要請した。

7

死体の検分を終えたとき、ピーボディが血だらけの引き裂かれたシャツがはいった証拠袋を片手に戻ってきた。

「まちがいなくこれは被害者のものですよ」ピーボディは言った。「ナンシーが持ってたんです。そこに落ちてたし気に入ったから拾ったとか。だからエナジーバーと交換しました」

「よくやった。すっかり汚染されてるだろうけど、ラボに送るわ。ブーツか靴とか、コートは持ってなかった?」

「ええ。彼女が持ってるのは半端なものばかり。片方だけの靴下やホイールキャップ。がらくたです。ナンシーはあの女が紫色の顔をしてたと言ってます」

ピーボディは死体をちらっと見た。「その点では的確ですね。ナンシーはその髪を、ピンクの髪を見て、死んでるのがミーニーだとわかった。ダフのことをそう呼んでるんです。意地《ーン》悪だから」

「グローガン巡査も同意するわ」

「ナンシーに意地の悪いことを言った――避難所にいるべきなんじゃないのと。でも彼女は行きたがらないんですよ、ダラス。キャンプが好きで。ナンシーにとって路上で生活するのはキャンプなんです」

「いくらあげたの？」

ピーボディはため息をついた。「二十ドル。ろくなことに使わないのはわかってるんですけど――」

「いいえ、そんなことない。彼女はそれをまともな食事に使うでしょう」安酒にも、とイヴは思ったがわざわざ口に出す必要はない。「請求伝票を提出しなさい」

「ありがとうございます。でも、これは私用なので。彼女のことが好きになったんです。わたしのことをパピー巡査って呼んだんですよ。わたしが子犬《パピー》のような目をしてるからって」

「当たらずとも遠からずね。遠からずといえば〈バンガーズ〉の本部はすぐそこよ。ジョーンズとおしゃべりしにいきましょう」

「彼はピカリング殺しを命じてないと言いましたね」車に戻りながらピーボディが切り出した。「この殺しはどうでしょう？　ピカリング殺しに加わった彼女への報復とは考えられませんか」

「タイミングが合わない。わたしたちから聞くまえに彼が知ってたなら別だけど。ダフがイーストリバーに浮いてたとか、〈バンガーズ〉の縄張りの真ん中とか縄張りからすごく離れたところで見つかったなら、わたしもそう思うけど。あの制服警官は殺しの現場が中立地帯で、そこで殺すのはルール違反だと言ってる。その手の違反はギャングの抗争を招くと」

運転席につくイヴの横で、ピーボディは考えをめぐらせた。「それを望んでるのかも。彼は縄張りを広げたがってるし、血と戦争ほど指揮官の信用を築くものはないですよ」

「わたしもそっちに気持ちが強く動いたでしょうね。彼にビジネス上の利益があることを知らなかったら。そのビジネスは戦争になったら燃やされるか攻撃されてしまう。あの制服警官はギャングの駆け引きについてははっきりしたイメージを見せてくれた。ストロング捜査官にも連絡してみる。〈バンガーズ〉の縄張りでおこなわれる違法麻薬取引についてどんなことを知ってるか、あるいは突き止めてくれるか」

「彼女はとことん調べますよ。腕がいいんです。ひょっとしたら、これはジョーンズや〈バンガーズ〉を苦境に陥らせるために〈ドラゴンズ〉が仕組んだことなのかも。警察の介入で動きを取れなくさせ、彼らの力を弱める。結果として、警部補はゆうべ〈バンガーズ〉の本部に押しかけたし、わたしたちはこれからまた押しかけることになった。かなり進退きわまった状況ですよ」

「それはそうだけど……」イヴは〈バンガーズ〉の本部のそばに車を停めた。「ピカリング殺しは個人的なものだという気がする。彼は〈バンガーズ〉に背を向けた」車をおりながら先を続ける。「それでギャングを愚弄した仕返しに非難や脅しや暴力は受けたかもしれないけど、殺されることはないでしょう。ピカリングは服役したけど、共犯者の名前を挙げなかった、仲間を売らなかった。そういうのはかなりの信用を得る。彼は安全なやつだと信じられるわよね」

ドアの前でイヴは秘密の儀式を繰り返した。応対に出た男は険《けわ》しい目を向けた。「令状はあるのか？」

ゆうべの男のような騙《だま》されやすいカモではない。体は脂肪より筋肉が多く、剃《そ》りあげた頭のタトゥーはヘビがとぐろを巻いている図柄だ。そしてその険しい目は少なくとも平均的な知性があることを感じさせる。

「スライスに話があるの」

「今日は客には会わない。とくに女警官にはな」

「ダラス警部補が来てると知らせてもそう言うか確かめてみてくれない？」

「うるせえ」

相手がドアを閉めようとすると、イヴは肩でドアを思いきり押した。その勢いと不意を突かれたのとで、男は二歩あとずさった。だが、それですむとは思えない。

「いいわ。検事局に令状を依頼するから。届くまでパートナーとわたしはこのへんを散歩してくる」

「散歩日和ですねえ」ピーボディが言い足した。

「そうよね。戻ってきたら、マーカス・ジョーンズ――ちなみにスライスのことだけど――をコップ・セントラルに連行して、殺人容疑で尋問しましょう。ふたつの事件の」

「でたらめ言うな、ビッチ」

イヴはリンクを取り出し、キーを押した。「どうも、レオ」話しながらゆっくり歩きだす。「令状がほしいの。それも二通」聞こえよがしに話を続けた。「一通は捜索押収」

「やれるもんならやってみろ、ビッチ！」後ろで叫ぶ声がする。「おまえもただじゃすまないぞ」

わざとらしく足を止め、イヴは振り向いて番人の顔を見た。「それで三つになる。公務執行妨害も用意したほうがよさそう。そこのろくでなし、名前は？」

「くたばれ！」

男はドアをバタンと閉めた。

「そういうわけよ、レオ」

「わたしは出勤して最初のコーヒーを飲もうとしてたところなのよ」レオは文句を言った。

「なのにもう誰かがくたばれって叫んでる」

「あら、こっちは十二時間以内に二件の殺人を担当して、地下街の探索に出かけて、目下バワリー通りの〈バンガーズ〉本部の前で番人と罵《のの》りあってるところ」

「わかった、そっちの勝ち」レオは——ブロンド美人で、かすかに南部訛《なま》りが感じられる弁舌をふるう法律家は——天を仰いだ。「あなたは〈バンガーズ〉本部を捜索して証拠物件を押収しようとしてるの？　そしてゴタゴタが起こりそうだと思ってるの？」

「そういうことになるかも。もうちょっと待って。ところで……」イヴは雑談のネタを探した。「調子はどう？」

リンクの画面上で、レオは目を丸くした。「わたしに『調子はどう』ってきいてるの？」

「時間をつぶしてるの。雑談よ。わたしが〝調子はどう〟って言うと、あなたは〝いいわよ〟とか〝もう最悪〟とか言うでしょ。わたしは〝よかった〟とか〝うわぁ、大変だね〟とか言うでしょ。そしたらあなたは〝そっちはどうよ〟って言って、わたしは——あ、もういいわ」ジョーンズがドアをあけた。「時間つぶしできた。あとで連絡する」

黒いバギーパンツに、上半身裸、裸足という恰好のジョーンズは、寝ぼけまなこに不機嫌さを浮かべていた。

「今度はいったいなんの用だ?」

「ディニー・ダフが死んだの。話すのはここでもなかでもいいし、セントラルまで来てもらってもいい。選んで。さあ早く」

「どうやって死んだ?」

「選んで」イヴは繰り返した。「早く」

「くそっ」彼は手荒く顔をこすった。「五分くれ」

ドアが閉まると、イヴはリスト・ユニットに目をやった。「五分過ぎたらレオに連絡して、令状の準備を始めてもらう」

「彼は違法麻薬や武器やいかがわしいものをまとめて奥から運び出すかもしれませんよ」

「彼に知恵があるなら、ゆうべの話し合いのあとに全部とは言わなくても片づけてる。今は着替える時間がほしいのよ。ダフの話はなかでも路上でもしたくないから。セントラルで問い詰められるのはもっといやなはず」

「じゃあ、彼はどうするんですか」

「すぐわかるわよ」

「そうですね」ピーボディは一拍おいた。「ところで、調子はどう?」

イヴは思わず噴きだした。「五分つぶすのにもっといい方法がある。ダフのことを調べて近親者を見つけ出して。二階の窓の向こうで動きがある——三階の窓は板を張ってあるけど、起きだしてわたしたちの様子を見張ってる者が何人かいるわね」

「スライスが手を打って、怪力男をこっちに向かわせてるんです。個人的には、あの片腕がタトゥーだらけの男はあまり信用しません」

「だから雑談は役に立たないし、うっとうしいのよ」

「そうとばかりも言えませんよ。彼のギャング・タトゥーはピカリングが消そうとしてたものと同じデザインで同じ場所に入れてあることに気づきました——見事に割れた腹の筋肉に見とれながらでも」

「口惜しいけど、認める」

「ダフの母親はジャージーシティにいます。四十八歳、家事労働者。父親は泥棒で、現在はアッティカ刑務所にはいってます。入籍はしてません。きょうだいは二十六歳の兄がひとり、アトランタ在住で——建設会社の従業員、父親は同じになってますね」

「近親者への通知は母親にしましょう」

「母親に犯罪歴はありません。父親は悪党で刑務所を出たりはいったりしましたが、今回は加重暴行で終身刑になってます。兄は未成年のときにいろいろ問題を起こしたようですが、更生しました。ジョージア州に移って八年、現在の会社には五年勤めてます。近年の前科はありません。いっぽう、ダフのほうは」

「そうね、わたしもざっと調べた。違法麻薬の使用、所持、販売・流通目的の所持、無認可の客引き。つまらない履歴がずらっと並んでる。本格的な暴力犯罪はひとつもない」

「それが今や死んでしまい、たとえ死んでなくても、殺人の共犯で調べられるところでした」

ジョーンズは約三分で出てきた。赤いフード付きパーカーに黒いパンツ、傷だらけのハイトップスニーカー。

黒いけれどライトニングのブランドではない。

「朝メシを食いたい」

そう言って歩きだしたので、イヴはピーボディに合図し、彼に歩調を合わせてついていった。

「あなたもたいしたものね。わたしだったら食欲どころじゃないかも。警察に嗅ぎまわられたり、二件の殺人への関与を問われたりしたら」

「その点については心配してない」

ジョーンズは〈二十四時間レストラン〉という看板を掲げた油じみた食堂にはいっていっ

た。

店内には調理しすぎたタマネギと劣悪なコーヒーと油を塗りこんだまがい物の肉のにおいが漂っていた。

壁はどぎついオレンジ色で、おめでたいほど楽観的な料理の写真が飾られている。白いカウンターは黄ばんで焼け焦げがあり、五脚ほど並んだ背のないスツールの座部はダクトテープで継《つ》ぎ接《は》ぎされていた。

ブース席はさらに期待できそうもなかったが、ジョーンズはふんぞり返って奥まで進み、角の席に腰を滑らせると、まるでここの主《ぬし》のように傷だらけのラミネートテーブルを叩いた。

実際にここを所有しているのだろう。少なくとも何割かは。

巨大な胸が真っ黄色の制服を突き上げている四十代見当のウェイトレスが、コーヒーポット片手にすり足でやってきた。

「ご機嫌いかが、スライス?」

ウェイトレスはコーヒーのふりをした液体を彼が起こした茶色のマグに注いだ。イヴは手を振って断った。ピーボディは首を横に振った。

「チーズグリッツをくれ、メルバ。それと卵三つのふわふわのスクランブル、ソーセージ、トースト」

「すぐご用意しますね」

ウェイトレスはすり足で去っていき、ほかのテーブルで足を止めてマグにコーヒーを満たした。そのふたりの男性客は朝を始めるというより夜が終わったような様子をしている。

カウンターにいるウェイトレスはひとりの女性客——おそらく街娼だろう——の前に叩きつけるように皿を置いた。

ジョーンズはコーヒーに三杯分のクリームの代用品と三袋のシュガーもどきを加えた。

「ディニーはどうして死ぬ羽目になったんだ?」

「おそらくライル・ピカリングの部屋に三人の殺し屋を入れてやったから。そのあげく、死ぬまで殴られ、何度もレイプされ、首を絞められ、足で踏みつけられた。襲った男たちは彼女の靴、コート、持っていたならリンクを盗み、イヤリングを耳からもぎ取り、マンハッタン橋のガード下通路に放置した」

暴行の内容を並べ挙げるあいだはなんの反応も示さなかったジョーンズは、場所を聞いたとたん怒りに顔を赤くした。

「〈ドラゴンズ〉の野郎どもめ」

「そうは思わないけど」

「あんたに何がわかる？」

「彼女は少なくともあなたのふたりの部下に仕事に行くと言った、お金が必要だからと。ところが彼女は職場に現れず、その店に三日間出勤してなかった。彼女が殺し屋たちをなかに入れる目的でピカリングのアパートメントに行ったことは判明してるの」

「あいつはピックに気があった」ジョーンズは指先でテーブルを叩いた。「その男を殺す手助けをするなんて、でたらめもいいところだ」

「だけど、彼女はそのとおりのことをしたのよ。そして数時間後に、あなたとわたしが最初の会話をしてたころに、複数の男にレイプされ――お金をもらってステージでやるんじゃなくてね――殴る蹴るの暴行を受け、骨を折られ、頭蓋骨を粉砕された」

「あいつがピックにそんなことをしたなら当然の報いだな。あいつがやったなら、〈ドラゴンズ〉に協力したんだ。そういうことだよ」

「わたしが納得できる理由をあなたが教えてくれるならね――なぜ〈ドラゴンズ〉はピカリング殺しを命じ、なぜディニー・ダフは彼らに協力したのか。でなければ〈ドラゴンズ〉が彼女を殺したという説は受け入れられない」

「〈ドラゴンズ〉には理由なんかないんだよ」だが、その口調は自信がなさそうだった。それから憎々しげに言った。「中国人《チンク》はアメリカの言葉というよりチンク語を話すからな。俺のことはほっといて、チンクタウンに行ってあのファン・ホーの野郎を追いまわせよ」

「今の差別発言はとりあえず聞かなかったことにしておくわ。ピックを恨んでたのは誰？」

「ファン・ホーと話せって言っただろ。俺には関係ないんだから。まあ、ピックがムショから出てきたとき、戻ってこなかったのを面白く思わなかったやつもいるかもしれないが、そんなことじゃ誰も仲間を殺さないよ。まあ、ディニーはやつが自分のところにも戻ってこないから会いにいったのかもしれないが、それでも殺すことはない。ハイになって、むかっ腹を立てて、どこかのバカ野郎に手を貸すことはあっても」

「ディニーは彼に気があったから、彼を殺す手助けをするはずがないって言ったじゃない」

「たぶんそんなつもりじゃなかったんだろ」ジョーンズは肩をすくめ、コーヒーを飲んだ。

「やつが失ったものを味わわせてやろうとしただけかも。ピックはアッパーが好きだったから、それをくれてやれば自分のところに戻ってくると考えたのかもな」またもや肩をすくめる。「俺が知るわけないだろう？」

イヴは料理を運んできたウェイトレスを無視して身を乗り出した。料理の皿には壁と同じオレンジ色のグリッツ、どろどろになった粉末卵、豚小屋のようなにおいのするソーセージ、紙のように薄いトーストが載っていた。

「俺はピックを殺そうとして部屋に侵入した男たちのことなんか知らない」

「ピック？」ウェイトレスが金切り声をあげ、ジョーンズに鋭い目で睨《にら》まれると、すり足ではなく急ぎ足で歩き去った。

「そいつらの考えることなんか、わかるわけないだろ」

「彼らは背後から近寄って、彼を拘束し、シャツの上から鎮静剤を打った。それから一見したところ好みのアッパーを自分で打ったように見える工作をし、彼の部屋にさらにアッパーを隠した。

ダフはその犯行を手引きし、死体に成り果てた。わたしが何を探し出そうとしてるかわかる？ ピカリングを殺し、口封じのためにダフを殺した三人。わたしはその三人があなたの部下だということを突き止めるつもりよ」

「ああ、そうだろうよ」

「はったりじゃないわよ。〈ドラゴンズ〉との戦争を望んでるのは誰？ レイプと殺人であなたたちの中立地帯のルールを破り、戦争を起こそうとしたのは誰？」

「〈ドラゴンズ〉にきけよ。やつらは望めば、必ず手に入れる」

イヴはどろどろになった粉末卵に残り少ないケチャップを絞り出しているジョーンズの顔を見守った。「戦争になればそれによる損害は大きい。みんな家に閉じこもって食事や買い物に出かけなくなる。この地域にはやってこようとしない。戦争は商売に響くわよね、スライス。あなたはこの界隈で手広く商売をしてるんでしょ」

ジョーンズは食べはじめた。目を皿に落としたままでイヴの目を見ようとしない。「あんたには関係ないだろ」

「あなたが住んでるビルの購入資金はどうやって調達したの？　ここもそうでしょ？　それに〈ウェット・ドリーム〉も」

「あんたには」彼は卵をスプーンですくった。「関係ないだろ」

「〈バンガーズ〉の商売はだいたい違法麻薬、性的サービス、みかじめ料、個人情報泥棒、つまらない詐欺で成り立ってる。あなたはそこから分け前を取る、最大級の分け前を。でも、それで不動産を購入できるほどの資金が集まるとは考えにくい」

「俺たちはセキュリティ・ビジネスをやってる。地域住民にセキュリティを提供し、この界隈の安全を保ってるんだ」

ジョーンズはさっきのウェイトレスを指さした。「俺たちはこの界隈の安全を保ってるよな、メルバ？」

彼女は喉元にスタナーを突きつけられた女性のようにほほえんだ。「そのとおりよ、スライス」

「性的サービスの免許は取ってある」ジョーンズは話を続けた。「俺たちのビルに寝泊まりするやつらからは家賃を取ってる。たとえ俺が個人的にビジネスを持ってるとしても、だからといって部下たちを裏切ることにはならない」

ジョーンズの口調は怒りを抑えているだけでなく、不安も抑えていた。彼はサイドビジネスのことを穿鑿《せんさく》されたくないのだ。

だからイヴはもうひと押しすることにした。

「あなたは最大級の分け前より少しよけいに取っても裏切りとは見なさないかもしれないけど、ほかの者たちはそう思わないかも。あなたがどうやって資格を剝奪された弁護士とその愛人と共同で不動産を購入したのか、疑問に思う部下がいるかもしれない——家賃を請求されることも」

今や彼の不安はにおいが嗅ぎ取れるほどになり、皿の上のソーセージと同じくらいぷんと漂ってきた。

「ものを所有するのは犯罪でもなんでもない。どうやらあんたはこれが戦争を起こすためのもので、そこから俺が利益を搾り取れると思ってるようだな。どうしてそうなるのか、俺には意味がわからない」

「そうかもしれないし、そうじゃないかもしれない。不動産の価値は下がり、あなたは安く買い叩ける。いろんな見解があるのよ、スライス」

「あんたの見解なんかくそくらえだ」ジョーンズは顔を上げ、怒りのこもった目を向けた。

「これ以上話すことはない」

「じゃあ、朝食をすますあいだにこのことを考えてみて。あなたが二件の殺しを命じてないなら、あなたの身辺にいた部下の誰かが命じた。戦争を望む者は誰か？」イヴはさっきの質問を繰り返し、ブースから滑り出た。

「考えてみたほうがいいわ」そう付け加えると、ジョーンズをどろどろの卵とオレンジ色のグリッツに戻してやった。

「どちらも彼が命じたとは思ってないんですね」車に戻りながらピーボディが言った。

「その確率は五割から四割に減った。殺しの手口はどちらもずさんだった。彼はそんなやり方はしない。彼は殺人者よ。殺す理由があればふたりとも殺したでしょう」

ふたたびイヴは運転席につき、本部ビルを眺めた。「だからまだ四割の可能性が残る。もしかしたらあのずさんさには目的があるのかも。もしかしたらもっと買い占めるつもりで、持ち主を脅して売らせたり立ち退かせたりしようとしてるのかも。トップの地位までのし上がるのは権力を握りたいから。ビジネスに参入するのはお金がほしいから。今のところ彼は両方とも思いどおりになってる」

リンクが鳴ると、イヴはとっさに取り出そうとしたが、運転中だったのでリスト・ユニットで受けた。「ダラス」

「ストロングです。今着いて——作戦が終了したところだったので——警部補のメッセージを見ました。ライル・ピカリングの件」

「彼はモルグにいる。元恋人のディニー・ダフも。何か知ってる？」

「直接お話ししたほうがよさそうです。そちらにうかがいます」

ストロングの口調にただならぬ気配を感じて、イヴは〈カーサ・デル・ソル〉まで行ってピカリングの上司や同僚から話を聞くのは後回しにすることにした。「これからセントラルに向かう。三十分ちょうだい」

「では、警部補のオフィスで三十分後に」

「ピーボディも同席させたいからラウンジのほうがいいかも」

「警部補のオフィスで。お願いします」

「わかったわ。三十分後に。何かあるわね」イヴは考え込んだ。「ピーボディ、とりあえず電子捜査課《EDD》にピカリングのリンクのことを確認してみて。彼には指導者《スポンサー》がいたにちがいない。その人物を突き止めて、セントラルに来てもらいましょう。依存から回復した者同士なら言えることもあるんじゃないの。家族には話さないことでも。そうそう、家族にも連絡して。話をしないとね。向こうに来てもらうのでも、わたしたちが訪ねるのでもどっちでもいいから」

ピーボディが作業しているあいだ、イヴはじっくり考えた。これまでに判明したことや自分の推測を取り混ぜて考え、一度バラバラにしてから、また勘案した。

セントラルの駐車場に車を入れたときにはまだ十五分余裕があったので、事件ボードをセットし事件簿をまとめるには充分だと踏んだ。

「わかりました。EDDは頻繁にやりとりのあるスポンサーを突き止めました。マシュー・フェンスター、四十一歳。〈クリーンハウス〉というリハビリ施設に勤務していて、そこの社会復帰施設《ハーフウェイ・ハウス》の運営にも携わってます――ピカリングが仮釈放の条件を満たすために宿泊していた施設です」

「つまり、つながりはさらに深いわけね」

「彼は一度結婚し、離婚してます。子供はひとり。違法麻薬所持と詐欺の前科あり。その詐欺で金融投資企業での職を失う。知能犯用の刑務所に九年服役――息子が二歳のときです。一般刑務所に三年――この間に妻から離婚されました。強制的なリハビリを終えたあと〈クリーンハウス〉でボランティアとして働き、そこのハーフウェイ・ハウスで暮らす。彼はカウンセリングの講座を受講したようですね。三年前に正規のスタッフとして雇用されました」

ピーボディはエレベーターへ向かいながら画面をさらにスクロールさせた。「彼の所得は急激に落ち込みました。金融投資企業を解雇され収監されるまえは六桁《けた》の上のほうまで稼いでたんです、たっぷりのボーナスは別にして。現在は、まあ、わたしのほうが多いですね。〈クリーンハウス〉では給料の一部として従業員用の部屋を与えられてます。釈放されてからの前科はありません」

「わたしがいろいろ設定してるあいだに彼に連絡して、ここに来てもらえるかどうか確認して。相手が渋るようだったら職場を訪ねましょう」

イヴはエレベーターが停止すると、押しのけるようにおりてグライドへ向かった。身柄を拘束され両側から制服警官にはさまれた女性が、目に異様な光をたたえていたせいだ。

今はどんなことにも邪魔されたくなかった。

大部屋《ブルペン》にはいると、サングラスを車に置いてきたことを悔やんだ。ジェンキンソンの新しいネクタイの攻撃から目を守ってくれたかもしれないのに。本日のネクタイはチリペッパー色の布一面に、尖《とが》った青い精子がのたくっている模様が描かれていた。まるでプルトニウムを注入したかのように。

「ストロングが着いたら連れてきて」イヴはピーボディに告げ、自分のオフィスに逃げ込んだ。

イヴはコートを脇に放り投げ、コーヒーをプログラムした。事件ボードを設定しながら、ほんの一日前は書類仕事に取り組み、平和な時間を過ごしたことが頭に浮かんだ。

それが今は明らかに関連のある二件の殺人事件を担当し、近い将来に起こりそうなギャングの抗争と、少なからぬ疑問を抱えている。

事件ボードの中央にはライル・ピカリングを据えた。麻薬常習から回復し、新たな人生のスタートを切ったように見える人物。彼の場合、制度《システム》は機能した。罪、罰、リハビリ。

そのシステムを機能させつづけ、彼のために正義をもたらすのはイヴの務めだ。

ディニー・ダフ。イヴはやつれた顔をし、目元に化粧品を塗りたくり、髪にピンクのメッシュを入れたID写真を留めた。その隣にぼろぼろに殴られ、血だらけで死んだ現場写真を並べる。

麻薬常習者、次の一服や寝泊まりする場所のために体を売り、かろうじて残っていた魂までも売り渡したらしい人物。刑務所を出たりはいったりし、パートタイムで地下街の性サービス業に就き、ライル・ピカリングの殺人に手を貸した共犯者。

それでも彼女が気乗りしないながらもかかわったシステムは、彼女にも同様の正義をもたらすために機能するだろう。

マーカス・〝スライス〟・ジョーンズ。この男は悪党だと考えながらその写真もボードに留めた。二件の殺人の黒幕かもしれないし、そうではないかもしれないが、悪党であることには変わらない。そして過去に人を殺したか、殺しを命じた経験があるのは疑いない。常習者ではない。たまにゾーナーを吹かしたり、それなりの量の酒を飲んだりはするだろうが、自分の商売道具を濫用《らんよう》している気配はない。

そんなことをするほどバカではないということだ。ジョーンズはけっこう知性があり、悪知恵が働く。その知恵を法に触れないものに用いれば、ある程度の社会的成功とまともな人生を手に入れていただろう。そしてわたしに、檻にぶち込んでやろうと思わせることもなかっただろう。

彼が居るべき場所は檻のなかだから。

イヴは送られてきたピカリングの薬毒物検査報告もボードに加えた。体内からは彼を二度殺せる量のアッパー系と、効き目を高めたダウナー系が発見された——鎮静剤を投与されたことを示すかのように。

知恵があり、違法麻薬を取引している男なら、強い鎮静剤が検死で見つかることくらい知っているだろう。

そんなことは気にしないの？　それならどうしてわざわざ過剰摂取《OD》に見せかけたのか。

ずさんだ、ずさんすぎる、と思いながらボードに資料を追加していく。衝動的と言ってもいい。イヴの目にはスライスは直情径行というより計算高い男に思える。

コーヒーのお代わりを手に、イヴはデスクについて殺人事件簿に取りかかった。手をつけたかどうかのうちに、ピーボディのカウガール・ブーツの足音が聞こえてきた。

ライラ・ストロング捜査官が一緒だった。

違法麻薬課のこの捜査官を見た瞬間、疲れているのだろうと思った。キャラメル色の肌には目の下に隈《くま》ができている。髪を伸ばしはじめたらしいが、ピーボディのような小さくまとめた軽快なポニーテールではなく、ちりちりのカールが顔を縁取っていた。

装着した制式武器の上から錆色《さびいろ》のジャケットをはおり、実用的なブーツを履き、苦い表情を浮かべている。

疲れた目を事件ボードに走らせると、その表情はさらに厳しくなった。

「警部補」

「捜査官」イヴは腰をあげ、ピーボディになかにはいるよう合図した。「ドアを閉めて、ピーボディ。コーヒーがほしいんじゃない、ストロング捜査官？」

「ありがとうございます。濃いブラックで。長期の作戦が終幕を迎えていたので、警部補のメッセージに気づいたのは……なんてことなのよ、ライル」

「彼のことは知ってたわよね」イヴはストロングにブラックコーヒーを、ピーボディにはいつものレギュラーを手渡した。三人の女性たちはマグを持って立ったまま事件ボードを見つめた。「ザッター巡査とノートン巡査と一緒にピカリングを逮捕し、彼に最後の服役をさせた」

「ええ。彼はハイになって警戒がゆるんでいた。わたしはおとり捜査をしていた。彼はわたしにアッパーを売りつけようとしたんです——ハイになったあとのチェイサー代わりにダウナーをつけて。失敗すると彼は逃げだした。それから殴り合いのすえ取り押さえられました。それでね、あとになって彼はわたしに言ったんです。あれは人生最良の出来事だったと」

イヴには聞こえた。無念の思いだけでなく、悲痛な思いが。「彼とは連絡を取り合ってたの？」

「刑務所から連絡をくれて、話したいことがあるから会いにきてほしいと言われました。わたしは彼が何か情報を持っていて、それと引き換えに特権か早期仮釈放をねだるのだと思った。彼が何を望んだと思います？　殴ったことを謝りたかったんです、わたしをひどい言葉で罵ったことも。十二ステップのプログラムの一環として。わたしはすぐには信じられず、何か魂胆があるのだろうと思いました」

ストロングはコーヒーをひと口飲んだ。「でも、彼はわたしに何も頼まなかった。ただ、麻薬にはもう手を出さないと言うだけでした。彼は自分にはやるべきことがあるのをわかっていました。それが容易ではないことも。とにかく、わたしはなぜか気になって、刑務所の所長や薬物依存カウンセラーと話してみたんです。ふたりとも彼が峠を越えたか、少なくとも峠にたどりついた感じがすると言いました。それでも、わたしはまだ信じきれなかった」

「いつから信じはじめたの?」

「仮釈放審理のときです。家族も来ていて、姉が彼と一緒に暮らすと言いました。彼がハーフウェイ・ハウスでの期間を何事もなく終了させ、定期ミーティングに通い、仕事に就き、〈バンガーズ〉のメンバーの誰にも近づかないという条件付きで。彼女が騙されやすい人物でないことはわかりました。あれは妄信でも希望でもなかった……我慢でもなかった」ストロングは断定した。「彼女は弟に立ち直ってほしかったんです。ライルは反省の弁に加え、麻薬を抜いてクリーンな状態を保ち、調理を学び、技術を身につけることで自尊心を持つようにすると述べました」

ストロングはふうっと息を吐き出した。「ああ、彼は料理ができることを心から誇りに思っていたんです。彼は何が鍵になったかを教えてくれました。姉と刑務所の精神分析医の助けで、違法麻薬への依存はあのギャング団への依存が原因だとわかるようになったと。彼は違法麻薬を常用することで現実から逃げようとしていた。ギャング団の一員になることでつらい思いをさせている家族から距離を置いていたことに気づいた。だから、自分は毎日黙々と働かなければならない、また元の状態に戻って麻薬を始めたりしないためにもと語った。あれはその場だけの話には聞こえませんでした」

「彼が社会復帰してからは？」

「動向を見守りました。その場だけの話に聞こえなかったから、彼が言ったことを実行できるか知りたかったんです。職場に訪ねると、彼は休憩を取って出てきました。わたしには彼がクリーンなままであることがわかった。あるウェイトレスは——彼の母親ぐらいの年の人です——彼を猫可愛がりしていました。そのときです、逮捕され、刑務所に閉じ込められたのは人生最良の出来事だったと言ったのは」

ストロングは言葉を切り、うなじをこすった。「なんでなのよ。彼は言った、家族がいるから、仕事を持てたと。すごく疲れたり気分が落ち込んだりしたときは、薬の力を借りたら楽になるのにと思うこともあった。だけど断薬会に出席すれば楽になると自分に言い聞かせた。それでもだめなときはスポンサーに連絡しようと思ったと」

ストロングは手に持ったマグをのぞき込んだ。「もう一杯いただいてもいい？　本物のコーヒーなんてめったに飲めないもの」

「もちろん」イヴはピーボディに合図した。

「わたしは〈バンガーズ〉の嫌がらせはないのかと尋ねた。彼はたいしたことないと言って取り合わなかった。たしかに、会いにきて一緒に出かけようとか、ハイになろうとか、戻ってこいと誘われることは二、三度あった。それで心が揺れるようなら、スポンサーに連絡するか、弟か祖母に会いにいけばいいと」

お代わりのマグを受け取ると、ストロングはディニー・ダフの写真に手をやった。「その人も事件ボードに？　彼が教えてくれた話では――最初のときじゃなくて、あとからだけど――彼女はセックスか麻薬を一緒にやることを期待してやってきたとか。ライルは彼女のことを心配していた。それが問題でした。彼女にリハビリについてや彼のスポンサーが勤務してる〈クリーンハウス〉の情報を与えたり、彼女を断薬会に連れていこうとしたりした。お金も少し与えていたにちがいありません。彼女がたまに泣きながら訪ねてきたときは」

「いつから彼を使うようになったの？」

ストロングはため息をついた。「今でもわたしがそうさせたのか、彼がみずからそうなったのかはわかりません。たぶん両方でしょう。両方少しずつ。それはともかく、彼はここ十ヵ月のあいだ、わたしの情報提供者《CI》だった。わたしはぞっとして吐きそうなんです、ダラス。そのせいで彼がこの事件ボードに載っているのかもしれないと思うと」

8

イヴはデスクに腰かけた。「現時点ではライルがあそこに載ってる理由はわからない。どうやって殺されたかはわかる。ディニー・ダフが犯人たちの一味なのもわかってるけど、明確な動機はわからない」

「わたしが今言ったことが犯人の動機になったのかもしれない。確信はありませんけど」

「なぜ彼をCIとして使ったの?」

「向こうから連絡があったんです、会いたいと。一年近くまえのことです。職場では会いたくないと言って、祖母の家の近くを指定した。断薬会の会場のそばでもある代用コーヒーを飲ませる店で、回復者たちがミーティング後に集う場所です。〈バンガーズ〉の縄張りからは遠く離れているし、彼の職場からはほんのひと足のところだった」

イヴはうなずいた。「それであなたは、彼が自分と一緒にいるところを知り合いの誰かに見られたくないのだと気づいた？」

「ええ、いやでもわかりました。疲れた様子で現れ、ミーティングに行ってきて、わたしとの話し合いを終えたらもう一ヵ所行くところがあると言いました。あるいは、指導者《スポンサー》と会うだけだったかもしれません。とにかく彼は思案に暮れながら、わたしに教えようと思っていたことを話してくれました。自分ひとりの胸におさめたままでは職場に戻れないと言って」

「座ったら？」イヴは言った。「デスクの椅子を使って。客用のはつらいから」

「ありがとうございます」腰をおろすと、ストロングは少し時間をかけて考えをまとめた。「さっきお話ししたウェイトレスはまだ子供と同居してるんです。末の息子で十六歳。それでライルが言うには、その息子は〈バンガーズ〉のメンバーが自分のいとこ――こちらは十四歳です――に麻薬を売りつけようとしてる現場を見た。〈バンガーズ〉はいとこをいじめて、言うとおりにしないと身ぐるみはがしてやる、なんの得にもならないぞと脅した。だから少年はいとこの元に行って、逃げて家に帰れと教えた。少年はぼこぼこに殴られ、病院に運ばれた。叩きのめされたんです」

「ライルはその少年のことを知ってたのね」

「ええ。その〈バンガーズ〉のふたりのことも。少年は怖くて警察には説明できなかったけど、ライルには教えた」

「そしてライルはあなたに伝えた」

「はい」ストロングはそこでまた間をおき、コーヒーを飲んだ。「これは声を大にして言いたいのですが、彼にとって昔の仲間を裏切るのはたやすいことではありませんでした。でも彼は――彼はほんとうに峠を越えていたんです、ダラス。彼らは自分のいとこを守ろうとした少年を叩きのめした。ライルはそれを見過ごすわけにはいかなかった。わかりますよね？」

「彼はその少年を大事に思ってた。少年の母親を大事に思ってた」

「そうです。それに正しいことをするのも大事だった。彼はわれわれが〈バンガーズ〉のメンバーを逮捕したらあの少年が報復されるかもしれないと言った。たぶん少年のいとこや母親も。それじゃあ、わたしには何もできないのかとわたしは自問した」

「あなたは何か手を打った」

「これはオーバーマンがまだ違法麻薬課を手中に握っていたころの話で、だからわたしは隠れてやらないといけなかった。われわれの部署は基本的にはオーバーマンの隠れ蓑《みの》だったから、時間が自由になりやすいのを利用して、わたしはライルから聞いたふたりを見張ったんです。ほどなくわたしは彼らの取引の現場を押さえた。彼らはまた未成年に特製品とやらを売りつけようとしていた。わたしは暴行容疑ではなく、麻薬所持と未成年への麻薬販売、しかも学校まで五十フィート以内の距離での販売容疑で逮捕しました。それで彼らの問題は解決」

「彼は感謝したのね」イヴは先をうながした。

ストロングは事件ボードのほうを振り返り、ライルを見つめた。「彼はカップケーキを焼いてくれたわ、おしゃれなケーキを。とびきりおいしいのを。わたしはそこに付け込んだんです、警部補。彼の感謝の念を利用した」

「あなたは自分の務めを果たしたのよ、捜査官」

「もう、自分がいやになる」コーヒーをデスクに置くと、ストロングは疲れた目を押さえた。「オーバーマンの時代――彼女が悪徳警官だということは知っていました、悪徳どころではなかったことを。でも、わたしは何もできなかった。わたしはそのことを思い煩《わず》わずにはいられなかった。そして警部補が言ったように自分の務めを果たす方法を見いだし、彼女の問題に取り組んだ。ライルのことはわたしのCIとして登録しなかった。わたしに情報源があることは、最初はオーバーマンにも誰にも言わなかったんです。わたしは有利な立場を利用しはじめた。彼は感謝しました」ストロングはつぶやくように言った。「彼はまぎれもない道徳律を築いたと言っていいでしょう。だからわたしに情報を流した――ほとんどはダフから仕入れたものです。大半が本物だと判明したので利用した。けちな犯罪が多かったけど、ライルもわたしも満足な気分でした」

「それは彼のためになったと思います」ピーボディが口をはさんだ。「彼に何か達成感を与える、たとえば料理のように。彼は過ちを償《つぐな》っていたんです」

「そうね。知ってるでしょうけど、彼はギャングのタトゥーを消そうとしていた。その過程を見せてくれた。時間がかかるの――タトゥーを入れるより取り除くほうがお金もかかるし。彼はスポンサーのマット・フェンスターを紹介してくれました」

そう言ってストロングはまたため息をついた。「やっぱり話しておいたほうがいいでしょうね。マットとは最近お付き合いのようなものをしてるんです」

「なるほど」

「正直に言っておきたかっただけです。彼にはもうライルが死んだことを知らせましたか」

「まだよ」

「わたしにやらせてもらえませんか？　直接伝えたいんです。彼には相当つらいことなんです、警部補《LT》。ライルのことを誇りに思っていたし、彼らは、なんていうか、本物の絆《きずな》で結ばれていたから」

「ピーボディ、彼に連絡した？」

「はい。こちらに来てほしいとお願いしたら、昼前に来ると言ってました。彼には理由はまだ話してません」

「あなたに彼との時間を少しあげるわ、捜査官」

「ありがとうございます」少し落ちついて、ストロングはコーヒーのマグを取り上げた。「われわれがオーバーマンを、あのビッチを倒して、課の汚職が一掃されたあとも、わたしはしばらくライルのことを秘密にしていました。新しく配属されたLTがどんな人物か確かめたかったから。新しいボスに打ち明けたのは数週間前――ライルから入手した情報とパターンや風評を考え合わせて、大掛かりな違法麻薬取引がおこなわれることを突き止めたときです。

われわれは〈バンガーズ〉の三人と、主人のために麻薬を買い占めようとしていた取り巻きふたりを逮捕しました。主人というのはロングアイランドの金持ちのろくでなしで、そいつも逮捕したんですが、向こうは取引をしました」苦々しい表情で、ストロングはマグを示した。「金の力は大きい」

「その話、聞いたことがあるわ。逮捕は成功した。その金持ちのろくでなしは六ヵ月の刑に服してるんじゃない？　軽警備のリハビリ施設だけど、六ヵ月は出られないんでしょ？」

「ええ。〈バンガーズ〉のそれぞれ十年の刑に対し、ろくでなしはお叱り程度。でも、それはいいんです。防御は万全だとわたしは思っていたんです、ダラス、ライルは守られていると。だけどわたしに何か手落ちがあったとしたら……」

「選んだのは彼よ、勇敢な決断をした。それを彼から奪ってはだめ」

ストロングは視線を移し、イヴを見つめた。「わたしを捜査に加えてください。彼はわたしの管轄だった。わたしはこれに加わる必要があるんです」

「それは言うまでもないことだと思ってた」

ストロングが気丈な捜査官であることは知っていたので、その目に涙がこみあげるのを見ると、イヴは少し心配になった。「あのね、聞いて――」

だが、ストロングは手を振ってさえぎり、涙を押し戻した。「ライルがかかわった案件のファイルを全部送ります。やつらはどうやって彼に近づいたんですか」

イヴは説明を終えると、ストロングが話の要点を呑み込むのを待った。

「ええ、そうですね、ライルならダフをなかに入れるでしょう。彼女がライルの部屋を訪ね、なかにはいったと聞いたのは初めてです。少なくとも彼の口からは聞いていません。彼の話では、ダフはアパートの外にいて、彼が仕事に出かけるところや帰宅するところを捕まえた。ときには職場のそばで待ち伏せていたこともあった。最近はあまり彼女を見かけなくなったけど、噂《うわさ》では〈バンガーズ〉のボルトという男と寝ているらしいということでした」

「ええ、そのとおりよ」

「あれは悪い男ですよ、ダラス。ボルトと、〈バンガー・ビッチズ〉の一員ではなく闘士のタンク――そういう体つきをしてます――という女と、ライオットが幹部なのは伊達《だて》じゃないんです」

顔をしかめてマグを見つめてから、ストロングはコーヒーを飲んだ。「ダフがボルトと付き合っていたのは、ギャング団のなかでもっと安定した地位を得ようとしたからかもしれません。確信はありませんが、彼女が泣きながらやってきて助けを求めたら、ライルはドアをあけるでしょう――いくらかお金を与えて追い返すためだけだとしても」

「彼女との関係が復活したとは思わないのね？」

「仮釈放、仕事、彼が築きつつあった人生を危険にさらしてですか？　ありえません。彼女を気の毒だと思う気持ちはいくらかあったでしょう。彼は自分がようやく断ち切った悪循環に彼女がはまっていると思っていたし、過去には関係もあったから、彼女を助けようとしていたんです」

ノックの音がして、ドアまで行くとサンチャゴが立っていた。

「すみません、LT。マシュー・フェンスターという人が来てます。来てほしいと言われたからと」

「そうなのよ、ありがとう。少し待ってもらって。ピーボディ、取調室があいてないかどうか確認してきて。ストロングが彼とふたりだけで話ができるように。話が終わったら連絡して、捜査官」とストロングに言う。「手短にね。彼の意見を聞きたいの」

オフィスに空間ができて息苦しさから解放されると、イヴは事件ボードに戻った。ディニー・ダフのことを考えた。

ダフはなぜそんなお人好しを裏切ったのか。彼女のような常習者はいつも次の一服のために金を必要としている。どうやらピカリングに泣きつけば、そのたびに都合してもらえたようなのに。

しかし、彼女のような常習者は誰でも裏切ることができるし、実際に裏切るのだろう。

それでも。

しかし、ピカリングは彼女と一緒にハイになったりセックスしたり出かけたりしない。どれもダフのような人間には不可欠なことだろうが。

彼はときどき数ドル与えることはあっても、それ以外のつながりは絶っていた。セックスもなし、麻薬パーティもなし。

ピカリングはただのカモだったのだろうか。いいえ、ただのカモではない。カモにはちがいないけれど、彼女は自分を捨てた仕返しをしたかった。

たぶん。

「彼のことを恨んでたの、ディニー？　そりゃ、恨んでたわよね。あいつはまともな人生とくだらない仕事を持ち、自分のほうがあなたより偉いと思ってたんだから。たぶん、あなたには仕返しのつもりもあったのね」

たぶん。けれど、その説は穴だらけだ。まずは現場からなくなっているものを突き止めないと。

イヴはロシェルにメッセージを送った。

犯行現場をじっくり調べたかったから。

ストロングから話が終わったと知らせが来ると、イヴは大部屋《ブルペン》に行き、ピーボディにきいた。「ふたりはどこにいるの？」

「取調室Bです」

腰をあげたピーボディを手ぶりで座らせた。「こっちはわたしがやる。あなたはダフの近親者に通知して、最後に連絡があったのはいつか聞き出して。やり方は知ってるわね。それが終わったらピカリングの日記を調べて、ストロング、ダフ、〈バンガーズ〉への言及がないか確認する。ここの用がすんだら、わたしたちはロシェルとアパートで会うことになってるから」

イヴはブルペンを出て廊下を進み、取調室Bのドアをあけた。

ストロングの隣には、フィーニーもびっくりの生姜《しょうが》色のボサボサ頭をした男性が座っていた。その髪に似合う淡い緑色の目は、今は悲しみに曇っていた。大きくて尖った鼻と、長くて細い首。くしゃくしゃの髪とワイングラスの脚のような首にはさまれた顔は妙に大きく見える。左の耳にはシルバーのピアスがひとつ光っていた。

「マット、こちらがダラス警部補よ」

グレーのスウェットシャツを着た細い男は、立ち上がって手を差し出した。「初めまして。私にできることならなんでもご協力します」

「さっそく来てくださりありがとうございます、ミスター・フェンスター」

「マットで。マットと呼んでください」

イヴは彼の向かいに腰をおろした。「あなたがライルと親しかったのは知っています。このたびはご愁傷様です。最後に彼と会ったり話したりしたのはいつですか」

「たしか二、三日前の夜。木曜日の夜です。我々は断薬会に行き、そのあとで一緒にコーヒーを飲みました。我々はできるかぎり毎週会うようにしていました。つながりを保つために、話をするために」

「どんな話をされました？」

「互いの仕事のこと。ライラ――ストロング捜査官のことです――との仲がどう進んでいるか。彼の家族のこと。スポーツの話」やりきれないというようにマットは両手を挙げ、力なく下げた。「我々は友人だった。友人だったんです」

「彼はダフやほかのギャングたちに対する不安を口にしていませんでしたか」

「木曜日の夜は言ってなかった。実を言うと、苦労して稼いだ金をディニーに渡すのはやめさせようとしていたんです。木曜日にはその話はしなかったが、それまでに何度かしました。それは彼女をだめにしてしまうということをやんわりと伝えようとした」

「彼はまだ彼女に愛情があった」イヴは水を向けた。

「彼女がいつか〈クリーンハウス〉にはいってくれるか、自分と一緒に断薬会に行ってくれるという望みを抱いていた。彼女を立ち直らせたいと思っていたんですよ。彼女が自分で立ち直るしかないことはわかっていても」

「愛情を持っていたのね」

「恋愛感情ではなく、美化した愛情を。理解してもらえるだろうか」

イヴには理解できたのでうなずいた。「わかります」

「私はしつこく言うのをやめた。彼は自分で決断しなければならなかったし、私の言いたいことを理解しはじめたように感じたから。向こうは簡単にはあきらめなかったでしょうね、警部補。だが、彼は思い切る必要があった。実際にそうしたんだと思うが……」

マットはうなだれ、ストロングの手を握った。「こんなことになるとは思わなかった。彼女が面倒を起こすとはわかっていたが、こんなことは予想しなかった。そしてふたりとも死んでしまった」

「あなたのせいじゃないわ、マット」

「きみのせいでもない」とストロングに言い、マットは握り合った手を胸に押し当てた。

「きみのせいじゃないよ、ライラ。彼女には一度警告したんだ」

「そのことを聞かせて」

「二週間ほどまえにライルから連絡があって、仕事が終わったら断薬会に行きたい、そこで会えるだろうかと言われた」

「それはよくあること？」イヴはきいた。

「いや、めったにない。私自身、まだスポンサーに連絡している。理由はなんでもその必要を感じたときに。バックアップだ」とマットは説明した。「あなたもわかるでしょう。ときにはバックアップが必要になる」

「もちろん」

「私は一緒に行こうと思って彼の職場に寄った。彼女は店の前にいた。彼女は不機嫌になった。私がいたらライルから何ももらえないのを知っていたから。彼女は私から巻きあげようとした」

ストロングは彼を見つめた。「嘘でしょ、マット?」

マットはただ肩をすくめた。「彼女は部屋代が必要なんだと言った。ライルに出させたくないならあんたが払えと――そして、代わりにブロージョブ《BJ》をしてやると誘いをかけてきた」

「その話は聞いてないわ」ストロングがつぶやいた。

「ライルも聞いてない。言っても意味がないからね。私は警察を呼んでほしいのかと尋ねた。無認可の客引きとたかりで連行されたいのかと。ストーキングも加えられたかもしれない。罵倒《ばとう》の応酬になったが、彼女は去っていった。彼女の捨て台詞《ぜりふ》を知りたいかい?　私は――汚い言葉でごめんよ――ライルのものをしゃぶってる最低野郎だそうだ。彼女は彼を取り戻し、私なんか地獄へ落ちればいいと言った」

「教えてくれればよかったのに、マット」

「ライラ、常習者にひどいことを言われるたびに教えてたら、ふたりの会話をする暇がなくなってしまうだろう?　彼女は立ち去り、ライルと私は断薬会に行き、そのあとコーヒーを飲んだ。彼は一緒に来てくれたことに感謝し、少し気がふさいでいたからと言った」

「その理由を教えてくれた?」イヴはきいた。

「ああ。母親が自殺した命日だったんだ。彼はそれを乗り越えた。その特別な日にディニーを彼から遠ざけてやれたのは、なんていうか、意味のあることだと私は感じた。そうだろう？　彼はそんなくだらないやつとのゴタゴタは求めていなかった」

「彼女とはその後も口論があった？　あるいは〈バンガーズ〉の誰かと」

「いや。私は彼らの縄張りには近づかない。ライルが仕事に就いてすぐ、スライスが彼の職場にやってきたのはもちろん知っている。彼らは子供のころからの付き合いなんだよ。スライスは彼がギャング団に戻ってくると思っていた。ライルはそういう生活はもうやめたと言った。ふたりは少し揉《も》めたが、ライルの話ではスライスが折れたそうだ――〝なら、勝手にしろ〟みたいな感じで」

「その後もやってきたことは？」

「ないと思うな。スライスにつきまとわれたら私に話してくれたはずだ」

　マットはつながりあっていたいらしく、ふたたびストロングの手を求めた。「ライルはそのとき私に連絡してきて、話したいと言った。彼が保護観察官に報告したことも、職場の上司がその件について後ろ盾になってくれていたことも知っている。最初の数週間は〈バンガーズ〉のやつらがときおりやってきて挑発しようとしたが、ライルはそれに乗らなかった。彼は意思を曲げなかった」

　マットは顔をこすった。「容易じゃないですよ、警部補、昔の生活や仲間と縁を切るのは。薬をやめて真人間になろうと日々努力しているときに、その誘惑を断ち切るのは。だが、彼は意思を貫いた」

その光景ははっきりと頭に浮かぶ。「刑務所の精神分析医はどう？　ライルはときどきその人とも会っていた。彼のことは知ってる？」

「もちろん」

「ライルはあなたやストロング捜査官に言わないようなことも彼には話したかしら？」

「なんとも言えないが、私の知るかぎりではライルはそのつながりをただ保っておきたいようだった。彼はネッドのことを信頼していた。刑務所にいるときに峠を越えるのに力を貸してもらったから」

マットは身じろぎし、少し体を前に乗り出してイヴの目をまっすぐ見つめた。

「常習者は嘘つきですよ、警部補。私は人生の大部分を手にはいるものならなんでも吸ったり打ったり飲んだりしてきて、そのために嘘をついた。この第二の人生は私と同じような人生を送っている者や、その悪循環から抜け出そうとしている者を相手にしている。おそらく嘘つきを見分ける目のたしかさはあなたたちふたりに近いものがあるだろう。そしてライルはなんでも私に話してくれた。心を悩ますこと、気持ちが上向くこと、心配なこと、誇らしく思うこと。ＣＩになったことは誇りに思っていたが、ある出来事がなければ引き受けなかったろう。やつらがあの少年を病院送りにしたこと。彼はきみに連絡するまえに私に打ち明けた」

マットはストロングのほうを見て、かすかにほほえんだ。「バックアップだ」彼はその言葉を繰り返した。「私は彼の応援者《バックアップ》だったから、自分がその立場だったらどうすると言った。入院したほうではなく、少年を入院させたほうの立場。自分にできるからという理由だけでどこかの少年を殴る。彼はまともになるまでそんなことは気にもかけなかっただろう。少年が自分で蒔《ま》いた種さってね。〈バンガーズ〉の商売を邪魔するべきじゃない、自分の首を絞めることになるぞ、と。だが、そのときのライルはもうちがう見方をしていた」

「わかりました。何かほかに思いついたことがあったら知らせて。ストロング捜査官、また連絡するわ」

イヴが腰をあげるとマットも立ち上がった。「警部補？　ライルの祖母に会いにいってもかまわないだろうか。彼の家族を知っているんだ。それどころか、感謝祭のディナーにも招待してくれた。彼らに会いにいって、何かしてやりたいんです」

「わたしのほうは問題ないわよ。彼がCIだったことは今のところ秘密にしておいて」

イヴはコートを取りに戻り、パートナーをつかまえた。「ライルのスポンサーは揺るぎない人物だった。ふたりの絆が固かったのはたしかね。個人的な友情も揺るぎなかった」

「ストロングの様子はどうですか」

「彼女は持ちこたえられる。ダフの近親者には通知してくれた?」

「はい。母親はダフが物心ついてからずっとその知らせが来るのを予期していたような感じでした。悲しげで、あきらめきったようで、驚いた様子はまったくなかったです」

ピーボディの報告を聞きながら、大部屋《ブルペン》を出る。

「ダフと話をしたのは一年以上前だったと言ってます。困ったことになったとか、状況がよくなるまで家にいたいとか言って帰ってきたそうです。そういうことはよくあるらしく」とさらに説明を加える。「二、三日泊まっていき、母親が仕事から戻ると娘はいなくて、リビングルームのスクリーンや模造宝飾品《コスチュームジュエリー》や現金も一緒に消えてるんだとか」

「それについてもあまり驚かなかったんでしょうね」下りのエレベーターに乗り込みながら言う。

「ちっとも。母親は今度何かやらかしたら二度と家に入れないと警告して、娘を泊めました。彼女はやらかした。母親は家の鍵を全部取り替えて、近所の人たちに娘の姿を見かけたら警察に通報してくれと頼んだ。そして彼女が知ってる娘のリンク番号に同じような内容をメッセージとして残したそうです」

ふたりは駐車場を目指した。

「娘には友達はいなかったと母親は言ってます。付き合ってたのは負け犬やごろつきばかり。何かまずいことが起こるとかならず人のせいにし、十四歳のころから薬を常用しはじめた。勝手に出ていき、泣きながら帰ってきて、反省したふりをしてもうしないと約束する。その繰り返し。〈バンガーズ〉と付き合うようになると、母親はこう断言した。そんな連中と付き合うならもう家には入れないと。とはいっても、母親は娘が誰と付き合ってるのか詳しくは知らなかった。ただギャングのメンバーで、そんな連中であるということしか」

その光景もはっきりと頭に浮かんだ。「わかったわ」

「日記のほうですけど」助手席に落ちつくと、ピーボディは言った。「ダフ、〈バンガーズ〉、スライスとその他のメンバーたち、ストロング、彼のスポンサーについての言及はありますが、ざっと読んだところCI活動については触れてません」

「秘密にしていた、日記にも明かさなかった。パスコード・ロックはかかってなかったから、何も隠してないということを姉に示していたんでしょう。でも、彼は用心深かった。誰か家に押し入った者に見つかって読まれることも想定していたのかも」

「ダフについて困ってた様子はないですね。数ヵ月前には精神的な葛藤《かっとう》がありました。彼女は助けを必要としていて、自分なら力になれるかもしれないとかそういったことです。でも、数日前の日記には、彼女との縁を完全に断ち切ると決意し、その理由も書いてあります。自分がダフになんと言って、彼女がどう答えたかも」

「それはスポンサーが言ったことと一致する。理由はなんて書いてある?」

「彼はスポンサー、刑務所の精神分析医、職場の上司、例のウェイトレスから言われつづけたことの意味をようやく理解した。自分は彼女を助けているのではなく、だめにしているのだと。この点で、職場の上司の言い方は単刀直入です。彼女はジャンキーの娼婦で、おまえは彼女とやってないかもしれないが、自己満足の代金を払ってることには変わりない」

「彼の上司は状況を正しく理解していたようね。だけど、ライルはそれでも自分の部屋に彼女を入れた」

「わたしが日記から感じ取ったことを言いましょうか」ピーボディは話しはじめた。「彼は弱点を突かれやすかった。目撃者の話ではダフは泣いて助けを求めていた。日記を見ると、麻薬の常習をやめるには助けが必要だと認める用意ができたら訪ねてきてもいいと彼女に言ったと書かれてます。彼はダフを〈クリーンハウス〉に入れたり断薬会に連れていったり、自分のスポンサーに彼女のスポンサーになってもらうためなら力になろうと思っていた。それ以外は基本的に受けつけない。彼女がハイになってたりハイになるためのものをほしがったりしたら、警察に通報する」

「だからダフはライルのアパートに来て、助けが必要だと言う。お願い、助けて。彼はそれを本気にし、ドアをあける。ダフは作り話を聞かせながら、彼をリビングルームから移動させ、その間に暴漢たちをなかに入れることになってる。だから、泣いたり震えたりして、水が飲みたいと言う。ライルはキッチンにそれを取りにいき、リンクを取り出す。たぶんスポンサーに連絡するために。でも、そこでおしまい」

イヴは指先でハンドルを叩きながら、その考えを反芻《はんすう》した。「だけど、ジャンキーの娼婦がそんな計画を思いつけるかしら。ライルがひとりきりのときを狙って部屋にはいりこみ、彼の気をそらしているあいだに三人組の暴漢をなかに入れる――鎮静剤と違法麻薬を用意させて。それに思いつけたとしても、なぜその場にいて最後まで見届けないの？　これが縁を切られたことへの仕返しなら、大事な場面は見逃したくないでしょ？」

イヴは隣で考え込んでいるピーボディの顔をちらっと見た。「滞《とどこお》りなく終わるまでその場にいたいわよね？　それに彼女はどうやって違法麻薬やそれを買うお金を手に入れたの？」

「どれももっともで大事なポイントです」ピーボディは認めた。「でも、そういう状況だったことを裏づける証拠があります」

「わたしたちが握ってるのは、彼女がライルにドアをあけさせ、殺人犯たちをなかに入れたことを裏づける証拠よ。わたしにはこれがどう見えるかわかる？　彼女はただの餌《えさ》だった。彼に死んでもらいたかったのもあるかもしれないけど、でもそれなら、なぜ立ち去ったのかという疑問にまたぶつかるでしょ？」

「彼女は最後まで見届けたくなかった」

イヴは手を振って却下した。「彼女に純粋な感情があるとは思えない。立ち去ったのは、目的を達成したからだと思う。命じたのは力を持ってる者――違法麻薬を入手できる者。それに加えて、彼らは乱闘でライルを殺してない。報復や懲らしめのために殴り倒してない。報復の意味はあまりなかったから。それは……仕事だったから」イヴは断言した。

「ずさんでまずい計画だけど、仕事だった。個人的な仕事。ダフを餌にして。その仕事がすんだら、彼らは――なんだっけ――餌を断ち切る」

「切るだけです。餌を切る」

「どっちでもいいわ」イヴはトライベッカの端にあるアパートの前に車を停《と》めた。

「ええ、『どっちでもいい』は言えてます」ピーボディは座ったまま体をこちらに向けた。

「ダフはライルに縁を切られ、脅すようなことまで言われ、しかるべき相手に――あるいはまちがった相手に――泣きつく。その人物はこれを好機ととらえる。勝手に〈バンガーズ〉を抜けた元メンバーを殺す。ジャンキーを使い、彼女は秘密を守れそうにないから殺す。ギャング同士の抗争の線です、ダラス」車をおりながらも話を続ける。「ジョーンズはそれを望んでないと言ったけど、もしかしたら望んでるのかも――警部補が例に挙げた不動産価値の線です。あるいは、彼の腹心の部下たちの誰かがクーデターを起こそうと企《たくら》んでるとか」

「内紛、ありえなくないわね。あるいは、ジョーンズはこれを自分の権力を強固にする方法ととらえた」それについてはもっと考える必要がある、表と裏から。

ふたりは建物にはいり、階段を登りだした。「元メンバーや誰とでも寝る女を犠牲にするのは、たいした犠牲ではない」

「チェスのポーンみたいなものですね」

イヴはその考えをめぐらせてみた。「まあ、そんなものね」

ロシェルはすでに自分のアパートメントがある階の廊下にいて、向かいの部屋の目撃者の腕に抱かれていた。

少し離れたところに立っている青年は、ＩＤ写真で見た弟だろう。

「ごめんなさい、ロー、ほんとにごめんなさい。あの恐ろしい人たちがそこにいるのをただ見ていただけだと思うと……」

「あなたが見てなかったら、彼らがしたこともわからなかったかもしれないわ。だから感謝してるのよ。わたしたち、みんな感謝してるの」

「彼はいい子だった。いい子になって、あなたのところに戻ってきた」ミズ・グレゴリーはそう言うと体を離した。お葬式をするときは知らせてね。かならず行くから」深くため息をつき、イヴのほうにうなずいてみせた。「仕事に行かないと。何かあたしにできることがあれば知らせて」

「今、少しお時間をいただけますか、ミズ・グレゴリー？　ピーボディ、ロシェルと弟さんと一緒になかにはいってて」

「このことを考えるとほんとに胸が痛くなるの」ふたりだけになるとミズ・グレゴリーは言った。

「昨日お話しいただいたことを確認したいだけです。あなたはわれわれがディニー・ダフと特定した女性を階段で目撃しましたね」

「ええ、そうよ。ライルの部屋のドアをノックしているのも聞こえたわ。泣きながら呼んでいた」

「彼女が言ったことを思いだせます？」

「なにやら助けが必要だと、彼に助けてほしいと頼んでたわ。嘘泣きしながら、もう続けられない、助けてもらう用意ができたって」

「もう続けられない」

「『こんなこともう続けられない』――そんなことを言ってた。助けてくれるって約束したじゃないとか。全部は聞いてなかったの。あたしは昨日も言ったように階段を降りかけてたから。ゴミを出す夜で」

「そうでしたね。でもあなたは彼女が三人組を部屋に入れるのも見た——玄関の覗《のぞ》き穴から。彼らが男性だったのはまちがいないですか」

「大男よ。後ろから見ただけだけど、あんな体格の女性はそうはいないわ」

イヴはストロングが言っていた女のことを考えた——タンクのような体つきの女。もしかすると。

「どんなことでもいいんですが、何か目立ったことはありませんでした？　彼らが言ったこととか、仕草とか、服装とか」

「あたしが覗いてるときは何もしゃべらなかった。黒っぽいパーカーを着て——フードをかぶって——黒っぽいバギーパンツを穿《は》いて立っていただけ。よく見えなかったのよ……」

ミズ・グレゴリーは眉をひそめて思い起こそうとし、下唇を突き出してから引っ込めた。

「そうよ、今思いだしたわ。ひとりはジリジリしてた」

「ジリジリ？」

「じっとしていられないのよ」肩を揺すったり足を小刻みに動かしたりしてみせる。「それに、ずっとこうやって」ミズ・グレゴリーは体の両脇に腕を垂らし、指を鳴らしはじめた、左右の手の指を交互に。「ゆうべは思いだせなかったの。音楽を聴いてるみたいだった。そうだったのかもしれないわ。それからあのビッチがドアをあけて、彼らはなかにはいっていき、彼女はすぐにこっそり逃げだした。こんなことが役に立つかどうか」

「とても参考になります。ほかに何か思いついたら知らせてください」

「約束するわ。もう行かなきゃ。午前は休みだったんだけど、これから仕事だから」

「ほんとうにありがとうございました」

ミズ・グレゴリーが急いで階段を降りていくと、イヴはピカリングの部屋にはいった。まだかすかに死のにおいが残り、遺留物採取班の化学薬品のにおいが漂っている。

「異状は何もないわ」ロシェルが言っている。「すべていつもと同じに見える。キッチンも。あら、ごめんなさい、弟のウォルターです。ウォルト、こちらはダラス警部補よ」

彼は丸刈りに近いほど髪を刈り上げ、ひげもきれいに剃っていた。姉と同じように重たげなまぶたをしている。その下の目は眠そうだった。

「あの本も読んだし、映画も観ました」にこりともせずに言うと、ウォルターは手を差し出した。「そこで描かれていたようにあなたが優秀であることを願います」

「ウォルト」ロシェルが小声で制し、弟の肩に手を置いた。

「皮肉のつもりじゃなかったんです」

「残りの部屋も調べてみましょう」イヴは言った。「ロシェル、自分の部屋はいちばん見慣れてるでしょ。そこから始めるわよ」

彼らは別の狭い廊下を進んだ。

「出ていったときのままみたい」

「クローゼットやドレッサーの抽斗《ひきだし》、デスクの抽斗も確認してみて」

「いいわ。ほんとに盗《と》られるようなものは何も持ってないの。このジャケットのポケットには緊急用の二十ドルをいつも入れておくようにしてる。ほら、あった。ないわ……」

ほらね、とイヴは思った。「何がないの?」

「なくなってるものはないって言おうとしたんだけど、赤いバッグが見当たらない。もう何年も持ってる古いバッグで、いつもこのフックに掛けておいたの。おばあちゃんが買ってくれたのよ――覚えてる、ウォルト?――わたしが就職したとき。赤は幸運を呼ぶ色だからって。今でもたまに使うことがある。それがないのよ」

「どんなバッグか説明して」

「ただの赤いバッグ――鮮やかな、光沢のある赤――エナメル革に見せかけてるけど、実際はそんな高価なものじゃないの。肩から下げられるように銀のチェーンがついていて、留め金はマグネット式。普通はエンベロープバッグって呼ばれてるんだと思う。はっきり覚えてないけど、三十センチかける二十センチくらい。価値なんて全然ないものよ」

「鮮やかな赤に、銀のチェーン。目を引くわね。ほかに特徴は?」

「ないわね」ロシェルは額に手を当てた。「あのおんぼろバッグ、気に入ってたのに」

目を少し潤ませてクローゼットから出てくると、ロシェルはドレッサーの抽斗を引っ張った。「弟が殺されたっていうのに、わたしは自分の部屋に侵入されて私物を盗まれたことに腹を立ててる」

「ロー」ウォルターは姉の後ろに行って背中をさすった。「そうなって当然だよ」

「当然に感じることなんて何もないわ」ロシェルは一番上の抽斗から黒くて細長い箱を取り出した。蓋をあけると、怒りの喘《あえ》ぎを漏らした。「まあ、ウォルター、ママのブローチも盗られてる。あの古臭い派手なブローチ。それに、ああ、ウィルソンがヴァレンタイン・デーにくれたイヤリングも。それに、なによ、路上で買った安物のバングルも。ただの模造品だけど、彼らはそんなものまで盗んでいったわ」

「盗られたものの写真はある?」

「さあ——待って」両手で顔を包み、ぐっと押さえた。「もう頭が空っぽよ。ヴァレンタイン・デーにあのイヤリングをつけて自撮りした写真があるはず。ウィルソンと一緒に。わたしのリンクに」

ポケットからリンクを取り出す姉の手が震えているのを見て、ウォルターがそれを手に取った。「僕が探すよ、ロー。座ったほうがいい」

「少し歩きたい」ロシェルは狭い部屋を歩きまわり、息を整えようとした。「ブローチのほうは身につけたことがないの。安物だし、派手だったから。でも、母の形見だから取っておいたのよ」

「おばあちゃんはママがそれをつけた写真を持ってるよ」

ロシェルは足を止め、ウォルターを見つめた。「そうよ、おばあちゃんなら持ってる。忘れてたわ」

「それを手に入れてもらえる?」

「僕がやります」ウォルターが答え、リンクを姉に差し出した。「これかな?」

「ええ、そう、これよ。すごく素敵なイヤリング」

おまけに光っている、と思いながらイヴは画面上の写真を眺めた。赤と透明なハート形の玉がついた金のダングルが揺れてきらきらと輝いている。

「ピーボディ」

ピーボディがウォルターのそばに行き、その写真の送信先を教えた。

「バングルの写真は持ってないと思う」

「特徴を説明してみて」

「たしか大きさは、二、三センチくらいで、色のついた石が三連になってるやつ。半球形《カボション》カットで、色は、えーと、紫と緑と琥珀《こはく》。盗む価値があるほどのものじゃないけど、わたしは気に入ってたの」

「残りも確認しましょう」

それがすむと、ロシェルは首を振った。「ほかには見当たらない」

「次はライルの部屋よ」

ロシェルはウォルターの手を握り締め、向かいの部屋にはいった。

「あの子の貯金箱。少なくとも半分は貯《た》まってたのを知ってる」ロシェルはクローゼットに移動した。声が震えそうになりながらも、なんとか落ちつかせようとしている。「高かったハイトップもない。そのスニーカーは仕事に履いていかなかった——油やなんかで汚れるから。外出用だった。マーティンのところに行くときとか、たまにおばあちゃんと教会に行くとき」

「点数稼ぎだな」ウォルターがつぶやき、姉と笑みを交わした。

「そうね。おばあちゃんの評価ポイント。ライトニングの黒いハイトップで、後ろの踵《かかと》のほうに白い稲妻マークがついてた。サイズは……たぶん十だったと思う」

ロシェルはドレッサーの前に行った。「弟が何を持ってたかなんてわからないわ。何をドレッサーにしまってたかという意味だけど」

「何かなくなったら気づきそうなものは持ってなかった？　たとえば、あなたの装身具みたいに光るもの、あるいはあなたのバッグみたいに目を引くもの。あるいはそのスニーカーみたいに使いみちがあるもの」

「そう言われても——」

「兄さんはイヤホンを持ってなかった？」ウォルターがきいた。「ポケットに入れておけるやつ。姉さんにはこれから着替えるって言ってたんだから、ドレッサーの抽斗にしまったんじゃないかな」

「彼の所持品のなかにイヤホンはなかったわ」イヴは言った。

「すごくいいやつなんです。マーティンとクララがクリスマスにプレゼントした。ボデルのイヤホン。黒。ハイエンド・モデル。兄さんはすごく大切にしてた。価値もあります」

イヴは探したが、それがなくなっていることはすでにわかっていた。

「わたしたちは盗難品を追跡する」イヴはふたりに言った。「犯人たちが質入れしようとすれば、そこから足取りをたどれる。これはとても役に立つ情報よ」

「どうしてもわからないんだけど」ロシェルは顔をこすり、ウェッジ・ヘアを掻《か》き上げ、その手をうなじまでおろした。「犯人たちがこれをライルがまた麻薬をやりだしたあげく過剰摂取したように見せたいなら、なぜ何か盗んでいくの？　誰かに盗まれたってことはわかるじゃない」

「ライルがまた麻薬をやりだしたとあなたが信じたら、自分の装身具がなくなってるのに気づいたときどう思う？」

ロシェルは行きどころのない手を下げながらため息をついた。「弟が麻薬を買うために盗んだ。最初の仮定を信じたら、そう思ったでしょう。でも、どっちも真実じゃない」

「そのとおりよ。そしてわたしたちの手がかりは増えた。ここの捜査はすんだから、もう戻ってきてもいいわよ」

「実は、これから荷物をまとめようと思うの。もうしばらくウィルソンのところに泊まって、家族と一緒に過ごすわ。今日はみんなでライルに会いにいくのよ」

「じゃあ、必要なものをまとめて。ウォルター、別の部屋で少し話しましょう」

「そっちは大丈夫、ロー？」

「大丈夫よ。お話ししてきなさい、ウォルト」

ウォルターは姉を抱き締め、しばらくそのままでいてから、姉がひとりで荷物をまとめられるように部屋を出ていった。

9

「何か冷たい飲み物がないか見てみるけど、あなたたちも要る？」

「ありがたいわ」

ウォルターはキッチンにはいっていった――ひとりになって気持ちを落ちつかせる時間が必要なのだろう、とイヴは思った。姉をしっかり助けてはいたけれど。

「うわ、姉さんは虫《バグ》ジュース――健康食品みたいなやつ――を飲んでるのか。僕はやめとくけど。あとはコーク――こっちはライルの……ライルの悪習だった、酒をやめてからはとくにね」

「わたしはバグジュースでかまわないわよ」ピーボディが言った。

「よっしゃ、あなたはそっちだ。僕はコークにしよう」

「わたしもそれにする」イヴはキッチンの戸口から様子を見守った。ウォルターは何がどこ

のことはよくわかっていた。「ここに泊まったことがあるの？」

「大学に行くまでここに住んでたんだ。ローが就職してからここを手に入れて、僕たちはこの二部屋のアパートメントで暮らしはじめた。僕は今キャンパス内の学生寮に住んでるけど、ときどき来てソファで寝る。ライルがここに……」

ウォルターはジュースを注ぐのをやめ、両手でカウンターをつかんだ。「ロシェルは少し泣きたいんだ。そうしたらまたしっかりする。姉さんはとても強いから」

「あなたは立派に振る舞ってるわね」

「姉さんはもうここに住む気にはなれないだろう。それはいいんだ。もっといい安全な界隈《かいわい》にもっといい部屋を探せばいいんだから。あの新しい仕事があればそれができる。今は感情を抑えられても、きっと思い出がよみがえるから」

ウォルターは飲み物を注ぎおえた。「ライルがここに住むことについて、最初のうちはあまり賛成できなかった。ハーフウェイ・ハウスでの宿泊期間を終えたあとでも」

「信頼を取り戻すには時間がかかるのよ」

「ローがここでライルとふたりきりになるのが不安だったんだ。彼がまた元の生活に戻ってしまったらって」

ウォルターは肩越しに振り返り、姉とよく似た目でイヴを見た。「ライルがクリーンなことは信じられた。見ればわかるから。だけど、もう少しハーフウェイ・ハウスにいたほうがいいと思ったんだ。ロシェルは聞き入れようとしなかったが、それが正しかった。ここで姉と暮らすことは、ライルが次の段階に移行するのに役立った。本人が話してくれたんだ。そばにいて話し相手になってくれて、あなたにはできると信じてくれる人がいるということが力になったと」

ウォルターはイヴにグラスを手渡してから、ひとつかぶりを振ってモスグリーン色の液体がはいったグラスをピーボディに渡した。「警告はしたからね」

リビングに戻り、彼は腰をおろした。「ライルと最後に話したときのことを知りたいだろうから、その話から始めるよ。兄さんが死んだ日の夜、連絡があった。仕事を終えて帰るところで、夜は休みを取ったからばあちゃんに会いにいくつもりだけど、僕の都合はどうかって。僕は勉強があったからやめておいた」

「どのくらいの頻度で会ったり話したりしてたの？」

「二日おきぐらいに話したりメールを送ったりしてた。ライルが僕の状況を知りたがるから。僕に時間があるときは会いにくることもあって、ビデオを観たりしてだらだら過ごした。たまに夜遅くまで話しこんだときは僕の部屋に泊まることもあった」

「仲がよかったのね」ピーボディが共感をおぼえてほほえんだ。「わたしにもきょうだいがいるからわかるわ」

ウォルターはグラスをのぞき込んだ。「昔はちがったけど、僕たちは努力した。そして仲良くなれた。ライルはマーティンに言えないようなことでも——もしかしたらローにも——僕には話せたんじゃないかな。マーティンは少し白黒つけたがるところがあるんだ」

「どんなことに？」イヴはうながした。「ディニー・ダフのこととか？」

「そう。ライルは彼女に責任のようなものを感じていた。もともと彼女は堕落してたけど、付き合うようになってからは麻薬を手に入れるのも街角に立つのも楽になった——あるいは働かなくてもすむようになったんだ。ライルは彼女の世話を焼き、彼女をますます堕落させるのに手を貸した。だけど心の底では、彼女のことが心配だったんだ。あのふたりには共通点があった。父親が娘に暴行し、レイプまでしたのは彼女が十六歳くらいのときだった。だから——」

イヴは片手を挙げて話を制した。「ダフの父親が出ていったのは彼女が十六になるずっとまえだった。彼女が十六のとき、彼は刑務所にはいっていた」

「だけど彼女はライルに……」

「常習者は嘘をつくの」

「それは知ってるけど」ショックを受けたらしく、ウォルターは髪を掻き上げた。「それは知ってるけど、彼女はそういう話をして、ライルはそれを信じたんだ。母親は飲んだくれで、客を取ってては年中刑務所暮らしをしてたから、彼女は頼る者もなく、年中路上暮らしをしなければならなかった」

「母親は家事労働者で、犯罪歴もなければアルコール依存の兆候もない。アトランタには兄がいてまともな生活を送っている」

「なんだよ、騙してたのか。ライルは彼女を信じてたのに。ライルは僕には嘘をつかないよ、警部補。彼女のことを信じ、気の毒に思ってたんだ」

「わかってる」

「自分をか弱くて無力な女に見せてたのね」ピーボディが意見をはさんだ。「被害者に見せかけて、似たような境遇だと思わせる。ライルは真実に気づいたと思う?」

「わからないよ、それは。僕にわかってるのは、彼女に金を恵んだりつまらない愚痴を聞いてやったりするのをやめる決意をしたことだ。ライルは少し腹を立ててたような感じだったけど、みんなでたらめだとわかったとは言わなかった。僕は彼女にかまうのをやめると聞いてほっとしたから、それ以上うるさく尋ねなかったんだ」

ウォルターは両手で顔をこすった。「きっぱり別れる、とライルは言った。あんなやつはもうごめんだって。そのせいで彼女はライルを殺したの?」

「わたしたちはあらゆる線を追ってるのよ」

「ライルは彼女を恋しがってた——セックスだけじゃなくて、彼女のことを。誰かがそばにいることを。セックスも恋しがってたけどね」ウォルターは少しほほえんだ。「恋人がいないのは寂しいと言ったけど、元に戻るつもりはなかった。ディニーを寄せつけないようにするのが大変なのは僕にもわかった。いい思いだけして逃げることもできたけど、ライルはそんなことはしなかった。危険を冒したくなかったんだ」

「〈バンガーズ〉については何か聞いてる?」

「釈放された当時は少し話してくれたけど、ここ数ヵ月はほとんど話に出なかった。スライスとは昔からの付き合いだったから、ライルにとってはそれもつらかっただろうね。ギャングから離れるのはそれほどつらくなかっただろうけど。ライルには家族がいたから。でも、個人的なつながりのほうはね。ライルにとって、スライスはずっと長いことマーティンや僕より兄弟みたいだったから。それにスライスはライルに戻ってきてほしくて、副指揮官にしてやると言ったんだ」

「そうなの?」イヴはきいた。

「ああ、ライルが釈放されてすぐと、その数週間後に仕事が決まったときも。ローには言わないでくれと頼まれたから、僕は言わなかった。だけど、断るのは楽じゃなかったと思うよ。ライルは逮捕されるまえに〈バンガーズ〉では大物だった。逮捕されたあとも口を固く閉じたまま刑期を務めたから大物だった。ライルはギャングに戻れることはわかってた。スライスの後押しがあるからなおさら重要人物扱いされ、組織を仕切れることも。麻薬でも女でも好きなだけ手にはいり、街を歩けば畏怖《いふ》の念を抱かれる。それでも、ライルは断った」

ウォルターはグラスを持ち上げ、コークをごくごく飲んだ。「代わりに、簡単な料理を担当するコックになって夜通し働き、姉と暮らし、クラブじゃなく断薬会に出かけた。ギャング・ビジネスの分け前をはねる代わりに、給料を貯金した」

とうとうウォルターは声を振るわせ、目に涙を浮かべた。「ライルは勇士だったんだよ。犯人を見つけてくれ、ディニーがひとりでやったはずがないから。断ち切ろうと日々闘っていたもので兄貴を殺したやつを見つけてくれ。これを重要事件として扱ってくれ」

「この事件は重要よ。ライルのことは重要よ」

ロシェルが戻ってくるまでにウォルターはなんとか気を取り直し、立ち上がって、姉が持っていた小型のスーツケースを受け取った。

「送っていくわ」イヴは言った。

「ありがとう。でも、大丈夫です。ウィルソンのところに寄ってこの荷物を置いたら、家族を迎えにいってライルに会いにいくわ」

「また連絡する」イヴは約束し、姉弟をふたりきりにさせてやった。

「ふたつの盗品については手配書用の写真が手にはいります」階段を降りて車へ向かいながらピーボディが言った。「残りの品物も詳細がわかってます。ものを盗むなんて大マヌケなミスを犯しましたね」

「またしても、ずさん。計画性がまるでない。あの目撃者は犯人のひとりについて、さらなる情報をくれたの」

ピーボディはイヴの説明を書き留めた。「たぶんヤク切れですね」

「たぶんね。クラックのところに寄って、ちょっと話してみましょう。赤いバッグ、光る宝石。目を引くわよね」

「カササギみたいですね」

「何みたい？」

「カササギ。ほら、光るものが好きで、巣に持って帰る鳥ですよ」

カササギなら――なんとなく――知っている。アイルランドに行ったとき、ロークが指さして教えてくれたから。「カササギねえ」とつぶやく。「まあ、少なくともひとりカササギみたいなやつがいるんでしょ。ほかの品物――スニーカー、イヤホンは？　それを自分で使える、もしくは身近にほしがってる者がいるやつ。イヤホンを質に入れてもいいし、スニーカーを売ってもいいけど、それより自分で使うか、それと引き換えに何かを手に入れるほうがありそう。あの制服警官たち――ザッターとノートン――に詳述書と写真を送って。彼らがそのどれかを見かけたかどうか知りたい」

イヴは〈ダウン《D》&ダーティ《D》〉のそばに車を停めるのに苦労した。この店の商売が忙しくなるのは暗くなってからだが、昼間でも駐車場所を探すのは簡単ではなかった。

二ブロック離れたところでようやく見つけると、あわてて車を入れた。

「感じますね」歩道に降り立ち、ピーボディは空を仰いだ。「これこそ十五度ですよ。あの太陽。冬は終わった！　去っていったんです！」

「そんなこと言うと、あなたの十五度の上に湿った雪をどさっと落とされるわよ」

とはいえ、寒風に顔をひっぱたかれたり、なんだか知らないけど前回どさっと落とされたもののなかを苦労して進んだりしなくてすむのは、やっぱり気分がいい。

「ソイ・ドッグはいかがです？　おごりますよ」

街頭で売られるホットドッグがクズであることは知っているが、いくらロークの料理メニューが素晴らしくても、こればかりはやめられない。「トッピング満載で」

「それ以外の食べ方なんてありますか？」ピーボディはピンクのブーツで跳ねるように屋台のカートへ向かう。「炭酸水も飲もうっと。あのバグジュースはおいしかったけど、ホウレン

から。

「わたしも炭酸水」なぜかといえば、屋台のコーヒーはとうに口が受けつけなくなっていたから。


トッピング満載のソイ・ドッグを食べながら、ふたりは徒歩で〈D&D〉を目指した。

「ところで、ロシェルに対するクラックの気持ちはどこまで真剣《シリアス》だと思います?」

「今わたしの頭を占領してるのがそのことだから?」

ピーボディはソイ・ドッグをもうひと口頬張ってしゃべった。「頭にはロマンスのことを考える余裕がいつだってあります。それに、ほら、春ですし」

「春がなんの関係があるの?」

「春はロマンティックじゃないですか」真剣に顔を輝かせて、ピーボディは親指についたマスタードを舐《な》めた。「みんな春はロマンティックな気分になるんです」

「冬にロマンティックになるんだと思ってた。体を温めあうために」

「セックスじゃなくて、ロマンスです。まあ、春でも野原でセックスできますけど、ロマンティックだから」

「虫や蜂に刺されたり、ことによるとヘビにむきだしの尻を噛《か》まれたりして」

くじけずに——春だから——ピーボディは話を進めた。「彼はヴァレンタイン・デーに素敵なイヤリングを贈ったんですよ。シリアスさが伝わってきます」

「目下、彼はそのイヤリングとそれを耳たぶからぶら下げていた女性を通じて、二件のシリアスな殺人事件とつながってるの」イヴはソイ・ドッグを食べ終えた。「そこに集中しましょう」

〈D&D〉はオーナーが主張するようにいかがわしい店であり、まさにオーナーの意図に適《かな》った堅実で浅ましい経営方針に基づいている。客層は様々で、いかがわしい者たちもいれば、好奇心旺盛《おうせい》な観光客もいる。観光客は単調な生活に戻るまえに少しばかり危険できわどい経験をしようとやってくる。スケベな客は個室でいい思いをするために金を払い、むっつりタイプは裸同然の給仕がいるかぎり酒を飲むだけで満足するようだ。

イヴもここで独身最後の女だけのパーティ（マヌケな名称だ）をやったことがあり、友人たちがバカみたいに酔うのを眺め、自分が悪徳警官に命を狙われたところをその友人たちに──かろうじて──助けてもらったのだった。

今では楽しい思い出だ。

店内にはいると、ステージではホロ・バンドが演奏していた。リードヴォーカルの女性の体には手の込んだボディペイントが描かれている。山猫らしきものが乳房に牙《きば》を立てようとし、股間の上を舞う大きな鳥──たぶん鷹だろう──は鉤爪《かぎづめ》を構えている。それ以外にも様々な捕食動物たちが彼女の体に忍び寄り、襲いかかり、狙いをつけていた。

ほかのバンド仲間はGストリングに股間まで届くブーツという姿で、ふたりのダンサーは――こちらは人間――体の絶妙な位置にきらきら輝くグリッターを貼りつけ、腰をくねらせていた。

ダンサーたちのグリッターが汗とともにきらめく川となって流れ、バンドのコーラスが高まる。〝井戸のように湧き上がるのよ、地獄まで掘り進むのよ〟。

ロマンスね、と思いながらイヴはカウンターへ向かった。

ひとりきりのバーテンダーは鋼《はがね》のような腕をした屈強な男で、スツールに腰かけてPPCを操作していた。画面上ではモンスターたちが戦っているのだろうか。バーテンダーが何をしているにしても暇なことはたしかだ。カウンター席のまばらな客たちは安酒を飲むか、ショーを見物しているだけだから。

「クラック、いる?」

「忙しい」バーテンダーは顔も上げずに言った。「飲まないなら帰ってくれ」

春の午後にふさわしいいかにも〈D&D〉らしい応対に、イヴはバッジをちらつかせるのをやめた。

「ダラスとピーボディが話があるって伝えて」

彼は顔をあげ、じっくり眺めてからうなずいた。「そう言えばいいのに」

「今言ってる」

「奥のオフィスにいる。ちょっと待ってな」

バーテンダーは立ち上がった――全身筋肉で、剃り上げた頭には青いブレイドが一本下がっている――そしてカウンターの奥の部屋に消えていった。

「どうやったらあんな体になれるんでしょうね」ピーボディが言った。「一日二十時間バーベルを上げるとか、特製プロテインを摂《と》るとか、太古の神に山羊《やぎ》のいけにえを捧げるとか？」

最後のところで、イヴは思わずクスッと笑った。

「ちょっと怖いけど、ドキドキもしますね。マクナブがあんな体じゃなくてよかった。毎日びくびくドキドキしながら暮らすのは無理です」

クラックが現れた――こちらも全身筋肉だ。濃いブルーのシャツを着ているが、きちんとボタンを締めているのでビジネスマンのように見えなくもない。

「犯人たちは見つかったか？」

「まだ。少し話せる？」

「ああ、いいよ」クラックはカウンターをまわりながら手で合図し、プライバシー・ブースのほうへ案内した。彼がドームを閉じたときは少しびくっとしたが、文句は言わなかった。

消音ボタンを押してバンドの騒音がかすかなつぶやき程度になると、なおさら文句はなかった。

「ディニー・ダフはゆうべ殺された」

「ちくしょう。どうやって？」

「さんざん殴られ、何度もレイプされ、首を絞められて。モリスが確認してくれる。このあとモルグに行くの。犯人たちは彼女を〈バンガーズ〉と〈ドラゴンズ〉の縄張りの中立地帯に放置した」

「そこで死体が発見されたことはニュースで知ったが、被害者の名前や詳しいことには触れてなかった」

「もうすぐ発表があるでしょ。近親者に通知したから」

「口封じのために殺したのか。そんなことは貧弱な尻のお巡りにならなくてもわかる。そのろくでなし野郎の三人組をどうやって見つけるんだ？」

「自分の仕事をしながら。貧弱な尻でもお巡りになれるなら、誰でもそうする」

「そのお巡りが貧弱な尻をしてなくてもそれが仕事です」

クラックはなんとかピーボディにほほえんでみせた。「あんたはいい尻をしてるよ、ガール。俺はロシェルのことが心配でならないんだ。彼女の家族のことも。ミス・デボラは胸を痛めてる。とてもな」

「祖母ね」

「孫たちがみんな元どおりになったんだ、わかるだろう。誰もがもう戻らないと思った孫が戻ってきた。やっと帰ってきたんだよ。それなのに……。彼女たちは今日、ライルに会いにいく。それがどれだけつらいことか俺にはわかる。だが、俺は引っ込んでいたほうがいいと思った。身内だけで行かせてやろうと。俺も行ったほうがいいのかもしれないが。行くべきなのかもしれないが」

「その判断は正しいと思います」ピーボディが言った。「今回は身内だけにしてあげて、次に行けばいいんですよ」

「今アパートメントでロシェルと弟のウォルターと別れてきたところなの。彼女は荷物をまとめてる」

クラックはイヴにうなずいた。「あんたと会うことになってたのは聞いてる。彼女が俺の部屋にしばらくいることもふたりで決めた。マーティンのところほど広くはないけどな。俺はあのアパートメントに彼女を帰すつもりはない。向こうがもう少し落ちついたら話し合ってみるよ」

「部屋からなくなってるものがいくつかあった」

「やつらは彼女からものまで奪ったのか」すでに険しかった目は石のように冷たくなった。

「何を盗んだ？」

「ライルの貯金箱を空っぽにして、高級シューズとイヤホンを盗っていった。イヤホンは職場に置いてないかどうか確認する」

「そんなことしない。するもんか。高級品だからというだけじゃない。あれはマーティンからもらったものだからだ。マーティンはライルのことを秘密にしておくようなところが少しあった。長いこと距離を置いていたんだ。あのイヤホンは、そうさ、彼がまたライルを信頼するようになったしるしだ、ライルがまた戻ってきたことのしるしなんだ。そんなものをどこかに置きっぱなしにするわけないだろう」

「ロシェルは赤いバッグを持ってたんだけど、クローゼットから消えてた」

「あのちっぽけな赤いやつか？」怪訝《けげん》そうな顔をして、大きな両手でバッグのサイズを表す。「金がはいってたのか？」

「いいえ。バッグだけ」

「それじゃこれっぽっちも意味がないだろう」

「あるのかも。ドレッサーの抽斗にあった箱からは母親のブローチと、バングル・ブレスレットも持っていった」

「そっちのほうがまだわかる。どっちも価値はないが、頭の足りないやつなら価値があると思うかもしれない。あのブローチは形見なんだ。取り戻してくれることを願うよ」

「犯人たちはあなたがヴァレンタイン・デーにあげたイヤリングも盗んでいった」

「なんだと、くそっ」クラックはメニューを押し、ビールを頼んだ。「何か飲むか?」

「ううん、わたしたちは大丈夫。それ以外のアクセサリーは模造品でたいした価値はない。でも、そのイヤリングは本物だと睨んでる。ロシェルがどう思おうとね」

「本物だって言ったら、彼女が気軽に身につけられなくなるだろう」

「保険はかけてあるの?」

「ああ、もちろん」クラックは大きな手でテーブルを何度も叩き、ドームの向こうを睨みつけた。「俺がバカに見えるか?」

「あなたは大柄で屈強な体つきをした黒人で、女に甘くなった男に見える」

クラックは顔を動かさずに、鋭いまなざしをイヴに向けた。

「保険をかけてあるなら、明細情報を持ってるわよね」イヴはひるまず続けた。「ルビーやダイヤモンドが何カラットか」

「ダイヤモンド、ルビー」ピーボディはふたりから睨まれて肩をすぼめた。「すみません。すごいなと思って」

「ほんの小さなやつさ」クラックが答えた。「デザインが気に入っただけだ」

「保険はいくらかけたの？」

「一万」

「い、一万ドル？」ピーボディはふたたび肩をすぼめた。「すみません！」

「その明細情報がほしい。犯人たちは質入れするだろうから。犯行現場にあった品物だと簡単に特定されるようなものを盗むなんて軽率すぎる。装身具を盗むのはライルに罪を着せるためだと思うしかないけど――彼らが警察はアホで過剰摂取《OD》を鵜呑《うの》みにすると考えてる場合は――でも、バッグは別の線を考えないと。ピーボディのカササギ説」

「ぴかぴか光るもの」クラックのビールがようやく供給スロットから滑り出てきた。「やつらは質入れを考えてないのかもな。自分たちの巣に取っておくか、どこかの尻軽女にくれてやるつもりなのかも」

「そしてダイヤモンドとルビーを身につけたギャングの女を制服警官が見つけたら、捕まえればいい。手がかりはもうひとつある。向かいの部屋の住人が思いだしたんだけど、三人組のひとりはじっとしていられなかったんですって。まるで音楽でも聴いてるかのように。わたしはＥＤＤのギークたちが思い浮かんだ――つねに動いてるのよ。こっちのやつは体の両脇に腕を下げて、指を鳴らしていた。

ここはいろんなタイプの怪しげな客が来るし、〈バンガーズ〉の縄張りからもそれほど遠くない。あなたもそういう客を見たことがあるかもしれない」

「見かけたら教える。従業員にも気をつけるように言っておくよ。俺は客のことは放っておく。彼らが勝手な行動をしないかぎりは。勝手なことをすれば」客の頭同士を打ちつける真似をした。「〈バンガーズ〉のやつらもたまに来る」クラックは肩をすくめた。「やつらはこの店で面倒を起こせば、俺にもっとひどい目に遭わされることを知ってる」

クラックはことさらゆっくりとビールを飲んだ。「あんたが仕事をしてるのはわかってる、あんたたちふたりが頑張ってることは。あんたが俺に釘を刺しておきたいことがあるのもわかってる。指を鳴らすバンガーやローのイヤリングをつけた女を見かけても手を出すなと。わざわざ言わなくてもいい。あんたは俺の大事なアリシアを奪った野郎を始末してくれた。ローの可愛い弟を奪ったやつらも始末するだろう。それに、ローは俺が自分の使命だと思ってるかもしれないことをやるのは賛成しないだろうからね。

俺が何かしでかしたら、あんたたちは怒るし、ローはがっかりする。俺は貧弱な尻やいい尻をしたお巡りを怒らせるつもりも、大事な女性をがっかりさせるつもりもない。彼女には同居してくれと頼むつもりだから、なおさらがっかりさせたくない」

「同居」イヴは鸚鵡返《おうむがえ》しに言った。ピーボディがダイヤモンドやルビーに見せた反応と同じくらい驚いていた。

「俺だって人並みに大事な女性は何人もいた」クラックは椅子の背にもたれ、ドームの天井を見つめた。まるで大事な女性たちのパレードを眺めるように。

「そいつらは誰ひとり、大切にされなかったとかちゃんと扱ってくれなかったとは言わないだろう。最初にロシェルと腰を落ちつけて話をしたとき、俺はすぐに彼女がただの大事な女性じゃないことがわかった。彼女は唯一の大事な女性だったんだとな。ちょっとやそっとのことじゃ動じない俺みたいな乱暴者が、そう思ったとたん——あれを尻込みと呼んでもいい。そう、俺は尻込みしたんだ」

ピーボディはうっとりした。「すごくロマンティックですね」

クラックはピーボディに笑いかけた。「そうだろ？　尻込みしたあと、俺は思った。これがそういうことかと。俺はあわてないでじっくり進めた。何しろ唯一の大事な女性だからな、時間をかける価値がある。しばらくまえから一緒に暮らしたいと思ってたが、彼女はライルにあらゆる力を注ぐ必要があった。だから俺はもっと広い部屋を探して、ふたり一緒に移ってこられるようにしようと考えてたんだ。そうしたら……とにかく、彼女はあのアパートメントには戻らない」

テーブルに指を叩きつけ、その指で線を引いた。「そこには筋道がある。それについては話し合うが、俺はノーとは言わせない。今は彼女には悲しみに暮れる時間が必要だし、あんたたちにはお巡りの時間が必要だ」

クラックはビールをもうひと口飲んだ。「保険会社の情報を渡すよ」

「わかったわ。もうひとつだけ。ライルはダフと縁を切ることについて何か言ってなかった？　うるさくつきまとうと警察を呼ぶぞって彼女に警告したとか」

「いや。俺たちはうまくやってた――俺とライルは――だが、彼がそういうことを話す相手は俺じゃない。警告したのか？」

「どうもそんな感じなの」

「そして彼は死んだ。そのせいで死んだなら、俺はもっと腹を立てる。それ以上怒る余裕がないほど。それでも、ちっ、俺は彼が線を引いてくれてほっとしてる。男は自分の分《ぶん》をわきまえる。女もそうだ」クラックは目をきらっと光らせた。「そうすればイラつかない」

「イラつくのはわたしの得意技よ。また連絡する」イヴはドームのほうへ合図した。

ドームがひらくと、ピーボディは腰を上げてからぐずぐずした。「自分には何もしてやれないと感じてるんでしょうけど、あなたはロシェルのためにそこにいるだけで力になってるんです。ほかのことを望んでるなら、なんていうかもっと目に見えることがしたいなら……みんなよく食べるものを持っていきますよ。彼女の家族が住んでるところに料理を届けてあげたら、食事のことを考えずにすむから。そこにあるものを食べればいいから」

「そりゃいい考えだな、ピーボディ。感謝するよ」ビールのグラスをのぞき込んでくよくよしているクラックを残し、ふたりはやかましいホロ・バンドと腰をくねらせるダンサーがいる店を出た。

「いい思いつきだったわね、ピーボディ」車に戻りながらイヴは言った。「クラックにも何かやることができて」

「彼は悲しそうでした。もちろん腹を立ててるけど、悲しんでるようにも見えました。彼女を愛してるんですね――心の底から。だって、ヴァレンタイン・デーに一万ドルのイヤリングを贈ったんですよ」と言って、イヴに軽く肘鉄を食わせる。「ロマンスについてわたしはさっきなんて言いました？　春ですよ！」

「ヴァレンタイン・デーは冬よ」イヴはジャブを返した。「高価な贈り物はセックスにつながり、それは体を温めあうことにもなるの。わたしがさっき言ったでしょ？」

「知りません。あ、もっといいのがあります」ピーボディは宙に指を立てた。「ロマンスには理由なんか要《い》らない」

「これからモルグに行くんだけど、ロマンスとどういう関係があるのかしら」

「それでも、まだ春ですよ」

10

ディニー・ダフは春を見ることはできない。今年の春だけでなくこれからもずっと。検死台に載った彼女は、モリスによって一分《いちぶ》の狂いもなくY字切開され、一分の狂いもなく縫い合わされていた。

モリスは小さなカウンターで作業をしていたが、椅子ごとまわってきて立ち上がった。

「また三人そろったね、雷鳴、稲妻、雨のなかではないが」

「知ってます」ピーボディが指を立てた。「シェイクスピアですね?」

「そのとおり」モリスは検死台の上の死体に近づいた。「残念ながら若きダフは、その吟遊詩人が描いたマクダフと同じ運命はたどらなかったが」

ふたりが話しているのがなんのことやらわからなかったので、イヴは遺体に集中した。

「死因《COD》は特定できた?」

「この何種類もの傷は、とくに合併損傷は手当てをしないまま放置しておけば死因になっただろうが、きみが現場で気づいたとおり、致命傷は頭蓋骨粉砕骨折だ。コンクリートや砂利敷きの地面に何度も打ちつけたんだな。傷口に両方の断片があった。肋骨骨折――その骨折による肺の破裂。鼻骨骨折、網膜剝離《はくり》、両側の頬骨粉砕、喉の打撲傷は繰り返し首を絞められたことを示している」

「窒息させ、彼女が意識を回復するとまた首を絞める。おそらくレイプしながら」

「やつらは防護していたから何人でレイプしたかわからないが、彼女は繰り返し力ずくでレイプされた。死後も最低一度は」

「ゲス野郎ども」

「まったく同感だ。そのゲス野郎どもは彼女が死んだことに気づいていなかったかもしれないがね。今、報告書を仕上げているところだが、これだけは言える。専門用語ですまないが、やつらは彼女をボコボコにし、さんざんレイプしまくり、彼女の頭蓋骨が卵の殻のようにつぶれるまで地面に打ちつけた」

「防護していた」イヴは彼らがコンドームをつけずにレイプしたことに、かすかな望みを抱いていたのだ。「彼らは性病を移されるのを心配したか、DNAのことを心配する頭があった。その両方かも。彼女は抵抗した？　犯人たちの皮膚か何かが残ってた？」

モリスの指し示す手にうながされ、イヴたちは遺体に身を乗り出した。「手首や脚――大半がふくらはぎや足首のそばに打撲傷があるだろう?」

「ひとりがやってるときに、ほかのふたりが彼女を押さえてた」

「そう。ゴーグルなしに顔の損傷の程度を見分けるのは難しいが、どこかの時点で彼女は口も押さえられていたと判断している。手をぎゅっと押しつけられて。窒息させたのは助けを呼ばれるのを防ぐ目的もあったんだろう。犯人たちの人数はわからないと言ったが、少なくとも三人はいただろう」

「きっと彼女がピカリングのアパートメントに入れてやった三人よ。餌を切ったのね」イヴはつぶやいた。

「薬毒物検査ではゾーナーとファンクが検出された。彼女がファンクの常習者だった兆候は見つからなかった。少なくとも長期の常習者ではない」

「彼女を従順にさせたかった」イヴは考えた。「いつものミックスだと言い聞かせたのかもしれない」

「両方とも量は少なかったから、従順にさせるという説に賛成すると同時に、犯人たちは彼女を覚醒《かくせい》させておきたかったとも考えられる。それから彼らは防護していたが、毛髪と繊維を見つけた。私が毛髪をスキャンしたところでは犯罪記録に登録されているDNAと一致しなかったが、どちらも毛髪と繊維の女王のもとに送っておいた」

「ハーヴォなら突き止められるものはすべて突き止めるわ」それに地球内外の誰よりも速くそれができることをイヴは知っている。「ゆうべは寒かったわよね。ファスナーをあけるだけでいいのになぜ服を脱がせたの？　またしても、ずさん。頭のいいやつならピカリングにやったように麻薬を大量に打つところだけど、でも、それじゃ面白くないものね？」

死体が語るべきことはすべて語ってくれたので、イヴは検死台から後ろに下がった。「これは二件とも殺し屋による殺害だった。ギャングの下っ端。そして二件とも個人的な殺しだった。彼らがあの場所で彼女を殺し、あの場所に放置したのはギャング団同士の緊張を高めるという副次的な効果もあるけど、これは個人的なものなのよ」

「この哀れで不運な女性もきっと同意するだろう。彼女は苦しんだはずだ。最初の打撃が加えられたのは死の一時間前だと私は踏んでいる」モリスは振り返ってダフの顔を見下ろした。「彼女にとってはとても長い時間だ」

「そうね。彼女はライルがドアをあけたときにはもう死んでたけど、でも長い時間だわ」

外に出ると、ピーボディは深呼吸した。「そうは言っても春ですよ。ちょっと水を差されたけど。〈バンガーズ〉の本部をまた訪ねると言われたらもっと水を差されます」

「そっちはもうしばらくあの制服警官たちに見張らせておくわ。これを命じた者は彼女を苦しませたかった。彼女を痛めつけ、レイプさせたかった。個人的な動機。彼女は幹部のひとりでボルトという名の男と寝ていた。彼のことをもっと知らないと」

「何を掘り出せるかやってみます」

イヴが運転する横で、ピーボディは調査を続けた。

「やった、見つかりました。ケネス・ジョルゲンソンはとても悪い男です。年は二十五歳、オリヴァー・ジョルゲンソンとポーリーン・グラントの息子で、オリヴァー――これも悪い男です――が詐欺、横領、資金洗浄の罪で収監されてすぐ、両親は十一年間の結婚生活にピリオドを打ちました。きょうだいはひとり、姉のジェシカ、二十八歳。彼女は母親の旧姓のグラントを名乗っていて、アメリカ陸軍の二等軍曹で、現在はネヴァダ陸軍基地に在籍。奉職十年、十八歳で入隊しました」

「母親はどこにいるの?」

「住所はふたつありますね――フロリダ州パームビーチとメイン州バーハーバー。七年前にハンフリー・マークルと結婚してます。ふたりのあいだに子供はいません。彼は大金持ちですよ――〈ベルティニリーズ・フローズン・ピザ〉の創業者です」

「あれは大量生産のクズよ」

「でも売れてます。パスタやなんかもあって。とにかく金持ちです」

「つまり、あのバンガーは裕福な家の生まれなのね」

「まあ、生まれたときはそうだったんですが」さらに調べて、ピーボディは画面を切り替えスクロールした。「父親が逮捕されてから何もかもうまくいかなくなりました。生活は大幅に切りつめられ、母親は働きに出た——なんと！——〈ベルティニリーズ〉に勤めだし、下積みから叩き上げて出世し、その大金持ちと結婚したんです。だけどそのころには、息子の悪事に対処するのに追われてました。あるいは対処しなかったのかも——なんとも言えませんね」

「どんな悪事？」

「未成年のころの記録もすでに封印が解かれてるので調べがついてます。不登校、器物損壊、万引き、不法侵入、違法麻薬所持、法定制限を超えるナイフの所持、暴行」

眉を上げて、イヴをちらりと見た。「全部、十三歳になるまえです」

「それでも充分悪いけど、そこから悪の道に踏み込んでいくのね」

「ええ。母親はなんとか陸軍士官学校に入れたんです。でも、彼は放校された。そして罪を重ねる。さらなる暴行、家宅侵入、違法麻薬、器物損壊などなど。罪が確定したのはまだ十六歳になるまえです」

「悪の道に踏み込んだ」イヴは断言した。

「そしてその道を進みつづけます。強姦《ごうかん》容疑もあるけどそれは確定しませんでした――被害者が告訴を取り下げたから。どうやら彼は、そのころにはもう〈バンガーズ〉のメンバーだったようです」

ピーボディがスクロールを続けるなか、イヴはセントラルの駐車場に車を入れた。「ひゃあ。ダラス、彼は母親を追いまわして身体的暴行を加え、姉に叩き出されました。やっぱりね。十七歳のころのようです」

「それについての報告書を手に入れて。詳しいことを知りたい」

「了解です。彼は何度か服役してます。最後に出所したのは四年ぐらい前ですね。ぶち込まれるたびにうまく出てくる」

「組織でもっと出世したいのかも、もっと権力を握りたいのかも。彼について手にはいるものは全部引き出すわよ」

「ひどいですよね、ダラス」春がもたらしたピーボディのまばゆい笑顔は、エレベーターに乗るころには翳《かげ》りを帯びていた。「実の母親を殴るなんて。姉がそこで止めてなかったらどうなっていたか。そんなのはただの不良息子じゃありません。つまり、実の母親を殴るようなやつは――」

「自分のファック相手を殺すことにもケチはつけない」

雪のように真っ白な髪をした女性が渋い顔で乗り込んできて、「言葉づかい！」とイヴを叱りつけた。

「たしかに悪い言葉をつかいました」

「あなたは警察官なの？」

「そうです」

女性は爪を赤く塗った長い指で、イヴの胸を小刻みにつついた。

「すみませんが、それをやめていただけませんか」

女性はもう一度つついた。「わたしはあなたの給料を払っているのよ、お嬢さん。法執行官がそんな言葉をつかうとは情けない」

その女性が長い指でつつきながら話しつづけるかたわら、次の階でエレベーターのドアがひらくと、制服警官ふたりが今連行したばかりのアホンダラについてしゃべりながら乗ってきた。

女性は「オホン！」とわざとらしく咳払いすると、偉そうに出ていった。

「警察署に来たのは初めてにちがいないわ」イヴは肌にめり込みそうな勢いでつつかれた場所をぼんやりとこすり、次の階に到着するとエレベーターから飛び降りた。

「ジョルゲンソンの報告書を手に入れて」グライドに乗り換えるとイヴは言った。「彼は大柄じゃない——目撃者は大柄だったのはたしかだと言ってる。彼が関与してるとしても、ライルを殺した三人のひとりじゃないわね。彼は幹部だから、たぶん違法麻薬の隠し場所にも近づけるし、ライルを殺せるだけの量と、部屋に隠しておく分を持ち出すこともできるはず」

「その麻薬をディニー・ダフに渡すことも」

「そう、彼が裏にいる可能性は高い」

「ジョーンズに知られずにそんなことができるでしょうか」

イヴはギャング団の本部に訪ねたときのジョルゲンソンの反応を頭のなかで再生した。ジョーンズに楯突《たてつ》き、堂々として反撃しろとけしかけていた。

「それも突き止めないとね」

オフィスにはいると、イヴはいつもどおりコーヒーをプログラムし、事件ボードと事件簿を更新した。それから椅子に腰をおろし、両足をデスクに載せ、コーヒーを片手にじっくり考えた。

証拠と直感は、どちらの殺人も〈バンガーズ〉内の誰かの仕業で、主たる標的はライル・ピカリングだと言っている。手口は——ピカリング殺しのほうは誤って過剰摂取したように見せかけたと思える。常習者が古い習慣に屈してしまったと。

その手口には個人的な恨みも感じられる。深夜勤務明けに路上で襲うほうが簡単だろう。彼を殺すことだけが目的ならば。

殺す動機は？　ギャングの矜持《きょうじ》？　彼は自分の〝ファミリー〟との縁を切り、ギャング団のタトゥーまで消そうとしていた。

そんな理由では弱い。たぶん制裁を加えるには充分だろうが、殺すまではいかないだろう。隠蔽《いんぺい》工作のために高価な製品をふんだんに使ったりもしないだろう。けれど、ギャング団の内部にピカリングとストロングの関係に気づいた者がいれば、動機は充分どころではない。

それでも、そういう場合は制裁を加えるのではないか？　厳しい制裁を加えてから処刑する。どちらかといえば穏やかな過剰摂取ではなく。

彼はファミリーを裏切り、敵と手を結んだ。そのために死んだ――でも、彼の場合は安楽死に近い。

隠蔽工作がうまくいく可能性が高い、もしくはあからさまな殺人より可能性が高いと踏んだから？

イヴは立ち上がり、歩きまわりながら思考をぐるぐるめぐらせた。

そして自分で決めたルールを破り――ほんの一分くらいですむからと自分に言い訳して

――マイラの個人リンクに連絡した。

「イヴ」

イヴは前置きから述べた。「すみません。個人的な用件じゃないんですが、セッションか相談中なら出ないだろうと思って」

「実はもう帰ろうとしていたの――少し早いけど。歯医者の予約があるから。定期健診だけですむといいんだけど」と期待交じりに言う。

とっさに、イヴは舌で歯をなぞった。「ですよね、幸運を祈ります。ご連絡したのはギャングがからむ殺人事件のことなんです。報告書を送りました。たぶんまだお読みになってないとは思いますが」

「ちらっとは見たわ。緊急のフラグがついてなかったけど、ロシェルと会ったばかりだったから、わたしにできることがないか確かめたくて。そちらに行きましょうか？　予約の時間までまだ少し間があるから」

「よかった。ありがとうございます」

「歯医者の椅子に座ることを考えないですむわ。五分後に」

イヴはその五分で図表のようなものを作り、麻薬の売人、常習者、被害者、容疑者、目撃者をまとめた。

やたらにつながりが多いと思いながら、図表を事件ボードに加えた。

マイラのハイヒールの音がして、そちらを向いた。

ピーボディの春に関する意見は正しいようだ。マイラは春らしい装いをしている。いつもの洒落《しゃれ》たスーツは春の陽光のような黄色で、ハイヒールにはつま先から踵までピーボディの野原を思わせる花々が咲きこぼれている。腕には淡いブルーの薄手のトップコートを下げていた。

「お時間をありがとうございます」

「気にしなくていいのよ」マイラはコートを客用の椅子に置いた。「ロシェルのことをかなり気に入ったの。こんな経験をするなんて気の毒でならないわ」

話しながらマイラは事件ボードの前に行き、じっと眺めた。「彼がストロング捜査官の情報提供者だったことは、ロシェルに伝えたの？」

「まだです。それが動機、あるいは動機の一部なら、しばらくは伏せておきたいので」

「彼は指導者《スポンサー》以外の誰かに話したと思う？」

「その可能性は低いと思います。彼の日記をもっとじっくり読んでみなければなりませんが、これまでのところその件についての言及は見つかっていません。個人の日記に書かず、姉にも打ち明けてないとすれば、誰かに話したとは考えにくいです。そのことを知ったり、疑ったりした者がいないという意味ではありませんが」

マイラの淡いブルーの目は図表を見つめている。「彼らの犯行なら、その手の裏切りはまずまちがいなく死刑に値するでしょうね」

「計画を立て、犯行を命じ、実行犯の三人を選んだのは誰なんでしょう？　ダフだとは思えません。彼女は犯行の数時間後に殴り殺されています。彼女は〈バンガーズ〉では地位も影響力もなかった。おまけに重症の常習者だった。だから彼女が違法麻薬を持ち出せただけでなく、殺しを隠蔽するためにそれを現場に残してきたとはとうてい思えない。でも……」

イヴはオフィスを歩きまわった。「彼女はピカリングに腹を立てていた。最近、彼に肘鉄《ひじてつ》を食わされた。消え失せろ、さもないと通報するぞと。彼女は絶対愚痴をこぼしたでしょう。〈バンガー・ビッチズ〉の仲間か、この男に」イヴはジョルゲンソンのＩＤ写真を指先で叩いた。「泊めてもらう代わりに、彼に体を提供していたから」

「それはピカリングに正当な罰を与えることに手を貸す動機になるわね」マイラはあいづちを打った。「でも、殺人は重すぎると思うでしょう。彼女やほかの者たちがＣＩの件を知らなかったら」

イヴはふたたびボードを叩いた――スライスとボルトを。「このふたり。ジョーンズは目下ギャング組織のボスで、ピカリングとは昔からの付き合いだった。似たような境遇で育ち、かつては本物の友情も育っていたかもしれない。彼はピカリングに戻ってくるなら副指揮官にしてやると持ちかけた。彼がピカリングを買っていたことがわかります」

「副指揮官？」マイラはデスクに腰かけ、うなずいた。「なるほど、それはただの友情以上ね。そう、ジョーンズはピカリングを買っていたでしょう。彼への信頼と尊敬があればそういうことも言うかもしれない」

「そうするとまた疑問に戻ってしまうんです。ジョーンズがその後、ピカリングがCIだったことを知ったら、面子《メンツ》にかけても彼を始末しなければならない。その場合、裏切者を召喚し、叩きのめして殺すのではなく、もっと巧みなODに見せかけるでしょうか──実際の隠蔽工作はお粗末なものでした」

「ふたりの過去の経緯《いきさつ》があるから、そういうふうに処刑する。ありえるわね。殺して、辱める──被害者が嘘をつき、周囲を騙していたと思わせる舞台を作りあげる。それは被害者のみならず彼の家族も罰することになる」

イヴは指をさしてうなずいた。「それです。計算もされている。とはいっても、ほかの場所で殺して、違法麻薬を体内だけでなく服のポケットにでも忍ばせ、死体を放置しておくほうが利口ですけど。ジョーンズがバカだとは思えないんです」イヴは言い足した。「彼は殺人者です。あの目に表れてる」

「たしかに」マイラはつぶやいた。「つねに表れるわけじゃないけど、この写真にはそれが出ている。彼は自分に誇りを持っている」

「そのとおり。でも、彼はバカじゃないからここまで生き抜いてこられた。それどころか、彼は不動産を共同で所有し、けっこうな暮らしをしている——そのパートナーたちについてはあとで話をしてみます。つまり、代替策《バックアッププラン》を用意してるということです。ボスの時代が終わったときのための備えがある」

マイラは小首をかしげてイヴを見つめた。「あなたは心の底では、彼がピカリング殺しを命じたとは思っていない」

「そう思えたらもっと楽なのに」イヴは認めた。「彼は誇り高き殺人者で、わたしは彼を檻《おり》にぶち込んで扉に鍵をかけたい。でも、そうはいかない。その説を組み立てるたびに、しっくり合わないんです」

「どうして？」

「思いつきでいいですか？　ピカリングの事件を伝えたとき、彼の反応は怒りだった。ショックもあったけど、怒りが強かった。もちろん彼は嘘をつくのがうまいけど、あれは本物の怒りだったとわたしは思います」

「自分の頭越しに元メンバーを殺した者がいたから。命令系統を無視した者がいたから」

「それです」イヴは太腿に拳《こぶし》を打ちつけた。「まさにそれです。部下がわたしの頭越しに何かしたら、そいつをとっちめてやります。わたしは命令系統を無視した者がいると睨んだ。ほかの者が命じたのかもしれないと。そうなるとジョーンズはダフ殺しの容疑からはずれる。そうする理由がないから。それにタイミングが近すぎる。彼女は役目を果たし、おまけに愚痴やおしゃべりが多すぎるから死んだんです」

「もうひとりのほうは？　ジョルゲンソン。あなたの秤《はかり》はそちらに傾いているんでしょ」

「彼はランナーのひとりで、目下、先頭集団に加わっています。彼は激しやすく、わたしたちが本部を訪ねたとき、あえてジョーンズに食ってかかりました。犯罪歴も多く、ほとんどが暴力をともなってます」

イヴはジョルゲンソンのＩＤ写真をもう一度眺めた。「それでも、ほかの幹部や可能性のある連中を調べて印象をつかまないと。それに事件ファイルを読んで、ストロング捜査官がＣＩとして確保してる者たちのなかに〈バンガーズ〉と密接なつながりのある者がいないかどうか確認します。それからもうひとつ」

そこで言葉を切り、リスト・ユニットに目をやった。「ずいぶんお引き留めしてしまいました」

「まだ二分くらいあるわ。最後まで言って」

「わかりました。ダフを即座に殺すのはわかりますが、やりすぎです。さんざんぶん殴ってレイプしまくってます。ピカリングのときは鎮静剤を打ち、麻薬を大量に打った。彼はおそらく最初に押さえつけられて鎮静剤を打たれたあとは、何も感じなかったでしょう」

「それは本質的な女性差別ということにもなるわね」マイラは指摘した。「元メンバーの男性——彼は組織のために闘い、服役し、連帯感を持っていたから苦痛のない死を与える。女性のほうは利用価値——主にセックス面での——がなくなり、代わりはいくらでもいるから、残忍に殺す。ただの娼婦《しょうふ》だから」

マイラは素晴らしい脚を足首のあたりで組んだ。「そこで、あなたの報告書と、この事件ボードと、今の会話を総合したわたしの初回プロファイルは、狂信者ということになるでしょうね。徹頭徹尾ギャング。野望を抱き、ある程度の影響力を持つ者。三人の男を——彼がそのうちのひとりなら、ふたりの男を——掌握でき、ダフに言いつけを従わせることができる者。犯行に使用した違法麻薬にアクセスできる者。直情径行型。もっと考えがあったら、慎重さがあったら、明らかな穴はふさいだでしょう。だけど、ピカリングは罰して、辱めなければならなかった。彼が苦労して取り戻した評判と信頼を粉砕しなければならなかった。

彼がなんとしてもボスの座を狙っている者なら、そうなろうとする。黒幕がジョーンズでないなら、ジョーンズの旧友を殺すことにさらなる動機を持っていた者」

「騒ぎを起こすことも」

「ええ、とくにふたりめの殺し――あの残虐さ、あの場所。トラブルの火を掻き立て、その解決に力を貸す――放火犯が消火活動に加わるようなものね」

「自分の評判を高めるために」

「ええ。野心家、直情径行型、残虐、何をおいてもあのギャング団に忠実である――と本人は思っている。くどいようだけど、黒幕がジョーンズでないなら、すでに彼を退陣させる準備をしている者。女性は必要に応じて利用される。その人物は父親、もしくは権威のある男性が母親を虐待するか辱めるのを見て育ったのかもしれない。母親がそれに耐えたなら、彼女は娼婦。耐えなかったら、彼女はビッチ」

「ピーボディが今、報告書を丹念に調べてるところですが、ジョルゲンソンは母親を暴行しようと追いまわし、姉が――陸軍士官です――それを止めました」

マイラは眉を吊り上げた。「それはとても興味深いし、まさしく一致するわね。母親を襲い、姉に止められる。女性に対する見方が歪《ゆが》んだかもしれない」

まだ行きたくなさそうにしながら、マイラは渋々デスクから離れた。「あとであなたの報告書をじっくり読むわ。定期健診の歯医者がすんだら」コートを手に取った。「それからもっと包括的なプロファイルを作成する」

「ありがとうございます。重ねて、歯医者での幸運を祈ってます」

「その幸運をいただくわ。イヴ、ロシェルと話す機会があったら、お悔やみを伝えておいて。それから、彼女にはコネがあるだろうけど、グリーフカウンセラーが必要だったらわたしがいるからと伝えて」

「そうします」

マイラが花園のような靴で軽やかに去っていくと、イヴは事件ボードに戻った。

それから一時間かけて、ピーボディが送ってきたジョルゲンソンの情報につぶさに目を通し、ストロングの事件ファイルから彼女が逮捕した者で、まだ〈バンガーズ〉とつながりがある者を拾い出した。ただちにストロングに連絡し、〈バンガーズ〉の命令系統についてもっとも有力な判断を文書にして送信させた。

それを基に、イヴは検索を開始し、いろいろな確率を出してみた。

受信の通知に目をやると、ハーヴォの報告書だったので飛びつくように確認した。

「なんて素晴らしい女王なの、万歳！」

リンクを取り出し、何ヵ所か連絡しながら段取りを考える。それからコートをはおり、大《ブル》部屋《ペン》にはいっていった。

「カーマイケル巡査、シェルビー巡査、支度して。出動よ、ピーボディ。ハーヴォから報告が届いた」

「身元がわかったんですか？」

「バリー・エイムズ、別名フィスト。今レオが令状を手に入れてる。ＤＮＡを求めて未成年の記録まで掘り下げた結果、モリスがダフから発見した毛と一致した。ふたつめのサンプルにはツキがなかった。エイムズはまだ十七歳。喧嘩《けんか》で放校になり、同じく喧嘩でいっとき少年院に入れられた。そして、毛をダフの体に残した」

イヴはリンク画面の写真をピーボディに見せた。「毛髪は長く伸ばし、現在は赤く染めてる。彼は仕事を持ってる――コンビニの品出し――それに住所もある。コンビニから当たりましょう」

「十七歳」ピーボディはコートに袖を通した。「なのにもうふたり殺してる」

「悪い子ね」イヴはそう言いながら、取調室に入れて共犯者の名前を無理やり聞き出すのを心待ちにしていた。「段取りはこうよ」

11

イヴは公務で二重駐車するのは普段から気にしないが、この場合、コンビニの入り口ではかのドライバーたちを怒らせてまでポンコツ車の隣に車を停めたのには目的があった。仮にエイムズが正面から逃げだしたとしても、自分が徒歩で追いかけているあいだに、ピーボディがすばやく車に戻って行く手をさえぎることができる。

裏口から逃げようとしても、そこには制服警官をふたり張り込ませてあった。拘束チームには一九〇センチ、百二十キロの大男であると伝えてある――ナイフを携行し、おとなしく連行されないであろうことも。

イヴはピーボディと一緒に店内にはいった。イヴのクローゼットほどの広さしかない小さな店には、袋入りのジャンクフード菓子や、缶詰、キャンディ、コンドーム、安物の化粧品やヘアケア製品が並んでいた。商売を続けるために、宝くじ券や闇タバコなどもこっそり売られているのだろう。

エイムズの姿は見えなかった——こんな小さな店で見逃すことはありえないが、カウンターの奥に薄手のキャップをかぶり不機嫌そうな顔をした中年男がひとりいるのと、赤ん坊をスリングで抱き、へこんだ買い物かごを手にした女性がいるだけだった。

イヴはカウンターに近づいていった。すかすかの鍵付きケースには申し訳ばかりのキャンディバーがしまわれている。

「なんか用かい?」

「バリー・エイムズを探してるの」

「なんだって?」不機嫌そうな顔がますます険《けわ》しくなった。「あの怠け者のチンピラを見つけたらクビにしてやるから教えてくれ。あの野郎、二日連続で休みやがった」

人を殺すのに忙しかったからね、とイヴは思った。「そういうことはよくあるの?」

「めずらしくもないことさ。あんたたちは警官か?」

イヴはバッジを取り出した。「警官が自分のところの従業員を探してても驚いてないみたいね」

「従業員っていうのは働きにくるやつのことだ、そうだろ? あのぐうたらなチンピラはうちのやつの親戚の甥《おい》っ子で、うちのやつにここで働かせてやってくれとしつこくせがまれただけだ。今度は何をやった？」

「どこにいそうか、心当たりはない？」

「ふん」キャップを押しあげてから、店主はつくづくため息をついた。「たぶんどこかでハイになってるか、やつが金をせびってる母親――彼女は食べるために働いてる――の部屋で、眠って麻薬の酔いを覚ましてるんだろうよ。あいつを見つけたら、おまえはもう用済みだと伝えてくれ。最後に現れたとき、金が六十ドル足りなかった。あいつはクビだ。あいつがつるんでる〈バンガーズ〉のやつらがどう思おうが知るもんか」

「〈バンガーズ〉はあなたにみかじめ料とやらを要求するの？」

「ここはたいした店じゃないが、俺の店だ。その件についてはあんたたちに話すことはない。だけど俺がバリーのぐうたらなチンピラぶりに我慢できなくなったこととは関係ない」

「わかったわ。お名前をいただいていい？」

「あんたには自分のがあるだろう？」店主はなんとおのれのユーモアににやりとした。「フービー。ケント・フービーだ」

「ミスター・フービー、もし彼が来るか、彼を見かけるかしても、われわれがここに来たことは言わないでほしいの――そして、わたしに連絡してもらえるとありがたいわ」

名刺を差し出すと、フービーはポケットに押し込もうとした手を止めて目を細めた。「殺人課？　なんてこった、あのクソガキは人を殺したのか？」

「われわれは彼に話があるのよ」としかイヴは言わなかった。

店の外に出ると、イヴは制服組に連絡して正面に来るよう指示した。「ピーボディ、彼の部屋の正確な位置はわかる？」

「五階の東側です。わたしの地図では建物の東側に路地があります」

「よし。容疑者は二日間職場に現れなかった」イヴは制服組に教えた。「次は住まいに行くけど、こういう具合にやる」
二、三ブロック先で、イヴはふたたび二重駐車した。〈バンガーズ〉の縄張りを越えた、暗黒街とまともな中流階級の境のような地区だった。
労働者階級の住む建物らしいが、入り口に一台ある防犯カメラはちゃんと作動しているようにも見える。制服組を路地にまわらせ、イヴはマスターキーで建物にはいった。

ロビーの壁はくすんだベージュ色で、二基あるエレベーターのドアはくすんだ緑色をしている。

イヴは階段で行くことにした。

「五階ですよ」ピーボディがぶつぶつ言う。「パンツがゆるくなっちゃう。母親は〈スカイ・モール〉にあるチェーン店〈トレンディ〉の店員です。通勤時間は長いですね」

「こっちのほうが家賃が安いんでしょ」

ドラマ番組の音楽やくぐもった話し声が聞こえ、どこかの部屋では赤ん坊が狼《おおかみ》にいまにも食われるというような金切り声をあげていたが、大半は静まりかえっている。やっぱり住人は労働者階級だとイヴは思った。帰宅するにはまだ早すぎる。

「五一六号室です」心なしか荒い息でピーボディが言い、五階に到着した。

部屋に近づくと、追加した錠とほんとうに作動していそうな防犯カメラが目に留まった。

イヴは拳でドアを叩き、室内の物音や動きに耳を澄ました。何も聞こえてこず、さらに強く叩いた。

隣の部屋のドアがあいた。十四歳ぐらいの少女がティーンエイジャー特有のうんざりした顔をのぞかせた。「なんなのよ、そこのふたり。そこには誰もいないの、わかった？　宿題をやろうとしてる人もいるんだからね」

「バリー・エイムズを探してるの。彼を見なかった？」

褪色《たいしょく》した青のメッシュがはいった茶色のウェイビーヘアの少女は、心持ち体を外に出した。「見てない。なんであたしが見たいなんて思う？　彼は部屋にいるときは音楽をかけるかスクリーンをつけてる。たぶん両方。だからあたしはヘッドホンをつけて宿題をしなくちゃいけないの。だから今彼はいないのよ。たぶん仕事でしょ。ちがうかもしれないけど、たぶんそうよ」

「最後に彼を見たか、何か音が聞こえたのはいつ？」

「しばらくまえ、だと思う。ママは彼が出ていったと思ってる。彼が来てもドアをあけちゃいけないことになってるの、ママがうちにいるときでも。彼は困った人だからって。いったい彼になんの用なの？」

イヴはバッジを掲げた。「彼は困ったことになってるの」

少女はバッジに少し心惹《ひ》かれたらしく、廊下に出てきてしげしげと眺めた。

「へーえ、ママはどうしていつも正しいの？　あなたが警官なら、どうしてそんなすごいコートを着てるの？　どうしてそっちの人はそんな洒落たブーツを履いてるの？」

「あなたが子供なら、なぜ学校にいないの？」

「ふん、学校は何時間も前に終わったのよ」

そして、イヴも認めざるをえないほど完璧に、わざとらしく目を剝いてみせた。

「ママが言ってるわ。ミセス・エイムズはすごく頑張って働いてて、息子に困らせられる理由はないし、息子はそのうち死ぬか刑務所に入れられるって。あなたは彼を刑務所に入れて、ミセス・エイムズを楽にしてくれるのよね」

イヴは名刺を取り出した。「もし彼が帰ってきたら、わたしに連絡して。彼と口をきいちゃだめよ。お母さんが言ったように、ドアをあけないで」

「どっちにしても彼には話しかけない――彼が何度かあたしをじろじろ眺めたことをママが知ったら、きっと……」少女は名刺から顔をあげ、利口そうな目を細めた。「殺人課がどういうところか知ってる。ママに連絡しなくちゃ。仕事に行ってるの。ひとりで歩いて帰ってきてほしくない。あの変態野郎が人殺しなら」

「ママに連絡しなさい。それ以外は、このことは秘密にしておいてね。彼のお母さんがだいたい何時ごろ帰ってくるか知ってる？」

「だいたい夜の七時か八時ごろだと思う。金曜と土曜はもっと遅くまで働くから十一時近くかな。彼女は〈スカイ・モール〉の〈トレンディ〉で働いてるの。たまに割引券をくれる。いい人よ。ママに連絡しなくちゃ。もうすぐ帰る準備を始めちゃうわ」

「あなたのお名前は？」

「キャリー・ドゥルー」

「キャリー、わたしたちはエイムズの逮捕状を持ってて、それは彼の住居にはいることも認められてるの。だから、これからなかにはいる」

「そんなことできるの？」

イヴは指先でバッジを叩いた。「そうよ。あなたは自分の部屋に戻って、ずっとそこにいてね」

それ以上何も言わず、キャリーはさっとなかにはいってドアを閉じた。施錠する音が聞こえた。

レコーダーを作動させ、イヴはエイムズのアパートメントの前に戻った。「ダラス、警部補イヴならびに、ピーボディ、捜査官ディリアはマスターキーを使用し、容疑者のアパートメントに立ち入ります」

武器を抜いて、なかにはいった。

「異状なし。どこかでおとなしくしてるか、酔いを覚ましてるのかもしれない」

リビングはきれいに整頓され、乱れたところはひとつもなかった。飾り気のない上品な家具、標準の娯楽用スクリーン、いくつか飾られている写真のなかには幼年時代の容疑者を写したものもあった。

リビングスペースの奥にはキッチンがあり――ここもきれいに片づいている――隣の少女が言っていたとおりだとわかった。たとえおとなしくしているにしろそうでないにしろ、家にティーンエイジャーの殺し屋がいれば、汚れた皿が積み重なっているだろう。

母親の整頓された狭い寝室の向かいにある部屋は、錠が取りつけられ、手書きの紙が貼られていた。

〝俺の部屋にはいるな！〟

「今日はそうはいかないわよ、バリー」

イヴはマスターキーで部屋にはいった。

室内のにおいは母親が貼り紙の注意に従ったことを示している。ゾーナーの吸い殻を盛った小皿から漂う煙草臭さ、シャワーを浴びる必要がある男の汗臭さ、日にちがたったブリートの食べ残しの異臭。

床には汚れた衣類が散乱し、コーラ・ブラストの空き容器や安い自家製ビールがはいっていたとおぼしき茶色の磨《す》りガラス瓶が転がっている。

シーツは今年になってから取り替えていないだろう。表面を飾る多様な染みを見て、自分がこれらを調べる担当でないことを感謝せずにはいられなかった。

ピーボディが吐き気をこらえるような音を漏らした。「それが科学的に可能かどうか知りませんけど、この部屋には絶対、半年分の男子のおならがこもってます」

「可能でしょうね」イヴは食いしばった歯のあいだから息をした。「可能なはずよ」めった切りにされた死体に近づくより嫌々ながら、イヴは狭いクローゼットの前まで行き、肘で押してドアを全開にした。

そして、銀のチェーンでフックにぶら下げた鮮やかに光る赤のバッグを見つけた。

「ピーボディ、捜査キット」

「シール剤のミニ缶を持ってます」それを手渡されると、イヴは両手をコーティングし、ピーボディに缶を返してコーティングさせた。

「自分の服はほとんどなくなってるようね——彼がほんとにこのクローゼットを使ってたらの話だけど。でも、彼はこのバッグを残してる」

「どこかよそに泊まってて、これは誰にも見られたくないからかもしれません」ピーボディが考えを述べる。「〈バンガーズ〉の本部にいるのかも」

「そう、その手もあるわね、レオが令状の効力のおよぶ範囲を拡げられるかどうか確かめてみないと。彼を逮捕できたとしても、ほかのふたりに、それと殺しを命じた者にも危険を知らせることになる。彼はそこにいるかもしれないけど、運がよければ逃げるし、運が悪ければ死んでる」

イヴはフックからはずして、バッグをあけた。

「これ見て」

ピーボディはなかをのぞき込んだ。まがい物の金でできた派手なフープイヤリング。「うわっ、ダラス、彼は血を拭き取ってもいませんよ」

「ダフのものだろうけど、ラボに送って確認させる。あなたのポケットに証拠品袋がはいってないなら、やっぱり捜査キットが要るわ」

「ゆるいパンツのため」ピーボディは歩きだした。

「制服組に警戒を解いて待機するように伝えてきて」

イヴはバッグからイヤリングを取り出し、つぶさに眺めた。血だけでなく、微細な肉もついている。

光るもの、と考えながらクローゼットから出て、部屋を見まわす。この殺人カササギは逃げるときに大事な光るものを置いていくだろうか？

汚れた服や、ほつれたシャツはクローゼットの床に放りっぱなし。靴はない。

バッグを慎重に持ったまま、イヴは姿勢を低くしてベッドの下をのぞいた。そこにも服が散らばり埃《ほこり》だらけになっている。何やらかび臭い代物が載った皿もあった。

靴はない。

三段チェストの抽斗をひとつあけると、床までたどりつかなかった見事に汚れた靴下がはいっていた。

ピーボディが急いで戻ってきた。「降参してエレベーターを使いました。こっちのほうが速いと自分に言い訳して」

「イヤリングを袋に入れて、それをバッグに戻して、そのバッグを袋に入れて。この部屋には靴がないのよ」

「一足しか持ってなかったのかもしれませんよ」ピーボディが指摘し、証拠品を袋に入れ、記録して封印した。

「まあそうかもね。今後の段取りを説明する。ゆうべの警官ふたりに彼らの本部を張り込ませる――ザッター巡査とノートン巡査に、エイムズが出入りするかどうか見張らせるの。巡査たちに指を鳴らす癖のある男について知らないかもきいてみて。その線を押せるかもしれないから」

イヴは歩きながら考えた。「エイムズはリンクを持ってるはずだし、十七歳だから、死んでないかぎりそれを使う。そっちはEDDに担当させて、彼の居場所を突き止められるかどうか試してみる。それはわたしが連絡するわ。あなたは今ブルペンにいる手すきの者を見つけて、彼らに状況を説明する。そして〈スカイ・モール〉に行かせて母親から話を聞く」

「あの子の時間の把握が正確なら、母親はもう帰路についてるかもしれません」

イヴはリスト・ユニットを見やった。「くそっ。そのとおりだわ。職場は遠いんだった。じゃあ、こっちに張り込ませて、彼女が帰りしだい話を聞くことにしましょう。彼女は息子の部屋にはいらなかった。もう何週間も。息子が錠を取りつけてからいっぺんもはいってないでしょうね。息子がどこにいるかは知らない。でも、何か知ってるかもしれない。だいたい誰がこんなにおいに我慢できる？」

イヴはアパートメントを出て、ロックを解除したドアをあけたままにした。外に出ると、カーマイケル巡査とシェルビー巡査の役目を解いた。

「われわれがここを見張ります、警部補」カーマイケルが言った。「ほかのチームが到着するまで。張り込みには気持ちのいい夜だよな、シェルビー？」

「ほんとね。警部補、われわれのリンクには容疑者のＩＤ写真がはいっています。聞き込みを開始したほうがよければコピーを作成できます」

「まだいいわ。このへんにも彼のことを変態野郎とかぐうたらなチンピラと思わない者がひとりはいるでしょう。彼がどこかでだらだらしてるだけなら、警戒させることになる。とりあえず張り込みだけしてて」

セントラルに戻る車中で、イヴはＥＤＤに連絡した。

「フィーニー、追跡と標的の位置が必要なの」

「僕はビールとスクリーン・ゲームが必要だ。なんだよ、今夜は女房が女子会でいないんだ。あのおいしいアンチョビのピザを買って帰ろうと思ってるのに」

「マクナブにやらせればいいじゃない。わたしはまだピーボディと一緒なの。だから彼もまだセントラルにいるわよ。ほかの者でもいいけど。追跡と標的だけでいいから。名前はエイムズ、バリー」イヴは住所を伝えた。「リンクは母親の名前になってるかもしれない。彼女は——」

「きみは僕がどこかのろくでなしの母親の名前を突き止められないと思ってるのか？　僕の時間を無駄にするのはやめてくれ。ああ、アンチョビ」フィーニーは垂れ下がった目を一瞬輝かせた。「女房が家にいるときはそれを食べることさえできないんだ。きみの必要なものが手にはいったら坊やが連絡するよ」

「わたしたちも女子会をしましょうよ」ピーボディが言った。「クラブで——ちがう、ピアノバー！　上品な。みんなでおしゃれなカクテルを飲んで、そして——」

「ピアノバーでおしゃれなカクテルに酔った女たちとわたしがどんな会話をするか考えてみなさい。母親のほうは誰が担当したの？」

「サンチャゴとカーマイケルです。だから——くふっ——カーマイケルがカーマイケルを解放することになります。ザッターとノートンは〈バンガーズ〉の本部を見張ることを上司に相談して、何も問題ないということで了解を得てます。あと、ザッターが指を鳴らすやつを見かけたことがあると言ってました。確信ありげに。名前はわからないし、新入りでないかぎり〈バンガーズ〉の正式メンバーじゃないだろうけど、その男が下っ端数人とつるんでるのを見かけたとか。大男で、彼らの話では、身長一九〇センチ弱、体重百二十キロぐらい。黒人で、年は二十歳前後。彼らは情報を集めてみるそうです——やり方は承知してます」

またしても十代の殺人者か、とイヴは思った。

「何者だとしても、彼がやったのは若くてバカな下っ端を引き寄せること。そういうのは認められて名を上げたいという思いから、命令を実行するタイプ。だから、ずさんなのよ」

イヴはコップ・セントラルに車を寄せた。「報告書を仕上げて。マクナブが標的を突き止めたらすぐ知らせてね。あとはそれが終わったら、マクナブとふたりで〈カーサ・デル・ソル〉に寄って、ピカリングの上司や同僚の話を聞いてから帰宅して」

「警部補は帰るんですか」

「わたしは資格を剝奪《はくだつ》された低俗な弁護士に会いにいく」

「わたしも行きます」

「この件については、低俗な弁護士たちのことをよく知ってる人物を引き込もうと思ってるの。報告書を仕上げて、マイラにも送っておいて。プロファイルに役立つかもしれない」

「任せてください。令状の効力を拡げる件、レオに確認してみましょうか——念のために」

「お願いする。さあ行って」

イヴは低俗な弁護士の住所を打ち込んで車を発進させ、ダッシュボードのコンピュータでロークに連絡してみた。

「警部補。これから帰るところなんだが、きみはちがうようだね」

「そうなの。犯人のひとりを突き止めた」

「仕事が早いね」

「一概には言えないけど」イヴはここまでの状況を説明した。

「それは盛りだくさんの一日だったな」ロークは感想を言った。「そのうえまだあるんだろ」

「そう。あの部屋にこもった男子のおならの名残は余計だったけど、仕事だからしかたないわね」

「その特別な経験を僕に分けてくれたお返しに、喜んで全力を尽くすよ」

「話を聞いただけじゃ経験にならないから、ほんとに。そんなわけで、エイムズには広域手配《BOLO》をかけた。わたしはほかの線をたぐる。あなたの線も追加して寄り道するっていうのはどう？」

ロークはほほえんだ。「どこに寄るんだい？」

「サミュエル・コーエンという人物を訪ねようと思ってる。ジョーンズの不動産関係のビジネスパートナー」

「ああ、野心家で進取の気性に富んだ街のギャングか。そういうやつ、よくいたな」

「でしょ。だからそのビジネスパートナーと話すとき、あなたがそばにいると便利だと思ったわけよ」

イヴはのろのろ走行の大型バスを軽々とよけ、すばやくバスの前に出て、次の角を折れた。

「資格を剝奪された弁護士よ、覚えてる？　自分の半分くらいの年のストリッパーと一緒に暮らしてる」

「それなら資格を失った不運を補えるかもしれない」

「そうね、男性器《ディック》がついてる者はたいがいそう思う」

「ダーリン、それは性差別だ。同じことを思う美しいレズビアンもどこかにきっといるはずだよ」

「オーケイ、認める。ちょっと待ってて」

イヴはアクセルを踏み込み、二重駐車していた大型バンと、道路にドリルで穴をあけている作業員のあいだの針のような隙間を縫い、歩行者が横断歩道を渡りだす直前に猛スピードで交差点を通り抜けた。

「とにかく――」

「今の野次と怒号はきみに向けたものかい?」

「たぶんね。そのストリッパーの名前も書類に載ってるの。住まいはローワー・イースト・サイドにある」

「住所を教えてくれ。現地で合流しよう」

イヴは住所を告げてから付け加えた。「ちゃんと偉そうな金持ち野郎のスーツを着てきてよ」

「それ以外のスーツは持ってない。それじゃ後ほど」

ニューヨーク市の全人口の半分はいそうな大勢の人間のなか、渋滞を押しやるように車を進ませながら、イヴはバリー・エイムズの母親の遠距離通勤のことを考えた。空中トラムか通勤バスで、よほど運がよくないかぎりおそらく一時間はかかるだろう。

母親が一日じゅうほとんど立ちっぱなしで客の相手をし、激務を終えて——兵隊の割増賃金をもらってもいいくらいだ——疲れた体を引きずるようにして帰ってくるあいだ、息子はあの汚らしい部屋でゾーナーを吸いながらだらだらして屁《へ》をこくか、外に出て人を殺しているのだ。

帰宅して戸口に警官がいるのを見たら、母親はどう思い、どんな反応をするだろうか。

あきらめる、身構える、泣く?

どれもありそうだけれど、ショックだけはないだろう。

ドラ息子エイムズの勤勉な母親は、職場のそばに小さなアパートメントを見つければいいのだ。とはいえ、自分だったら郊外に埋もれるくらいならスタナーで撃たれるほうがましだ。だけど、息子が投獄されれば――モリスの検死台に載るのでないかぎり当然そうなるだろう――一日に二時間余計に費やして、ぐうたら息子のためにマンハッタンに二部屋のアパートメントを借りる意味はなくなる。そいつは部屋代を払ってくれる人を敬う気持ちなどかけらもなく、自室のドアに錠を取りつけ、貼り紙をして母親を締め出したのだ。

それはひとまず脇へやり――自分が考える問題ではないから――イヴは駐車スペースを探しはじめた。縁石から離れようとしているセダンを見つけると、垂直走行に切り換えて前進し、上空で旋回しながら慎重すぎるドライバーがじりじりと出ていくのを待った。

セダンのリヤバンパーがどいた瞬間、下降ボタンを押し、先に駐車しようとしていた小型ATVの希望を打ち砕いた。

満足して、イヴは街を横切る賑《にぎ》やかな通りに降り立った。歩道に上がり、往来する人々の流れに交じる。大半が薄手のジャケットかシャツだけという恰好《かっこう》で、爽《さわ》やかな夜を楽しんでいる。ギリシャ料理店からはピタサンドやケバブのにおいが漂ってくる。開け放したドアの前にあるテーブルにはすでに客がいた。

数ブロック先の〈バンガーズ〉の本部がある界隈とは大ちがいだ。

混雑する通りでは場所を占領する配送トラックが邪魔で、やかましくクラクションが鳴っている。急ぎ足で過ぎる女性の二人連れは、神の賜物《たまもの》だと自認しているフリオとかいう男のことを話しながら、仕事のあとの一杯をやりに酒場へはいっていった。

エアボードに載った少年が悪魔のような笑顔で走り去った。この界隈なら、街をうろつくチンピラたちに殴られてエアボードを盗られる恐れは少ない。

イヴはコーエンが住む建物の前で足を止めた。一階に二戸、二階に二戸の瀟洒《しょうしゃ》な四戸建てで、外壁は色褪《いろあ》せた赤レンガ、ドアは真っ白だった。四戸ともまずまずのセキュリティ対策が施され、どの窓にもプライバシースクリーンが作動しているようだ。

データによれば、コーエンとヴィンはふたりとも西側のフラットを所有している。この閑静な中流ないし上流階級が住む界隈では安い買い物ではないだろう。

ロークがこちらへ歩いてくるのを見つけ、イヴはその場で待った。道行く人たちが振り返って見ている。連れを肘でつついてから、胸に手を当てた女性もいた。

たしかに、彼には見る者の胸をときめかせるところがある。

そばまで来ると、ロークはイヴの手を取り、止めるまもなくキスした。

「勤務中よ」

「そして観察している」とロークは言った。「隅から隅まで。快適な夜だね、容疑者を尋問するには」

「容疑者を尋問する夜はいつだって快適よ。だけどコーエンは容疑者というより関係者として攻める。彼はジョーンズのビジネスパートナーよ。彼は〈バンガーズ〉とも取引があるのか。〈バンガーズ〉のことをどこまで知ってるのか。話してみる価値があるわ。彼はこちら側のフラットを二フロアとも所有してる」

イヴは玄関まで行き、ブザーを押した。

少ししてインターコムがザーザー言い、続いて女性の陽気な声が聞こえた。「まあ、ジミー、速かったわね！　すぐ行くわ」

「ヴィンかもしれない」イヴは言った。「エルデナ。例のストリッパーよ」

「飛んできたんでしょう。あたしはまだ――あら」

この女性は自分の仕事にふさわしい体をしている、とイヴは思った。目下のところは黒いタンクトップとぴっちりした黒いクロップトパンツがその美しい曲線を覆っている。焼き栗色の髪は後ろで一本にまとめ、大きな茶色の目が際立つ顔は完全にノーメイクだった。

裸足の爪は鮮やかな緑に塗られている。

彼女は若く、純情そうで、驚いているように見えた。

「ごめんなさい、てっきり中華料理店のジミーだと思ったの」

「NYPSDのダラス警部補です」

エルデナはイヴが差し出したバッジを見て、眉をひそめた。「どんなご用――」そこで言葉を切り、大きな目をさらに見開いてロークを見た。「あら、あら！　ダラス。ダラスとローク。わお、『ジ・アイコーヴ・アジェンダ』すごくよかったわ。えーと、そんなこと起こるわけないと思うことが起こった感じ。〈レッド・ドラゴン〉のヌードルよりこっちのほうがずっといいわ。そっちもすごくおいしいんだけど。なかにはいりたい？」

「そうできれば」

「ごめんなさいね、振りつけの練習をしてたから散らかってるけど。あたしはダンサーなの。どうぞなかにはいって座って。コートをお預かりするわ。何か飲む物は？」

「われわれはけっこうです。ミズ・ヴィン――」

「あら、お願い、エルって呼んで」

「警察の用件で伺ったんです。あなたとミスター・コーエンとお話ししたくて」

「あら。そうよね。ごめんなさい、ちょっと興奮しちゃって。サムはオフィスにいるの。呼んでくるわ。ほんとうに飲み物は要らないの？」

「われわれはけっこうです」イヴは繰り返した。

「じゃあ、くつろいでてくださいね。すぐ戻るから」

エルデナが栗色のポニーテールを揺らしながら急いで去っていくと、イヴはかぶりを振った。「ね、ほらね。わたしが言ったでしょ。オスカーのせいで余計やりにくくなるって。警察が訪ねてきたのに、あら、あの映画すごくよかったわですって。まったくもう」

同情するふりをして、ロークはイヴの背中をそっと叩いた。「実に耐えがたい重荷だね」

「ほっといてよ」イヴはボソッとつぶやき、リビングエリアを観察した。

ストリッパーと低俗な元弁護士が住んでいるのだから、もっと華美な部屋を想像していた。ところが、壁紙は落ちついた淡い緑で、可愛い花が舞っている。家具はシンプル志向で、大きなU字形のクリーム色のソファ――もちろん、鮮やかな凝ったクッションに覆われている――は趣味がいいとさえ言える。椅子は緑とクリーム色の幾何学模様だった。揃《そろ》えすぎで、いくらか不自然なところはあるものの……そう、世間並みだ。

「きみがよく目にする悪の巣窟《そうくつ》ではないね」ロークが笑いかけた。「少しがっかりしているだろう」

「がっかりはしてないけど、面白い。ごく普通の印象を与えるところが」

急ぎ足で戻ってくるエルデナの室内スキッドの音が聞こえ、イヴはそちらを向いた。「彼はリンク中なの――話をまとめにかかってるわ。どうぞ、座ってください」

エルデナはみずから腰をおろし、美しい脚を組んだ。「あたしでお役に立つことがあるかしら。ご近所で何かトラブルがあったんじゃなければいいけど。ここに住んでから一度もないのよ」

「マーカス・ジョーンズとの事業提携についてお話をうかがいたいのですが」

「誰との?」

「マーカス・ジョーンズ」イヴは繰り返した。「スライスという名前でご存じかもしれません」

「そうは思わないけど。あたしは誰とも事業提携してないもの」エルデナはとまどいながらも、にっこり笑ってみせた。「あたしはダンサーだから」

「捜査の過程で読んだ書類に、あなたとジョーンズの取引関係が見つかったの。ジョーンズとミスター・コーエンとあなたがニューヨークにいくつかビルを所有しているという」

エルデナは心から笑った。「あら、それはまちがいよ。残念だけど、あたしたちはビルなんて所有してないもの。それがほんとうだったらいいけど!」

嘘はついてないようだ。ますます面白くなってきた。イヴはPPCを取り出し、〈バンガーズ〉の本部についての書類を呼び出した。立ち上がって、それをエルデナに差し出す。

「それはあなたのサインか?」

「さあ……でも、そのようね」

イヴは書類をスクロールし、別の不動産のものを表示させた。「これはどう?」

「わけがわからない。これは……」エルデナは顔をあげてイヴを見た。

目を丸くしているが、頭は悪くない。「これはどういうことなのか知りたいわ、いいでしょ? なんの捜査なの?」

「殺人事件です、ミズ・ヴィン。二件の殺人」

顔からさっと血の気が引いた。「殺人。誰が? どうやって? あたしとサムに関係あるはずないわ。そんなことありえない。どういうことなの?」

廊下を急いでこちらに向かってくる足音がした。「さあさあ、誰が来ているのかな、キューティパイ、すごく特別とはどなたのことかな?」

サム・コーエンの満面の笑顔は、部屋にはいってくるなりこわばった。彼は必死に笑顔を繕った。「エル、警察が来ていると教えてくれればよかったのに」

「あなたを驚かせたかったのよ」彼を見つめる大きな目は冷ややかだった。「驚かせたかったの」

12

コーエンは笑みを絶やさなかったが、その笑顔は弱々しく見えた。身長は一六〇センチ弱、紺のスポーツジャケットと白のシャツの下の腹は少しぶよぶよしている。秀でた額から後ろに梳《と》かしつけた黄金色の髪に白いものは交じっていない。青い目からは不安と打算がうかがえる。

「はっはっ！」と声を出すと、調子を取り戻したらしく、ゆったりと奥に進んできた。「可愛いエル、家事ドロイドに言いつけて、お客様にコーヒーをお出ししたらどうかな」

「われわれはコーヒーを頂きにきたのではありません」

イヴのにべもない口調にコーエンは出鼻をくじかれたが、快活な声で続けた。「それじゃあまあ、私のオフィスで話しましょう」

「ここでけっこうです。ミスター・コーエン、われわれはあなたとマーカス・ジョーンズの仕事の関係について話し合うためにきたのです」

「関係と言われても、仕事は仕事だ。エル、席をはずしてくれ」

「彼女にもいてもらいます」イヴは言った。「ミズ・ヴィンのお名前も、あなたとミスター・ジョーンズが保有する不動産の書類に載っているので、彼女にもうかがいたいことがあります」

「そうよ、いったいどういうことなの、サム?」エルデナはもはや陽気とはいえない声に悪意をにじませた。「どうしてあたしたちは不動産を持ち、ビルを所有してるのに、ここのバカ高い家賃を払うためにあたしは週に五日〈バンプ・アンド・バング〉で服を脱いでるの?」

「それは少々込み入ってるんだよ、ベイビー、複雑なんだ。我々は投資したんだ。きみの将来のことを考えているんだよ。私は――」

エルデナが指を突きつけると、コーエンはまるで喉を切られたかのように言葉を切った。

「あなたは言ったでしょ。あたしたちがなんとか生きていくには、いい家で暮らすには、あなたのコンサルタント業が軌道に乗るまで、あたしがあのクラブで働きつづけるしかないって。それなのに不動産を所有してて、あたしが聞いたこともない男と組んでビジネスをしてるなんて。その書類にはあたしのサインがあったけど、そんな話は全然聞いてないわよ」

「ゆっくり話そう、全部話すから心配しないで、スウィーティ」手を叩いて安心させようとしたが、エルデナはその手をさっと引っ込めた。

「何が問題なんだ?」コーエンは強い口調でイヴに言った。「不動産を所有するのは法律違反ではない」

「あなたのビジネスパートナーのマーカス・ジョーンズは、現在〈バンガーズ〉という街のギャング団のリーダーであり、違法麻薬取引、個人情報泥棒、みかじめ料取り立て、無認可の風俗店経営などをおこなっています」

「嘘でしょ、サム」悪意は恐怖に変わった。「なんてこと!」

「ジョーンズは目下二件の殺人の容疑者です」

「私にはまったく関係のないことだ」コーエンは両手を振って何もかも払いのけるような仕草をした。「形はどうあれ、私には法的に責められるべき点は何ひとつない。その犯罪をおこなったとされる人物は、私の不動産投資に少数持分を有するだけだ」

「ジョーンズのギャング団の本部がある建物も含めてですか?」

「もう吐きそう」真っ青になって、エルデナは胃を押さえた。

「エルデナ、いいから黙っていなさい!」コーエンが語気を荒らげると、エルデナの顔に血の気が戻った。

「なんですって?」エルデナは拳を握り締めて腰に当てた。「うるさくて悪かったわね」

「これは法的な事柄なんだよ、エル」口調は穏やかになったものの、コーエンはそこに威厳をこめた。「きみは何も言わないほうがいい。誰かが来たようだよ」ブザーが聞こえて、そう言い足した。

エルデナは胸の前で腕を組んだだけで、動こうとしなかった。

「そうかい、もういい！　私が行ってくる」

「ご一緒しますよ」ロークが氷のように鋭い笑みを浮かべ、腰をあげた。「あなたが外の空気を吸いにいきたくなる場合に備えて」

「ふざけるな」

コーエンが足音荒く出ていくと、ロークはゆっくりあとを追った。

「あたしはなんにも知らなかったの」こちらを向いたエルデナは、訴えるように両手を差し出した。「何ひとつ、ほんとよ」

「信じるわ」イヴは言った。

「でも、でも……」目をぎゅっと閉じてから、エルデナは握った拳で胸を叩いた。「書類は読まないでサインした。バカみたいでしょ。書類関係はサムがなんでもやってくれるから、税金とか保険とか、だからあたしは知らないの。彼が、ほらここにサインして、スウィーティって言うから。ああ、どうしよう」

コーエンが足音荒く戻ってきて、テイクアウトの袋をドサッとテーブルに置いた。「エルデナ、この人たちは心底きみのことを思ってくれたりなどしないんだよ。ここは私に任せて、あとでふたりきりで話そう」

「マーカス・ジョーンズと知り合った経緯を教えていただけませんか」イヴは尋ねた。

「依頼人を通じてだ」

「それは元依頼人ということですね。あなたは資格を剝奪されているから」

コーエンの目に鋭い怒りがさっと浮かんだ。「そんなことはどうでもいい。それに私はそのまちがいを正すつもりなんだ。ジョーンズとは完全にビジネス上の関係しかない。彼がダウンタウンの不動産を購入したがっていると聞き、私は投資先を探していたから、彼とパートナーシップを結んだ。それだけのことだ」

「彼の犯罪歴やギャング団とのかかわりは知っていましたか」

「そんなことはどうでもいい」コーエンは繰り返し、また手で払いのけた。「完全にビジネス上の関係だ」

「あなたとのビジネスに、ジョーンズが犯罪行為で得た資金を投資していたらどうでもよくなくなります」

「だったらそれを証明して、彼を逮捕しろ」

「ミスター・ジョーンズと最後に会うか話すかしたのはいつですか」

「我々は不動産に関する問題がないかぎり、連絡しあう必要はない」

「答えになっていません」

コーエンは冷ややかな目で壁を睨《にら》みつけた。「思いだせない」

「あなたは数百万ドルの不動産を共同で所有するパートナーと最後に会うか話すかしたのがいつか思いだせないのですか」

「数百万」エルデナはささやくように言った。

「書類上のことだよ、スウィーティ。きみはビジネスの仕組みを理解していないんだ。私はミスター・ジョーンズの私生活については何も知らない。捜査の役には立てないようだから、これ以上何も言うことはない」

「これはどうでしょう。昨夜六時から十時までのあいだは、どちらにいましたか」

「無礼にもほどがある！　私は在宅していた、エルデナと一緒にな」

「六時から少なくとも八時までは家にいたわ」エルデナが裏づけた。「あたしは八時ごろ外出した――生活のために働きにいった。でも彼は、少なくともそれまではここにいたわ」

「帰宅されたのは何時ですか、ミズ・ヴィン」

「三時ごろ。サムは寝てたわ、いつものように。あたしが何時間も裸の状態や、裸になりながら、歩合給をもらうためにろくでなしたちにラップダンスをして帰ってきたときには」

「それも全部もうすぐ終わるよ」コーエンがなだめた。

「あいにくですね」イヴはいやなことを思いださせることにした。「あなたとジョーンズが、それにどうやらミズ・ヴィンも、彼女が働いているクラブを所有しているのは」

「あなたは――」息が詰まり、エルデナは息を求めるように手のひらの付け根で胸を押しあげた。「どうしてそんなことを？　よくもそんなことができるわね」

「全部説明するよ、説明するから」

「すると、午後八時から午前三時までのアリバイはないということですね」イヴは割り込んだ。

コーエンは憎々しげにイヴを睨んだ。というか、睨もうとしたがその目には怯《おび》えが浮かんでいた。「私は家にいたんだ。アリバイの必要性もない」

「よく考えてみて」イヴは助言してやった。

「面白いね？」ロークが世間話のように言った。「たとえ褒められたものではないとしても法律家としてのバックグラウンドを持つ者が、複数の人間とパートナーシップを結ぶのに、その相手のことをほとんど知らないと主張するとは。自分のことをバカか嘘つきだと認めるようなものなのに」

「その両方かも」イヴは調子を合わせた。

「うん、そうかもしれない。さらに、もうひとつ。その人物はパートナー――こっちも褒められた人間ではない――の別のベンチャービジネスでも経済的利害関係があるかもしれない。違法なビジネスのね」

「この面談は終わりだ」コーエンはいきなり立ち上がった。「私とまた話したいなら、私の弁護士を通してくれ」

「そうします」イヴは腰をあげ、名刺を取り出してエルデナに手渡した。「何かほかに思いついたことがあったら、わたしに連絡してください」

「ありがとう。ドアまでお送りするわ」

「そんな必要は――」

エルデナはコーエンに食ってかかった。「今度はあなたが黙ってて」

彼女がドアをあけると、ロークはその腕に触れた。「警部補はこの件に関してきみに助言できない立場のようだ。その点、僕は自由だからね。きみは自分の弁護士を見つけたほうがいい。優秀な弁護士を」

「ありがとう。そうします」

歩きだしながら、イヴはロークを見やった。「最後の台詞――彼女にじゃなくて、彼への。あれはタイミングがよかった。それにあれも、なんだっけ、嘲弄《ちょうろう》も気が利いてた」

「偽りのない言葉だ」ロークは車のそばで足を止めた。「なあ、僕が何かちょっと手を貸したあとで、きみはいつも僕に借りができたと言うよね」

「ええ」

「それを返してもらいたい」

「具体的には？」

「きみは僕に今のどうしようもない男のことを調べてほしいだろう。そして僕が証拠を見つけたら彼を葬る。彼はまだいろいろ隠していることがあるし、そのどれかはきみの事件に役立つ可能性がある。そうじゃなくても、僕は彼を調べたい、深く掘り下げたい。未登録の機器は使うべきではないが、もし必要になったら僕は使う。それで借りはチャラだ」

「未登録の機器が必要になったら教えて。未登録の機器で発見したものが捜査にかかわるものだったとき、どう対処すればいいか知っておきたいの」

「了解。きみが運転してくれ。僕はすぐ取りかかる」

車に乗り込むなりロークがＰＰＣを取り出したので、イヴは何も言わず作業させてやった。こっちにも考えたいことがいろいろある。

コーエンが極悪人であることはまちがいない――嘘つきで、ペテン師で、おそらく詐欺や脱税も働いているだろう。彼が〈バンガーズ〉の上がりの一部を受け取っていると知っても、ちっとも驚かない。

問題は彼がどこまで深くかかわっているかだ。ビジネスだけなのか。そのビジネスに殺人の共犯は含まれるのか。

なぜあの女性の名前を書類に載せたのだろう？　ロークに尋ねてみたかったが、彼はすでにひとりごとをつぶやきながら作業に没頭している。

イヴにも持論がないわけではない。不動産はすべてローンが組まれていた。彼女は隠れ蓑《みの》なのではないか。何かまずいことが起こったとき、彼女に責任を押しつけようとしているのでは？

それを考慮に入れ、イヴは部下に連絡してあの住居の見張りを命じた。もしコーエンが出かけるなら、その行き先を知りたい。

「ジョーンズとのパートナーシップは会社の設立にまでおよんでいた」作業を続けながら、ロークが言った。「〈コージョ・コープ〉。彼らはその会社を賃貸料の振込先として、それに維持費、税金、保険を支払う際に使っている。どれも妥当な金額で、彼らは毎月その収益の一部を受け取っている――彼らの申告に基づいた話だけどね」

「もっとほかにも見つけたんでしょ」イヴは自宅の門をくぐりながら言った。

「ああ。家に持ち帰って調べるまでもなく隠し口座をふたつ見つけた。いとも簡単に。ちょっと残念だよ、未登録の機器で遊ぶのは楽しかっただろうから。彼はこちらを手こずらせてくれるほど優秀ではなかった」

「あるいは、あなたが優秀すぎて手こずる必要がなかったか」

車を降りると、ロークはボンネットの前をまわってきて、イヴの両手を取った。「きみが僕たちの書類を読みもせずにサインしたなんてことは絶対に知りたくない」

「ざっと目を通してるわよ」ときどき。「あなたに騙《だま》されたとしても、わたしは警官よ。知らないうちに仕返しする方法は知ってるの。たとえば、ワインに鎮静剤を盛って、あなたにおむつと乳首隠しをつけてからオフィスに入れて、その画像を世界じゅうに発信するとか」

「ずっと考えていたんだろう」

「わたしの自由時間にね」イヴはロークの両手をぎゅっと握ってから、手を離して彼の頬を包んだ。「結論は、彼女が愛する男を信じるのは悪くない――あれは愛にちがいないから。彼は金持ちでもなければ、ハンサムでもなければ、権力もない。彼女はただ悪い男を愛してるだけ。わたしはちがう」

「やれやれ」ロークはつぶやき、顔を寄せて、イヴの口に優しく、長く、甘いキスをした。

「あとは、あなたのボクサーパンツ全部に、あなたのモノに膿《う》んだ腫物《はれもの》ができる菌を塗り込んでおく」

ロークは思わず顔をしかめた。「まいった、きみは自由時間がありすぎたようだな」

「わたしはリストを持ってるの」玄関のドアをあけるロークに言った。「彼の分もね」と言い足し、指でサマーセットを撃つ真似をした。

サマーセットはぴくりと眉を上げただけだった。「またしても目に見える傷がない。連続記録のようでございます」

「彼はコチコチだから尻に突っ込んである棒を摘出してあげる。それがないと全身がくにゃっとなって、悪鬼の水たまりと化すの」

イヴはコートを階段の親柱に放った。「あなたは膿んだ腫物の手当てに追われるから、彼を生き返らせることはできないわね」

「何もきかないでくれ」ロークがサマーセットに話しているすきに、イヴは猫をしたがえて階段を登っていった。

ロークはあとを追った。。

「僕はこれにあと三十分ほしい」とイヴに言う。「きみも事件ボードを用意したいだろう」

「三十分でちょうどいい」

イヴは事件ボードに取り組んだ。二件の殺人。なのにこのホームオフィスにはいってから、そのどちらにも五分と費やさずに終わった。だが、捜査は進展している。

コマンドセンターにつくと、イヴはコーエンとヴィンの事情聴取のメモをまとめた。ロークがはいってくると、指で宙に円を描いた。「あと五分必要」

「食事もだ」

ロークはキッチンに進み、メニューを考えた。イヴが作業を終えたとき、テーブルには蓋《ふた》付きプレートとワインが用意されていた。

「ねえ、彼はヴィンとちがって誰がどうやって死んだのか尋ねなかったわ」

「僕も気づいた」ロークはワインを注ぎ、蓋を取った。

「コーエンも一味だったか、その件を聞いてたから。もしくはわたしたちがジョーンズを訪ねたあとで、彼から法的な助言を求められたから」イヴは席につき、マッシュポテトに――ロークの考えでは――多すぎる塩とバターを足した。

「今言った全部かもしれない」

「かもね」イヴはマッシュポテトを食べ、ちょうどいい味だと思いながらポークメダリオンをさらにカットした。「肝心なのは、コーエンがこれからどこにどれだけ時間をかけるかね――やるかやらないかではなく」

「脱税の証拠はつかんであるよ」

「もう？」

ロークはグラスを見つめ、ワインを飲んだ。「これについては見返りを要求しておけばよかった。だが、すんでしまったことをとやかく言ってもしかたない。ペーパーカンパニー――あまりに薄くて吹けば飛ぶような幽霊会社。彼は偽のＩＤで六つある口座のどれかにアクセスするだろう」

「六つも？」

「正式な口座やジョーンズと共有している口座は除いてね。エルデナの収入内で暮らし、周到に確定申告する頭があることは認めてやってもいい。申告していないものは相当ある。ジョーンズとのビジネスでは、ふたりとも申告より多い賃貸料を得ている――つまり、きみはジョーンズを脱税その他の罪でもぶち込めるわけだ。コーエンはさらに住んでいる建物自体を所有し、自宅以外のフラットやエルデナからも高い賃貸料を受け取っている」

「そんな気がしてた。その書類にはまた彼女の名前も載ってるんでしょ？」

「ああ。ジョーンズの名前はないから、それにはかかわっていない。そこはほかの不動産同様、抵当にはいっているんだよ。コーエンはローンを組むために彼女の収入が必要だった。賃貸料は経費を補って余りあり、その利益は銀行に預けている。あの極めつけのろくでなしは彼女の収入の大半を巻きあげている――家賃を払ったりするためだと言って納得させているのだろう。それも預金している。あとで具体的な数字を渡すが、とりあえずのところは、彼は大変な金持ちだと言えるだろう」

いつもロークがやってくれるように、イヴはディナーロールを半分に割って手渡した。「いいわね、詐欺と脱税、好調なスタートだし、彼からそのほかの罪を絞り出すのにうってつけだわ。彼が低俗な目的を持ち、依頼人を通じてジョーンズと知り合ったという話は信じられる。だけど、彼は不動産投資以外のことも知ってる。彼は二件の殺人について質問すべきだった。せめてそれを告げられたとき驚いたふりをすべきだった」

ふたりとも褒美をもらってもいいと感じ、ロークはそれぞれのグラスにワインを満たした。「こう簡単に仕掛けや口座を暴かれるとなると、彼はそれほど利口ではないと言いたいね。当人は自分のことを――僕や故郷の仲間たちの言葉で呼ぶなら――キュートホーアだと思っている。まんまと相手を出し抜くやつという意味だが、彼はへまをやらかしている。この計画を立てるずる賢さと欲深さはあるが、それを成功させる聡明《そうめい》さはない。それがジョーンズのようなやつと手を組んだらどうなるか」

その愚かさがまったく理解できずかぶりを振って、ロークはワインを飲んだ。「すでに警察に知れ渡っている凶暴なギャング。ジョーンズが法に触れることをし、警察が調べだしたら――実際そうなってるわけだが――コーエンは苦境に陥る。救いようのないバカだ」

イヴは料理を食べながらロークを見つめた。「ずいぶん荒れてるわね。簡単すぎて面白くなかったから？」

「それも少しがっかりしたが、ちがう。エルデナ・ヴィンのことだ。コーエンは彼女を利用し、彼女から金を巻きあげながら、その間もずっと彼女の頭を撫でて全部面倒を見てやるからと言い聞かせていた。あれは愛する者が死んだと聞かされるのとはちがう、ほど遠いと言ってもいい。だけどね、イヴ、彼女の世界はあのとき崩壊した。きみにもわかっただろう。彼が自分を愛してくれる女性より銀行口座を重視したから崩壊したんだ」

「わかってよかったのよ」イヴはあっさりと言った。「彼女が今後どうするか様子を見ましょう。面会日にケーキと笑顔を届ける姿は浮かばないし、夫婦水入らずの時間を得ようとするとも思えない。とにかく、彼はキュートじゃない娼婦《ホーア》――どの国の言葉でも全然意味をなさないけど――で、救いようのないバカで、資格を剝奪された低俗な弁護士ってことね。だけど、殺人の共犯としては？」

「それは自分にきいているの、それとも僕にきいているの？」

「両方でもいいかも。あなたからどうぞ」

ロークは食事を続けながら考えた。「彼は小物の、根っからの詐欺師で、騙されやすいカモばかりを狙ってきた――エルデナは彼を愛し、信頼しているから騙しやすい。彼はどこかで詐欺はうまくいっている、万事抜かりないと思っている」

椅子の背にもたれ、ロークはワイングラスを揺らした。「彼にはツキがあったと僕は見ている。若く魅力的な女性をなびかせ、ジョーンズのような者とのコネを作れるんだから。彼はそのふたりがほしいもの、あるいはそのふたりが彼に望むものを与える」

「どんなもの？」

「女性のほうには、感じよく接し、気を配り、心のこもったささやかな贈り物をする、おそらく自分は特別なんだと思わせるようなものを。そうしながら、彼女に将来の希望を抱かせる。もし彼女が今だけの支えなら——精神的にも経済的にも——彼が復活するまでの支えなら、彼女が望むものはなんでも与えるだろう。彼はもちろん、彼女に何か頼んだり重荷を背負わせたりしたくないが、そうせざるをえない。彼女にとって彼は価値のない人間だ」

「それも彼女に自分は特別なんだと思わせるわね。彼が価値のある人間だと証明できる立場にいるから」

「マイラなら、彼女はなぜ彼のような男に引っかかったのかと追究するところだが、誰の目から見ても彼に惚《ほ》れていることはたしかだ。ジョーンズについては、彼は専門家として接する。頭の切れる男であり、弁護士として。厳密に言えば資格は剥奪されているけど、とはいえ、彼は優位に立てる。彼は法の裏表も、抜け道や弱点も知っている。ギャングの誰かが法的な問題を抱えていたら、そこに介入し、こっそりアドバイスする——法の表と裏を。ジョーンズにはものを所有する方法を教え、不動産を見せ、これが自分のものになるのかと考えさせる。強大な力になるぞ、私を信じろ」

ロークに考えをぶつけて不発に終わったことがない、とイヴは思った。それは彼が世の中の表と裏を知っているからだ。

「コーエンに利益の分け前を与えるだけじゃない――ビジネスよ」イヴは言った。「そこにも信頼が築かれる。ジョーンズは弁護士を手に入れる、コネのある人物、たびたび彼を助けてくれる人物、利益がどこから生まれるかうるさく言わない人物。コーエンもそこに関与し、信頼関係を築く。運命を共にする」

「またしてもマイラに敬意を表してプロファイルは任せるけど、ジョーンズはそんな類《たぐ》いの絆《きずな》を信じるだろうか。利益や目に見える建物のほかに。コーエンに何を話そうとも、彼が弁護士と依頼者間の秘匿特権を守ることは信じるかもしれない」

「わたしは驚かない。あなたとわたしが同じことを考えてるとしても驚かない。コーエンは二件の殺人のことを知ってる。事前従犯か事後従犯かはまだ判明してないけど」

かならず判明させる。

「具体的な数字はいつもらえる？」

「時間はそれほどかからないよ」

「それを令状が請求できるような形にまとめて」

ロークは眉を上げた。「どういうこと？　報告書のように？」

「そんな正式なものじゃなくて、明確になってればいい。わたしがそれをレオに送って、彼女が判事をその気にさせられるようなやつ」イヴはほほえんだ。「ひとつ借りができるわね」

「次はもっと慎重に借りを回収しよう。と言いたいところだが、無料でいい。あのろくでなしを葬りたいと言っただろう？　だから満足だ」

「ちょっと待って」コミュニケーターが合図を発している。「ダラス」

「警部補、トレース巡査です。たった今、コーエンが小型のスーツケースを持って家を出ました。彼はラピッド・タクシーに乗り、われわれはあとを追っています」

「そのまま彼を追って、巡査。どこで降りたか知らせて」

「了解しました」

「彼に縁切り状《ウオーキング・ペーパーズ》を突きつけたんだな」イヴが通信を切ると、ロークは言った。「よくやった」

「何言ってるかわからないんだけど。なんで歩くのに紙が要るの？　とにかく彼は動きだしたから、わたしたちもそうしましょう。わたしはレオに連絡して、あなたから令状用の具体的なデータが届くことを知らせておく」

「よし、わかった」ロークは腰をあげ、それから眉をひそめた。「あれは人をクビにするという意味だと思う。解雇通知《ピンク・スリップ》みたいな。ほら、クビになったらまた新たに歩きだすだろう？」

「じゃあ、紙はどうなるの？」イヴはしつこく食い下がった。「ピンク・スリップ——誰も実際にピンクの紙切れなんかもらわないけど——はペーパーだけど、ペーパーズじゃない。だから、ウォーキング・ペーパーよ。なんで普通に『彼に〝消え失せろ《テイク・ア・ハイク》〟と言った』って言わないの？　これも意味が合わないんだけどね。彼はハイキングじゃなくて、タクシーに乗ったから」

仕事に戻るにはもう一杯ワインが必要だと思い、ロークはグラスを満たし、イヴにほほえみかけた。「大好きだよ、イヴ」

「はい、はい、歩きだしましょう」

13

コーエンは遠くまで行かなかった。住居から十ブロックほどのところにあるホテルにチェックインした。

つまり、とイヴは思った。彼はピンクのウォーキング・ペーパーをもらい、タクシーに乗ってハイキングしたということだ。

今は事が順調に進むのを待つしかない。ロークからレオへ、レオから判事へ、そして自分に戻ってくるのを。

イヴはコーヒーを用意し、座ってデスクに両足を載せ、事件ボードを眺めた。

いちばん単純な仮説――ピカリングはどこかでしくじり、自分が情報提供者《CI》であることが漏れた。彼はギャング団を脱退し、そのタトゥーを消そうとし、つまらない集会に通い、つまらない仕事に就いただけでなく、自分の仲間を警察に売ったのだ。

それは許せないだろう。

裁判にかけたり、叩きのめしたり、喉を切り裂いたりせず、ジョーンズは別の方法を思いつく。ふたりの関係は深い——子供のころからの友達だ——から、ピカリングにファミリーを裏切られてはリーダーとしての面子が立たない。ジョーンズはダフに彼をはめる計画を持ちかけ、三人の若い下っ端もしくはギャング志望者に命じて、過剰摂取《OD》の演出をさせる。辱めてやるためのOD。

おまえが俺の面目をつぶすなら、俺はおまえの面目をつぶして殺す。

その場景は目に浮かぶ。ジョーンズのことはもっと狡猾《こうかつ》な男だと思っているが、その場景は見える。

ダフは愚痴が多い、あるいは要求が多いからかもしれない。誰かに話すとほのめかしたのかもしれない。だから殺さなければならない。同じ三人組にそれを命じ、殺すついでに彼女で楽しんでもいいという許しを与える。

その場景は見えにくい。あの犯行現場を選ぶとは思いにくい。でも、受け入れられなくはない。

ただ、しっくりこないだけだ。

「あなたじゃないなら、誰なの?」イヴは考えた。そして、視線と思考をケネス・〝ボルト〟・ジョルゲンソンに向けた。

あの男なら、しっくりくるだろう。

子供のころから粗暴犯、父親は知的犯罪で刑務所にはいり、一家の生活を破綻《はたん》させた。

イヴは行ったり来たりしながら考えた。あなたは金持ちの家に生まれ、何不自由なく育った。豪奢《ごうしゃ》な邸宅、素敵な服。好きなように学校をずる休みし、好きなように弱い者いじめをする。

ところが〝ドカーン〟、父親は刑務所にはいり、母親は仕事を探しだす。家庭は崩壊し、あなたはもう金持ちの子ではなくなる。

ジョルゲンソンの写真の前まで戻ると、イヴはその男ならしっくりくるのを確信した。

彼は〈バンガーズ〉に自分の好みに合った新しい家族を見いだす。トラブルを起こす連中、深刻なトラブルを――だけど、彼はそれを気に入る。トラブルが好きなのだ。

それから実の母親に暴力をふるい、姉に叩き出された。それは悔しかったにちがいない。

彼はジョーンズの下で幹部にまでのし上がる。けれど、さらに上を望む。おそらく――これはマイラの領域だが――いまだに父親が失った地位を求めているのだ。

そして意外なことに、彼はセックスと引き換えにダフを自分の部屋に泊めてやっていた。

ロークが戻ってきた。「レオにデータを送ったから、僕の仕事は終わったよ。でも、きみがセントラルでコーエンを取り調べるなら見物したいね」

「そうしたいけど、彼をひと晩やきもきさせるほうが利口だと思う。令状が届いて、わたしが彼を迎えにいって、連行して、逮捕手続きやらなんやらしてたら、保釈審問会をひらくには遅すぎる時間になる。だから、彼はホテルの部屋でポルノを観たりオートシェフを漁《あさ》ったりおのれを哀れんだりする代わりに、留置場でおのれを哀れんだりわたしがどこまで知ってるかを考えたりするの」

「彼の口座には四百万ドル近い資金がある。不動産持分を含まずに」

イヴは首を振った。「彼にはなんの役にも立たない。不正手段で得た利益だもの。彼は弁護士を雇うのでも保釈のためでも、その資金を引き出すことはできないでしょう。できるとしても、どれが合法でどれがそうじゃないかを選別するには時間がかかるから、どっちにしても手詰まり状態ね」

イヴは続けた。「主犯はジョーンズじゃないと思う。彼はしっくりこないの。ジョルゲンソンのほうがしっくりくるから気に入ってる。でもジョーンズじゃないなら、コーエンの役割は何？　コーエンは絶対何か知ってるに決まってるから」

ロークにはイヴの頭が回転しているのが見えるようだった。「散歩しよう」

「なんですって？」

「歩くんだよ、ペーパーズは要らないやつ。少し冷えてきたが、気持ちのいい夜だよ」

顔をしかめ、イヴは窓のほうを見やった。「暗いわよ」

「明かりはそのためにあるんだ。歩いたら頭がすっきりするよ」

「令状が届くのを待ってるし——」

「コミュニケーターで受け取ればいい。散歩して、池の工事がどうなったか見てみよう」

コミュニケーターは——リンク、バッジ、武器も——すでに身につけていたが、だからといって外に出て、暗がりを散歩する理由にはならない。「あなたは外に出て、暗がりを歩いて、地面にあいた穴を見たいの?」

「ああ、そうだよ」事件ボードから遠ざけて、少し気分転換させるために、ロークはイヴの手を取った。「なんといっても、僕たちの地面にあいた穴だからね」

思考はほとんど堂々巡りをしていたので、イヴはロークに引っ張られるままオフィスを出て、階段を降りていった。

ロークは階下のクローゼットからイヴのコートを取り出した。

「彼はどうしてわたしが翌朝のために出しておいた場所から回収して、クローゼットに吊るしておくの?」

「彼は几帳面《きちようめん》な人間なんだ」

「サマーセットは人間なの？」

ロークはイヴの顎《あご》のくぼみをさっと撫で、自分のコートを取り出した。「通用口から出よう」

この屋敷には数えきれないほどの部屋があり、ドアは優にその三倍はあるだろう。イヴはロークに導かれるままキッチンのほうへまわり、彼がモーニングルームと呼ぶ洒落たソファと小さな屋内庭園があるガラス張りの部屋にはいった。

イヴは足を止めて指さした。「あれはライム？」

「レモンだと思うよ、まだ熟していないけど」

「あなたは家のなかでレモンを育ててるの？」

「ニューヨークの冬には適さないだろうからね」

ロークはガラスの壁に取りつけられたガラスのドアをあけ、すでに照明が煌々《こうこう》と灯《とも》っている外に出た。

「これなら火星からでも見えるわね」

ロークはもう一度イヴの手を取った。「食事のまえに調べておこうと思ったんだが、犯罪者を優先させたのでね」

たしかに悪くない。涼しいけれど寒いというほどではないし、まだ葉をつけていない木々のあいだから差し込む明かりがあたりを照らし、ほっとするような気分にさせてくれる。見上げれば、半月のまわりを薄い雲がすうっと流れていき、街の喧噪《けんそう》はささやき程度にしか聞こえないものの、いずことも知れない国の森を歩いているのではないと教えてくれる。

「あなたが最初に買ったのはどんなもの？　不動産で」

「ダブリンのいかがわしいちっぽけなホテル。すごくおんぼろな建物で、仲間には焼き払ったほうがいいと言われた。だけど僕はほしかったんだ。僕にはその骨組みが見えた」歩きながら、ロークは話を続けた。「手間暇をかけて、金を注ぎ込んだらどうなるかが見えた」

「どうして買えたの？」

「さて」ロークはイヴの髪にキスした。「僕は真珠のネックレスを盗んだ——三連で、留め金には小粒のルビーがついていた。そしてフェリーでリヴァプールの知り合いのところに行き、質に入れた。それでホテルを買う金はできたが、修繕費用は出なかった」

「真珠ね」

「すごく上等のやつだ」ロークは懐かしむように言った。「僕はサマーセットにホテルを見せ、僕がやりたいと思っていることを話した。あとの費用は彼が貸してくれた。八ヵ月後、グリーンという小さいが上品なホテルをオープンし、個人個人に合わせたサービスを求める旅行者にそれを提供した」

「いくつのとき?」

「十六歳前後かな。二年後には彼に返せるだけの金ができたが、彼はどうしても受け取ろうとしないんだ。だから僕たちは共同で所有している」

「今でも?」

明かりに照らされて、こちらを見たロークの目は美しいブルーのきらめきを放った。「僕はいろいろ売買してきたが、最初のものはひとつだけしかない。あれが自分のものになって、初めてなかを歩きまわったとき、じめじめした壁や割れた窓に囲まれ、僕は啓示を受けた。これは僕のものになった。僕はこれを管理することできる。僕はこれを……もっと素晴らしいものに変えることができると」

「その真珠はまだ盗んだままね」

「とても有効な使い方をした。おっと、あったよ。僕たちの地面にあけた穴だ」

イヴはその穴を見た。周囲六メートルくらいの楕円《だえん》形で、そばには強力そうな掘削機が停《と》まっている。ロークと近くまで行き、池を見下ろした。深さは三メートルくらいだろう。

「死体をいっぱい埋められそう」

「代わりに睡蓮《すいれん》を入れよう」ロークはイヴに腕をまわした。「散歩の時季になったら楽しいと思うよ」

「掘り返した土はどうなったの？」

「ほかのプロジェクトのために運び出した。それで思いだしたが、ネブラスカのプロジェクトがもうすぐ完成する。きみに現状の写真を見せてあげないとね」

ロークはこちらを向いてキスした。「そのプロジェクトのために真珠を盗んだりはしなかったよ」

「でも、おんぼろビルは買いつづけてるのね」

「そこが面白いんだよ」ロークはもう一度キスをした。イヴが両腕をあげて彼を抱き締めようとしたとき、ポケットのリンクが鳴った。

イヴは体を離して、リンクを取り出した。「レオ、もう手に入れた？」

イヴが歩きだし、あたりを歩きまわりながらレオに確認しているのを見て、令状を手に入れたなとロークは思った。

聞くともなしに聞きながら、ロークは今後の池のことを頭に描いた。イヴはリンクからコミュニケーターに切り替え、コーエンを見張っている制服警官にきびきびと命じている。

睡蓮のほかに、水辺に向かって花をつけた枝を垂らす柳を植えよう。腰をおろすベンチを置こう。ロークは振り向き、夜空にそびえる邸《やしき》を眺めた。十六歳の少年がおんぼろのわびしい建物のなかを、これが自分のものなのだと知りながら歩いたときのことを思いだした。

そして大人になって、ニューヨークに築いたこの邸のなかを、これが自分のものなのだと知りながら初めて歩きまわったときのことを思いだした。

今の幸せと比べればたいしたことはない。今見つめている邸は僕の警官と共有し、この人生は彼女と共にある。彼女は僕のものであり、僕は彼女のものであることを知りながら。

「制服組がコーエンを連行しにいった」

ロークはイヴのほうを見て、例の冷静な警官の目をのぞき込んだ。「僕に指を突きつけた警官はいなかった。あの真珠を盗んだ少年にも、後にも先にも。パンチやキックはあったが、僕を投獄することはできなかった。もしきみと僕が過去に行き合っていたら、まあ、その点ではどっちが勝っていただろうね」

「勝つのは正義よ、エース。そのためならあなたを追いまわす」

イヴならまちがいなくどこまでも追ってくるだろう。もちろん僕は彼女を愛さずにはいられなくなる。

「いずれにしても、僕はきみに恋しただろうし、きみも僕に恋しただろう」ロークはそばに寄り、イヴを抱き締めた。「大事なのはそれだ」

「そんな気がする。それで……わたしはケーキと笑顔を差し入れするの」

笑いながら、ロークはもう一度イヴにキスした。「やれやれ、いい散歩だった。地面にあいた穴もよかった。さてと、仕事に戻ろうか？」

「ピーボディに状況を伝えなくちゃ。コーエンのほうは朝にする。彼の身柄を拘束したという報告もほしい」

「だから僕が言っただろう」ロークはイヴの手を取り、邸へ向かってゆっくりと歩きだした。「仕事に戻ろう」

いつもより早く目が覚めるとひとりだった。まあ、正確にはひとりではない、とふらふらする頭で考える。腰のあたりに猫が太った体を押しつけているから。脳が目覚めるのを待ちながら、ユタ州ほどの広さがあるベッドで、自分がいつも結局ロークと猫にはさまれて寝ていることを考えた。

おかしなことに、イヴはそれで満足していた。

脳の大半が目覚めてきたので、イヴはベッドから出ることにした。最初にコーヒーを用意し、それを飲みながらショーツとタンクトップを身につけ、ランニングシューズを履いた。コーエンを取調室に入れるまえにひと汗かきたかったので、エレベーターに乗ってジムに直行した。

ランニングマシンには熱帯地方をプログラムしたが、平坦な浜辺ではなく起伏のある地形を選んだ。最初の一キロで大腿四頭筋《だいたいしとうきん》が目覚め、泣きごとを言いだしたので、文句がおさまるまで一定のペースを保った。

三キロめで汗が出はじめたが、イヴは丘を駆け上がり、熱帯雨林のようなところへはいっていった。むっとする湿った空気、どこまでも繁茂する緑したたる草木や強烈な色の花々のなかを走り抜ける。

ちょっと薄気味悪かったので、イヴはペースをあげた。さらに五キロ追加し、崖から噴出する滝のふもとにやってきた。滝の水は青い川に叩きつけられ、奔流となって流れていく。翼を広げた幅が大型バスほどありそうな白い鳥が舞い降りてきて、水面すれすれを飛んだかと思うと、その長く尖《とが》ったくちばしに跳ねる魚をくわえていた。

あの目にはまちがいなく殺意があったと思いながら走りつづける。前方にゆるやかにカーブする白い浜辺と砕ける波が見えてくると、ほっとすると同時に達成感をおぼえた。

イヴは背中に滝の轟音《ごうおん》を残し、花のように鮮やかな色合いの鳥が飛翔《ひしょう》するなか、一定のペースを保ってそちらを目指した。最後の一キロは全速力で走り、浜辺に着いたときには丘の緑したたる草木のように汗をしたたらせていた。

ペースを落とし、ジョギングで呼吸を整えると徒歩に切り替え、水をがぶがぶ飲んだ。

満足してウェイトトレーニングを十五分やり、ストレッチで体をほぐしてから、ローク版の屋内熱帯雨林に戻り、裸になってプールに飛び込んだ。

ゆっくりと数往復すると、水面に仰向けに浮かんでコーエンやその関係性について考えた。彼は逮捕の際に抵抗しなかった――もっとも最初はホテルの部屋の鍵をあけることを拒んだが。巡査たちが入室すると――トレース巡査の報告によれば――彼は市民の権利について抗議し、NYPSDと両巡査とさらにはホテルを訴えると言った。

コーエンはセントラルに着き、逮捕手続き《ブッキング》をし、留置場に入れられるまでずっと――トレース巡査の言葉によれば――ぶちぶち言っていたそうだ。

その過程のどこかで、ブッキング担当官にリスト・ユニットと二百万ドルやるから逃がしてくれと持ちかけた。

そのため贈賄《ぞうわい》未遂容疑が加わって、彼の状況はますます悪くなっただけだった。

コーエンはひとりだけに連絡することを許された。報告によれば、彼が誰に連絡したにしろ、その人物は現れていない。そこで抗議と文句に少し泣きごとが加わった。

相手はまちがいなくヴィンで、助けてくれと頼んだのだろう。連絡した相手が弁護士なら泣きごとなど言わないから。

そのせいで彼は――トレース巡査の言葉によれば――弱虫になった。

弱虫なんかひとひねりでつぶしてやる。

そのときを心待ちにしながら、イヴはプールから出て体を拭いた。そして、ローブをはおって寝室に戻っていくと、ロークがコーヒーをプログラムしていた。

「今朝は早いね」ロークが言った。

「あなたほどじゃないけど、わたしはワークアウトしたかっただけで、世界支配を狙ってるんじゃないから」イヴは差し出されたコーヒーを受け取った。「ジャングルの山と浜辺を八キロぐらい走った。猛禽《もうきん》類や小さな哺乳《ほにゅう》類を食べてしまいそうな植物と一緒に。そのおかげで八キロを約四十五分で走れたのかも」

「そんなに頑張ったなら腹が減っただろう」

「先にさっとシャワーを浴びてくる」

シャワー室から出てくると、テーブルにはワッフル、フルーツ、ハムのようなベーコンが載っていた。なかなかよろしい。

「コーエンと戦う準備は万端だね」ロークはワッフルをバターやシロップだらけにしているイヴに話しかけた。

「ホイットニー部長に急いで相談しないと。脱税のほうは連邦の管轄だけど、そっちより先にコーエンをやっつける機会がほしいの。向こうは彼の電子機器を残らず押収するだろうから、そのまえに調べたい」

「ホイットニーとホロ会議をすればいい」ロークは提案した。「そうすればセントラルのコーエンのもとに向かう途中でその機会を得られるよ」

「へーえ」

「賢い時間管理のためだ」

イヴは自分がそのことを思いつかなかったのは、コマンドセンターのホロ機能を使い慣れていないせいだと自分に言い聞かせた。

「そうね」イヴは立ち上がり、ドレッサーに載せておいたリンクをつかむと、メッセージのやりとりをした。「ピーボディはマクナブを連れて、コーエンの住居でわたしと会う。マクナブはフィーニーの了解を得る。わたしはホイットニーが指定した時間に、ここで彼とホロ会議をする。ホイットニーが連邦に連絡して段取りをつけてくれれば、わたしは電子機器やらなんやらを調べられる。おまけに、コーエンを攻撃できる」

手配が終わると、イヴは顔をあげた。「だからあなたには世界支配が視野にはいってるのね」

ロークはただほほえんだ。「ホロ機能を作動させるのに助けが要るかな？」

「なんで？　そんなことぐらい――ええ、お願い」意地を張る必要がある？

イヴはまた腰をおろし、ワッフルに取り組んだ。「ありがとう」

「どういたしまして」

「猫はどこ？」イヴは首をかしげた。「ハムがあるっていうのに、忍び寄ってきて盗もうとしないなんて」

「僕たちのために早起きした。たぶん下でサマーセットに腹を満たしてもらっているんじゃないか。この機会を逃したと知ったらがっかりするだろうな。エルデナにも連絡して、きみたちが行くことを知らせるのかい？」

「彼女が心変わりしてコーエンに優しくなる危険を冒しても意味がないでしょ。彼女は怒ってるけど、一時の怒りはやわらぐものなのよ。あなたはやっぱりコーエンを取り調べるのを観察したい？」

「彼を取調室に入れたら知らせてくれ。時間が調整できるかどうか試してみる」

「それがいいわね」

イヴは食事を終え、クローゼットにはいって衣装と向かい合った。

春だろうが春でなかろうが、冷酷に見せたい。それには黒だ。黒いパンツに黒いTシャツ。薄手の革の黒いジャケット、革はきちんと着こなせば冷酷に見えるから。

黒いブーツとしかめ面を加えれば、これで出来上がり。

クローゼットから出て武器用ハーネスを装着していると、ロークが眉を上げた。「仕留めにいく装いだね？」

「大正解」イヴはリンクをひっつかみ、ホイットニーからのメッセージを読んだ。「十分後だって。どうしよう」

「時間は充分だ」ロークは立ち上がり、イヴと一緒にオフィスへ向かった。

「きみは立ったままがいいんだろう？」

「うん」

「どこに？」

「そうね……」

「部屋全体よりもコマンドセンターを背景にしたほうがいい。仕事モードだ。操作開始を命じて。僕がやってもいいが、自分でやったほうが覚えやすいだろう」

「はい、はい。ダラス、操作開始」

コマンドセンターが起動した。データ通信ユニットが低いうなりをあげ、それがやむと待機中になった。

「ホイットニーはまだ自宅だろうね？」

「ええ、時間的に」

「だったら、ホロ・オプションを命じて、開始時刻とアップリンクする場所を告げてくれ」

それならできるので、言われたとおりにした。

「よしと。最後に、彼はきみの上司だから、向こうからのアップリンクを待ってから進行するように命じる。ほかにも参加させたい者たちがいれば、名前と場所と彼らが参加する時間を告げればいいだけだ」

「わかった。ホイットニー、部長ジャックからのアップリンクを待ち、それからホロ通信を進行させて」

「よくできた」ロークは片手でイヴの顔を引き寄せてキスした。「エレクトロニクスが敵ではなく道具だと思えば、使うのがもっと楽になるよ」

「そいつらは道具であり、敵でもある」

「いいだろう、戦闘に応援が必要になったら僕は自分のオフィスにいるから。話し合いが終わったら、ホロ・オプション停止と告げればいいだけだ」

「よかった。ありがとう」

ひとりきりになったイヴは事件ボードまで行き、じっくりと眺めた。元の位置まで戻ってくると、コンピュータが告げた。

〝ホイットニー、部長ジャックからのアップリンクを受信しています〟

ホイットニーの実物そっくりのホロ画像が形成された。スレートグレーのスーツが肩幅の広いがっしりした体にぴったりフィットしている。白髪交じりの黒っぽい髪は丸刈りに近く、鋼鉄のように鋭い印象を与える。

「部長、さっそくご都合をつけてくださりありがとうございます」

「興味があるんだよ、警部補、脱税と詐欺の容疑を受けている恥ずべき弁護士が、二件のギャングの殺しとどうつながっているのかにね」

「それを突き止めようとしています。だからFBIに連れていかれるまえに彼を取り調べたいんです。報告書でもあらましをお伝えしたように、コーエンとジョーンズにはビジネスの付き合い以上の関係があると睨んでいます。それどころか、コーエンはジョーンズの事実上の法律顧問なのではないかと。というわけで、彼は二件の殺人についても情報を握っているかもしれません」

報告書はすでに送ってあったが、イヴは自分の考えを説明したかった。

「二件の殺人に関連があることは疑問の余地がありません。コーエンが何か知っているなら、目下の容疑を利用すれば彼を落としやすくなるでしょう。それに加えて、彼の〈バンガーズ〉についての知識は、その組織に対して同時におこなわれている違法麻薬取引捜査や、個人情報泥棒、強制みかじめ料、その他犯罪行為の摘発にも役立つと思われます」

「彼らは害毒だ」ホイットニーは言った。「十年前に比べれば組織はかなり縮小されたが、害毒であることは変わらない。セントラルに着きしだいFBIに連絡して、この情報を伝える」おもむろにリスト・ユニットに目をやる。「きみはそれまでに九十分ある。彼らがコーエンに取りかかるまでさらに一時間。それを最大限活用しろ」

「承知しました」

「脱税にかかわるあらゆるデータは連邦当局に伝わるだろうね、警部補」

「もちろんです。あの、部長、FBIで話が通じやすいのはティーズデール特別捜査官かもしれません」

「そうだろうな」ホイットニーはごくわずかにうなずいてみせた。「すぐ取りかかれ」と言うと、姿がだんだん薄くなって消えた。

「じゃあ、そういうことで」イヴは立ち去ろうとして、思いだした。「なんて言うんだっけ？くそっ。待って。ああ、そうそう。ホロ・オプション停止。オペレーション終了」

〝ホロ・オプションは停止します〟

コマンドセンターが終了した。「そんなに難しくなかったじゃない」イヴはつぶやき、ロークのオフィスに勢いよくはいっていった。

「ちょっと待ってくれ、ピーターバイ」スクリーンが暗い青になると、ロークは椅子をイヴのほうへ向けた。「終わった？」

「ええ、もう行かなくちゃ。ご協力ありがとう」

「なんてことないよ」という言葉とは裏腹に、あきれたことにロークはこっちへ来いと指で合図した。そしてコマンドセンターから身を乗り出し、イヴの唇にキスした。

「あいつを締めあげる準備ができたら連絡する」

「僕は面白いものが見物できるよう、仕事を調整してみる。都合がつかなかったら、僕のお巡りさんの面倒をよろしく。それに、あのずうずうしい男の浅ましい尻を蹴飛ばしてくれ」

「両方とも了解」

いつもより早く出たので朝の渋滞では有利なスタートを切ることができ、どんな神のおかげかは知らないがこの日の交通の運が向いて、ほぼすべての交差点を青信号で通過した。そのため、ピーボディに伝えた時間よりかなり早くローワー・イースト・サイドに到着した。

ただ待っていてもしかたないので、駐車スペースに車を入れると、三月の爽やかなそよ風が吹くなか二ブロック歩いて四戸建ての建物までやってきた。

プライバシースクリーンが作動している。おそらく、ヴィンはまだ眠っているだろう。イヴに言わせれば、相手が朝のカフェインを摂取して頭をはっきりさせるまえに捕まえられるなら、それに越したことはない。

イヴはブザーを押して待ちながら、十代の子が三匹の子犬を散歩させているのを眺めた。

子犬たちは耳をパタパタさせ、ずんぐりした足をちょこまか動かしてついていく。もう一度、今度は長めにブザーを鳴らした。

ドアが細めにあき、片目がこちらをのぞいている。それはヴィンの茶色の目ではなく、充血した緑色の目だった。

「今がいったい何時だかわかってるの？」寝起きでかすれた声には、充血した目に表れているのと同じ不機嫌さがこめられていた。

「ええ」イヴはバッジを掲げた。「NYPSDのダラス警部補です。この住居に立ち入って捜索する令状を持っています」今度はプリントアウトした令状を掲げた。

「もう、エルはあのバカタレにさんざん迷惑と心配をかけられたっていうのに、なんで彼女が調べられなきゃいけないの？」

ドアがもう少し広くあき、その女性が見えた。寝乱れた青い髪、着ているのはしわの寄ったTシャツだけ、それは股間がぎりぎり隠れるくらいの長さで、〝非番のストリッパー〟だということがわかる。

「わたしは彼女の迷惑と心配のもとを調べにきたの」

「警察の連絡メモを受け取ってないの、お姉さん？　ろくでなしは留置場にいるわ」

「知ってるわ。わたしが彼をそこに入れたから」

女性が握り拳を腰に当てると、Tシャツの裾が危うい領域まで持ち上がった。「あんたが少し好きになってきた」彼女はドアを大きくあけ、後ろに下がってイヴをなかに入れた。「ゆうべエルから連絡が来て、心の支えがほしいって言われたの。それでワインを二本空けたんだけど。彼女はまだ眠ってる。何を探してるの？」

「見つけたらわかるもの。ミズ・ヴィンがコーエンと共有している部屋で寝ているなら、起こさないといけない」

「そりゃまずい」

「あなたの名前を聞いてもいい？」

「あたし？　本名はリーサ・キラグルー、舞台上ではテキーラ」

「ミズ・キラグルー、わたしが正式に権限が与えられた捜索令状を持参して、ここに来ていることをミズ・ヴィンに伝えてきてくれないかしら。捜索はできるだけ速くすませるから」

「彼女は、たとえば、弁護士を呼んだほうがいい？」

「彼女は弁護士を雇ったの？」

「そうよ、ピートを。彼は弁護士なの。二年くらいまえに個人的にあたしたちを雇ってくれたことがあるの——ピートの弟の男だけのパーティに。彼はエルに忠告した——彼が何を忠告したかは教えないほうがいいんでしょうねえ」

「リーサ、誰と話してるの？」

階段のてっぺんに現れたエルデナはありえないほど若く、青白く見える。着ているのは短い黒のネグリジェ——透きとおるような薄い生地で、三つの赤いハートが要所要所に配されていた。

謎めいた雰囲気を出すためなのだろうか。

イヴを見つめると、エルデナは喘《あえ》ぎを漏らし、それはすすり泣きに変わった。

「ああ、どうしよう、あたしを逮捕しにきたの？」

「ちがうわ。わたしは——」

ワッと泣きだし、エルデナは階段に座り込んだ。「ごめんなさい。取り乱して」

「さあ、泣きやみなさい」リーサはイヴが惚《ほ》れ惚《ぼ》れするような厳格な母親の口調で言い、エルデナは嗚咽《おえつ》をこらえた。「ピートに言われたでしょ、何も心配はないって」

「自分がすごくバカに思えて」

「だったらバカになるのをやめなさい。コーヒーが要るわね、必要なのはそれ。絶対そうだわ。あんたもほしい？」と言いかけてイヴのほうを見ると、宙に指を突き出した。「やだ。ダラスじゃない」

イヴは胃が重くなるのを感じた。

「エルは全部話してくれたんだけど、あたしの頭がまだ働いてなかったの。エルと一緒に昼の部を観にいったのよ。あんたが悪いやつらをやっつけるところが好き。コーヒーを淹《い》れてくるわね。エル、ゆうべ話し合ったこと、覚えてるでしょ？」

エルデナは鼻をすすりながらもしっかりうなずいた。「タフで、強くて、冷酷になる。ワインを飲んでるときはもっと簡単だと思ったの」笑み交じりに言う彼女に、リーサが近づいていく。

「利用されたままでいたくないでしょ。根性を見せてやりなさい」エルデナの肩をポンと叩くと、リーサは階段を登っていった。

「リーサにうちに来てって頼んだの。あたしたちはゆうべも仕事だったけど、彼女がメンタルヘルス休暇を取ろうと言いだして、それでさんざん飲んだ。そのまえに、サムを出ていかせたわ。そばにいられたら落ちついて考えられないから、どっか行ってって言った。そのあと、ピート――彼は弁護士なの――が占有は九分の勝ち目だかなんだかだから、それはよかったと言ってくれたの。それから鍵を全部変えたほうがいいってことも」

「まったく同感だわ」

エルデナは立ち上がり、両手で顔をこすりながらそばに寄ってきた。「午前中に錠前屋が来ることになってる。サムは連絡をよこして、逮捕されたと言い、あたしには彼を助ける義務があると言った。どうやって保釈金を支払えばいいかとか……あたしは自分でやれって言ってやった」

「賢明だった」

「あたしはものすごく怒ってたし、ワインを飲んでたし、リーサがいて怒りを静めないようにしてくれたから。ピートに連絡したほうがいい？　時間が早すぎるけど」

「そうすることもできる。あなたに教えておきたいのは……」ブザーの音に、イヴは途中で言葉を切った。「きっとわたしのパートナーと電子捜査官だわ」

「あら大変」

「捜索令状を持参してるのよ」

エルデナはしばらく目を閉じてから、うなずいて玄関へ向かった。

彼女の姿を見たマクナブの目玉は飛び出しそうだったが、何も言わずに立ち直ったことは褒めてやりたい。

「こちらはピーボディ捜査官とマクナブ捜査官」イヴは言った。「マクナブ捜査官はあなたがたの電子機器にアクセスします。もしパスコードを知ってるなら、時間が節約できるんだけど」

「自分のリンクとＰＰＣのしか知らないわ――それと振りつけ用に使ってるセパレート型タ

ブレット。どれもパスコードはかかってない。あの、あたしは――サムのパスコードを知らないの。ごめんなさい」

「大丈夫よ。ピーボディ捜査官、ミズ・ヴィンと二階へ行って、彼女が着替えてるあいだにその電子機器を取ってきて。二階にはお友達がいて、コーヒーを用意してる」

「了解です。ミズ・ヴィン？」

「はい。あの、タブレットは練習室に置いてあるけど、ほかのものは二階にあるわ。やっぱりピートに連絡したほうがいいみたい。時間は早いけど」

「どうぞ。マクナブ捜査官とわたしはここで始めてます」

「わかったわ。あの、サムのオフィスなんだけど、鍵がかかってるの。あたしは鍵もパスコードも何も持ってない」

「マスターキーがあるから」イヴはピーボディがエルデナを二階に連れていくのを待った。

「もし涎《よだれ》を垂らしたら、ピーボディが戻るのを待たずに叩き出すわよ」

マクナブはわざとらしく手の甲で口のあたりをぬぐった。その笑顔は耳たぶに並んでいるフープピアスの輝きに負けないほどまぶしかった。

「調べるんでしょ。俺はどこから始めればいい？」

「オフィスから」昨日コーエンは奥から出てきたので、そちらを手で示した。

隣でエアブーツを弾ませながらついてくるマクナブは、エレクトリックブルーの膝丈のコートに、卵黄色のバギーパンツというでたちだ。

「状況はシー・ボディ《ナイスボディ》から聞いてる。ダラスはその男が二件の殺人に関与してると考えてるけど、目下のところは詐欺やらたわごとやらでぶち込んである」

「たわごとだらけよ」イヴは練習室のほうを見やった――鏡張りの壁がふたつ、水のボトルを並べた棚、クルクルと巻いたタオル、そして小さなテーブルがあった。

「彼女のタブレットはあのテーブルに載ってる。それは後回しにしましょう」

イヴは鍵のかかった部屋の前に立ち、マスターキーで解除してなかにはいった。

ワークステーションには高性能のデータ通信ユニットがあり、洒落たフェイクレザーの椅子が置かれていた。オフィス用オートシェフ、冷蔵庫、壁面スクリーンも装備されている。開けっ放しのドアの向こうは簡易バスルームだった。

「彼は自分のスペースを彼女より多く持ってるな」マクナブがコメントした。

「彼は抜け目ないペテン師なの。さあ取りかかって。わたしは二階からやる」

14

階段でピーボディと行き合った。

「彼女は着替え中です」ピーボディが言った。「友達がそばについてます」

「弁護士には連絡した？」

「先に着替えたり、コーヒーを飲んだり、二日酔いの薬を飲んだりしたいそうです。二階にはすごく広い主寝室、社交の間、予備の寝室ふたつ、予備のバスルーム、キッチン、ダイニングエリアがあります。素敵ですね」

「そうね。マクナブにも伝えてやって。あなたがオフィスを調べて、マクナブは電子機器を徹底的に調べる。どんどん進めて」

「了解」

二階まで登ると、イヴは社交の間をちらっと見た。ワインの空き瓶、グラス、中華料理の食べ残しからすると、彼女たちはこの部屋で飲んだり心の健康を図ったりしたらしい。残りの部屋を端からのぞいていく。どこもきちんと整頓されているが、キッチンだけは昨夜の名残をとどめていた。

イヴは主寝室まで戻り、閉じたドアをノックした。

「はい、どうぞ」

エルデナはスキンパンツとゆったりしたトップに着替え、髪を梳《と》かしつけてポニーテールにまとめていた。座ってコーヒーを飲んでいるが、友人が持ってきたとおぼしきベーグルには手をつけていない。

隣でベーグルを食べているリーサは、ちゃんとスウェットパンツを穿《は》いていた。

「もう少ししたらピートに連絡するけど、どうぞなんでも調べて。令状を持ってるんだし。今リーサに言ってたの、来週の家賃をどうしようかって――いつもサムがやってたから。でも、支払うお金はあるのよ。どこに送ればいいかわからないだけ」

イヴは説明する時間はかけてもいいと思った。「エルデナ、弁護士に伝えたほうがいいわ。コーエンの名前と一緒にあなたの名前もこの家のローンの契約書に載っていることを」

「ごめんなさい、なんのこと?」

「あなたは現在、この家の、この建物の共同所有者なの」イヴはとまどっている相手に説明した。「わたしに言えるのは、彼があなたに言っていた家賃は自分の利益に充当していたということ。ほかの二軒の家賃も自分のものにしていたように。あなたの弁護士が優秀なら、あなたのためにこの家を確保してくれるはず」

エルデナは片手を挙げ、またもや息ができないような表情をした。「ここがあたしの家だと言ってるの？」

「コーエンはこの家のローンを組むためにあなたの収入と名前を利用したということよ」

「まあ、あの人ったらとんでもない嘘つきね」エルデナは立ち上がり、部屋を歩きまわりながら両手を振りまわした。「彼はあたしがクラブで働かなきゃいけない理由を説明して、あと数ヵ月の辛抱だからって言った。数ヵ月たつと、ほんとにあともう少しだからって。家賃や生活費を払うために。あたしはそんな大嘘つき野郎のために自分の夢をあきらめたんだわ。あたしはブロードウェイの〈スウィング〉に出たのよ、二度も！　ようやくそこまでたどりついたのに、お金が必要だと彼が言うから」

エルデナは両手を広げ、深呼吸した。「でも、ここがわたしのものになるの？」

「弁護士と相談して。あなたの収入でローンを払っていたことは楽に証明できるはずだから。われわれの持っている関連情報は、ゴーサインが出れば喜んで共有すると伝えて」

「ありがとうございます」エルデナは肩をそびやかした。「リーサ、下に持っていって食べるわよ。ピートに連絡して、ダラス警部補にやるべき務めをやらせてあげましょう」

「そうこなくちゃ、エル」

なおも肩をそびやかしたまま、エルデナはイヴを見つめた。「サムは刑務所行きになるわよね？」

「それは安心していいと思う」

「知りたいの。今でもまだ彼がそんなことをするとは信じられないから。それでも、彼が殺人事件と関係があるのかどうか知りたい。行くわよ、リーサ」

リーサは腰をあげ、さっそうと出ていくエルデナを尻目に、コーヒーとベーグルを手に取った。「あいつの尻を蹴飛ばして。思いきり蹴飛ばしてやって」

そのつもりよ、とイヴは思った。その気満々よ。

二階には興味を引くものは見つからなかった――コーエンが若い愛人を喜ばせるために強壮剤を用いていたのは、意外でもなんでもない。彼のビジネス上の利益は自分のオフィスに厳重に保管されており、マクナブは金鉱を掘り当てた。

「全部ここにあったよ」マクナブはイヴに言った。「彼はちゃんと記録を残してて、隠そうともしてなかった。つまり、彼女に追い出されたとき、まずいものを消そうとしただろうって思うのが普通だよね」

「彼はうまく言いくるめて戻ってこれると思ってたのよ。それに、彼女は何かを消そうとする暇も許しも与えず追い出したんだと思う。だから、彼は戻ってきてから隠蔽工作なりなんなりをすればいいと考える。彼はバカだから、彼女が世間知らずでマヌケで優しい女だと思ってたわけ」

イヴはマクナブに命じた。「全部コピーして。FBIが彼に集中砲火を浴びせるけど、こっちはその火種を用意するのよ」

「もうコピーはすんでるよ」

「でかした。撤収するわよ。ここを出たら、ジョーンズや〈バンガーズ〉について見つけたことをすべて聞かせて」

助手席にピーボディ、後部にマクナブを乗せて、イヴはセントラルを目指した。

「コーヒーをもらっていいかな?」マクナブがきいた。

「報告しながらやって」

「まず、ヴィンのほうはジョーンズとの関連をにおわせるものは何もない。そうだ、ちょっと言っておきたいのは、タブレットにざっと目を通したんだけど——彼女はいいよ」ピーボディが肩越しに冷ややかなまなざしを投げても、マクナブは笑いかけるだけだった。「セクシーな動きもそうだけど――それは俺のシー・ボディのほうがすごいんだ」

「言わないで」イヴは目がひきつるのをおぼえながら警告した。「命令よ」

「彼女はいろんなことを記録してあった。バレエとかタップダンスとかいろいろ。それに彼女はバカじゃない。PPCのほうでささやかな個人口座を見つけた。預金額は少ないけど、たぶんチップから取りのけておいたんじゃないかな――そんなふうに見える――将来のために準備しておくとか」

「素晴らしい。犯罪行為のほうはどうかしら」

「もちろん。彼はカレンダーをつけてる――予定表。ジョーンズとは定期的に会ってるね。月に一度。それは入金日と一致してる。ジョーンズに会って、銀行に金を預ける。ダラスはどんどん進めろって言ったでしょ」マクナブは続けた。「だから調べを広げた。全体を見渡したっていう感じ？　その一部として、彼はジョーンズのために商品も売りさばいてる。違法麻薬を」

「そうなの？」

「言っただろ、ちゃんと記録を残してるって。俺の意見を聞いてくれるなら、ジョーンズは組織の商品をかすめ取り、それをコーエンに渡し、コーエンは自分の知り合いに売り、ふたりはその利益を折半する。というか折半してた」

「それはどういう意味？」

「ざっと見たところ、その分け前が減少してる——ここ八ヵ月か九ヵ月」後部座席で、マクナブはコーヒーを掲げてみせ、ひと口飲んだ。「渡される商品が減ってるから、コーエンの取り分も減ってる。彼は依頼人のリストを持ってて——資格があろうとなかろうと——ジョーンズをそのリストに載せてる。そして違法麻薬からの分け前は、定期的な法律相談の依頼料として計上してる。約半年前、彼はリストにはバング・ツーと記してる依頼人を獲得したけど、どうやら同じ類いの取引をしてるらしい。規模は小さいが同じ類いで、こっちでは風俗業から吸い上げてる」

「分け前をもらってるの？」イヴは語気を強めた。

「そんな感じ。どういうことかというと」マクナブは後部座席から身を乗り出した。「セックスワーカーが逮捕されると、コーエンは彼らの代理人として警察に行く。それをするには公認弁護士である必要はない。彼が公認弁護士でないことを代理された者が知ってるかぎりは。彼は報酬を受け取り、コンサルティング業務の一環として記載する。だいぶ入り組んでるよね、ダラス。だけど全部記録されてるんだ」

「ピカリングについての言及はないの？」

「スピードアップを図るためにその名前で検索したけど、一件もヒットしなかった」

「わかった」イヴはセントラルの駐車場に乗り入れた。「わたしたちがコーエンを取調室に入れてるあいだに精度を上げて突き止めてほしい。何か手に入れたら、どんなことでもいいから手に入れしだい、それを伝えて」

「量が多いんだ。警部かカレンダーに加わってもらおうかな」

「なんとしてでも手に入れて」エレベーターへ向かいながら、イヴは方針を考えた。「ピーボディ、彼を連れてきて。しばらく取調室で冷や汗をかかせてるあいだに、わたしは作戦を立てる。ホイットニーへの報告もしないと。マクナブ、コピーをわたしのオフィスのコンピュータに送っておいて」

「もうやってあるよ」

「コーヒーをもらって当然だわね」エレベーターの遅さにいらだち、前を押しのけて降りるとグライドに飛び乗った。そのあとをピーボディが急ぎ足でついてくる。

オフィスに着くと、ホイットニーに連絡してひととおり説明し、取り調べを開始することを短いメッセージにしてロークに送った。

マクナブが掘り出した情報を読む余裕があれば、ざっとでもいいから目を通す暇があればと思ったが、時間はどんどん押し迫っている。

バング・ツー。コーエンは〈バンガーズ〉から別のパートナーもしくは依頼人を得た。野心家で、ジョーンズの失脚を狙っている者。
ジョルゲンソンだ。彼はどこまでも要件を満たしつづけている。ジョーンズはコーエンの分け前を減らしたから、コーエンにとっても彼の失脚は好都合だろう。

ふたりの人間を殺して、警察がジョーンズに目をつけるように仕向けたら？　彼の立場はかなり危うくなる。問題はコーエンがどこまで知っているかだ。

イヴは事件ファイルを――素晴らしく分厚いファイルをまとめ、ゆっくりとコーヒーを飲んでからオフィスを出た。

「ピーボディ、彼をとっちめにいくわよ」

ピーボディは例の〝パピー巡査〟の目をしてみせた。「やっぱり善玉警官をやらないとだめですか」

「今日？　取調室に善玉警官はひとりもいない」

「やったー！　彼は取調室Aにいます」

「彼はきっと不法逮捕だとか嫌がらせだとか、つまらない文句を垂れはじめる」歩きながらイヴは言った。「尋問を開始したら、全部大いなる誤解で、犯人と関係があるという理由だけで有罪にするのは詭弁《きべん》だとか言うでしょう」

「でも、彼は犯罪に関係してるから有罪ですよ」

「そのとおり」イヴは取調室の前で立ち止まった。「脱税、詐欺、違法麻薬からの利益がバレたことに気づいたら、彼は取引を持ちかけてくる」

「そこで、それがどうしたって言ってやるんですよね」

「時と場合による」

ピーボディはなんとその場でダンスを踊った——いらだちのダンスだ。「もう、なんですか、ダラス」

「脱税だかなんだかの知能犯罪を気にしてやってどうするの？　それは連邦が心配すればいいこと——わたしたちはそれを利用して殺人の鉄槌《てっつい》を下す」

「キャッホー！　脱税と詐欺で彼を締め上げるんですね」ピーボディは大きくうなずき、納得のすり足ダンスをささっと舞った。「そして彼が殺人への関与を否定したら、たぶん取引をちらつかせる」

「当たり。わたしたちは取引を、取引という提案を利用する。鼻先にぶら下げたキャンディみたいに」

「鼻先にぶら下げた人参です」

「キャンディがあるのに人参をほしがる人なんている？　レオには報告した、今こっちに向かってる。さあどうなるか楽しみね」

イヴたちは入室した。コーエンは服装のせいでいっそう疲れて見える。血色の悪い顔にオレンジのジャンプスーツは似合わない。

「記録開始。ダラス、警部補イヴ、ならびにピーボディ、捜査官ディリアはこれよりコーエン、サミュエルの尋問を始めます」

イヴが適用される事件をすらすらと読みあげていくなか、予想どおり文句が飛んでくる。

「けしからん！　上司を呼んでこい。バッジを取り上げさせるぞ。

「静かにしなさい！」と命じたピーボディの痛烈な声に、コーエンは思わず目を丸くしてそちらを見た。

「きみは何様のつもりだ？」気を取り直すと、コーエンは虚勢を張った。

「ピーボディ、捜査官ディリア」ピーボディは彼の向かいに腰をおろした。「またの名をあなたの最悪の夢」

目配せで注意してもいいところだが、ピーボディの傲岸不遜《ごうがんふそん》な態度に、コーエンは見るからに動揺しだした。

イヴは席につき、ファイルをテーブルに置くと、対照的な冷静で淡々とした口調を用いた。「ご自分の権利は読んでもらいましたか、ミスター・コーエン？」

「私は下っ端風情に尋問されるいわれはない。上司と話をさせろ。正式な苦情を申し立ててやる」

「しかたないですね。サミュエル・コーエン、あなたには黙秘する権利があります」

記録のために改訂版ミランダ準則を読みあげる最中も、コーエンは話しつづけ、イヴを説き伏せようとした。「これらの件についての権利と義務を理解しましたか?」

「これは私の評判を落とす嫌がらせだ。私は留置場で一夜を明かしたんだぞ!」

「ミスター・コーエンが答えを拒んだことは記録が証明します。この尋問は延期され、被尋問者は留置場に戻され、憲法上の権利を理解する能力について精神鑑定を受けることになります。精神鑑定は順番待ちなのよね、ピーボディ?」

「渋滞してます」ピーボディは残忍な笑みをコーエンに投げかけた。「彼に順番がまわってくるまでには二、三日かかるでしょう」

「きみたちの策略くらい見抜けるぞ」イヴが腰をあげると、コーエンは手錠をガチャガチャ鳴らして腕を組んだ。「留置場に戻るつもりはない」

イヴは両手をテーブルに叩きつけ、コーエンをびくっとさせた。「あなたはイエス・ノーで答えられる簡単な質問も無視して、わたしを非難しようとしている。答えなさい、さもないと檻《おり》で七十二時間過ごし、精神鑑定の順番を待つことになるわよ」

「もちろん自分の権利と義務は知ってる。何しろ私は弁護士だからな」

「だからマーカス・ジョーンズ、別名スライスや〈バンガーズ〉という名称のギャング団のメンバーに法的助言を与えたの？　その見返りとして金銭報酬、物品またはサービスもしくはその両方を受け取ったの？」

コーエンは憤慨している顔を見事に装った。「バカも休み休み言え」

「あなたはマーカス・ジョーンズと面識がある。それどころか不動産がらみのビジネス・パートナーシップを結んでいるのよね？」

彼はどうやら留置場にいるあいだに、怒りやいらだちの表情を練習したようだ。

「ジョーンズとは面識がある程度で、ビジネス上のものだけだと説明しただろう。きみはそれを歪曲《わいきょく》して、私のフィアンセを怒らせ、動転させるのに利用した」

「〝面識がある程度〟の相手とパートナーシップを結ぶにしては金額が大きいわね。しかも少し調べただけでも相手はギャングで、服役した経験があることはわかるでしょうに」

「疑問のある人物とその手のパートナーシップを結ぶのは違法ではない」

「そうね。あなたの──ここでニュースをお知らせするわね──元フィアンセのお金を利用してそのパートナーシップに資金を投じるのも違法ではない。もちろん、そのお金を詐欺的な手段で得たのでなければの話だけど──あなたはそれをやった。そしてあなたは幽霊会社および匿名口座を開設し、それらの投機で得た利益を隠し、それによって税金および出資者に支払うべき報酬を回避した」

「でたらめもいいところだ。エルデナはあらゆる契約書や書類にサインしている」

「それは彼女の弁護士が——ちなみに、彼女には弁護士がついてるの——検討するでしょう」コーエンがひらきかけた口を閉じると、イヴは先を続けた。「だけど、彼女は幽霊会社や匿名口座にはサインしてないの」

コーエンはさっと視線をそらし、マジックミラーに据えた。「なんのことだか見当もつかない」

「あなたはきちんと記録をつけてるでしょ」ピーボディはまたもや残忍な笑みを浮かべた(ここにも練習を積んだ者がいる、とイヴは思った)。「迂闊《うかつ》すぎることにそのデータはホームオフィスのコンピュータに保存されてるの」

その顔には怒りが戻ったが、今度は初めて汗の玉が浮かんだ。「エルには警察を私のオフィスやそこにある機器に不正に侵入させる権利も権限もない。私は申し立てをおこない——」

コーエンの言葉が急に途切れた——イヴがファイルをひらき、令状を取り出してテーブル越しに彼の前に置いたのだ。「正式に権限が与えられてるの。判断をまちがえてあなたを信頼した女性から詐欺的な手口で金銭を詐取したことについては、エルデナの弁護士に任せてわれわれはさておくとして、でも、ここに載ってる……」イヴはファイルのなかの書類をめくりはじめた。「ああ、これこれ、脱税のためにわざわざ複数の口座を開設したことはね」

「節税対策を講じるのは完全に合法だ」

「あなたが取った方法は合法じゃない――偽名に、偽の住所じゃね、サム。それはチッチッよ。もちろん、連邦捜査官は指を横に振ってチッチッと舌打ちするだけじゃすまないわよ」

「連邦当局がかかわる必要性はまったくない」コーエンは〝まあ落ちついて〟というように片手で宙を扇《あお》いだ。上唇には大粒の汗が浮かんでいる。「我々は取り決めができるんじゃないか」

イヴは椅子の背にもたれ、ピーボディに眉を上げてみせた。「取り決め？」

「大金ですよ」ピーボディが推察した。

「この件を――グレーゾーンに該当する部分を――胸に収めてくれるなら、報酬を払う用意がある」

「報酬？」ピーボディが唇をすぼめた。

「五パーセントでどうだろう」

「すべての口座にある預金の五パーセント」ピーボディは意味を限定した。「わたしたちが

ＦＢＩに知らせず、詐欺について見て見ぬふりをしたらってこと？」

かすかな笑みを浮かべ、コーエンは手錠の制約が許すかぎり両手を広げた。「みんなが得をする」

「たんなるビジネスね」イヴは言った。「ただし……今のは買収に聞こえなかった、ピーボディ？」

「そんな響きがしました。彼がブッキング担当官を買収しようとしたときの響きとそっくりです」

「あれは誤解だったんだ！　きみたちは私を誤解している」

「いいえ、あなたははっきり表明した。記録のために口述します、ただ今二度目の警察官への贈賄未遂がありました。われわれはまだ、ジョーンズとあなたと〈バンガーズ〉が組織犯罪を働いてるところまで到達してないのよ——その不正な利益を得るラケッティア活動にはＲＩＣＯ法が適用される。あなたの実に几帳面な記録には、あなたが彼らの違法麻薬取引、無認可のセックスワーカー、地下街のクラブ、みかじめ料、個人情報泥棒の利益から分け前を受け取ったことが記載されてるの」

「私はそのどれとも関係ない。それらは法的助言に対するコンサルタント料だ。私は違法行為には関与しなかった」

「あなたはそこから利益を得た。あなたはそれを承知していながら、そういった活動を当局に報告しなかった」

「私は――私は法律顧問として雇われていた。したがって守秘義務に縛られていたんだ」

「そんなのでたらめよ！」ピーボディが怒りを爆発させ、いきなり立ち上がってコーエンの眼前まで顔を近づけた。「あなたそもそも資格を剝奪されてるじゃないの」

「あれは誤解だったんだ。私はそれを正すつもりでいる。高潔さについては――」

ピーボディがつかみかかろうとした――そのふりだけ――が、イヴは笑いを嚙《か》み殺しながらも自分の役割は心得ていた。さっと腰をあげ、パートナーを思いとどまらせた。「まあ、そんなに熱くならないで」

「このクズが高潔なんて言葉を口にするから。彼は違法麻薬を常習者に売った利益の分け前を受け取ってる。子供たちにも売ってるんですよ！　真面目に商売をやろうとしてるだけの人たちからも取ってる。彼らは店に火をつけられたり入院する羽目になったりするのが怖くて払ってるんです。それに、まだ二件の殺人もある」

ピーボディはコーエンに歯を剝《む》いた。「あんたの報酬はいくらだったの、このゲス野郎？モルグにある二体の死体の分け前はいくらだったの？」

「私はなんの関係もない――その人たちのことは知りもしない。きみはどうかしてるぞ！

きみは——きみは私を脅した。これ以上言うことはない。私は弁護士を雇う」

「どうやって?」イヴは言い返した。「あなたの口座は凍結されてるわよ」

「そんなことできるもんか!」

「できたの。でも、あなたには弁護士を雇う権利があるから、公選弁護人を手配してあげる」

「そんなことは受け入れられないね。絶対受け入れない。私は弁護士を雇う権利を行使する。まだ知り合いがいるんだ。きみたちは私に自分の弁護士を雇うことを許す義務がある」

「そうね、せいぜい頑張って。あなたが誰を誘い込むにしろ、どんな容疑を弁護することになるのかかならず知らせてよ——二件の殺人の従犯とその他もろもろの州犯罪と連邦犯罪。被尋問者が弁護士を雇うまで尋問はいったん中止します」

イヴは取調室を出ると制服警官を手招きし、コーエンを留置場に連れ戻し、弁護士に連絡させてやるよう命じた。

「ちょっとやりすぎでしたか」ピーボディがきいた。「うまくいってる感じがしたんですけど、そしたら彼が弁護士を要求して」

「いいえ、あなたはよくやった。向こうはいずれ弁護士を要求したでしょう。彼はうまく言い逃れられると思ってたけど、みずから墓穴を掘りつづけただけだった」

ストロング捜査官とレオが観察室から出てきた。ストロングはにやりと笑い、ピーボディを指さした。「凄腕《すごうで》捜査官」

「どうも」

「コーエンは自分と同類のずる賢い弁護士を捕まえることはできるかもしれない」イヴは言った。「助けにはならないけどね。おそらく、彼を取調室に戻すまえにFBIが割り込んでくるでしょう。それをしばらく阻止してほしいの」とレオに言う。

「とっくに意見は一致してるわよ。あなたが素敵な材料をくれたから、大皿にごちそうをたっぷり盛って彼らに提供するわ。あなたが殺人についてコーエンから情報を聞き出す時間を作ってあげる。彼が口を割れば、FBIに提供するものも増える」

「彼は口を割るわ」

ほら、すでにその口にひびがはいりだしているのが見える。

「時間がかかるのはね、あいつが妄想してるから。自分のたわごとを信じてるの。ただのビジネスだ、関与してない、コンサルタント料だ。わたしはそっちを少し引き延ばして、彼を自分自身のたわごとでがんじがらめにしてやる。ピカリングとダフを殺すことについて彼に相談したのは誰なのか」

イヴはレオに視線を戻した。「自分が搦《から》めとられてる妄想のたわごとがひととおり終わったら、彼は取引したくなる」

「どんな役割を演じたのであれ、彼はライル殺しで罰せられるべきです」ストロングが断言した。「ダフ殺しでも」

「そうじゃないとは言ってない。FBIはどこまで取引に応じると思う?」イヴはレオに尋ねた。「彼があのギャング団のことを密告して、FBIがラケッティア活動の重要人物たちを逮捕できるなら」

「ダラス――」

「わたしには考えがあるの」イヴはストロングを途中でさえぎった。「その作戦を練る時間がほしい。あのろくでなしはすでに二度買収を試みた――そのひとつはご丁寧にも記録されてる。彼はそれが買収だとは考えてない。報酬。わたしは彼に報酬を持ちかけたいの。何よもう」

イヴは鳴っているコミュニケーターをポケットから取り出した。

〝通信司令部より、ダラス、警部補イヴへ。エイムズ、バリーと確認された死体の件で、フォーサイス・ストリート二十一番地で巡査と合流してください〟

「ただちに向かいます。くそっ、やられた」イヴは毒づきながらコミュニケーターをポケットに押し込んだ。「レオ、FBIのほうをお願い。死体が三つになったのよ。ストロング、一緒に行きたい?」

「もちろん」

「なら、出かけるわよ」

「フォーサイスはチャイナタウンですよ」駐車場に着いてイヴの車に乗り込むとピーボディが言った。

「知ってる」

「つまり〈バンガーズ〉のメンバー志願者が〈ドラゴンズ〉の縄張りと思われる場所で死んだってことですね」

「ギャングの抗争を望む者がいる」隠れた目的は実にわかりやすい、とイヴは思った。「一石二鳥よ。ダフのときのように危なっかしい口を閉じさせ、その死体を敵の縄張りのほうへ押しやる。戦《いくさ》の陣鐘《じんがね》を打ち鳴らしてるやつがいるけど、バカなことをするものよね。その音をたどっていけばそいつを見つけられるから」

「警部補」ストロングが後部座席から話しかけた。「あなたにケチをつけるつもりはないんです。あなたにそんなことをする人はいないでしょう」

「だけど？」イヴは先をうながした。

「ライルはわたしの管轄下にいました。彼は正義を受けるに値する人間です。取調室での様子と、彼について握っている情報から考えると、コーエンと取引する必要性が見えてこないんです」

「すでに三人死んでるのよ、捜査官。もうふたり増えるかもしれない。これが戦争にエスカレートしたら、いったい何人死ぬか見当もつかない。FBIとの取引は、わたしがコーエンを落とす手段になる。彼は取引の意味を理解してる」

イヴはバックミラーにちらっと目をやり、ストロングの不満そうなこわばった表情を見た。

「ピーボディ、わたしたちが組んでから、わたしが被害者の正義が否定されるような取引を支持したり、ましてや強制したりしたことがある？」

「ありません」ピーボディは体をずらし、ストロングのほうを向いて繰り返した。「ありません」

「わたしが考えてる作戦の一部始終をあなたに説明する」イヴはストロングに言った。「あなたにも参加してもらうつもりだから」

イヴは戦略のあらましを語りながらチャイナタウンにはいり、混んだ通りを蛇行しながら進んだ。旅行者はのどかな日和を活用し、買い物やビデオ撮影を楽しんでいる。駐車場を探す時間も惜しいので、イヴは駐車禁止区域に車を停めて〈公務中〉のライトを点灯した。

前方に警察のバリケードが見え、集まった群衆が野次馬的興味から首を伸ばしている。向こう見ずなスリは穏やかな川を渡るかのようにすいすいと人込みを縫い、ひらりと財布をすっていく。

「こんなときに、もう」

イヴは人込みを押し分けて進み、カモの尻ポケットから財布をすろうとしていたスリが気づくまえに、その後ろ襟をつかんだ。

スリは——ひらりと——身をかわそうとしながら裏拳を放った。とっさにイヴは避けた、ほぼ避けきれた。完全に避けきれなかったことに腹を立てながら、スリの足を払って地面に倒すと、膝で押さえつけた。

スリは中国語らしき言葉をまくしたてた。野次馬のひとりの女性が、朗々としたイギリス訛《なま》りの声で叫んだ。「お巡りさん！　この女の人がこっちの若い男性を襲ったのよ。お巡りさん！」

「わたしがお巡りよ」イヴはバッジを取り出し、膝の下でミミズのようにのたくっている虜《とりこ》をさらに強く押さえつけた。「恐れ入りますが」目の前に立っている男性に話しかける。「そのレコーダーをおろして、あなたの財布を確認していただけますか」

男性は眉をひそめながらも腰に手をやり、あんぐりと口をあけた。「マーゴ！　財布をすられたぞ！　こいつぁ、すごい。名前を教えてくれないか、お巡りさん。それと、何か言ってくれ。ほら、警察っぽいやつを」

言ってはいけない言葉が頭にいろいろ浮かんだ。「ピーボディ、制服警官をよこして」

「もうストロングが呼びにいってます」

イヴは性懲りもなく身もだえし、中国語で声の限りにわめき立てるスリに手錠をかけた。さらに野次馬が増えた。この模様を記録して映像をソーシャルメディアにあげたり地元の友達に送ったりするつもりなのだろう。

制服警官が急ぎ足でやってきて、野次馬に道をあけるよう命じている。そして地面に目をやって首を振った。「北京語はやめろ、チャーリー、おまえはニューヨーク生まれだろう。あとは私が対処します、警部補、ありがとうございました。犯罪現場でやるなんて、チャーリー、おまえはバカだな。現場はすぐ隣のブロックです、警部補、左手の路地です」

「パンチが命中したみたいですね」バリケードをくぐりながらピーボディが言った。

「かすっただけよ」とはいったものの、イヴは顎を左右に動かした。かすっただけだけど、やけに痛む。

15

ストロングが路地の入り口に近づいていく。

「家族経営の食堂で、二階のアパートメントが住居になっています。スーザン・ホー――世帯主です――がリサイクルゴミを出しにきて、リサイクラーの陰にあった死体を発見して、悲鳴をあげました。路地向かいのアパートメントの住人――メイリン・ジェイコブズ――が窓から顔を出し、状況を把握して警察に通報したんです。到着した警官が指紋を照合して、名前や生年月日を特定し、現場を保存しました」

イヴは路地の入り口から現場付近を見渡した。「ホーというのはよくある苗字かもしれないけど、死体がこの路地に捨てられたのは偶然ではないわね。ジョーンズはファン・ホーのことを言いつづけてた――〈ドラゴンズ〉のリーダーの」

「まちがいないでしょう。わたし自身はそのリーダーとかかわった経験はありませんけど、名前は知っています。ここは彼の家族が経営する食堂ですよ」

話しながら路地の奥へ進み、イヴは死体のそばで足を止めた。犯人は死体を業務用のリサイクラーの裏に隠そうとしたらしい。

血のついたくしゃくしゃのビニールシートの上で、エイムズは仰向けに寝ていた。まるでチャイナタウンの路地で死んでいることに驚いているかのように、口をぽかんとあけている。喉の端から端までパックリあいた傷口から流れた血が、笑う骸骨《がいこつ》の絵柄のTシャツにこびりついていた。

「ビニールシートには血しぶきや血だまりがない」イヴは言った。「犯人たちはほかの場所で殺し、シートで適当にくるんで、ここに捨てた」

隣でピーボディがうなずいた。「犯人たちは彼を転がしてリサイクラーの裏に隠そうとしたようですね。それで包みがほどけた」

急いでいたのだろう、とイヴは思った。肝心なのは死体をここに置いていくことだった。

「ストロング、あなたはジェイコブズをお願い、ピーボディはホーを。わたしは死体を調べる。ピーボディ、制服組に聞き込みを開始させて。殺人現場からこの体格の男を運んでくるには車が必要なはず。それと、この食堂がゆうべ何時に閉めたか、このリサイクラーを最後に使った時間も確認して。ストロング、遺留物採取班と死体運搬車の手配を」

レコーダーを作動させ、両手をコーティングすると、イヴはしゃがみ込んで死体の身元を確認した。記録するために、死体のデータ、犯行現場の住所、証人の名前を読みあげた。

マイクロゴーグルを装着して傷口を検《あらた》める。「深い切創、ためらい傷は見られない。現場に血しぶきや血だまりがないことから、被害者が殺されたのはここではないと思われる。被害者の拳《こぶし》の関節には痣《あざ》ができ、腫《は》れているものもある。この傷を負ってから最低一日は経過しているように見えるが、検死官の判定を待つ。わたしはディニー・ダフを殴ったためにできた傷だと思う」

手際よく死者のポケットを調べ、何もはいっていないことを確認した。靴はなくなっていないものの、かなり履き古されたガラクタ同然の代物だった。

「左の耳に穴があけてあるが、ピアスははまっていない。これだけの体格をした腕っぷしの強い男なら、攻撃されるとわかれば抵抗しただろう。傷の角度からいって、正面から攻撃されたと思われる。攻撃者と向き合っていたなら、それは被害者が知っていた人物だから警戒しなかった。被害者のナイフはどこにいったのか。彼はナイフを所持していたはずである」

イヴは計測器を取り出して死亡時刻《TOD》を割り出した。「TODは〇一一五時。じゃあ、あなたは逃亡しなかったのね、バリー？　きっとどこかに身を潜めてハイになってたんでしょ。もしかしたら、人をふたり殺したことを得意げにしゃべったのかも。もしかしたら見返りを要求したのかも。だから死ぬ羽目になった。犯人たちは死体をわざと〈ドラゴンズ〉のリーダーの家の真ん前に遺棄する。彼らはアホだから」と、うんざりした声で言う。「そして、警察は地元の人間に目をつけると思い込む」

たとえライバルのギャング団の仕業に見せかけたいとしても、もっと死体を捨てやすい場所がほかにいくらでもあっただろう。それでも、トップの地位を狙っている者はそう考えなかった。

イヴは踵《かかと》に体重を戻し、目を閉じて犯行の様子を思い描いた。

「正面からの攻撃。もしかしたら、確率は低いけど、仲間のひとりが彼を羽交い締めにして、しばらくのあいだ動けないようにしたのかもしれない。犯行は数秒で終わるから。ビニールシートは事前に用意してあったのかしら。計画殺人、それともその場の勢い？あなたにとってはどっちでも同じね、バリー？」イヴはその若者のうつろな顔を見つめた。「彼をビニールシートの上に転がし、シートでくるむ。車まで運ばないといけないから。車を盗むつもりなら、わざわざそんなことはしない」

イヴは立ち上がった。「そう、あなたには車があった。トラックかバンの後部にしろ、乗用車のトランクにしろ、血で汚したくなかった。そのくらいは考えられた」

制服警官をふたり呼び寄せて死体をひっくり返し、検分を終えた。捜査キットをしまっていると、ストロングが戻ってきた。

「ミズ・ジェイコブズとミズ・ホーは仲良しで、ジェイコブズはホーの食堂で働いています。十代の息子も週末は食堂でアルバイトしています。ジェイコブズは三人の子供たちを学校に送り出したあと——医療技術者の夫はすでに出勤していました——悲鳴を聞きつけた。窓に駆け寄り、下を見るとホーがいて、死体があった。彼女はホーになかに戻るよう呼び掛けてから警察に通報したそうです。時間的には合います。

ゆうべは十時まで勤務したそうで、残りのスタッフは後片づけをしていたから十一時ごろまで店にいたのではないかと言っています。ジェイコブズと夫は十二時にはベッドにはいり、子供たちは三人とも家にいてその時間にはもう寝ていた」

ストロングは問題の窓を見上げ、死体との距離を目測した。

「ジェイコブズはこの路地で言い争う声や物音がしたのを聞いた気がするけど、時間はわからないと言っています。たぶん二時ごろだと思うけど、半分寝ていたから定かではないと」

「わかったわ」

「ギャングの活動についてもきいてみたんです。そうしたら急に答えがあいまいになって。息子が——食堂でアルバイトしてる子です——医者を目指して勉強に励んでいて、これまでトラブルが起こったことは一度もないとか、娘ふたり——十四歳と十一歳です——にもトラブルがないことを強調しました。でも、何か隠していそうでした」

「そう、何かある。彼女はファン・ホーの母親と友達で、彼女の店で働いてるから。ピーボディが何をつかんでくるか楽しみね」

ふたりはバッジを見せて路地に面したドアから店舗にはいり、二階のアパートメントへ上がっていった。

「ジェイコブズの息子をざっと調べてみたんですけど、経歴は無傷です」

「問題は食堂のほうね。関係があるのはそっちだから」

イヴは住居のドアをノックした。ドアをあけたのはまさにその関係者だった。

年ごろは二十代前半。がっしりした体つきで、黒い目の眼光は鋭く、アクション映画俳優のような顔立ちをしている。セミロングの髪は編んで一本にまとめてある。右の上腕二頭筋《じょうわんにとうきん》の上で赤と金のドラゴンが火を吹いていた。

「ダラス警部補とストロング捜査官です」イヴはバッジを掲げた。「この家のかた?」

「ファン・ホーだ。警官が次々に押しかけて、すでに動揺してる母親の話を聞きにきた。この路地で見つかった死体のことでね」

「わたしはあなたの話を聞かせてほしいんだけど」

ファン・ホーは人を喰《く》ったように肩をすくめた。「キッチンにいる女警官が俺の母親や、心配で様子を見にきたじいさんとばあさんを質問攻めにしてるよ。祖父母は向かいの部屋に住んでるんだ」

イヴは廊下の向かい側のアパートメントにちらっと目をやった。「今どなたかいる?」

「いや」

「そっちで話を聞かせてもらえないかしら。ストロング捜査官、あなたはピーボディ捜査官と合流して、わたしがミスター・ホーの祖父母の部屋で彼から事情を聴いてると伝えて」

「了解しました」暗黙の指示も了解して、ストロングは奥へ向かいながらPPCを取り出して操作しはじめた。

ファン・ホーは向かいのアパートメントまで行くと、キーパッドに番号を打ち込み、ロックを解除してドアをあけた。

薬草と花の香りが漂う室内は、大胆な色が使われ、金《きん》がチラチラ光っているにもかかわらず静謐《せいひつ》な雰囲気がある。

大胆な色づかいのほかに部屋を飾っているのは、家族の写真と、腹を突き出してほほえんでいる神の彫像で、たしか仏陀《ぶっだ》と呼ばれているはずだ。

ホーは赤と金のカウチに腰をおろし、さっと手を動かし座るよう促した。

「ほかの警官にもう言ったが、俺は寝てたんだ。俺の部屋は路地に面してないほうだから、母親が駆け込んでくるまで何も知らなかった。母親に起こされ、路地で誰か死んでると聞かされた」

「それで、あなたはどうしたの？」

「起きて、キッチンに行って、窓から身を乗り出して眺めた。知らないやつだったよ。だから俺はなんの関係もない。おふくろが動揺してたからお茶を淹れてやった。それだけだ」

「あなたも店に出るの？」

ホーはまた肩をすくめた。「たまに手伝う程度だ。俺の仕事じゃないし」

「今日の午前零時から三時までどこにいた？」

「ほとんど家にいたよ。友達と出かけて、帰ってきたのが十二時半か一時くらいだった。親父はまだ起きてて、税金やなんかの計算をしてた」

その歯切れのいい口調から、詳しい説明は要らず必要な情報だけ与えればいいとわかるほど、何度も警官と話した経験があることが読み取れる。

だが、怒りをぐっと抑えていることも読み取れた。警官が訪ねてくるように仕向けた者がいる。ホーはその手の侮辱を黙って見過ごすタイプとは思えない。

「誰か見かけなかった？」どういう答えが返ってくるかわかっていたが、イヴはきいた。

「この建物の付近をうろついていた者とか」

「何も見なかったし、何も知らない。もういいかな？」

「まだよ。〈ドラゴンズ〉でのあなたの役職は何になるの？」

ホーはカウチの背にもたれ、脚を組んだ。「俺がそのメンバーだと誰が言った？」

「じゃあ、あなたはそれを恥じているか、あるいはメンバーだと認めるのが怖いのね」

それを聞いて、怒りが爆発した。目に殺意の炎が光った。「俺がおっぱいをつけた警官を怖がるように見えるか？」

「じゃあ恥じてるのね。あなたが身内に面倒と恥辱をもたらしたことを」

ホーがいきなり立ち上がると、イヴも腰をあげた。ホーは目に怒りの炎を燃やしながら戦う構えを取った。

「あなたの祖父母の部屋でわたしと戦うのはまずいんじゃないの？　動揺してるお母さんに、息子さんを投獄しなければなりませんとは言いにくいわ」

「あんたが？」ホーは大きな笑い声をあげた。「あんたのスタナーなんか二秒で取り上げてやれる。そいつで思いきり痺《しび》れさせてやるよ」

熱くなっている相手を冷ややかに見つめながら、イヴは右の拳を左のてのひらにつけて抱《ボウ》拳礼《チエンリイ》という挨拶《あいさつ》をすると、戦う姿勢を取った。「かかっておいで。この話の続きはセントラルでやらせてもらうわ」

ホーが発している感情がびんびん伝わってくる——襲いかかって、痛めつけてやりたいという欲求。罠《わな》に掛けられているのがわかっても、それでも勝ちたいという欲求。

やがて、ホーはまたカウチに腰をおろし、手で払う仕草をした。「戦う価値もない」

自制心もあるようだ、とイヴは思った。祖父母と母親を敬う気持ちもあるのかもしれない。さらに、わが家の戸口に死体を遺棄されたことに、見た目よりももっと強い怒りや動揺があるのだろう。

「あなたが言ったように窓から眺めたなら、よほど目が悪いのでもないかぎり、死体に〈バンガーズ〉のタトゥーがはいってたのは見えたでしょ。それに、あなたがよほど頭が悪いのでもないかぎり、警察にいろいろきかれることはわかってた、ギャング団に所属してることや、犯行時刻の所在や、被害者を知ってたかどうかを」

「じゃあ何か、俺が〈バンガーズ〉のクズ野郎を殺して、母親が蹴つまずくかもしれないのに戸口に放置したと思ってるのか？　警察がやってくるに決まってるのに？」

「思ってない」

ホーは目を鋭くさせ、そこに嘘や罠がないかを探った。

「中立地帯に死体が放置されてたことは知ってるわよね。あなたがもしその仕返しをするつもりなら、メッセージ代わりに〈バンガーズ〉の縄張りに放置するでしょう。誰かがそれを望んでる。戦争を起こしたいのよ」

「〈バンガーズ〉が戦争を望むなら、やってやるよ」

この男とジョーンズは同じ性質だ。

「〈バンガーズ〉が戦争を望んでるとは言ってない。誰かが、と言ったの。あなたが愚かにもその餌《えさ》に食いついたら、その誰かは望んだものを得ることになる。あなたの家族は悲しむことになる」

「自分の身ぐらい守れるさ」

「あなたにはきっといとこや友達がいるでしょ。彼らにも母親がいる。それに、事態をそこまで進ませたら、一階の店はターゲットにされるかもしれない。わたしはあなたの身なんてどうでもいいけど、とばっちりを受ける人たちのことは気にする。あなたは誰かが用意した導火線に火をつけたら、自分の評判や、利益や、家族の安全がどうなるかを気にすべきよ」

「ドラゴンは火を吹くんだ」ホーはギャング団のタトゥーを指先で叩いた。「やつらは俺の家族を虚仮《こけ》にした」

「わざとね。あなたを怒らせ、あなたと、あなたの家族に血を流させようとしてるの。わたしに仕事をさせて。その血を望む者を檻にぶち込むから」

「仕事だと？」嘲笑《あざわら》おうとしたが、怒りのほうが強かった。「あんたはここにはもう用がない。血を望むのが誰だろうと、自分の血が流れるのを見るだけだ」

イヴは玄関まで行き、立ち止まった。「今日のところはあなたには興味がない。でもいずれ、あなたはわたしのスクリーンに浮上する。あなたがすでにモルグにいるんじゃなければ、結局は檻に放り込む羽目になるから」

イヴは廊下に出て、もう一度向かいのアパートメントのドアをノックした。そして、ファン・ホーの近親者に彼の死を伝えるためにノックするのはいつになるだろうと考えた。


「いい家族ですよ、ダラス」セントラルに戻る車中で、ピーボディは助手席の窓の向こうを見つめた。「優しくて、情があって、働き者で。それがはっきり表れてました。直感なんですけど、母親が死体を発見したとき最初に恐れたのは、息子がやったんじゃないかということでしょうね。彼女は息子のことを心配してます。それもはっきり表れてました。あんないい家庭で育ったのに、彼はなぜああいう人生を選んだのか不思議でしょうがないです」

「それはマイラの領域ね。わたしに言えるのは、エイムズを殺したのは彼じゃないけど、もし彼がやったとすれば、初めての殺しじゃないだろうってこと」

「彼のファーストネームはジョージです」ストロングが言葉をはさんだ。「彼が使っているファンは、中国語で破壊的という意味です。記録によれば、問題はかなり早い時期から始まっていました。無断欠席、器物損壊、喧嘩。彼は教師を追いまわして、彼女を教室で叩きのめした。十一歳のときです」

イヴは驚きもせずうなずいた。「マイラに診てもらわなくてもわかる。母親と祖母のことは愛してるかもしれないけど、家を一歩出れば女を見くびってる。権威に敬意を払う気なんかさらさらない」

「違法麻薬に関する前科はありません」ストロングは先を続けた。「所持も、使用も、販売も。だからわたしのデータに載らなかったのかも。彼の前科記録には〈ドラゴンズ〉のリーダーと記載されています。未成年のときに服役経験あり。その後も様々な容疑で逮捕されました――が、うまく罪を逃れてきました」

「彼は警官を嫌ってる」イヴは付け加えた。「驚かしてくれるじゃない。女性を人間とも思わず、〈バンガーズ〉をゴミと見なす。いろんな怒りを溜め込んでるけど、自制心はいくらかある。わたしたちがこの一件を終わらせるときに、彼がそれを使ってくれるのを願いましょう」

「彼はニューヨーク生まれで、両親と祖父母もここで生まれました。情報によれば、彼には妹がいて、彼女は学校で知り合った男性と付き合っていたようです。ヒュー・ラニガン、中国人ではありません。ある夜、妹を家まで送っていったあと、彼は襲われて顎と腕の骨を折られた――フットボールのクォーターバックでしたが、二度とスパイラル・ボールは投げられない怪我《けが》をした。調べきれなかったのか、調べようとしなかったのか、襲った相手はわかっていません。でも、彼は妹との付き合いをやめ、最終学年をオンラインで終えました」

「いつの話?」イヴは車を駐車場に乗り入れながらきいた。

「三年前です。その青年はフットボール奨学金を得る権利を失い、現在はマイアミの大学に在籍しています。妹はシアトルの大学に」

「三年の歳月と数千マイルの距離があれば、もう大丈夫かもしれない」イヴは少し考えた。「彼と話してみてくれない? 記憶が鮮明かどうか確認して。ファン・ホーのやつはぶち込んでやらないと」

「ぜひ、そうしたいですね」

「ピーボディとわたしはもう一度コーエンを攻める。弁護士を見つけられたか、新たな死体で態度に変化がないか、確かめてみましょう」

「大部屋《ブルペン》のデスクを使ってもいい?」エレベーターへ向かいながら、ストロングはピーボディにきいた。「捜査に協力してもらえるように、妹の元恋人を説得してみる」

「わたしが用意するわ」

「あなたたちのフロアの自販機も、うちのフロアぐらいひどい?」

「たぶん」

ストロングはため息をついてエレベーターに乗り込んだ。「まあ、いいわ。あえてリスクを冒すしかないわね」

「今の報告書を仕上げて、ピーボディ。わたしはレオと話したり、事件ボードを更新したりしたい」

殺人課がある階に到着すると、自販機を睨みつけているストロングを尻目に、イヴはオフィスに飛び込んでレオに連絡した。

「まだここにいるのよ」レオは言った。「あなたのオフィスへ向かうわ」

待っているあいだに、イヴは事件ボードに新たな犯罪現場の写真や、ファン・ホーのＩＤ写真と目撃者を追加した。

「コーヒー、もらうわよ」やってくるなりレオが言うと、イヴは指を二本立てた。

「新しい死体はほかの者たちと関係あるの?」

「ピカリングとダフを殺した犯人グループのひとりだった。死体が遺棄されたのは〈ドラゴンズ〉のリーダーの家族が経営してる食堂兼住居の裏にある路地」

「ずいぶんあからさまね」レオはイヴにコーヒーを渡し、来客用の椅子は危険なので避け、デスクの椅子に腰かけた。「コーエンは弁護士を雇ったけど、弁護士は依頼人とちょっと話し合っただけで辞退した。コーエンはまたもやアホに戻って、自分で弁護すると言ってる」

「仕事はやりやすくなったわ。FBIのほうは?」

「わたしの説得力は」レオはすでにふわふわの髪をふわりと揺らした。「驚異的よ。おまけに、ぶつぶつ言ったり権利を主張したりしたけど、彼らはあなたの作戦を気に入った。大歓迎ってほどじゃないけど、気に入ってくれた。わたしの驚異的な力が形勢を一変させたの」

「エルデナ・ヴィンのことは除外してくれそう?」

レオはほほえんだ。「説得力。驚異的。証言する必要はあるけど、わたしはもう彼女の弁護士と話し合った。彼女は証言する気があるだけじゃなくて、どうしてもしたいんですって。こうしてるあいだにも、FBI捜査官たちが自宅で彼女の供述を取ったり、コーエンの電子機器やデータを押収したりしてるわ」

「よかった。これで彼らもしばらくは忙しくしてられる。その間にわたしは三番目のDBをコーエンの足元に転がしてやる。この男はね」事件ボードのエイムズの写真を指先で叩く。「ふたりの人間を殺し、最初の殺人に手を貸した女性をさんざん殴って、集団でレイプした。その女性の耳からもぎ取ったまだ血のついてるイヤリングを、ロシェルの弟を殺したときに彼女のクローゼットから盗んだバッグに入れて持ってたの」

イヴはエイムズを見つめた――ID写真の若くふてぶてしい顔を見つめ、殺されて遺棄された場所で見たうつろな顔を思い浮かべた。「ラボはそのイヤリングについてた血と皮膚がダフのものであることを確認した。彼を永久に閉じ込めておくことができたのに、彼はもう十八歳にはなれない」

深く息を吐き出し、イヴはうなじをこすった。「おかげでこっちは〈スカイ・モール〉に警官とグリーフカウンセラーを送り込んで、母親に悲しい報《しら》せを伝えなきゃならない。それもこれも、わたしが先に彼を捕まえて檻に閉じ込めておかなかったから。誰かが彼の喉を切り裂くまえに」

「ジョーンズがやらせたと思ってる？」

「エイムズが自分を差し置いてピカリングとダフを殺したことを知ったら、処刑するでしょうね。でも〈ドラゴンズ〉のリーダーの自宅の裏に死体を捨てろとは命じないと思う」

イヴはコーヒーを持った手で彼の写真を示した。「ジョーンズはペテン師よ。たしかに〈バンガーズ〉の指揮官を自認してるけど、その役目を遂行してる陰で仲間たちを裏切ってる。上がりの上前をはねて貯蓄に励み、ギャング団の外の人間と手を組んでさらに儲《もう》けを狙ってる。自分自身のために。彼は自分に注目を集めたくない。ずさんな殺人なんか命じたら注目されることになるんじゃないの」

「それに、ジョーンズがコーエンとパートナーシップを組んでて、彼の歩合を減らしはじめたとしたら……」

「コーエンはほかの者とパートナーシップを組むかもしれない」イヴが引き取って言った。「そういう立場にいる者で、ジョーンズを権力の座から引きずり落とせたらその地位に就こうという野望を持ってる者」

今度は指でジョルゲンソンのID写真をつついた。「つまりこの男ね。彼は戦争を望んでる。彼は指揮官になりたいの」

「だとしたら、なぜ直接ジョーンズを殺さないの？」

「狙いにくい相手だから。でも、そういう日ももうじき来るかも」イヴはコーヒーを飲み終えた。「じゃ、もう取りかからないと」

「わたしの驚異的な説得力が必要になったら、いつでも応じられるようにしておくわね」

ふたりはブルペンで二手に分かれた。トゥルーハートのデスクから——彼とバクスターは〈スカイ・モール〉へ出かけている——ストロングが合図をよこした。

「コーエンのことで急いでるのはわかってるんですが、ホーの妹の元恋人と連絡が取れたので。ちょうどいいタイミングでした。ヒュー・ラニガンの弟はケンブリッジ大学のカレッジの一年生で、ハーバードにも合格した優秀な子です。両親は数ヵ月前にサウスカロライナに引っ越しました」

「つまり、ホーは家族を脅して、ラニガンの口を封じさせてたと言いたいのね」

「すごい、捜査官みたいですね。俺の妹に近づいたら殺すぞ。警察に言ったら弟の命はないぞ。そういや、おまえのママは美人だな。顔をズタズタにされるにはもったいない」

「ラニガンは今なら彼らの手の届かないところにいるから、しゃべってもいいと思った」

「彼は告訴する気になっていて、ホーを収監させるためなら証言でもなんでもすると言っています。二、三日前にも家族とそのことを話し合ったそうで、家族も賛成してくれた。彼はその勇気を奮い起こそうとしていたところだったんです」

「レオが観察室にいるから、そこに行ってこの件を詰めて」

うなずいて、ストロングは腰をあげた。「ダラス、もしこれがわれわれの思惑どおりに進めば、ふたつのギャング団に痛手を負わせることになります。一掃するのは無理でも、彼らは窮地に陥りますよ」

それは儲けものだと思いながら、イヴはピーボディに言った。「あのインチキ野郎の口を割らせるわよ」

「バキッ！　FBIのほうは大丈夫なんですか」

「彼らは目下ヴィンのところにいる」

イヴは取調室のドアをあけた。どちらかと言えば、彼は今朝より一段と打ちひしがれた感じがする。「記録開始。ダラスとピーボディはコーエンの尋問を再開します。弁護士が見当たらないわね、サム。こっちで見つけてあげましょうか?」

「あれから考えたんだが、この魔女狩りに関しては自分で弁護することを選んだ」

「なら記録するためにきくけど、あなたは弁護士の権利を放棄しますか?」

「私が弁護士だ」

イヴは黙ったまま見つめた。

「わかったよ、イエスだ」

「それなら別にいいの。もうひとつ記録のために、三件目の殺人の従犯容疑を加えます」

「なんだと? そんなバカな。そんな――無茶苦茶だ!」

「エイムズ、バリー、十七歳」イヴは指で喉を切り裂く真似をした。「彼はあなたが頼んだピカリングとダフ殺しの実行犯どものひとり。無茶苦茶っていうのはどういうことかわかる、サム? 盗人《ぬすっと》同士にも礼儀はあるの。殺人犯同士はあまり礼儀を知らないようね」

「私はその人物を知りもしないんだぞ」

さりげないなかにも自信をのぞかせて、イヴは椅子の背にもたれた。「あのね、あなたが彼の名前を知らないのはほんとうだと思う。彼の名前なんてどうでもいいから。あなたが望んだ仕事をちゃんとやってくれればいいだけ。だけど、あなたに協力してこのお膳立てを整えた〈バンガーズ〉のメンバーの名前はよく知ってるでしょ。その名前を教えて、サム。いくら無能な弁護士でも、依頼人が三件の殺人の容疑を受けてたら、正直に言ったほうがいいとアドバイスするでしょ」

「いくら無能な警官でも、私がゆうべから留置されていて、ギャングの喉を切り裂くことには何も関与できなかったことくらいわかるだろう」

「あらやだ、サム、あなたは事前従犯のことをすっかり忘れてるわよ。もう一度法律書を読み直したほうがいいかもね。これも覚えておいて、この最新の死者はあなたが企てた殺人の陰謀に加担してて、その役目が終わったから死んだの」

「鈍い人ね」ピーボディが横から言った。「わたしたちに名前を教えなさいよ。いくら無能な殺人容疑者でも、先に寝返ったほうが取引で得をすることくらい知ってるでしょ」

険悪な目でイヴに睨まれて、ピーボディは肩をすくめた。

「いいじゃない、ダラス、彼だってそこまでバカじゃないわ」

「どんな取引だい？　いや、いい」コーエンはあわてて打ち消した。「聞きたくない。その殺人について私は何も知らないんだ。マーカス・ジョーンズとは不動産の件でパートナーシップを結んでいるだけだ。彼がどうやって投資資金を稼ごうが、私にはなんの関係もない。彼が犯罪者なら逮捕しろ！」

「あなたと一緒に留置場に入れるかもしれないわよ」ピーボディが勝手に想像した。「彼やギャング団の仲間たちに、なぜあなたがここにいるかを知らせたあとで」

「留置場ではときどき恐ろしい事故が起こるのよね」イヴはピーボディのほうを向いた。「留置場の外でも。たとえば、ある人が保釈金を払って釈放されても、その人が警察に洗いざらいしゃべったという噂《うわさ》が広まって……恐ろしい事故が」

「そんなことできるもんか！」

「なんのこと？」イヴは向き直った。「わたしたちはおしゃべりしてるだけよ」

「私はきみたちに何も話さなかった。あいつらは狂暴な犯罪者だ」

「彼らと手を組むまえにそれを考えておくべきだったわね。またたわごとで言い逃れようとしても無駄よ。記録があるでしょ、ほんとにもう。あなたの記録には、ジョーンズとその手下がおこなってた違法麻薬取引から得た利益の分け前がきっちりつけてあるの。だから、そう、われわれはあなたの記録を利用してジョーンズにけりをつける。とんまな弁護士を雇わないかぎり、彼は情報の出所を知るでしょう。そういうのは証拠の開示って呼ばれてるの。思いだした？」

「ジョーンズのような男なら、それだけで彼の背骨を折るでしょうね」ピーボディが割り込んだ。「ジョーンズが彼に近づけないように、わたしたちが頑張れば別ですけど。でも、動機づけが何もないとね」

「サムの記録から集めた証拠を利用してジョーンズを連行したら、もうおしまいよ」イヴは肩をすくめてから、だらんと下げた。「例の恐ろしい事故は、刑務所のなかでは飛躍的に増加するのよね」

コーエンの目がきらりと光った――怒りからではなく、こみあげてきた涙によって。「きみたちが話しているのは私の人生のことなんだぞ」

「三人の人間がモルグにいるのよ、このろくでなし。彼らにも人生があった。それ以外にもあなたのパートナーの犯罪活動のせいでだいなしにされた人生や、終わりにされた人生は数えきれないほどある。あなたはその犯罪活動から利益を得ていた」

「私は――水がほしい。水をくれ。少し考えさせてくれ」

「ダラスとピーボディは被尋問者の水を取りにいくため退室し、彼に考える時間を与えます。十分間あげるわ。尋問、一時停止」

「わたしが取ってきます」ピーボディが言った。「ダラスはコーヒー?」

「ペプシ」イヴは自販機用のトークンを引っ張りだした。「わたしのコードは使わないで。あのマシンはちがうやつを吐き出すから」

「彼は今ごろはもう吐いてるだろうと思ってました」

「最初にやらなければいけなかったのは、彼が言い逃れに使ってる妄想の壁を突き破ること——その壁はやけに頑丈にできてた。わたしたちはようやくそこまで到達した」

ピーボディが自販機へ歩いていくと、ロークが観察室から出てきた。

「そこにいたなんて知らなかった」

「来たばかりだ。肝心なところはほとんど見逃したようだし、また殺人があったようだね。それに……」ロークはイヴの顎にできた薄い痣を指先で撫でた。

そのことはすっかり忘れていた。「どうして、傷にもなってないのに」

「この顔のことは隅から隅まで知っている。容疑者と喧嘩《けんか》になったのか？」

「ちがうし、喧嘩じゃない。取り押さえたの。スリのパンチがまぐれ当たりでかすめただけ」ロークのおかげでそのときの怒りがよみがえってきた。「楽しみの種は尽きない」

「それだけ楽しんだなら、きっとランチは食べそこなったんだろうね」

「ちょっと忙しかったからね。どっちにしても自販機にはろくなものがないし」

かぶりを振って、ロークはイヴの顎のくぼみを指でさっと撫でた。「オフィスのオートシェフには文句なしに食べられるものがはいっているだろう」

「そうだった。いつも忘れちゃうの。あのろくでなし野郎を白状させたら何か食べる。あなたがここにいる理由の大半はヴィンのことが気の毒だからでしょ。教えてあげる。彼女は立ち上がった。弁護士を雇って、FBIに協力してる。それに、どんなたわごとも許さない気丈なストリッパー仲間もついてるみたい」

「それを聞いて安心した。ピーボディ」飲み物を持ったピーボディが、足音を響かせて戻ってきた。「今日は美しいうえに手ごわそうだね」

ピーボディは目をきらりとさせてイヴにペプシを手渡した。「ありがとうございます。今のところ順調です」

「まだまだこれからよ」イヴはペプシの蓋をあけた。「一日が終わるまでに〈ドラゴンズ〉のリーダーを加重暴行に脅迫傷害のおまけをつけて逮捕するでしょ。それからジョーンズも逮捕する——なんて言えばいいの？——おびただしい数の容疑で。そう、おびただしい、いい響きね」

イヴはペプシをごくりと飲んだ。「コーエンの口を割らせることができたら、誰かさんは三件の第一級殺人容疑で逮捕されることになる」

「このあともすごく忙しいんだね」ロークがしみじみ言った。「僕もどれかに参加したいな。あと一時間くらい余裕があるが、その後はまた少し仕事がはいっている。それまでに会えなかったら、出動するときに知らせてくれ」

そう言いながら、ロークはポケットからチョコレートバーを取り出し、ふたつに割った。

た。

「きみたちはこれでエネルギーを補給するといい」

「ゆるいパンツか、チョコレートか？　チョコレート！」ピーボディはお菓子を受け取った。

イヴは疑惑の目つきになった。「わたしのオフィスから持ち出したの？」

「まさか、ちがうよ。僕の警官が——この場合は警官たちだね——朝食を取ってから何も食べていないだろうと睨んで持ってきたんだ」

「わたしはオートミール・クランチ・パワーバーのミニサイズを食べました」ピーボディが言った。「でも、こっちのほうがいいです」

イヴは外装をしげしげと眺め、オフィスに隠してあるものにつけたマークがついていないことを確認した。けれど念のため、あとで隠し場所を点検しよう。

とりあえずのところはチョコレートバーを食べ、ペプシを飲んだ。そして、たちまちエネルギーがみなぎってくるのは悪くないと思った。イヴはペプシの空容器をロークに手渡した。「じゃあまたね」

「幸運を祈りたいところだが、僕が見たかぎりではきみに必要なものはすべて手にはいるようだね」

手に入れるわ、コーエンの口をこじあけて名前を聞き出したら、と思いながらイヴは取調室のドアをあけた。

「記録開始。ダラスとピーボディは尋問を再開するため取調室に入室します」

着席すると、さらに青ざめたコーエンの顔のなかで少し赤い目が際立って見えた。恐怖の涙が絞り出されたのだろう。

コーエンはピーボディがテーブルに置いた水をひと息で半分飲んだ。

「さあこれで、水も考える時間ももらったわね」

「私が……仮定の話だが、仮に私が特定の犯罪活動や犯罪組織に関する情報を持ち、その情報を自発的に当局に提供した場合、そういった活動への不用意な関与は刑事免責になるのだろうか？」

「刑事免責？　本気で言ってるの？」

「その情報を提供することによって――繰り返すが、仮定の話だ――私は命の危険にさらされるんだ。免責特権が与えられれば安全な場所に移ることができる」

やっぱり策士ね、とイヴは思った。こっちはこれを当てにしていたのだ。「あなたは刑務所に移るのよ。わたしの時間を無駄にしないで」

「私が提供する情報は複数の凶悪犯罪の訴追につながるし、つなげるべきだ」その声は今や切羽詰まっていた。「地方検事局はこの情報に興味を持つに決まっている。私のビジネスのグレーゾーンに免責特権を与えれば、地方検事局も連邦政府も悪名高いギャング団の真相を暴くことができるだろう」

顔をしかめて、イヴは椅子の背にもたれた。「残念だけど、刑事免責には取り組めないわ。連邦捜査官や地方検事とは協力しない。今日が終わるころには〈バンガーズ〉にちょっとした変化が起こってるわよ」

「三件の殺人だぞ」コーエンは食い下がった。「彼らだって黒幕を挙げたいんだ」

イヴはふたたび顔をしかめ、職務と嫌悪感のはざまで葛藤《かっとう》している警官の表情を見せた。そしてしぶしぶ職務を優先させるふりをした。

「協力を約束することはできるし、その協力が犯人の逮捕と訴追につながるならもっと努力するけど、免責特権は無理ね。あなたは連邦政府を騙してきたのよ、サム。彼らはすごく怒ってるわ」

コーエンは手の甲で唇をぬぐった。「仮に私が末端価格にして十万ドル以上の違法麻薬がある場所や、偽のID作成と成りすまし詐欺に使用する機器のことを知っていたら、彼らの怒りも少しは軽くなるかもしれない」

イヴは指先でテーブルを叩いた。「彼らの怒りはほんの少し軽くなるかもしれないけど、それでも免責特権は与えないでしょう」

ピーボディが身を寄せてイヴの耳元で「証人保護」とささやいた――ちょうど聞こえるくらいの小声で。

もう一度指先でテーブルを叩いてから、イヴはピーボディにささやき返した。ひとつうなずいて、ピーボディは立ち上がった。

「ピーボディは退室します」イヴは言った。「情報の内容しだいではいくつかの罪は軽減されるかもしれない。あなたはエルデナ・ヴィンが何も知らなかったことを証言する？　この件に関するあなたの活動、詐欺や脱税について気づいてなかったこと、おまけに騙して書類にサインさせたことも、彼女のお金を偽って巻き上げてたことも知らなかったと。それができないと」相手がためらう様子を見て、さらに続ける。「連邦捜査官は彼女を連行して、情報を引き出すでしょう。その情報はすでにあなたにかかってる容疑を重くすることになる」

「そんな必要はない。私が家計のすべてを処理していたことを証言する」

「もっとよく考えなさい。そのままじゃ私はやる気が出ないし、あなたの援助なんかしないわよ」

「彼女は気づいていなかった。私は彼女の金銭的面倒を見ていたんだ」

無表情な目をしたまま、イヴは身を乗り出した。「認めなさいよ、コーエン。それがいやなら、わたしはここを出て、ジョーンズを捕まえにいく。それで何もかもおしまいよ」

「わかった、わかったよ。私は彼女を利用した、もちろんいいことだとは思っていない。だが、彼女が目の前に差し出された書類を読まなかったのは私の責任ではない」

「あなたは彼女から金銭を詐取した。あなたは家計費用だと偽って彼女から奪った資金で自分の預金を増やし、無断で彼女の収入を記載して不動産ローンを組んだ」

「私は彼女にいい暮らしを与え」と言いかけ、イヴが腰をあげるのを見て続きを飲み込んだ。「私は彼女に嘘をついた。それは認めよう。彼女の収入を利用して無断でローンを組んだ。私の記録には彼女からどれだけ取ったかはっきり載っているし、その金は返す。もちろん、妥当な生活費を差し引いて」

イヴがまた立ち上がろうとすると、目に涙がこみあげた。「全部だ！　彼女には全額返す。たいしたことじゃない。それがどうしたっていうんだ？　私はこれからもっと重要な情報を明かすんだ。貴重な情報を。私は証人保護プログラムを希望する」

タイミングを見計らったかのようにドアがあき、ピーボディとシェール・レオ地方検事補が現れた。

16

「ピーボディ捜査官はレオ地方検事補とともに入室します」

綺麗なパールグレーのスーツ姿のレオは席につき、その香りからするとイヴのオフィスのコーヒーがはいっていると思われるカップと、ファイルをテーブルに置いた。

レオは友達と高級ランチのテーブルについているかのようにほほえんだ。この地方検事補は御しやすいカモに見える。若くて、ブロンドで、美人で、ほっそりしている。

鋭い牙《きば》を隠していることは、それが自分の首筋に食い込むまで誰も気づかない。

「ミスター・コーエン、地方検事局のシェール・レオです。あなたがギャングの活動についての情報をお持ちで、あなたに現在かかっている様々な容疑についての取引と引き換えに提供してくださると聞きました」

牙は見えず、カモだと思って、コーエンは元の状態に立ち戻った。「私は州と連邦のあらゆる容疑に関して、免責特権を望んでいる」

「あら」レオは美しい目をパチパチさせた。「どうしましょう、伝達ミスがあったみたいだわ。免責特権は交渉のテーブルに載っていません。警部補、わたしはセントラルで暴行容疑事件をまとめているところなの。妄想の世界の取引に時間を取られるわけにはいかないのよ。ミスター・コーエンが現実に戻ったら知らせて」

「ちょっと待て！」

レオはふたたびほほえんだ。「ミスター・コーエン、あなたが追い詰められた状態にいるのはわかるけど、一日に使える時間は決まっている。わたしはとにかく自分の時間を無駄にできないのよ」

「待て！」

コーエンは噛みつくように言った。エルデナ・ヴィンに黙っていろと告げたときと同じ口調だ。

それはここでも功を奏さないだろう。

レオはリスト・ユニットをちらっと見てから、一月のような冷ややかな目をコーエンに向けた。「六十秒、スタート」

コーエンは最初の牙が食い込むのを感じたのだろう、口調が猫なで声に変わった。

「〈バンガーズ〉を瓦解《がかい》させるのに力を貸そう。きみは何千ドルもの価値がある違法麻薬や、武器や機器を押収できる。私は刑務所に行くわけにはいかない。殺されるかもしれないんだ！　証人保護がほしい」

「ミスター・コーエン、証人の安全を護《まも》るのは連邦プログラムです。わたしはニューヨーク市の検事補なの」

「だが、なんとかできるだろう」コーエンは執拗《しつよう》に主張した。「きみなら取引できる。連邦捜査官はいずれにしても不動産や資金を没収する。私が刑務所行きになるかどうか気にかけるか？　私より悪人の、大悪人の情報を提供できても関係ないだろう？　私は彼らの法律顧問なんだ、そういうことだよ」

レオは目を見開き、コーヒーを取り上げた。「マフィアの相談役《コンシリエーレ》みたいな？」

「イエスでもあり、ノーでもある」コーエンは手の甲で口元をぬぐった。「私は相談に乗り、助言する、それだけだ」

「だからあなたはその立場ゆえに貴重な情報を握っていて、その情報が彼らの逮捕と訴追につながると主張するのね」

「そのとおり」

「情報の実例は？」

「取引したい」

「あらいけない、もう時間だわ」リスト・ユニットにまた目をやった。「実例がほしいの。あなたの握っている知識を披露してくれれば、取引の話ができる。そうじゃないと……」

「ブルーム・ストリートにとある電器店がある――というか、あった。みかじめ料がどんどん高くなって支払いを拒んだら、ジョーンズはその店を襲撃しろと命じた。閉店間際に火炎瓶が二本投げ込まれた。店主はまだなかにいたが、かろうじて逃げ出して軽傷ですんだ。だが、彼は何もかも失った」

「あなたはどんなふうにその知識を得たの？」

「事後に知った」コーエンは今や真剣な表情を浮かべ、両手で宙を叩いた。「もちろん相談されていたら、建造物を破壊したり人命を危険にさらしたりしてはいけないと助言しただろう。犯行後ギャングのひとり――ルーファス・ミラー――が逮捕された。彼が店に火をつけるのを見たという目撃者がいたんだ。私は彼の代理人として呼ばれた」

「その事件が起こったのはいつ？」

「去年の十一月」

レオはPPCを取り出し、情報を入力して画面をスクロールした。「ははん。目撃者は証言を撤回したのね」さらにスクロールしていく。「目撃者の八歳になる娘に誘拐事件警報《アンバーアラート》が発令されている。下校途中に誘拐された――ミラーが逮捕されたその日に。少女は無傷で戻ってきたけど、誘拐犯についての情報は提供できなかった」

レオはほほえんだが、牙がきらりと光るのが見えそうだった。「偶然?」

目をそらし、コーエンはジャンプスーツの襟元を引っ張った。「私は目撃者が証言を撤回したことしか知らない」

三人の女性が一様に押し黙ったまま、時が経過していく。

「わかった、わかった。ジョーンズが命じたんだ。子供に怪我はさせるな、怖がらせるだけでいいと。ほんの数時間のことだった。これが実例だ。これ以上は取引したい、書面にして。もっと大きな悪事だ」

「火炎瓶を投げつけたり誘拐したり目撃者を脅したりするより? あらまあ」

レオはブリーフケースからタブレットを取り出した。「記録するにあたって、FBIのティーズデール特別捜査官に参加してもらいます。われわれに何ができるかやってみましょう、ミスター・コーエン」

イヴは不快感や嫌悪を演じるには何か演出があってもいいだろうと考えた。この作戦にティーズデールを要望したのはイヴ自身だ。かつて事件解決のために力を合わせて働いたことがあり、この女性がフェアな取引をすることはわかっていた。

レオがタブレットを操作して、ティーズデールをスクリーンに呼び出した。

「レオ地方検事補」

「ティーズデール特別捜査官、こんにちは。すでにお話ししたように、われわれはミスター・コーエンを尋問しています。彼は〈バンガーズ〉の内幕についての裏づけのある実例と、州法および連邦法に違反するとされる活動についての情報を提供してくれました」

「すでにお話ししたように、FBIは目下、捜査官がミスター・コーエンのデータを調べ、記録を取っています。それらのデータには州法および連邦法に違反する彼の活動が記録されています」

「それはわかります。しかしですね……」

レオは状況を説明し、ティーズデールは反論した。コーエンは哀れっぽい声で訴え、名前と日付と場所を教えると約束した。交渉がのろのろと進むなか、イヴは異議を唱えた。

素敵なタヒチで経費がすべて無料の生涯休暇を与えてやればいいんじゃないの？ピーボディは連邦刑務所《クラブ・フェッド》を嘲笑する意見を差しはさんだ。

やがてイヴは席を立った。ブルペンに戻り、大声で命じる。「全員三十分後に会議室に集合。二面作戦について説明する」

「何かあったのか、警部補《ルー》」バクスターがきいた。

「われわれは〈バンガーズ〉と〈ドラゴンズ〉の本部に踏み込む。ホットな事件を抱えてるなら、そっちの状況を聞かせて。そうじゃないなら、この作戦が終了するまで参加すること。ストロング捜査官、わたしのオフィスへ」

イヴはオートシェフのコーヒーを注ぎ、ストロングにもそうするように手振りで伝えた。

「チームをまとめて」イヴは指示を与えた。「あなたたちはホーを逮捕する。あなたはその作戦を指揮する」

「感謝します」

「あなたはよくやってくれた。三十分しかないから急いで。わたしはホイットニーに報告して、SWAT部隊を参加させる」

「彼は名前を吐きましたか？　ライル事件の」

「あとひと息ね。だけど、ジョーンズにゆっくり服役してもらうだけの情報はくれた。ほかに誰の名を吐くかは今にわかる。取りかかって、ストロング」

十五分後にイヴは取調室に戻った。顔色が少しましになったコーエンは、ティーズデールとレオが詳細を詰めているあいだ、うなだれて座っていた。

「移住先は私に選ばせてくれ」

「だめです」ティーズデールは感情のない声できっぱり言った。「ダラス警部補はタヒチを挙げていましたが、証人保護プログラム《WITSEC》は休暇旅行ではありません。取引の条件がすべて満たされ、あなたの情報が有効なもので逮捕につながったら、あなたは新しい身分を与えられ、連邦政府が判断した場所に移されます。その後、プログラムのあらゆる条件に従ってもらいます。それができない場合あなたの身分は無効になります」

「しかし——」

「それらの条件に合意できないようでしたら、お断りしておきますがミスター・コーエン、あなたは十年ないし二十年連邦刑務所で過ごすことになります——さらに、ピーボディ捜査官がひやかしていた豪華な〝クラブ・フェッド〟にはなりません」

「書面にしてくれ」

「そうします。レオ地方検事補、わたしはしばらく忙しいので、作成した合意書はあなたを通じてミスター・コーエンに送ってもよろしいですか」

「もちろん。ミスター・コーエンが提供する情報はわれわれの記録のコピーを送ります」

「省庁間のご協力に感謝します。合意書は速やかにお送りします」

ティーズデールが通信を終了させると、レオはコーエンのほうを向いた。

「ミスター・コーエン、合意の内容や条件、あなたの義務について理解しましたか」

「ああ」彼はふたたび胸を張り、したり顔をしていた。「私は弁護士なんだよ、ミズ・レオ。検討中の取引は理解している」

「あなたの供述、この取引に応じることによって提供する情報は、有効かつ真実でなければならないことも理解していますか？ そうでない場合、この取引は無効になります」

「わかってるって。いいか、私の人生がかかっているんだ。理解しているよ。サンドイッチとコークをもらえるかな？」

レオはコーエンをまじまじと見つめた。「サンドイッチがほしいの？」

「連行されてからろくに食ってないんだ」

「ピーボディ捜査官、ミスター・コーエンにサンドイッチを持ってきてもらってもいいかしら」

「コークも」コーエンが付け足した。

「まったくもう」ピーボディがしかめ面で出ていくと、イヴはぶつぶつ言った。「ピーボディは退室します。どうせクッキーもほしいんでしょ」

コーエンはなんとニヤニヤ笑った。「それもいいな」

「調子に乗らないでよ、ミスター・コーエン」レオが言った。

イヴは向きを変え、マジックミラーに映る自分の姿を見つめながら、ロークはまだ観察室にいるだろうかと考えた。もういないだろう。交渉には一時間以上かかったのだから。交渉自体は思惑どおりに進んだものの、しつこい頭痛がじりじりと忍び寄ってくる。

すぐにまた動きださなくてはならないのよ、とイヴは自分を奮い立たせた。

「ティーズデール捜査官は有能ね」レオのタブレットが着信を告げている。画面に表示された内容に目を通し、二度うなずいてから、レオはプリントアウトを命じた。

「合意書を読みながら各ページにイニシャルを入れて、ミスター・コーエン。ティーズデール捜査官のイニシャル署名と事前サインはすんでいる。ダラス警部補、わたしと一緒にミスター・コーエンのサインの証人になって」

イヴは何も言わなかった。

ピーボディが戻ってきて、尋問記録を更新し、自販機のサンドイッチとコークをテーブルに放った。はらわたが煮えくり返っているという印象を見事に与えて着席した。

コーエンはサンドイッチの包みを破り、ひと口嚙んで鼻にしわを寄せたが、食べつづけた。レオがテーブルの上に合意書とペンを滑らせる。コーエンは下唇を突き出し、神経を集中させて読み、イニシャルを入れ、また読み、眉根を寄せてイニシャルを入れた。

「遺漏《いろう》はないようだ」コーエンはサインし、イヴにそっと得意げな笑みを投げた。

「よろしい、ミスター・コーエン」続いてレオがサインし、イヴにペンを差し出した。

イヴは腹立ちまぎれの殴り書きのサインを加えた。

「わたしはこの書類をスキャンしてティーズデール捜査官に送ります。この尋問が終わったら、メッセンジャーに原本を届けさせる。その時点で、ティーズデール捜査官とのインタビューを再開させるから、あなたにはミスター・コーエン、彼女の質問と、わたしの質問と、ダラス警部補とピーボディ捜査官両者またはいずれかの質問に答えてもらう。すべての質問に対するあなたの回答や供述のすべては、先に合意したように、有効かつ真実でなければならない」

「ちょっと待ってよ」イヴは手のひらでテーブルを叩いた。「わたしはこんなところで突っ立って、FBIがこのろくでなしから州をまたいだ違法麻薬取引だの金融詐欺だののことを聞き出すのを待ってられないの。わたしは名前がほしいのよ。質問はひとつ、答えもひとつ。ライル・ピカリングとディニー・ダフの殺しを命じたのは誰なの?」

「私は実際に誰が命じたのか知らないんだ。これは強調しておきたいが、私はやめろと忠告したんだ。強く反対した。私は知らなかったが――」

「質問はひとつ、答えもひとつ」イヴは語気を強めた。「殺しを命じたのは誰?」

「ジョーンズ」コーエンは顔をそむけ、唇を引き結んだ。「マーカス・ジョーンズ」

「追加質問。理由は?」

「彼は……彼はピカリングが戻ってこないことに、自分の下で働かないことに腹を立てていた。だから今後の見せしめにピカリングを罰して、だめな人間に見せかけることを望んだ。それからあの女を殺させて〈ドラゴンズ〉のせいにする。自分の地位を固め、縄張りをいくらか奪い返し、〈バンガーズ〉が昔の勢いを取り戻すためだ」

コーエンはイヴのほうを向いたが、目は合わせなかった。

「そんなのは正気の沙汰《さた》じゃないと私は言った。彼は聞き入れてくれたと思った。その後、私は意見するのが怖くなった。彼に殺されるんじゃないかと思って。彼は閉じ込めておく必要がある。危険なんだ。きみは彼を投獄すべきだ」

「あなたはふたりの人間が殺されることを知ってた」

「私はやめろと忠告した」

「三人目のバリー・エイムズが殺されることも知ってた」

「いや、知らなかった。ほんとうだ」コーエンはイヴの目をまともに見つめて、訴えた。「まったく知らなかった。ファン・ホーの家の戸口に何かを捨てると言っていたかもしれないが、私は知らなかった」

「行くわよ、ピーボディ。このろくでなしの相手はもうたくさん。ダラスとピーボディは退室します」

ピーボディが早足で追いかけてきた。

「ジョーンズのことは嘘ですね」と言いながら、ピーボディはイヴが予約した会議室のほうへ急いだ。

「そう、嘘をついてる。よくわかったわね、ピーボディ」

「だって、あまり上手じゃなかったですから。ただ理由がわからないんです。なぜ取引が無効になるのに嘘をつくのか」

「それは彼が資格を剝奪された低俗な弁護士というだけじゃなくて、無能な弁護士だから――それで自分が合意したことをちゃんと理解できないの。彼にとっては、それが投獄されることにはならない。彼が考えてるのは、わたしたちに提供したジョーンズについての情報と、これからFBIに提供する情報があれば、ジョーンズはまったく身動きが取れなくなるってこと。ジョーンズが殺人を否定しても誰が信じる？　コーエンの考えによれば、警察には事件を掘り下げて調べる必要がないの。自分が首謀者を教えたんだから、それで事件は解決ってわけ」

会議室まで来るとイヴは指示した。「〈バンガーズ〉の本部で入手したものと関係者の写真をそろえて。ブリーフィングの準備をする。〈ドラゴンズ〉のほうはストロングが指揮するから、彼女に任せておいていい」

「万事了解です。本部以外の場所にあると コーエンが言ってる違法麻薬取引や詐欺に使う機器はどうします？」

「それはティーズデールの担当よ」

「ですよね」ピーボディは息を吐き出した。「そこにちょっと腹を立ててもいいですか？」

「いいわよ、それからこらえなさい」イヴはすでに怒りをこらえていた。「わたしたちはこれから、悪党どもを捕らえにいくから」

ピーボディが準備をしているあいだに、イヴはフィーニーに連絡した。

フィーニーは言った。「よお。ちょうど間に合ったな。出かけるところなんだ」

「戻ってきたくなるわよ。電子チームがふたつほしい。戦闘準備のため。〈バンガーズ〉と〈ドラゴンズ〉の本部を手入れするの。これからパーティよ」

「僕にもパーティ・ハットをくれ」

「第二会議室、できるだけ早くきて」

通信を切って、ロークにメッセージを送信した。

〝約一時間後に出動する。チームへのブリーフィングは約十分後〟

部長に連絡して報告を終えると、ロークからの返事が届いた。

〝僕もきみと行くよ、警部補〟

「ほらね」イヴはつぶやいた。「そうくると思った」

ピーボディが事件ボード用に作成した写真を手に取る。ジョーンズ、ホーのふたりは主要なターゲット。それから幹部たち。写真を配置しながら、イヴは彼らをふたたび眺めた。

「この男」イヴは写真を指で叩いた。「二重丸付き」

「誰ですか」ピーボディは姿勢を変えてID写真の名前を読んだ。「ジョルゲンソン」

「わたしの考えはどうしても彼に戻っていく」

「彼はどこがちがうんですか」

「ダフ。彼女は彼の部屋に寝泊まりしてた――彼女はすかんぴんで、使い古しで、麻薬で身を持ちくずした愚痴っぽい常習者だった。そこまで落ちぶれてない女なんていくらでもいるのに、彼はダフを泊まらせてやってた。つながりよ、ピーボディ。彼女はピカリングとつながりがあったし、ピカリングは彼女に甘いところがあった」

「それでも彼女との関係を断ち切った」

「そう、ダフが彼に仕返ししたくなった動機はそれ」

「もう彼女に問い質《ただ》すことはできないけど」ピーボディは言った。「でも、わたしもそう思います」

「ジョルゲンソンの動機は？　もしかしたら彼はわれらがコーエンを通じて、ジョーンズに隠し所得があることを、彼がギャング団以外の活動で自分の口座を太らせてることを知ったのかも。コーエンはジョーンズが取り分を減らしはじめたから、情報をありがたがる者、ジョーンズを倒したがってる者に目を向ける。直接倒すのではなく。ジョーンズは腕力も影響力も強すぎるから。だけど、彼に警察をけしかければその影響力もいくらか弱まる。戦争を開始したら――警察がジョーンズを檻に入れなくても、彼は戦争の犠牲者となる」

「そこにジョルゲンソンがリーダーとして登場する――ジョーンズの隠し財産の場所を知ってるという優位を活かして」

「そしてコーエンはすべての不動産を所有し、彼の圧勝に終わる」

「そういう筋書きだったのかもしれませんね」ピーボディが考えながら言った。「コーエンはまるで息をするように嘘をついたり騙《だま》したりするから。無意識の反射運動みたいなものです。でも、ライル・ピカリング殺しはストロングの情報提供者《CI》だったことまで遡《さかのぼ》れます。それがどういうわけか漏れていて、それで――」

ストロングがやってきたのを見て、ピーボディは口をつぐんだ。ふたりはその話を打ち切った。

「うちの課から五人連れてきました」ストロングが報告する。「通訳も待機させてます。連行した者のなかに英語を話さないと言い張る者がいるといけないので。わたしのチームは信頼できます」

「それで充分だわ。あなたにはeチームと特殊部隊をつける。ターゲットについてピーボディと相談して。あなたのチームはホーの本部に踏み込む。そこでホーが見つからなかったら自宅に踏み込む」

続いてバクスターがぶらりとはいってきた。「トゥルーハートは今、俺たちがディナーに遅れることをママに伝えてる。冗談じゃなく」イヴが顔をしかめるのを見て言い足した。「やつのママが俺に家庭料理をごちそうすると言ってくれたんだ」

バクスターは会議室のオートシェフからまずい警察コーヒーを注《つ》ぎ、それを飲みながら事件ボードを眺めた。「悪い男どもに——悪い女がひとり、それにしても、図体がでかいな。彼女はビッグママってわけか。こりゃ面白くなるぞ」

残りのメンバーが続々と集まってくると、室内にはまずい警察コーヒーのにおいが漂った。ジェンキンソンがテーブルについたとたん、イヴはそれまで彼のネクタイをなんとかまともに見ずにすんでいたことに気づいた。威力抜群のグリーンの地に強烈なピンクの水玉模様。

今、イヴの目は小刻みに震えている。

目の焦点が合いはじめると、軽快な足取りのマクナブを先頭に、カレンダーほか二名のサーカスの演者のようないでたちをしたeギークがやってきた。

またもや震えだした目を閉じても、まぶたの裏には鮮やかな色が脈打っていた。

フィーニーがゆっくりとはいってきた。そのしわの寄ったベージュと茶色のスーツに目のショックがやわらいだ。そしてホイットニー部長とSWATの指揮官ローウェンバーム。全員が席に落ちつくのを待ってから、イヴは事件ボードへ向かった。

「この強制捜査は二面作戦になります。ストロング捜査官が率いるチームのターゲットはこの人物です。ジョージ・ホー、別名ファン・ホーはギャング組織〈ドラゴンズ〉のリーダーで、現在、加重暴行および脅迫傷害の容疑をかけられています。未決定の容疑もおそらくまだあるはずです。ストロング捜査官のチームはEDDと特殊部隊が援護します。メンバーは全員防護ベストとヘルメットを着用してください。この人物は危険で凶暴です。彼は武装していると思われ、彼と行動をともにする者たちも武装した危険人物だと思われます。ピーボディ、〈ドラゴンズ〉の本部をスクリーンに表示して」

イヴは配置やタイミングを説明し、ストロングのチームに経験のある制服警官を三人加えた。

「ストロング捜査官、何か付け加えることがある?」

「はい、警部補、二、三よろしいですか」

ストロングが詳細を加えていると、ロークがそっと滑り込んできた。

ロークは奥の壁にもたれ、話を終えたストロングに代わって、彼の警官がブリーフィングを仕切るのを見守った。

「わたしのチームは〈バンガーズ〉の本部に踏み込みます。第一ターゲットはこのマーカス・ジョーンズ、別名スライスです。彼は〈バンガーズ〉を率いています。容疑は誘拐共謀、未成年の強制監禁、目撃者への脅迫行為。さらに、建造物損壊、同建造物に――人がなかにいながら――火炎瓶攻撃を命じたことによる殺人未遂です。これに加えて、数々の連邦犯罪容疑もかかっています。われわれはまた、年齢や人種が未詳の男性を探しています。その人物は指を鳴らします」

「指を鳴らす？」ライネケが鸚鵡返《おうむがえ》しにきいた。

イヴは両腕を脇に垂らして実演してみせた。「われわれにわかっている特徴はそれだけ。彼は三人の人間を殺した容疑者です。この五人も」幹部たち――男性四人と女性ひとり――の写真を手で示す。「連行します。しかしこの人物」ジョルゲンソンの写真に指先を押しつけた。「ケネス・ジョルゲンソン、別名ボルトは、わたしのなかでは三人の人間の殺しを命じた最有力候補です。ジョーンズ、ジョルゲンソン、その他のターゲットは全員、危険人物であり凶暴である。彼らは武装していると思われます。わたしのチームにもＥＤＤと特殊部隊をつけます」

ピーボディに合図を送り、〈バンガーズ〉の本部をスクリーンに表示させた。

「強制捜査の段取りを説明します」

地図を前にした司令官のように、兵士を配備し、戦術、手順、タイミングを説明していくイヴには惚《ほ》れ惚《ぼ》れする、とロークは思った。

自宅のコマンドセンターのオプション機能は使いこなせないかもしれないが、作戦の計画や構想については熟知している。

ロークは全神経を集中している兵士たちの様子も見守った。軽くうなずくフィーニーはこう言っているようだ——そう、そうやって一網打尽にするんだ。

それから、ロークは事件ボードを見つめた。イヴは様々な動機からジョーンズを捕らえたいと思っているが、この段階に至った大本である連続殺人はそこに含まれていない。

イヴのその考えにはビジネスマンとして同意できる。たしかに戦争は富をもたらすこともあるが、この場合、より儲かるコーエンとの共同事業が明るみに出る恐れがある。

ジョーンズはそんなことは望まないだろう。彼が望むのは現状維持だ。殺人やライバルのギャング団との抗争はその現体制が揺らぐことになる。

だが、野望を抱く残忍な幹部なら、何よりも体制の転覆を狙うだろう。

イヴが彼を選んだ理由は簡単にたどれる。セックスと引き換えにダフに寝場所を提供した人物、彼女が殺された夜、彼女は仕事に出かけていたと言った人物。

それはすなわちその人物と、ピカリング殺しの手引きをしたあげく無惨な最期を遂げた女性とをつなぐことになる。

単純な方程式は往々にして単純な真相を導きだす。

「ローウェンバーム警部補？」

ローウェンバームは立ち上がり、地図にレーザーポインターを当て、両方の現場のＳＷＡＴ隊員を配置する地点を示した。

「フィーニー警部」イヴは言った。「ＥＤＤを二チームに分けて」

「もうやってあるよ。カレンダーとスティッパーをチャイナタウンに行かせる。きみが行くバワリーにはローク、マクナブ、マーリーをつける。きみたちの突入前に、両方の建物内の人数や位置は割り出せるだろう」

「それでいいわ。何か質問がないようならブリーフィングを終了します。ただちに着替えて」イヴは言った。「フル装備で。各チームは五階セクション１の駐車場に集合。ギャングどもをやっつけにいくわよ」

チームが散開すると、ピーボディが近づいてきた。「頼れる魔法のコートがあるから、防護ベストは着用しなくていいですか」

「ボタンを上まで留めてね、留めたままにしておくのよ。護身用の銃とアンクルホルスターを借り出してきなさい」

「了解。最悪の事態に備えるんですね？」

「わたしたちは彼らを追い詰める。彼らは全員、凶暴よ。バカなやつもいる。彼らのほとんどは凶暴でバカ。警察の手入れに対するルールのようなものはあるだろうけど、両手を挙げて降参ですとは言わないでしょう」

「だから、最悪の場合に備える」

「護身用の武器とヘルメットを借りてきなさい」イヴは念を押した。

「ダラスの分も借りてきます」

「ヘルメットだけでいい」ヘルメットは大嫌いだけど。「武器は持ってるから。民間コンサルタント用のヘルメットと着装武器もお願い。わたしの車で行って、マクナブとEDDのバンとは向こうで合流する」

イヴはロークのそばまで歩いていった。「あなたはeチームにはいってるけど、それでも武装して。ピーボディが今あなたのヘルメットと着装武器を借り出してる」

ロークは眉を上げるだけで雄弁に語った。

「必要が生じたら警察の武器を使って。面倒なことにならないように。コートは脱がないでよ」

「きみは？」

「今、取ってくる」

「なら一緒に行こう」

「あなたはマクナブの車に乗って」オフィスへ向かいながら言う。「ピーボディとわたしはあとでそっちと合流する」

「ブリーフィングの初めの部分は聞き逃したけど、きみはコーエンから必要なものを手に入れたようだね」

「嘘を手に入れた。そのせいで彼は自滅する。ジョーンズを名指しで非難したけど、黒幕はジョーンズじゃない」オフィスにはいると、イヴはコートを着た。「わたしの見当ちがいでなければ、ジョーンズは戦争や注目されることは望んでない。この殺人には両方の危険がともなう」

「きみの読みは全然はずれてないと思うよ。ジョーンズを名指しで非難して、自分のビジネスパートナーを抹殺しようとしているんだ。コーエンは自分の資金や不動産の一部を取り戻せると思っているのかもしれないな」

イヴは時間を節約するためにエレベーターへ向かった。「彼はなかなか口を割らなかった。これはマイラの領域だけど、彼は自分のでたらめを信じてるみたいなの。ヴィンにいい暮らしをさせてるとか、彼女の面倒を見てるとか、ふたりの今後のために投資してるとか。ジョーンズとの関係は最初から最後までビジネス上のものだけだ、相談に乗ってるだけだって言い張った。彼は誰も殺してないのよ、残念だけど。彼はアドバイスしただけ、相談に乗っただけ。だから本心をさらけ出させるにはじっくり切り込むしかなかった」

イヴは警官やサポートスタッフが乗り込んできて、エレベーター内が窮屈になったことは気にしないようにした。

「彼は社会病質者《ソシオパス》なのか、ただのでたらめ野郎なのか区別がつかない」

「両方かも」エレベーターに押し込められている女性のひとりが、首だけイヴのほうへ向けた。「わたしはその手の男と結婚して三年と八ヵ月と十四日になるの。たぶん両方ね」

「たしかに、両方かもね。あなたの階よ」とロークに言う。「じゃあ、あとでね」

「きみの車のオートシェフにプロテインドリンクがあるから飲んでおくといいよ」ロークはイヴの額にキスした――ぎゅう詰めだったのでイヴには避けようがなかった。「闘志がみなぎるし、頭痛も吹っ飛ばしてくれるから」

ロークが降りると、くだんの女性はため息をついた。「三年と八ヵ月と十四日のあいだ、あのろくでなしはわたしのプロテインについて心配してくれたことはなかった。そしてあいつはわたしの頭痛の種だった。あなたは運がいいわね」

たしかにそうかもしれない。

自分の車がある駐車場に着くと――ようやくだ――イヴはトランクをあけ、携帯できる武器を吟味した。コンバットナイフを選び、腰のベルトに挿した。

ピーボディのカウガール・ブーツの足音が聞こえてくると、運転席についた。さあ行くわよ。

17

イヴは〈バンガーズ〉の縄張りの端に車を停《と》めた。黄昏《たそがれ》に紛れて、ピーボディとともに数ブロック先に停まっているEDDのバンまで急ぎ足で向かう。突入するまえにこの界隈《かいわい》の様子をつかんでおきたかった。

商店は戸締まりをすませ、スティール製のシャッターをおろしてある。バーは開店し、ネオンがまたたきだしている。アパートの各戸には明かりがついている——その大半がたとえ高層階でも窓に暴動被害防止柵《ライオットバー》を取りつけてあった。

通りはまだ静かだった——夜の街が賑《にぎ》わうには時間が早すぎる。

イヴはバンの貨物口を一、二、三と叩いた。マクナブがドアをあけた。

「セッティングを始めたところ。ロークがみんなの〝耳〟を用意してるよ。マーリーは熱センサーをやってる」

マーリーは十二歳くらいに見える。少女っぽい黒い巻き毛——毛先をピーボディの好きなピンクに染めている——はそのまま背中に垂らしている。肌は色もなめらかさもチョコレートムースのようだ。着ているものは、青いジグザグトリムで縁を飾ったどぎつい赤のサロペットパンツに、つぶらな目をした子猫が描かれたスキンシャツ。

「バップしてるよ、マクナバー」彼女は紫色のガムをふくらませ、パチンと割った。「フィルタをかけてる。あいつら金持ちか。今やっつけてやるから」

「彼女が言ってるのは、彼らはかなり性能のいいシールドに金を使ってて——」

「わかったからいい」イヴはマクナブの通訳を遮断した。

「すごーい」マーリーは両手を打ち合わせた。「ちょい待ってね。〝耳〟は完了、ドリームケーキ？」

ロークはなんだか嬉しそうにマーリーにほほえみかけた。「もうすぐだ。なかなかいいフィルタだが、最高ではない」

「うん、最高じゃない」

マクナブは短いカウンターのスツールに腰かけ、ダイヤルや調整つまみをいじりだし、その緑色の目をスクリーンの震えるスパイク状の波形に集中させている。「それ行け」

「うまくやったね」ロークが褒めた。「いくらか音が聞こえるようになるよ」とイヴに伝える。「現場にポータブル機器があればなおいいんだが、増幅するから大丈夫だ。有益な音を拾えるかもしれない」

「ジョーンズと話した部屋に絞り込んで」

「今そうしたところだ」ロークはヘッドホンをタップした。「この音声からすると、スクリーンでバスケットボールの試合をやっている。まわりが騒がしいな」少し首をかしげ、つまみを調整しながら目を閉じた。「話し声がする、何人もいる。音楽も聞こえる。ボリュームを下げているのか、遠くで鳴っているのか」

「画像が出た。玄関ドアの内側にひとり、座ってる。上に移動させるね」マーリーは続けた。「パーティみたい。いっぱいいる」

「ジョーンズの部屋よ」イヴはそばに寄り、熱によって生じる画像を目で追った。「そこにいるのは十二人」

「さらにふたり――わお、やっちゃってる。セックスしてるのがふたり。いない、いない、いない、いない、ひとり寝てる」

そのフロアの確認が終わり、十五人になった。上のフロアに移動する。

「六人。ふたり横になってる――寝てるみたい。四人は動いてる、たぶん食事中。座ってるけど、手は動いてる。次のフロアに行くよ。誰もいない。あはは」片手を持ち上げ、マーリーは指を左右に振った。「ずるーい。フィルタをかけてある。待って。マーリーメーターから逃れることはできないのよ。チャッチャ、捕まえた。三人、立って動いてる。これで全部。玄関から最上階までに二十五人の人間らしきものがいる」

「最上階の〝耳〟が手にはいる？」イヴはロークにきいた。

「今やってるよ」ロークはつぶやいた。「フィルタのほかに、防音装置が施されているようだ。ドアと壁を補強してあるにちがいない。断片は漏れてきている。増幅して聞かせてくれ、イアン」

「もうありったけのパワーでやってます、船長！」マクナブは強いスコットランド訛りで言い、ロークを笑わせた。「《スタートレック》」ピーボディが小声で言う。「マクナブはそれにハマってるんです」

『『やつをぶっ飛ばせ。ボコボコにしろ……』』返事はよく聞き取れない。『リーダーがいねえ。〈バンガーズ〉の攻撃の時だ』さらに不明瞭な声。『そんなの無茶だよ、ボルト』

「それでいい。続けて」イヴは後ろに下がり、各チームのリーダーに連絡した。「こちらにはなかに二十五人いる。玄関にひとり、二階に十五人、三階に六人、最上階に三人。ストロング？」

「配置についています。なかに十八人。四人がたった今出ていきました」

「準備が整ったら踏み込んで。ピーボディ、ヘルメット」

「はいどうぞ」

「eギークたちもヘルメット着用」イヴは命じながら自分のヘルメットのストラップを留めた。「警戒を怠らないで。わたしたちの隙をついて逃げる者がいれば、このバンを見つけて奪おうとするかもしれない」

マーリーはサロペットのストラップをはじき、武器を軽く叩いた。「こっちは大丈夫よ」

イヴは彼女にうなずき、ロークを見た。「わたしたちは行くわ。出動！」

僕のお巡りさんをよろしく頼むよ、と胸のなかでつぶやくロークを残し、イヴは貨物口のドアをあけて外に出た。

武器を手に持ち、イヴは疾走した。特殊部隊に合図し、破壊槌《はかいづち》でドアを破らせた。

なかにいた番人は――初めて乗り込んだ際にいた男で、目に青痣を作り、唇を腫らしていた――驚いて立ち上がった。腰に手を伸ばそうとしてPPCを取り落とす。

「武器を抜いたら、倒すわよ。両手を挙げなさい！」イヴは命じた。「さあ！　彼を確保して」鋭い声で指示し、階段を駆け上がる。「あなたはセックス部屋を」とピーボディに言う。「バクスターとトゥルーハートは三階。次のチームは最上階」

光線が飛んできた。ジョーンズの部屋からまた飛んでくる。イヴはかたわらを駆けていく部下たちをかばいながら応戦した。

「マーカス・ジョーンズ、こちらは警察です。あなたたちは完全に包囲されました。武器を捨て、両手を挙げて出てきなさい」

「くたばれ！」という怒鳴り声とともに、さらなる光線が飛んできた。ナイフを持った愚か者が叫びながら飛び出してくる。ジェンキンソンがスタナーで腹を撃って倒した。

「本物のバカだ」とジェンキンソンは言った。

イヴは手製爆弾が飛んでくるのを目ざとく見つけ、ジャンプしてつかんでから、部屋に投げ返した。

爆発音ともうもうたる煙に続いて悲鳴が聞こえると、チームは一斉に部屋に突入した。混沌《こんとん》としたなかで、イヴはスタナーでふたり麻痺《まひ》させ、悲鳴をあげつづける半裸の女を脇に押しやり、ナイフの攻撃を避けた。

ナイフの攻撃が続くなか、血走った目をして、二の腕にサッカーボールくらいの力こぶを作った女が、バットを手にしてこちらに走ってくる。

タンクだ、とイヴは思った。巨大な肉体をしたタンク。

スタナーを撃ち込んだが、足を運ぶスピードが少し鈍っただけだった。イヴは背後でナイフを振りまわす男の膝頭にブーツを食い込ませ、相手を倒した。

バットがヘルメットをかすめた――なんと、その程度で耳ががんがん鳴る。タンクの顔面に拳を叩き込むと血が噴き出たが、相手はにやりと笑っただけでバットを振りかぶった。タンク――まさにその名にふさわしい筋骨隆々の体だ、と思いながらひょいと攻撃をかわす。筋骨隆々のうえにゼウスでハイになっている。イヴはあいているほうの手をバシッと床について、体を支えて後ろ回し蹴りを入れた。相手がのけぞっている間に起き上がり、もう一度スタナーを撃ち込む。そして殴りつけた。

イヴも少し殴られた。少しどころではなかったが、殴打とスタナーの攻撃で、あの力こぶの威力はいくらか弱まっていた。ヘルメットに守られたイヴは、タンクの腹に頭突きを食らわせ、足の甲をブーツの踵で踏みつけた。

バットが肩に振り下ろされた。威力は弱まっているとはいえ、イヴは指先まで痺れるのを感じながら片足を軸にして回し蹴りを入れ、スタナー光線を放った。

口のなかには自分の血の味が広がっていたかもしれないが、あの恐るべきタンクはようやく倒れてぴくぴく震えていた。

「そばに寄れなかったんです、LT」片目を腫らしたカーマイケル捜査官が腰を落とし、太い手首に手錠をかけ、念のためもうひとつ手錠をかけた。「標的だけを狙って撃つこともできなかった」

「ジョーンズは?」

カーマイケルは指摘した。「わたしは警部補の後方についてるんですよ」

この部屋には十二人いるのを確認したが、そのうち七人を倒して拘束した。イヴはめちゃくちゃになったリビングエリアをゆっくり進み、会議室とおぼしき部屋へ向かった。大型テーブルに椅子、壁面スクリーンが二台。

窓は大きく開け放たれ、夜風が吹き込んでいる。その場で待つようカーマイケルに合図してから、身をかがめて転がり込んだ。

目の前にジョーンズが立ちはだかり、スタナーを構えていた。「おまえは終わりだ。しくじったな」

スタナーが発射された。コート越しの衝撃と熱さから、敵がフルパワーで心臓を狙ったことがわかる。

ジョーンズの残忍な笑みがショックに変わる刹那《せつな》、イヴは撃ち返して彼を倒した。

「しくじったのは彼のようですね」カーマイケルが言った。「わたしもそういうコートを手に入れなくちゃ」

「彼を拘束して。ここを一掃するわよ」

イヴは部屋をひとまわりし、別のドアから廊下に出た。バクスターが各宿泊部屋を確認していた。「鼻血が出てるな、LT」こちらをちらっと見て言う。

「折れたわけじゃないわ」

「それでもすごく痛むぞ。トゥルーハートが何人か運び出した。裸の女がバスタブに隠れようとしてるのも見つけたよ。坊やは真っ赤になってたが、彼女を連れ出して護送車に放り込んだ」

「よくやった」

「最上階のほうが俺たちより手こずってたから助けにいき、三人取り押さえた。そこにはあらゆる種類のお宝があったんだよ、ボス。かなりの現金、ＩＤ偽造機、武器、二、三年ラリッたままでいられる量の違法麻薬」

「よくやったわ。捕まえたのは全部で二十五人？」

「人数ははっきりわからないな。俺たちは八人逮捕した」

「ジョルゲンソンも？」

「おう、そうだよ。だいぶ手こずらせてくれたけどな」

「よかった」イヴは鼻から垂れてくる血をぬぐった。「人数を確認するわよ。ピーボディはどこ？」

「ここです」

声のしたほうを向くと、パートナーがよろよろと階段を登ってくるのが見えた。蒼白《そうはく》になった顔の切り傷や擦り傷から血をにじませている。

「うー、痛そ」バクスターが言いながら駆け寄り、腕をまわしてピーボディを支えた。

「いったい何があったの？」

「階段から落ちたというか——裸でセックスしてた男と一緒に。取り乱して暴れるからタックルしたら、引っ張られて落ちてしまって。でも、彼を逮捕しました。裸の男を捕まえました」

「大変だったわね」

「少し負傷しましたけど。ダラスもですね」

「どこか折った？」

「折れてないはずです」

「でも彼女、少しショック状態みたいだぞ、ダラス」

そう言ったバクスターにうなずいて、イヴはピーボディの腕や脚に手を走らせた。折れている感触はなかった。「そこにいて」

イヴはリビングエリアに戻った。「ジェンキンソン、ライネケ、チームを組んで建物内のすべての部屋の安全を確認して。サンチャゴ、カーマイケル、残りの者たちを護送車に連れていって」

「治療が必要な者が出るでしょうね、警部補」

「あとで手配する」イヴはコミュニケーターをタップした。「ローウェンバーム、こちらは制圧し、安全を確認中」

「了解。こっそり抜け出してきた者を五人捕まえた。EDDのバンが逃走に使えると思ったようだが、そうはいかなかった」

五人が外に出て、バクスターが仕留めたのが八人。イヴはリビングエリアにいた者のうち、護送車に運んでいる者も含めて八人を拘束した。

「圧勝ね。マクナブ、医療班を呼んで。倒れてる悪党が数人いるから。それとね、ピーボディがちょっと負傷した。これから連れていく」

バクスターがやったように、イヴもピーボディに腕をまわして階段を降りはじめた。半分も行かないうちに、マクナブが駆け上がってきた。

「おい、おい！」ピーボディの血と傷とぼうっとした目を見て、尋ねる。「攻撃を受けたの？」

「階段から転げ落ちたときにあちこちぶつけた。わたしの顔は」

「俺の恋人の顔だよ」

「もおー」

「俺が連れていく」マクナブはピーボディを抱き締めた。「マーリーが医療班を呼んでる。俺が連れていくよ」

「戻って安全確認を手伝って」イヴはバクスターに言った。「わたしはストロングに連絡したいし、バンにも行ってきたいから。すぐ戻るわ」

マクナブと足を引きずっているピーボディのあとから階段を降りていき、痩せこけた尻のマクナブがピーボディを抱き上げるのを見て、イヴは目をしばたたいた。

「ストロング」コミュニケーターに向かって言う。「今、報告できる?」

「はい、報告します。ホーとその他八人を検挙しました。少し負傷者が出ましたが、軽傷です。そちらのチームは?」

「一斉検挙した。負傷者も何人か出たけど」と付け加えながら、マクナブがピーボディを移動医療車両のほうへ運んでいくのを眺める。「一掃されたことを確認して、ストロング。よくやったわ。あとでセントラルで会いましょう」

バンへ向かっていくと、まだ地面に倒れている者がふたりいた。制服警官がひとりを引っ張りあげて立たせた。もうひとりのほうはピーボディのように抱えていく必要があるかもしれない。

立ち上がったほうの男が、両手を後ろにまわして手錠をかけられたまま指を鳴らしだすのを見て、イヴはにやりとした。

制服警官をひとり呼び寄せ、指示を与えてからまたバンへ向かうと、ロークがちょうど降りてきた。

「ピーボディ」

「ちょっと負傷したのよ。彼女にはマクナブと医療員がついてる。そっちも災難があったんですって？」

マーリーがひょいと出てきてロークを拳でつついた。「こっちが災難を見舞わせてやったの。災いをもたらすのはあたしたち。このバンを乗っ取れると思うなんて、頭が足りないんじゃない？　だからアホたちにダメよって教えてやった。ドリームケーキのパンチはすごいの！」そこでマーリーは顔をしかめた。「あなたも誰かから二、三発食らったみたいね」

「その倍以上食らわせてやった。なかに戻って遺留物採取班を呼んで。これから違法麻薬、武器、詐欺用の機器を押収する段取りをつけないと」

「上から下まで了解。あなたと働くのは最高だわ、ドリームケーキ」

「きみも最高だよ、チャーミング捜査官」

マーリーがひょいと戻っていくと、イヴは指鳴らしのほうに手をやった。「彼もあなたのパンチを食らった？」

「実はそうなんだ。マクナブとマーリーがほとんど取り押さえたんだけどね――ローウェンバームの助けを借りて。あの男は強行突破して運転席まで行けると思ったが、一撃で伸《の》された。年は十六歳より上ってことはないだろうな」

「今にわかる。あの手を見て」イヴはまたにやりとした。制服警官に引っ立てられていくあいだも、ずっと指を鳴らしている。

「おお、そういうことか。一発しか殴らなかったのが急に悔しくなった。ずいぶん収穫があったようだね、警部補。まだしばらくかかるんだろう？　きみが次の段階に移るまえに、ピーボディの様子を見ておきたいな」

「彼女は悪党に足をすくわれたの。それでそいつと一緒に階段を逆さまに転げ落ちた。頭ははっきりしてて」医療車両へ近づきながら説明する。「骨はどこも折れてないと思う」

「きみのほうは？」

「これのほとんどはコンクリートみたいな腕をした女にやられた。仲間はタンクって呼んでるけど、その名のとおり。でも、向こうの怪我のほうがひどいのよ」そこにはつねに満足感がともなう。「あら、あれルイーズじゃない？」

ロークはピーボディの顔面にアイスパッチを貼っている女性を眺めた。「ほんとだ。ピーボディを診ているのがドクター・ディマットのような優秀な人だとわかってよかった」

そばまで行くと、ロークはピーボディの額にそっとキスした。「僕たちのお嬢さんの具合はどうかな？」

「ルイーズがすごく効く薬をくれました」

「そうよ。それからその腕は治療棒《ヒーリング・ワンド》で手当てするまで吊っておくわね。骨は折れてないけど」ルイーズは説明を続けた。「肩を捻挫《ねんざ》してるし、膝はもっと治療が必要になるでしょう。うちのクリニックはまだあいてる」

イヴのほうへ首をめぐらせ、その顔を冷静なグレーの目でしげしげと眺めた。「次はあなたね」

「わたしは大丈夫よ」

「医師の資格を持ってるのはどっち？」

話題を変えたほうがよさそうだ。「あなたはいったいどうしてここにいるの？」

「ここで怪我人が大勢出たという噂が聞こえてきたの。そこに座って、わたしが――」

けれどイヴはほかのことに気を取られていた。「またあとで。マクナブ、ピーボディをクリニックに連れていって、そばについてて」と歩きだしながら告げた。

イヴは護送車に乗り込もうとしている女の腕をつかんだ。

「そのブレスレット、どこで手に入れたの?」

「うるさい!」その女は歯を剥いた。念入りなアイメイクが流れ落ち、目の下で混ざり合っているので、凄《すご》んでみてもあまり効果はなかった。

「この人を三件の殺人の共犯でぶち込んで」

「なによ?」制服警官の手を振り切ろうと左右に身をよじらせ、すでに見えかかっていた左の乳房とそこに入れた黒い薔薇《ばら》のタトゥーをあらわにした。「あたしはなんにもしなかったの!」

「そのブレスレットは」

「それがなんだっていうのよ。ろくでなしがBJをほしがった。あたしはブレスレットをもらった」

「どのろくでなし? 名前を言うか、三件の殺人の共犯がいいか」

「ティッカー。それしか知らない。新入りよ」

「ちょっと待ってて」イヴは制服警官に言い、証拠品袋を取ってきた。「あなたが身につけてるのは盗品なの」色鮮やかな大きな石のついたブレスレットを慎重にはずし、証拠品袋に滑り込ませた。「その取引はいつどこでしたの?」

「なんなのよこれは」

「無認可の客引きを加えてもいいのよ」

「ゆうべ、あたしの仕事が終わってから」

「仕事は何時に終わるの？」

「だいたい三時ごろ。彼が建物から出てきて、ＢＪをしてあげればブレスレットをくれるって言ったの。それでなに、あいつはそれを盗んだの？　そんなの、あたしが知るわけないじゃない？」

首を振って、イヴはロークのもとに戻り、証拠品袋を掲げた。

「ロシェルのものだろうね」

「彼女の説明と一致するし、それを手首にはめてた〈バンガーズ〉のビッチはティッカーという名前の新入りからＢＪと引き換えにもらったの。彼は一斉検挙されたなかにいるはず。わたしは犯人たちを捕まえた。あとは自白させればいいだけ」

ロークはあたりを見まわした。身柄を拘束された者たちはまだ車に乗せられたり治療を受けたりしている。警官たちは治療を受けたり、建物を出たりはいったりしている。付近の住民がバリケードの向こうに集まっている。見まちがいでなければ、上空ではメディアのヘリが旋回し、この現場を撮影している。

ストロング捜査官の現場でも同様のことがおこなわれているだろう。

「今夜じゅうに自白させるつもりかい？」

そうなればいいけど、とイヴは思った。しかし。「ううん。押収したものの目録を作らないといけないし、連行した者たちの手続きもしないと。まずは何層もフィルタをかけてた部屋にあったものを見たい。その部屋でジョルゲンソンと話してたのは、BJ男と指鳴らし男だとわたしは睨《にら》んでる。そのティッカーと呼ばれてる者の身元を割り出したい。それからストロングと協力してこの報告書を仕上げる。それからはまた考える」

「そのどこかに、アイスパッチと治療棒の時間を入れるだろうね」

「どこかに」

「食事も」

イヴはそのことを考えてみた。「食べてもいいけど、あの部屋を見たい。あなたは先に帰って」

「そうしたら、誰がアイスパッチと治療棒と食事の面倒を見るんだい？」

「そんなの自分でできるわよ」偉そうに笑ってみせたら、血がにじんでいる唇がずきりと痛んだが、その価値はあった。「ドリームケーキ」

ロークはにっこり笑った。「じゃあ部屋を見にいって、きみがここで必要なことをすませてしまおう。僕はきみと一緒にセントラルに戻る。それからはまた考える」

とりあえずその意見に同調しておくことにして、一緒に建物のほうへ戻りだした。なかにはいると、バクスターが階段を降りてきた。

「ここはほとんど豚小屋だ」バクスターは報告した。「宿泊部屋は豚小屋メーターがぐっと上昇するよ。俺たちは違法麻薬、ナイフ、ブラックジャック、闇市場のスタナーを記録してる。ピーボディの様子はどうだい？」

「今ごろはディマットのクリニックにいるはずよ。遺留物採取班がこっちに向かってる。あなたはトゥルーハートと一緒に家庭料理を食べにいっていいわよ」

「ほんとか？」

「ブリーフィングは明朝七時半。悪党どもの取り調べは交替制でやらせる。今夜何時に終わるかわからないから。押収物の手続きもね」

「あんたは残るのか？」と階段を上がろうとするイヴにきく。

「わたしはひととおり歩いてみたいだけ」残ると答えればバクスターも残るに決まっているので、そう言った。

「わかった。じゃあまた朝に。手入れは成功だな、ボス。大成功だ」

大成功と呼べるのは三人の実行犯を殺人容疑で立件に持ち込んでからだろう。

ジェンキンソンと、やはり唇に血をつけたライネケがいた。イヴがふたりと話しているあいだに、ロークは建物内を歩いてみた。バクスターの言う豚小屋は大げさではなかった。そこには壊れた家具や転がったテーブルとグラスといった乱闘のあとらしき混沌を超えて、長年にわたって壁に染みついたにおい——洗っていない体や衣類、セックスの名残、ゾーナーの煙——がこもっていた。

自分にもたいして変わらない部屋で過ごした時代はあった。もっとひどい宿もあった。だが、そういった時代でも滞在は一時的なものだった。サマーセットのおかげだ。

ロークはジョーンズの寝室とおぼしき部屋をざっと見渡した。宿泊部屋よりも清潔で、まともなベッドもある。コーティングはしていなかったので、何もさわらないように気をつけた。クローゼットの前に立つと、ほかの服に比べてより新しく、より上等な服が多く掛かっているのに気づき——何着か肘で脇に押しやった。

それからイヴのところまで戻った。

「クローゼットに見せかけの壁がありそうだ。ジョーンズの寝室のクローゼット。先に言っておくが、僕は何も触れてない」

「誰か捜査キット持ってきて！」イヴは命じ、寝室へ向かった。

クローゼットの奥の壁にロークが指摘したものがあった——そこに存在する意味のない継ぎ目と、小型のキーパッド。

ライネケが小走りで届けた捜査キットをつかみ、両手をコーティングする。一瞬迷ってから、ロークにシール剤の缶を渡した。

「コーティングしてロックを解除して。あなたがここにいるんだから、わざわざマーリーを呼ぶこともないでしょ」

「これを試したら、19、12、9、3、5」

「なぜ?」

「彼の名前。スライス《Slice》。彼らは吠《ほ》えるしか能のないバカだ。通り名のアルファベットを数字に変換してみてごらん」

言われたとおりにするとロックが解除された。引き戸がやや震えながら横に滑り、ドアポケットに収まった。なかは小型のデータ通信ユニットがその狭いスペースを占領していた。

「吠えるしか能のないバカね」イヴは同意した。「彼のデータ――裏取引も〈バンガーズ〉のビジネスも、全部ここにあると思う?」

「まずまちがいないだろう」

「ライネケ、EDD用の標識《タグ》をつけておいて。それから遺留物採取班に、ほかにもパネルや見せかけの壁がないか確認させて。最優先事項よ。それが終わったら、あなたとジェンキンソンは帰っていい。明日の朝七時半にブリーフィング」

元気が湧いてきて分厚い扉の部屋に駆け上がると、サンチャゴとカーマイケル捜査官が作業していた。

片目に青痣を作ったカーマイケルが腰に両手を当てて見守るなか、靴を血だらけにしたサンチャゴが壁際の棚を動かそうとしている。

「手を貸そう」とロークが言いかけると、カーマイケルは手を振ってさえぎった。

「彼は男だから、ひとりでやれるほうに賭《か》けたの」

「何やってるのよ、サンチャゴ」イヴはかぶりを振るしかなかった。「問題ありね」

「やれますよ」

棚がぶるぶる震え、床にこすれて軋《きし》み——それまでに何度もこすってできた傷跡があらわになった。

「見てのとおり彼らは偽のＩＤを作成する設備を持っています」カーマイケルはパートナーの奮闘をよそに報告を続ける。「コンピュータはすでにＥＤＤ行きのタグをつけてあります。わたしたちは床に跡がついてるのを見つけました。まあ、酔っぱらった視野の狭いルーキーでも見つけるだろうけど。そこでわたしたちは捜査官らしく、この棚の裏に何かあると判断したわけです」

「もう少しなんだ」サンチャゴは食いしばった歯のあいだから主張した。

「目といえばこれを」ロークはポケットからアイスパッチを取り出した。

「あら、ありがとう」カーマイケルは袋を破り、目に当てた。「いつも持ってるの？」

「今夜だけ」

「なるほどね。で、そっちはもう終わりそう？」

カーマイケルは片方の目でサンチャゴのほうをのぞき込み、焦れて言った。「もう！ 立派なんでしょ！ 強いんでしょ！」

サンチャゴは顎《あご》の前で中指を立てた。「ここにキーパッドがある」

イヴはそばに寄った。「今度は〝Slice〟じゃないでしょうね。これはギャング団の仕事で、ジョーンズ個人のものではない。みんなが使えて、覚えておける簡単な暗号。〝拳《Fist》〟は？ 彼らのシンボルだもの」

イヴが指を折って数えだすと、ロークがアルファベットに相当する数字をすらすら唱えた。

「6、9、19、20。僕もこれまでに……暗号をもてあそんできた。これは基本的なやつだ」

そして正しいやつだ。ロックが解除されるとイヴはそう思った。

パネルがひらくと、まずまず整頓された保管スペースが現れた。片側には違法麻薬、もう一方にはID用品、札束の包み、電子機器――ほとんどがタブレットかPPCで、盗品と思われる——のほか、武器や宝石やリスト・ユニットも隠してあった。

「違法麻薬は末端価格で五千ドルか六千ドルにもならないですね」サンチャゴが意見を述べる。「個人的に使用してたのか、手っ取り早く街頭で売るためのものかもしれない」

「彼らはほかに保管や流通に使う場所を持ってる。そっちはFBIが押さえる。これは、プールみたいなものね。みんなでここに貯めて、必要なときに幹部が配給する」

「バカみたい」カーマイケルが独自の意見を言う。「おざなりの手入れだって、こんなの見つかるわ。警察は指紋やDNAを見つけて、アホ野郎たちは檻にはいる。防衛策を講じる頭がないアホだから」

「昔からアホだったわけじゃないと思うわよ。タグ付けして」イヴは言い添えた。「今日はもう帰っていいわ。ブリーフィングは七時半から。サンチャゴ、その靴についてるのはあなたの血？」

「血ってなんのことです？　くそっ！　まだほとんど新品なのに。いや、俺のじゃないです。ピーボディは大丈夫ですか。少し負傷したって聞いたけど」

「少しね。彼女は大丈夫。七時半よ」イヴは念を押し、ロークと一緒に歩きだした。「〝吠えるしか能のないバカ〟って気に入った。ぴったり合ってる。野犬の群れだってもっと利口だわ」

イヴはすでに現場に到着していた遺留物採取班のもとに寄って、白の作業衣とブーツで黙々と立ち働いている彼らと話をした。明日時間が捻出できたら、警官や科学捜査官がいないときにもう一度現場を歩いてみようと思った。

「運転して」イヴはロークに言った。「確かめたいことがあるの」

「ルイーズなら手厚い治療をしてくれるだろう。彼女が近くにいたのは幸いだったね」

「そうね。でも、確かめたいのはそのことだけじゃないの」

それがいちばん大事なだけ。イヴはマクナブに連絡した。

「よお」そのひとことには、ほっとした響きがあった。「内部損傷なし、骨折なし。肩は二、三日痛むらしいけど、吊り包帯《スリング》は必要ないって。ひどいのは膝の怪我なんだ。ルイーズが手当てして、薬とかをくれた。二、三日は固定具をつけておかないとだめみたいで、ピーボディはすごくいやがってる。ヘルメットを装着してたのはほんとによかった。彼女を道連れにしたろくでなし野郎は脳震盪《のうしんとう》を起こして、頭を十二針縫ったんだぜ。肘も骨折してた。お気の毒だよな?」

「わかったわ、とにかくよかった。明日七時半からブリーフィングをやる。もし彼女がそういう気分じゃないなら――」

「彼女はそういう気分だよ。この事件を終わらせたいんだ。階段から落ちて負傷したなんて、ほら、プライドも少し傷つくだろ?」

「無茶はするなって伝えておいて。七時半よ」

イヴは通信を切り、息を吐き出した。ロークは運転しながらイヴの手をそっと叩いた。それからポケットに入れておいた鎮痛剤のケースを取り出した。

「要らない」

「まだ働くんだ」ロークは核心を突いた。「痛みや不快感に邪魔されたくはないだろう?」

「そんなものには邪魔されない。それを利用する」

それを発奮剤として利用して、イヴはホイットニー部長に連絡した。

18

イヴはオフィスにはいるなりオート《A》シェフ《C》のコーヒーを手にした。続いて、ロークがピザをプログラムした。

「まあ、史上最高にいいにおい」

「きみがそれを食べて、これを使うのを確かめないと」ロークはアイスパッチをデスクに置いた。

「はい、わかったわよ。うちに帰るまえに少し食べておく？」

「うちにはまだ帰らずにEDDに寄る。きっとフィーニーとカレンダーと新しい友人のマーリーがいるだろうから。きみに呼ばれるまでそこにいるよ。今夜の仕事に切りがついたら知らせてくれ」

デスクにつく間もなく、ロークは傷ついたイヴの顔をそっと優しく包み、唇を合わせた。

そして、ただそのままそうしていた。

気持ちを察して、イヴはもたれかかった。「たぶん見た目ほどひどくないわよ」

「人生で知り合ったあらゆる女性のなかで、きみほど鏡を見ない者はいない」

イヴは肩をすくめた——そのせいで体のあちこちがものすごく痛んだ。「見たって変わらないでしょ?」

ロークはまたしても優しく、イヴの髪を撫でた。「ピザを食べるんだよ」

「大丈夫よ、任せておいて」

ひとりになると、イヴは最初のひと切れを手に取り、口に運び、ため息をついて味わった。コーヒーを最後のひとしずくまで飲み干した。カフェインが必要だったから。そして、ロークがACにペプシを補充しておいたことを思いだしてオーダーした。

ビールやワインが飲めないとき、ペプシはペパローニ・ピザによく合う。

片手にピザを持ったまま、レオに連絡する。

地方検事補はすぐ応答した。「どうしたのよ、ダラス。ひどい顔! かなり痛むでしょ?」

「なんてことない」レオは全然ひどく見えない。塗りたくったものを洗い落とした顔は、なんだか生き生きしている。「わたしたちは二十五人逮捕した。ストロングは九人。ピカリングとダフとエイムズを殺したふたりは確実に生きてる。それを企《たくら》んだ男も。明日の朝七時半からブリーフィングする。あなたは大量の起訴に追われるわよ」

「その顔からすると、警察官への暴行もあるわね」

「そう。凶器を用いた暴行。タンクという名よ」

「本名はわかる？」

「調べればね」

「わたしが見つける」

「ジョーンズには警察官への殺人未遂も追加できそうよ。彼はわたしを撃ったから——警察の制式スタナーをフルパワーにして。大量起訴に花を添えるわね。わたしたちは違法麻薬、武器、盗品と判明しそうな所有物、ＩＤ偽造機、その他何から何まで見つけた。ＥＤＤは押収した電子機器に取り組んでる」

「ボスに知らせるわ」

イヴはピザを食べ切り、次のひと切れをつかんだ。「コーエンは？」

「鮮やかな黄色のカナリアみたいに歌ってる。あなたはティーズデールと話し合いたいだろうけど、倉庫にしているビル——ここも所有者はコーエンとジョーンズとヴィン——をＦＢＩが強制捜査して、ごっそりさらっていったという情報がはいったわ。そのなかにはその時点で雇われていた無認可のセックスワーカーも何人か含まれてるんですって。ストロング捜査官に伝えたほうがいいかしら?」

「明日で充分間に合う。こっちは処理にまだしばらくかかるから」

「じゃあボスに報告してからビューティスリープを取って、朝、あなたに会いにいく。お見事だったわ、ダラス。その顔は少し冷やしたほうがいいわよ」

「そうね」

通信を切ってから、イヴは顎を二本指で押さえてみた。触れたとたん、痛みが頭を駆けめぐった。やっぱり冷やしたほうがいいのかもしれない。

ふた切れめを食べ終えたあとで。

イヴはティーズデールと報告を交わし、たしかな満足を感じた。三切れめのことを考えながら報告書の仕上げに取りかかると、ドアをノックする音がしてそちらを見た。

「シェルビー巡査、まだいたのね」

「処理を手伝っていたんです。クワーク巡査は警部補が別にしておくように指示された人物の身元を手に入れました。デンビー・ワシントン、通り名は指鳴《スナッパー》らしです」

「もちろん、その通り名よ」

「警部補、彼はピカリングのアパートメントから盗まれたイヤリングの説明と一致するものを所持していました」

「まさか、冗談でしょ、シェルビー」

「いいえ、冗談ではありません。そのうえ、ボデルの最高級の黒いイヤホンも所持していました」

「指パチン野郎《スナッパー》の檻《おり》の鍵をパチンとかけて」

シェルビーはお愛想程度にほほえんだ。「ティッカーと呼ばれている人物の処理も手伝いました。バーク・チェスターフィールド。彼はピカリングのアパートメントから盗まれた品物の説明と一致するブローチを所持していました。彼が履いていたのは――」

「ライトニングの黒いハイトップ」イヴは言った。「踵に白い稲妻マークがついてる。サイズは十」

「そのとおりです。彼らのジャケットをラボに送ったんですが、ダフの死体から発見された繊維と一致しました。わたしはワシントンのDNAを入手しておきました。データベースに載っていなかったので。コークを差し出したら受け取ったんです。空《から》の容器は今ラボに向かっています」

イヴは椅子の背にもたれ、考えをめぐらせた。シェルビーがピザにさっと目をやるのを見て、そちらに手を振った。「あなたもどう？」

「ありがとうございます。でも、警部補のお食事を横取りしたくありません」

「わたしはもう充分。ひと切れどうぞ」

「いただきます」シェルビーはピザをつかみ、ひと口食べたとたん、イヴが感じたのと同じ感謝と喜びが顔じゅうに広がった。「これは持ち帰り用ピザじゃありませんね」

「あなたは捜査官になろうと頑張ってるの、シェルビー？」

「いいえ。わたしは制服警官の仕事に満足しています。カーマイケル巡査から学ぶことがたくさんありますし。警部補がわたしを彼につけてくださったことに感謝しています。彼は優秀な警官です」

「ええ、そのとおりね。シェルビー、頼みがあるんだけど、ワシントンとチェスターフィールドを互いに遠ざけておいて。それからそのふたりをジョーンズとケネス・ジョルゲンソンからも遠ざけておいて」

「承知しました。ピザをごちそうさまでした」

「どういたしまして。残りもどうぞ」

「まあ、でも――」

「わたしの食事はすんだから」イヴは食べかけのピザの皿を持ち上げた。「持っていきなさい。よくやったわ、シェルビー巡査」

「ありがとうございます、警部補」

深く息をついてから、イヴはコンピュータに向かった。怒りは脇に置いておかなければならないが、ロークに言ったように、痛みを発奮剤にして報告書を仕上げにかかった。

それがすむと、ラボのハーヴォに例のジャケットを優先扱いにしてほしいというメッセージを送った。ディックヘッド《ぐず》——ラボのチーフ——にはサンプルのDNA抽出を急がせた。いつもとちがって、ディックヘッドには急がせるための餌は与えなかったが、メッセージの受信者にホイットニー部長を加えておき、暗黙の脅しをちらつかせた。

レオに短いメッセージを送り、容疑者たちの氏名を知らせ、チェスターフィールドの年齢が成人として扱われるかどうかを尋ねた。

そして腰をあげ、事件ボードを更新し、やるべきことをやれと自分に命じた。ブリーフィング用のファイルをまとめ、会議室を確保し、すべての取調室を予約し、輪番制チームに取り調べを割り当てる。

クラックに連絡しようかとも思ったが、それは私事だから後回しにしなければならない。代わりにナディーンに連絡した。

「やっとだわ！　メッセージの返事が来た。声明がもらえたら——わお、ダラス、あなたのガードをかいくぐった者がいるのね。しかも一発のみならず」

レオとちがってナディーンはばっちりメイクしていた——いつカメラを向けられてもいい

ように準備ができている。たぶんニュース番組に出演していたのだろう。そしてもう一度カメラの前に戻ってから夜を終えるのだろう。

なんといっても、NYPSDは街のギャング団ふたつの大掛かりな手入れを遂行したのだから。

「声明は待ってもらわないと」

「お願いよ、ダラス、こっちはもうそのニュースを報道してるんだから――ちなみに、おめでとう。大ニュースよ。わたしはまた番組に呼び戻されたの。今、引き継いできたんだけど、声明がもらえるならまた――」

「待ってもらう」

イヴのとげとげしい口調に、ナディーンは眉をひそめた。「そんなに痛むの？」

「わたしは大丈夫。ピーボディのほうがひどい」

「ピーボディ？　何があったの？　彼女はどこ？　なんで――」

イヴはふたたびナディーンをさえぎった。けれど、リポーターとしてではなく、友達として尋ねているのはわかっていた。

「彼女は大丈夫よ。ルイーズが治療してくれたから。そういうことじゃないの。メディア担当の発表以外は今夜の声明は無理よ。まだ捜査中だから。明日の準備をするための情報を教えるけど、わたしがゴーサインを出すまでは誰にも漏らさないで」

「それでいいわ」

「これはね……」イヴは口ごもり、指先で目頭を押さえて頭をはっきりさせようとした。

「そっちに行ったほうがいい？　何か手伝おうか？」

「ううん、大丈夫。これはNYPSDとFBIの共同作戦だったの」

「FBIですって？　どうやって協調できたの？　誰が――」

「いいから聞いて、ナディーン。市警と連邦は容疑者を何十人も逮捕し、数千ドル相当の違法麻薬――具体的な数字は自分で入手して――や、武器その他もろもろを押収した。その情報はすべて入手できるわね」

「ええ、入手する」

「さらに、NYPSDはライル・ピカリングのアパートメントから盗まれた品々を回収した。彼が殺されたときに盗まれた品々。それらの品々はデンビー・ワシントン十八歳、およびバーク・チェスターフィールド十七歳が所持していた。われわれはチェスターフィールドを成人と見なして尋問し、裁判にかけることを要求する。その件については問題ないとわたしは思ってる」

「彼らをもう尋問したの？」

「明日やる。明日にはワシントンとチェスターフィールドに加えて、第三の人物ケネス・ジョルゲンソン二十三歳も殺人罪で立件したことをあなたに伝えるつもりよ。ピカリングとディニー・ダフ――彼女はピカリング殺しの共犯だった――とバリー・エイムズを殺害したかどで。エイムズは今名前を挙げた人物たちと一緒にピカリングとダフを殺したの。第四の人物はおそらく事前および事後従犯で起訴される――サミュエル・コーエン」

「今日の手入れでそいつらを掘り起こしたの？　なぜ？　なぜそいつらはロシェルの弟の殺害を企てたの？」

「それはわたしが突き止める。あなたに頼みたいのは……あなたに頼みたいのは――」

「言ってくれれば、なんでもやるわよ」

「ちがうのよ、これは個人的な頼みじゃないの。そうじゃない」イヴはため息交じりに言った。「そうじゃないのよ。ライル・ピカリングは情報提供者《CI》だった」

「あなたの？」

「ちがう。あなたにはあなたの得意な仕事をしてほしいの、ナディーン。彼の物語を報じてほしい。彼が人生をやり直していたこと、何もかもきちんとしようとしていたこと、真面目に働いて家族の信頼を取り戻したこと。身の安全を顧みず警察に協力していたこと。あなたはそういう報道のコツを心得てるでしょ」

「ええ、心得てるし、やるわよ」

そう、彼女ならやってくれる。

「明日あなたにゴーサインを出せるまで、どのくらい時間がかかるかはわからない」

「ニュースの種ならいっぱいあるわ。この件をわたしのリサーチャーにも伝えておきたい。彼らが信頼できることはあなたも知ってるでしょ。ライル・ピカリングについてできるだけ情報を集めたいの――遺族と話すまえに。あなたの了解を得てから」ナディーンは言い足した。「彼を殺した犯人たちを責めることができるものも必要ね」

「マーカス・ジョーンズも加えて。殺人には関与してないと思うけど、彼も投獄される。今のところは以上よ。わたしは家に帰る」

「よかった。顔を冷やしなさいよ」

「みんなそう言う」

イヴは通信を切り、椅子の背にもたれた。EDDに行って、彼らが引き出したものを自分の目で確認したほうがいいことはわかっている。けれど、もう限界だった。疲れた。精根尽き果てた。

だから荷物をまとめ、駐車場で落ち合おうというメッセージをロークに送った。

先に着くと、助手席にすわり、背もたれに頭を載せて目を閉じた。このまま何もかも忘れて数時間眠れたら、そうするように自分に言い聞かせることができれば、目覚めたときには頭を悩ませることなくやるべきことに手をつけられるだろう。

イヴが感じている疲労は体のものではないから。

目を閉じたままでいると、運転席側のドアがひらく音がした。「起きてる」イヴは言った。「わたしの役に立ちそうなものはあった?」

ロークはしばらくイヴを見つめていた。どうやら、というより明らかにアイスパッチは使わなかったようだ。まあいい、それは家に着いてからなんとかしよう。とりあえず今必要なのはこれだ。

ロークはピルケースを取り出した。「これを飲んで。反論は受けつけない」

イヴはわざと反論しようかと考えたが、そんなことはバカらしいと気づいた。黙って鎮痛剤を受け取り、飲み込んだ。「どんなものがあった?」

「ありとあらゆるデータ――まちがいなくFBIは介入したがるだろう。まだ出てきそうだったが、きみからメッセージをもらったときは、ちょうど今夜はもう切り上げようとしていたんだ。フィーニーたちはまた朝になったら続きをやるだろう」

ロークは運転しながらもう一度イヴの様子をうかがった。「簡単で、まるでやりがいがなかった。ITに関しては基礎知識程度で、それを活かす技術もあまりない。あの見せかけの壁やキーパッドと同じで子供だましだ。いや、その手のことにかけては子供のほうがもっとましだね」

ロークはイヴの手に触れた。「どうしたのか言ってごらん」

イヴはただ首を振った。「ジョーンズの機器からもデータを引き出した?」

「きみの想定どおり、彼は自室の隠し場所にデータを保存していた。コーエンとの共同事業の収益と経費。隠し所得、コーエンへの分け前。ギャング団のビジネスの記録もつけてあった。違法麻薬取引、みかじめ料、誰が不法侵入、放火、暴行を指揮したか。全部載っていたよ、イヴ。それに、ジョーンズは移住するつもりだったようだ。アルーバに。現地の物件を探した報告書があった」

「つまり彼は自分のギャング団を裏切り、資金が集まったら熱帯地方に家を買うつもりだったのね。たいした偽善者だこと」

「まあそうだが、偽善は彼の罪のなかではささいなものだと思うよ」

「そう? ほんとに? それも罪の一部なんじゃないの? 大罪の一部でしょ?」

イヴは怒りが猛烈にこみあげてきて、身を起こした。「あなたはダブリンでギャング団と行動を共にしてたわよね」

「自分たちのことをギャングだと思っていたとは言えないが、まあいいだろう、大まかに言えばそうだよ」

「あなたはお金のために仲間を裏切る？　自分の利益のために仲間の誰かを騙す？」

「いや、彼らもそんなことはしないだろう。だが、ギャングと仲間にはちがいがあるかもしれない」

「彼らは忠誠を誓ってるのよ」

「友人同士には誓いは必要ない、そうだろう？」

イヴは首を振って、またシートに背をあずけた。「ジョーンズが陰でやってたことがみんなこの事件の下地を作ったの。彼の指導力は衰えた――それには感謝すべきかもね、彼らは昔ほど強力じゃなくなったから。彼は利益の上前をはねてるから、メンバーにはあまり行き渡らない。彼はライバルのギャング団との対立を避け、縄張りを広げようとしない。勢力を伸ばし、悪名を轟《とどろ》かせるにはそうするのが普通なのに、彼はやらない。利益を貯め込んだりアルーバくんだりに住むことを夢見たりするほうに興味があるから」

「だから勢力や悪名のほうに興味がある者が、彼を追いやりその地位を乗っ取ることを企んだ」

「ピカリングはジョーンズと昔からの付き合いがある。組織に忠誠を誓っておきながら背を向けた。彼がＣＩであることが漏れたのかもしれないけど、それはまだはっきりしてない。

でも……それが漏れてたなら、ピカリングを殺して辱めるだけではジョーンズを攻撃するには充分じゃない気がする」

「ライル・ピカリング殺しはジョーンズへの面当《つら》てだときみは思っているの？」

「そう、それもあると思ってる。あとはギャング団に背を向けた罰。彼の気が変わって戻ってくることを恐れる気持ちもあったかも」

「そうか」ロークはイヴの思考を完璧になぞった。「指揮官の地位を争うことになるのを」

「そう。核心はダフなのよ。彼女の殺され方、彼女が殺された場所。犯人たちはダフ殺しを利用して、ギャングの抗争に火をつけようとした。そしてエイムズも」

苦悩より怒りのほうがいいと考えて、ロークはイヴに話を続けさせた。「きみは彼が――ジョルゲンソンが初めからずっとダフを殺すことを企んでいたと思っているんだね。ピカリング殺しに協力させることを脅したりすかしたりして説得するまえから」

「ピカリングはジョーンズとつながってる。ダフはピカリングとつながってる。そう、彼女はずっとまえから死ぬ運命だった。ピカリングの場合はどちらかといえば痛烈な一撃ね。警官は働きすぎでしょ？　今もそうよ。だから警官はジャンキーの過剰摂取だと判断して、事件をファイルして、忘れてしまう。でもダフの場合は、仲間の警戒や怒りを利用できる。〈ドラゴンズ〉のやつらが俺たちの仲間を殺した、あいつらを皆殺しにしてやろう」

車がわが家の門をくぐると、イヴはふたたび目を閉じた。

「きみは明日やるべきことをわかっている。どの角度から、どのボタンを押せばいいかを」

「ええ、やるべきことはわかってる」

ロークはイヴの沈んだ声が気に入らなかったが、今はそっとしておくことにした。

遅い時間にもかかわらず、サマーセットはホワイエで待っていた。

「救急キットがある場所はおわかりですね」執事はロークに言った。

「ああ、ありがとう」

「メディアは今夜の手入れと逮捕を盛んに報じていました」

「そうそう、だからわたしたちは突入したの。スクリーン・タイムを楽しめるようにね」イヴはコートを階段の親柱に放り投げた。

「あの界隈に家や店がある者たちは、そのニュースのおかげで、今夜はぐっすり眠れることでしょう」サマーセットは言い添えた。

ふたりが階段を登りだすのを待ってから、彼はイヴのコートを手に取って調べた。

もちろん血がついている――あの様子からすると、そのいくらかは自分自身の血だろう。革製品についた血の染みを抜くのは今やお手の物のサマーセットは、コートを自分の部屋に持っていってなんとかすることにした。

警部補のほうはロークがなんとかしてくれるから心配ないだろう。

イヴが寝室にはいっていくと、ベッドを占領していた猫が身じろぎした。武器用ハーネスをはずす顔を見て二色の目をまばたくと、ベッドから飛び降り、脚に体をこすりつけ、ふくらはぎに頭突きを食らわせてくる。

安心させるように身をかがめて撫でてやると、鎮痛剤を飲んでいてもそこらじゅうの筋肉が泣きごとを言った。

「シャワーを浴びてくる」

「浴槽につかったほうがいいかもしれないよ。ワインも添えて」

「かもね。うん、そうかも」

イヴは浴槽に湯を張り、服を脱ぎだした。ワインのグラスを運んできたロークは、棚からガラス瓶を手に取った。そして淡い青のバスソルトを二匙《ふたさじ》放り込んだ。

「打ち身に効くよ」イヴが立ったまま見ていると、顔のひどい傷にアイスパッチを貼った。

「それも効き目がある」

「あなたも指鳴らし男を殴った手の関節に貼るの?」

「彼の顎はマシュマロみたいだったんだ。ジェットは弱にしておいたほうがいい」

「はい、先生」

ロークは軽くキスをするとイヴをひとりにしてくれた。だが、猫は見守る気でいるらしく、スツールにひょいと飛び乗った。

イヴは裸になると姿見の前で全身を点検した。ナディーンが言ったように、何発かイヴのガードをかいくぐったらしく、肋骨《ろっこつ》のあたりに小さな打ち身があり、攻撃をブロックしたときにできた打ち身も腕に何ヵ所かあった。甚大な被害を受けたのが顔なのはまちがいない。

鏡越しに猫と目が合った。「もっとひどい怪我を負ったこともあるわ。あなたもあのときは、そばにいたでしょ。仲間たちは彼女のことをタンクって呼んだの、わかる？　鉄骨みたいな腕を持ってるのよ。バットも持ってた」猫があまり関心を示さないので付け足した。

「もういいわ」

イヴは浴槽に身を沈め、ジェットを弱に命じ、ワインを手に取った。

戻ってみると、ロークは金持ちがくつろぐときに着るような服に着替えていた――雲が嫉《しっ》妬《と》しそうなほど柔らかい高級木綿のスウェットパンツに、薄手のゆったりしたセーター。手元にはワインとPPC、仕事の遅れを取り戻していたにちがいない。ロークは顔をあげ、イヴをしげしげと眺めて、うなずいた。「いいだろう、だいぶましになった。仕上げはこれだな」

隣に座れとソファを叩き、救急キットから治療棒を取り出してテーブルに置いた。

「彼女はバットを持ってた。言わなかったかもしれないけど、彼女はバットを持ってたの」

「たしか、コンクリートのような上腕二頭筋《じょうわんにとうきん》もだろう」

「大げさじゃないのよ。彼女の顔写真を見せてあげる」

「きみの事件ボードで見たよ。それで、きみにはワインがもう一杯必要だと思った」

ロークはワインを注ぎ、イヴの顔を治療棒で撫ではじめた。「この顔が大好きなんだ」治療を続けながら言う。「だからそんなことをした彼女の今夜の顔写真に、僕のお巡りさんの鉄拳の痕《あと》が現れていることを強く望むよ」

「鼻を殴ってやったわ。ゼウスをやってたにちがいないわよ。スタナーで撃たれても、最初は羽虫が飛んできたみたいに振り払った」

「コンクリート製の二頭筋に、バットに、ゼウスか。少し横を向いて。はい終わり」

「魔法のコートはほんとに魔法だった。ジョーンズに撃たれたの――確かめたけどフルパワーにしてあった。警察官に対する殺人未遂が成立するわね。凶器を用いた暴行への減刑を主張するかもしれないけど、わたしたちは重い罪から始める。レオがうまく立ちまわって、これを全部加えられれば、七十五年は服役させられる。もっとだわ」イヴは計算した。「彼は一生出てこられない」

「熱帯のそよ風もなしだね」

「なし」

治療棒をテーブルに置き、ロークはイヴの顎を手のひらで包んだ。「ダーリン・イヴ、僕に話してごらん」

「話してるわよ。口から言葉があふれてる。それが聞こえる」

ロークは黙ってイヴの目を見つめた。そこにはなぜか悲しみがあった。「きみはふたつの成功した作戦をまとめあげ、おそらくふたつのギャング団を土台から破壊することになるだろう。大勢のメンバーが懲役に服し、きみが言ったようにジョーンズは七十五年以上刑務所で過ごすことになるだろう。明日はライル・ピカリングとダフ、それにエイムズを殺した残りの三人を自白させるにちがいない。それなのに、なぜ悲しんでいるんだ?」

「悲しんでなんかいない。わたしは……わたしは自分が何をしてるのかわからないの」

イヴは勢いよく立ち上がり、アプリコット色のローブ姿で歩きだした。

「〈バンガーズ〉の土台を破壊したのはたしかよ。彼らはバカで、ずさんで、運営が下手だから。あなたが言った――吠えるしか能のないやつらだから。なぜもっと早くつぶさなかったのか、わたしにはわからない。縄張りが縮小したせいかもしれないし、タイミングかもしれない。餌食《えじき》にされた人たちが警察に訴えなかったせいかもしれない。

わたしにはわからない。知りようがないでしょ。彼らもジョーンズがサイドビジネスに手を出すまえは団結してたのかもしれない」

イヴはワインを取りに戻り、グラスを手にするとまた歩きまわりだした。「犯罪者の大半はバカよ。言ったでしょ、大半はって」ロークが眉を上げると繰り返した。「衝動で行動したり、ドジを踏んだり。妻を殺そうと企んでもだいたい警察にばれる。明日とっちめるろくでなしたちは普通のバカじゃない。あなたの国ではバカのことをなんて呼ぶんだっけ――イージット、ジット。愚か者なのよ」

「どれもあてはまる」ロークは応《こた》えた。

「それでも、三人の人間がモルグにいる。まともな家族も元の暮らしには戻れない。子供を亡くした母親もいる。彼らは頭がイカレてるわけでもないし、悪魔でもない。もちろん首謀者でもない。彼らは悪質で凶暴なただのろくでなしよ。そのせいで三人が死んだ」

ロークは黙って聞いていた。ようやくイヴが話しはじめたから、心の底に巣くい、目にたたえていた思いをぶちまけだしたから。

「もっと知りたい?」イヴはグラスを持ったまま手を広げてから、ワインを飲んだ。「リハビリは大半がクズよ。大半が。人を閉じ込めるだけでは、出てきてから真人間でいられる確率は低い。ピカリングのような人物はどう? なんと、虐待してきた父親は刑務所で死に、依存症の母親は自殺する。その後ギャング団と麻薬にのめり込む。彼が檻に舞い戻り、喧嘩か薬の過剰摂取で野垂れ死にする確率は高い。正道を歩むことはまずない。ところがピカリングはちがった。おおかたの予想を裏切って成功した。それなのに！」

イヴの声には悲しみで覆われた怒りがこもっていた。

「それがどれほど大変なことか、あなたとわたしは知ってる。彼は何もかもきちんとしたのよ、ローク。何もかも正したのに、どこかのろくでなし野郎が指揮官の地位に昇りつめようとしたせいで死んだ。

わたし、システムは機能すると自分に言い聞かせたことがある。罪、罰、リハビリ。でも、そうじゃなかった、ライル・ピカリングには機能しなかった。システムは彼を救えなかった。わたしたちは彼を救えなかった」

悲しみの根源はそれだ、とロークは思った。やっと引き出すことができたが、次はそれを排除してやろう。

「いや、きみは最初から正しくとらえていたんだよ。システムは彼を救った」片手をあげて反論を制した。「今度はきみが聞く番だ。僕はきみの言うシステムの熱烈な支持者ではないし、これまでの人生はそれをほとんど避けてきたから、ちがった見方をしている。僕の見方はライルのものに近いかもしれない。

こっちに来て、座って。システムのために働くのではなく、それを避けていた者の意見を聞いてごらん」

「彼は死んだのよ」イヴはなおも言ったが、それでもまた腰をおろした。

「彼――麻薬常用者で、凶暴で、破滅への道を進むしかないように思われていた男――が刑務所にはいっていたときから死を迎えるまでのあいだ、彼は自分の人生を生きていた。彼は自分で生きる道を選び、システムは彼が望んだものを与えた。システムは調理を教え、技術を持つ満足感を教えなかったか？　カウンセリングを提供し、依存から回復する援助をしなかったか？　彼の話を聞き、破滅への道をたどることになった問題を見つける助けにならなかったか？　いいか、そもそも彼を閉じ込めて、援助や訓練を受けるか、それをはねつけるかを選ばせたのは誰か？　彼はいくつものことを自分で選択した」ロークは話を続けた。「システムはその選択肢を与えた。きみはシステムが彼を救えなかったと言うことで、彼がなした選択も、それにかけた努力も貶《おとし》めているんだよ、イヴ」

ロークはイヴの傷ついた顔を指先でそうっとなぞった。

そして、きみは彼のために闘った。これからも彼のような者たちのために闘うだろう。何度も何度も。

「彼に死をもたらした者は五人いる」ロークは改めて言った。「そのうちふたりは死をもって償《つぐな》った。きみときみのシステムはほかの三人にもきちんと償わせるだろう。ライルのために正義を求め、遺族に慰めを与えるだろう。遺族はね、イヴ、彼が刑務所にはいり、出てきたときにはちがう人間になっていたことを思いだし、その思い出を大事にするんだ」

「それはちょっと……あなたはほんとにそんなことを信じてるの?」

「信じてる? 僕は更生した人間の生ける証《あかし》だよ」ロークはイヴの髪を撫で、その手を凝りが固まっているうなじまで滑らせた。「僕がきみや警官たちに協力するのは、面白いからだけだと思っている? その価値は大きいからないがしろにはしない。だけどきみもその理由だよ。きみの言うシステムも——何度反抗しようと試みても、正しく扱えばそれが有効だということを見てきたからね。システムの一部になることについては、僕なりに社会に変化をもたらすことができるのがわかった。僕はそうやって、自分のしてきた後ろ暗い行ないの埋め合わせをしているのかもしれないな」

ロークはイヴの傷ついた顔にキスした。「役に立たないシステムがあることも知っている。僕の子供のころがそうだったし、それを言うならシステムはきみを救えなかった。だが、きみはそれを変えた、自分のために、他人のために。僕のために。きみが言うシステムはライルを救うことに失敗しなかったんだよ、イヴ。今も彼を見放していない」

イヴはロークを引き寄せ、肩にもたれた。そして彼が、自分でも見つけ出せなかったものを与えてくれたことに気づいた。心の平安。

「あなたが今言ったことを全部覚えておいて、明日彼らに自白させるときに思いだす」

「その場にいられないのは残念だが――」

「ちがう銀河を買わなくちゃいけないんでしょ」

「そのとおりだ。さて、横になってもらって残りの点検をしようか。ゼウスで増強したコンクリート製の上腕二頭筋を持ち、バットを振りまわすタンクが、僕のお巡りさんに何をしたか見てあげよう」

「たいしたことないから。ほんとに」という抗議にも取り合わず、ロークはイヴの手を引っ張って立たせた。

「それを判断するのは僕だ」ベッドのかたわらで、ロークは指をくるりとまわした。「ローブを脱いで、横になってごらん」

「あなたはお医者さん役がやりたいだけでしょ」

「大好きな役だ」うるさそうな顔をしたギャラハッドの巨体をベッドから持ち上げ、弱い炎に設定しておいた暖炉の前に置いた。

イヴはローブを払い落とし、ベッドの端に腰かけた。「ほらね、たいしたことないでしょ。みぞおちを二、三発やられたけど、バットじゃなくて拳《こぶし》で。バットはヘルメットに当たってから肩で跳ね返ったみたいな感じになったの」

「うーむ」ロークは肩にできた不吉な虹のような傷に治療棒を当てた。「接近戦の相手は彼女だけだった？」

「ほかにふたりいたけど、彼らは一発も入れてこなかった。どれも軽傷。カーマイケルは目の周りに派手な青痣ができてたし、ライネケは少し出血した。うちでいちばん重かったのはピーボディね。向こうは重傷者がいっぱい出た。そういえば、誰かが小型爆弾を投げつけてきた」

なんでもないことのように言うが、ロークは一瞬心臓が止まった。「それで誰も怪我しなかったのかい？」

「向こうは怪我人が出たわよ。わたしがつかんで投げ返したから。彼らには幸いなことに、あまり威力がなかった」イヴは振り向き、ほほえみかけた。「ずいぶんよくなったわ」

「よし。救急キットにサマーセットが信頼している香りのいい軟膏があるから、顔に塗ってみよう。だがそれ以外の傷は、きみが言うようにたいしたことはない」

「ずいぶんよくなったわ」イヴは繰り返した。「それに裸だし」

ロークはイヴの目に視線を移した。「気づいていたが、医者の徳義を守ろうとしているところでね」

「徳義なんてどうでもいいじゃない」イヴは片脚を使ってロークをベッドに押し倒すと、その上にまたがった。「変なものを入れた浴槽にも浸かったし、顔も冷やしたし、棒の手当ても受けた。あなたに残ってるのは仕上げをすることだけ」

「きみがそう言うなら」

「こうしてもいいわよ」イヴはロークの両手を持ち上げ、自分の胸に押し当てた。

「ほんとうに、ずいぶんよくなったね」

「そう。あなたはすごくハンサムだから、その顔を誰にも殴られなくてよかったわ」イヴはかがみ込んで、ロークの頬を唇で撫でた。「ドリームケーキ」

「悪いが、そのニックネームは盗用だ。きみは自分のを考えないと」

「そのうち何か思いつくわ。それまでは」ロークのセーターを脱がせ、引き締まった腹に手を置いた。その手を胸から肩へ走らせると、髪をつかみ、顔を近づけて唇を奪った。

長く静かなキスは、体じゅうのどこよりも傷ついた心をなだめた。彼の言葉、彼が寄せる信頼のおかげで、安らかな気分になっている。

こうやって唇と舌を優しく触れ合わせていると、体が熱くなってくる。ふたたび気持ちが高まってくる。そして、暴力の激しさはみんなふんわりと消えていった。

ロークは両手でイヴを優しく撫でまわし、そのぬくもりの底に小さな火をつけた。愛の底に欲望の火をつけた。

イヴが身を委《ゆだ》ね、今日一日の試練と緊張を捨て去ろうとしているのを感じる。その肩の傷に、不断の兵士の戦傷に、ロークは唇を押し当てた。

体をよじってパンツを脱ぎ、肌と肌を絡ませる。イヴの肌はバスソルトのにおいがした、森陰と秘密のにおいがした。そのにおいを吸い込みながら、イヴの喉に唇を当て、そこで脈打つ命の鼓動を感じた。

「僕の愛《いと》しい人、僕の、僕だけの」ロークはアイルランド語でつぶやいた。

唇の下の脈が速くなった。

イヴはわななくため息をついて、彼をそろりそろりと導いた。彼は震える鼓動のリズムに合わせてイヴを満たしていき、両手を滑らせてイヴの腰をつかんだ。

体をずらし、ロークが奥まではいってくると、イヴは歓喜がこみあげるのを感じた。その喜びは体じゅうに広がり、イヴを圧倒した。イヴのすべては彼とともにある。

なおもゆっくりと互いを奪い合いながら、ロークが身を起こして抱き締めてきた。彼に抱きつき、その唇を探し当てると、あの歓喜の長く強い波が体じゅうを駆けめぐった。

頭をそらすと、天窓の向こうに月が見えた。暗い夜空に白く細い月がぽっかり浮かんでいる。綺麗で清らかだ、このひとときの優しい求愛行為のように。

ロークと一緒ならそこに手が届きそうだ。

やがて、暗闇のなかで彼にもたれて体を丸め、眠りへと漂っていきながらイヴはほほえんだ。「ドクター・セックスパートがいいわ」

「それはどうかな――」

「今夜だけよ」

「じゃあ、今後はそう呼ばないでくれ」

ロークはイヴの背を撫でながら眠りへの続きの道にいざなった。そのうち猫が飛び乗ってきて、お気に入りの場所に陣取るのを感じた。だから、イヴの額をそっと唇で撫でてから一緒に眠りについた。

19

目が覚めると時間はまだ早く、体はこわばり、あちこちが痛かった。暖炉の明かりのもとで、ロークは立ったままコーヒーを飲み、壁のスクリーンに流れるどこかの惑星からの報告を眺めていた。ふざけた回転をするその星がどこにあるかはあとでわかるだろう。

眠気が覚めないまま、ロークのスーツ姿は裸でいるときと同じくらい素敵だと思った。それはちょっと言いすぎだけれど。

ベッドから転がり出ようとして、痛みにいらだつ声を漏らしたにちがいない。ロークが首をめぐらせ、薄明かりのなかでこちらに目を凝らした。

「まだ痛む？」

「そうね」

「アイスパッチと治療棒をもう一回やろう」

「そうね」イヴはベッドからそっと降り、痛みを熱い湯で打って屈服させるため、まっすぐシャワー室へ向かった。

そのおかげで——ロークがコーヒーと一緒に渡してくれた鎮痛剤のおかげもあって、出てきたときにはだいぶ楽になっていた。

「腫《は》れは引いているね」ロークは指先でそっとイヴの顎を撫でた。「痣《あざ》も薄くなっている。もっとよくなるか試してみよう」

「逮捕するときに殴られた痕があっても、尋問記録の邪魔にはならない」

「物事の明るい面を見ようってわけだ」

ソファに座ると、ロークはアイスパッチをテーブルに置き、イヴの顔に治療棒を転がした。「ほかも確かめてみよう」

文句を言ってもしかたないので、イヴはローブのベルトをはずし、肩や肋骨や腕を手当てさせた。

「どこかでいったん休憩を取って、もう一度手当てしたほうがいいよ」

「あのろくでなしどもの自白を取るほうがよっぽど効くわ」

「頼みがあるんだが」ロークは朝食の蓋《ふた》を持ち上げた。「途中経過を知らせてくれないか」

ベーコンだ、とイヴは思った。アメリカン・スタイル——オムレツ、フルーツ、スコーン、ジャム。悪くない。

「いいわよ」

「本日の攻撃計画は?」

「ブリーフィングが終わったら、まずはあなたが殴った男を尋問する——ディックヘッドがDNAを抽出してないなら、ハーヴォにまわしてダフの体から見つかった毛髪と照合することもすんでないわけだから、ホイットニーにディックヘッドをどやしつけてもらう。あの指鳴らし男はどうしようもないアホで、ロシェルのイヤリングとライルのイヤホンをポケットに入れて持ってたの。わたしはそいつを落とす、木端微塵《こっぱみじん》にしてやる。それからコーエンに彼が結んだインチキな取引は無効だって教えてやる」

「どうしてインチキなんだ?」

「まだ報告してなかった?」スコーンを割り、五歳児が喜びそうなほどたっぷりバターとジャムを載せた。「FBIは証人保護プログラムに合意した——コーエンが虚偽の供述をしてないという条件で——そのまえに、彼は殺人の共犯で告発される危機に直面したの。だからその罪で最低でも五十年服役したあと、アイオワ州インチキ村在住のホレス・アホンダラになれる」

「彼はそんな取引に合意したのか?」

「そう、合意した。彼は資格を剝奪《はくだつ》されたダメ弁護士で、小さな字で書かれた細則を読まなかったから」イヴはバターとジャムだらけのスコーンを食べた。「あるいは、読んだとしても理解できなかったから」

「いずれにしてもマヌケだね」

「そうなのよ。それにコーエンは嘘をついてる——あれは一種の病気ね。ジョーンズのことで嘘をついたし、ほかにも虚偽があるだろうから合意は無効。彼はもう二度と外の世界は見られない。彼の尋問が終わったら、FBIが脱税と詐欺で収監する。レオはこの件を巧みに処理すればポイントを稼げる」

案の定オムレツにはホウレンソウがはいっていたが、チーズとハーブっぽいものでうまくごまかしてあったからよしとする。

「その次はティッカーという男。ダフの体から見つかった毛髪は、きっと彼のものだと判明する、彼のDNAと一致する」

「残った三人のうち、ジョルゲンソンは最後に取っておくんだね」

「彼にはいちばん手を焼かされるだろうけど、わたしは屈服させる。それからほかの容疑者たちを尋問してるチームとすり合わせをする。ストロングのチームのほうも確認する」

「大忙しだ」

「彼らを逮捕した後始末をするの」イヴが食べつづけるかたわらで、ロークは匍匐《ほふく》前進してきた猫に警告の指を振った。ギャラハッドはごろんと転がり、片足をピンと立てて毛づくろいしはじめた。

中指を立てているつもりなのか。

「あなたの本日の攻撃計画は？」

「そうだな、あの銀河を購入する件を承認しなければならない」

「面白い人ね」イヴはいったん食べるのをやめた。「冗談でしょ？」

ロークはイヴにほほえみかけ、テーブルに置いてあったタブレットを手に取った。「僕はもう少しこれを続けるよ」

タブレットをひらいて何やら操作すると、タブレットの画像が壁面スクリーンに浮かび上がった。

だだっ広い家――白い外装に青い窓枠、広々とした野原、造園工事らしきものも進んでいる。「それは何？」

「ダーリン・イヴ、きみのネブラスカの農場だよ」

「なんですって――」ロークはいったいどうやって、あのお化け屋敷を絵葉書のように変えてしまったのだろう？　あたりの景色は、都会育ちのイヴの目にはうら寂しく映るかもしれないが、それにしても……。

「もちろん内装工事はまだ進行中だが、もうすぐ終わるよ。それに付属の建物も……」タブレットをスワイプし、赤い大きな納屋のようなもの——たしかサイロと呼ばれているやつだ——さらにふたつの建物、フェンスで囲ったエリアを次々と表示させた。

「巨大なバケツ何杯もの資金を注ぎ込んだんでしょうね」

「まあ投資だからね。洞察力と熟練した職人も投入した。今も言ったように工事中だが、予定どおり進んでいる。まだ売りに出してないのに、僕のところに二件申し込みがあった。というより、きみに申し込みがあったと言うべきかな。一件は総費用より二割高い値をつけてきた」

「みんなどうかしてるのよ」イヴはオムレツをすくった。「その申し出に応じるの？」

「それはきみしだいだが、僕は保持しておくことを勧める。彼らに最後まで仕事をさせてやろう」

「あなたはこれにワクワクしてるでしょ？」

ロークはまたタブレットに何かやって、分割スクリーンに絵葉書のような家と、ロークが向こう見ずにも——イヴの名義で——買ったお化け屋敷を表示させた。「ワクワクしないやつがいるかい？」

イヴは食べながら考えた。「あなたにお礼を言わないと」

「農場のことに？」

「ちがうわよ、それは好きでやってるんでしょ。ありがたかったのは……ゆうべあなたが言ってくれたこと。わたしはどうして今回のことがそれほど堪《こた》えるのか、わたしのなかの何かを打ちのめすのか、はっきりとはわからない。もっとひどい事態にも対処してきた。明日、もっとひどい事態と向き合うかもしれない。そんなことはわからないわよね？　だけど、あなたがわたしを支えてくれることはわかる、わたしもあなたを支えるように。結婚生活のルールよ」

「僕はルールにやかましい人間だからね」

「あなたが遵守するのは——自分のルールでしょ。とにかく、お礼を言いたいのはわたしに悩みを吐き出させてくれたことだけじゃないの、それはルールに載ってるから。肝心なのはあなたが銀河を買う手を止めて、わたしや殺人課やフィーニーに協力してる理由について言ってくれたこと」

イヴはロークのほうを向いた。「そんなことは考えてもみなかった。あんなふうに考えたことはなかったという意味よ。あの考えには重みがあった。大事なことよ。わたしたちはいつも同じ考え方をするわけじゃないけど、目的は同じだからなおさらそう思う。ほんとうに大事なこと。わたしは本気で言ったの、今日彼らに自白させるときに、あなたが言ったことを思いだすって」

どう答えればいいかわからず、ロークはイヴの顔を包んでキスした。

「もうひとつあるの。あなたも思いだしたほうがいいかもしれないけど、あなたが〈ドーハス〉を築いたのはルールや意見のためじゃなく、あなたがあなたであるから。〈アン・ジーザン〉についても同じ。それは、つまり、あなたのシステムなの。それは機能するのよ」

「イヴ。甘い言葉に心が蕩《とろ》けそうだ」

イヴはロークの手を取り、自分の頰に押し当てた。「わたしに言えるのはせいぜいそのくらいよ」

「充分すぎる」

「支度しないと」イヴは立ち上がり、クローゼットのほうをちらっと見た。「まあいいか。残忍に見せたいの。今回だけ、あなたに選ばせてあげてもいいわよ」

ロークは笑いながら腰をあげた。「残忍なだけじゃなく、傲慢《ごうまん》で、ふてぶてしく見せてやろう」

「なかなかいいわね」

ロークはついておいでと手招きしてクローゼットにはいった。「革のパンツ、黒。ちがう、それじゃない」イヴが手を伸ばそうとすると言った。「あっちだ」

イヴはいったいどこがちがうのか尋ねたかったが、よく見たらわずかなちがいに気づいた。屈強そうなメタルボタンで前を留めるようになっていて、太いベルト通しがついている。

「シャツだな、セーターは要らない。白や黒はだめだ。これがいい」

イヴは一瞬眉をひそめたが、それがメタルボタンと同色なことに気づいた。ロークがボタンの代わりに大きめのメタルフックが三つついた黒いベストを選ぶと、ひそめた眉間のしわが深くなった。

「僕を信じて」ロークは言った。「ジャケットは着ないで、ベストだけにする。尋問中に武器用ハーネスが相手の目にはいる。残忍で、傲慢で、ふてぶてしい。しかも相手をすくみあがらせる」

最後に、ロークは黒のショートブーツを選んだ。ミリタリー調の靴紐《ひも》と、大きな留め金付きの黒いベルトがついている。

「やつらを縮みあがらせることはまちがいない」

まあ、頼んだのはこっちなんだから、とイヴは自分に言い聞かせた。

着替えが終わると、鏡をのぞいてみた。「なるほどね。あなたは抜かりがないわ」

背後にいたロークはイヴの両肩に手を置いた。「敵をやっつけろ、警部補」

「もちろん、あなたの素敵なアイルランドの尻に賭けて」

「僕のお巡りさんをよろしく頼むよ――彼女の顔も」

イヴは鏡に向かってうなずいた。「任せておいて」

イヴを見送り、振り返ると、ほかに気を取られているあいだにギャラハッドが目的をまんまと成功させていた。ごちそうをたいらげ、今や満足そうに皿を舐《な》めている。

「彼女を呼び戻して、おまえを逮捕させるべきだな」

小さくげっぷをすると、猫は座り込み、ジャムのついた前足を熱心に舐めてきれいにしだした。


またしても、イヴは朝の混雑に巻き込まれずにすんだ。ゆうべの手入れのことで皆を労《ねぎら》うために、〈ジャコウズ〉に寄ってシナモンバンズを大量に買い込んだ。以前の捜査のときに味わったことがあるから、それがとびきりおいしいことは知っていた。

目の前にあったので、デニッシュも追加した。

寄り道してもセントラルには早く着き、ブリーフィングの準備をする余裕がたっぷりあった。会議室に行くまえに証拠課に寄り、必要なものを借り出した。

警官用コーヒーではシナモンバンズに失礼な気がして、オフィスのACのコーヒーを何本ものポットに入れて運んだ。

ジェンキンソンとそのネクタイが最初に到着した。群れの単位は群《ホード》なのか団《ブロック》なのか、とにかくバカみたいにたくさんの五色の蝶《ちょう》が、どぎつい青のネクタイの上をうようよしている柄だ。

「LT、ライネケはちょっと寄り道して——」ジェンキンソンは不意に言葉を切り、猟犬のように鼻をくんくんさせた。「本物のコーヒーと、スティッキーバンズのにおいか？　ロークもブリーフィングに来るの？」

「ちがう」

ちゃっかり者のジェンキンソンは、すでにシナモンバンを口いっぱい頬張っていた。「差し入れかい？　優しいな」

「ちがう、彼の差し入れじゃない」まったく頭に来る。「食べ物のことを思いつけるのは彼だけじゃないの」

「俺たちは史上最高のLTに恵まれたな」変わり身がとにかく早い。「ピーボディの具合は？」

「連絡がないから来るでしょ。自分の目で確かめられるわよ」

ライネケはが自販機のコーヒーを持ってやってきた。パートナー同様、彼も室内のにおいを嗅《か》ぎつけた。手にしていたコーヒーをリサイクラーに投げ捨て、片手でポットを持ち、もう一方の手でバンズの山からひとつつかんだ。

「ロークは最高の男です!」

「バンズを用意したのはわたし。コーヒーを用意したのもわたし。最高の男はわたし」

「LTは最高の男です」ライネケは口をもぐもぐさせながら言った。

トゥルーハートを連れて、バクスターがやってきた。「やったぞ! どこの――」

「イクス‐ネイ・オン・ジ・オーク‐レイ(ロークの名前は出すな)」ジェンキンソンが警告した。

「どうやってそのひどい暗号を解読すればいいの?」ムカつきながら、イヴはコーヒーのお代わりを注いだ。

ほかのメンバーも続々と到着し、ロークに対するコメントや質問を封じられてから、バンズとデニッシュの山を崩していった。

やがて一同の関心は――たとえシナモンバンズがあっても――マクナブに付き添われたピーボディに移った。

右膝をかばっているせいで少し足を引きずり、顔の切り傷や擦り傷にヌースキンを貼っているが、全体的にピーボディは大丈夫そうだ。仲間たちにハイファイブやグータッチをされて、ほんのり頬を染めている。

トゥルーハートがピーボディのためにコーヒーを注ぎ、いつものクリームと砂糖を加えてやった。マクナブは彼女のために椅子を引き、もう一脚引き寄せて、怪我したほうの足を載せてやった。

「座るときは足を高くしてたほうがいいってドクターが言ったんだ」マクナブが説明した。

「わかったわ」膝が癒《い》えるまでピーボディはずっと座っていることになるだろう。けれど、その指示はこっそり与えよう。「みんな席について、もう始めるわよ。今日は長い一日になるから」

各自が移動しているあいだに、ホイットニーがはいってきた。かろうじて残っているシナモンバンズとデニッシュに気づき、眉を上げる。「〈ジャコウズ〉のか？　ロークは抜かりがないな」

ジェンキンソンが咳払いした。「部長、このシナモンバンズと本物のコーヒーの至福は気前のよいダラス〝太っ腹〟警部補のおかげです。彼女は最高の男です」

拍手が沸き起こった。

「ご機嫌取りはもういいわ。あなたも腹がふくれたなら着席して」

「警部補、始めるまえに――ああ、それから私からもコーヒーとペストリーの礼を言わせてくれ――言っておきたいことがある」

ホイットニーは間を取って、室内を見まわした。「まず知っておいてもらいたい。ティブル本部長もここに来ているはずだったが、今は東ワシントンで会議に出席している。しかし本部長は逐次情報を得ており、きみたちの上首尾に感謝とねぎらいの言葉を述べておられる。私からも感謝する。昨日、きみたちはこの街の二ヵ所で近隣住民を苦しめていた非合法組織に壊滅的な打撃を与えた。ふたつの組織につながる捜査と行動を通じて、きみたちは三件の殺人を犯したと思われる複数の容疑者ならびに、我々が奉仕する市民に対し暴力や脅迫などの犯罪行為を繰り返していた多数の容疑者を逮捕した。

きみたちが本日おこなうことは、住民を餌食にしていた三ダース近くの人間をその界隈、我々の街頭、我々の街から取り除くことになると私は確信している。みんなよくやった。ほんとうによくやってくれた」

ホイットニーはイヴのほうを見た。「落着へ向けての仕事の邪魔はしたくないのだが、午後に記者会見をおこなう――時間は未定だ。ティブル本部長も東ワシントンから戻ってきて会見に出席する。FBIを代表してティーズデール捜査官、地方検事とレオ検事補、主任捜査官のダラス警部補およびピーボディ捜査官とストロング捜査官、EDDを代表してフィーニー警部にも私と一緒に参加してもらう」

　そこでイヴにほほえみかける。「善行には罰がともなうんだよ、警部補。具体的な時間や場所についてはあとでキョンから連絡が行く」

「承知しました」

「私はこのへんで引っ込むとしよう。あれをひとつもらうよ」ホイットニーはテーブルまで行き、シナモンバンを手に取った。「ペストリーは妙案だ。きみたちはクソでかい《BFD》ことを成し遂げたんだからな。続けたまえ」そう言って彼は去っていった。

「それでは」イヴは切りだした。「部長の言葉に付け加えることはないけど、わたしからもみなさんに感謝します。昨日の二面作戦について簡単に総括してから、二人一組による尋問の割り当てをおこないます。われわれは交替制で全員の尋問に当たり、その間レオ地方検事補はいつでも求めに応じてくれます」

　レオが片手をあげた。「地方検事ともう一名の地方検事補もこちらに来ることになっています。部長が言われたようにこれはＢＦＤです。われわれは被勾留《こうりゅう》者をできるだけ多く起訴に持ち込む覚悟をもって、全員の公訴提起を目指します。われわれは強制捜査で逮捕された者たちの記録に検討を重ねながら、尋問チームの必要に応じて協力します」

「ブリーフィングが終わりしだい、逮捕者を取調室に連行します。では、総括にはいります。昨日の二面作戦は遺漏なく遂行された」イヴは要点を説明してから仕事を割り振っていった。

「カーマイケル巡査、第一弾の被尋問者をそれぞれ指定された取調室に連行する手配をしてくれたら、パーティの始まりよ。それまでにみんなは被尋問者の犯罪歴と昨夜の容疑を見直しておいて。そして彼らを自白させること。解散」

テーブルまで行くと、意外ではなかったがコーヒーポットはすでに空になっていた。まあいいわ。

「マクナブ、何か用事があるの？」

「ピーボディを大部屋《ブルペン》まで連れていこうとしてただけ」

「ひとりで歩くのは難しい、捜査官？」

「いいえ、わたしは大丈夫です」ピーボディが立ち上がろうとすると、イヴは手振りで座らせ、マクナブを冷ややかに見つめて「解散」と繰り返した。

「はいよ。あとでね。忘れずに――」ピーボディの懇願するような目つきを見て、言いかけた言葉を飲んだ。「わかった、あとでね」

マクナブが名残惜しそうに振り返りつつ出ていくと、イヴは椅子に腰かけた。「どんな具合？　わたしに嘘をつかないで。あなたのボスとしてきいてるし、ルイーズに連絡すればわかることなんだから、ごまかそうとしないで」

「マクナブはわたしに甘いだけなんですよ」冷たい視線を浴びせられ、ピーボディは言い直した。「いちばんひどいのは膝で、固定具を二日は装着しておかないといけないそうです。三日かもしれません。物理療法も少し必要だとか。どこも折れてないんですけど、ちょっと断裂した箇所があります。ひどくはないんです」ピーボディは強調した。「入院するほどの怪我じゃないんです。固定具と冷湿布と物理療法が必要なだけで、できるときは足を上げていればいいんです」

「肩は」

「よくなってます——ほんとうに。ルイーズの話では痛むだろうし、二、三日は大きく動かすことはできないだろうということです。彼女は効果のあるエクササイズを教えてくれました。尻を強く打ったけど、そっちもよくなってます。悪いことばかりじゃないんですよ。尻を強く打ったのはクッションがあまり効いてなかったからだとわかったんです。パンツがゆるくなったから」

「ほかは？」

「こぶと痣だけです、ほんとうですって。ルイーズも同じことを教えますよ。こう言ってよければ、ボス、そっちのほうがわたしよりひどく見えます」

「ゼウスで増強したコンクリート製の二頭筋が顔面に飛んできたの。あまり見られたものじゃないけど、デスクワークに従事しなきゃいけないほどじゃない」

「えっ、でも――」

「あなたにも尋問を割り当てる」イヴは途中でさえぎった。「それなら座ったままでもできる。彼らの自供が取れたらね、ピーボディ、かならず取るけど、あなたには今週いっぱいデスクワークをしてもらう。医者の許可が出れば別だけど」

「そう言うだろうと思った」ピーボディはぼそっとつぶやいた。

「じゃあ、もう拗《す》ねる時間は終わってるわね。約束して――わたしに逆らってもだめよ――休憩したくなったらわたしに言うと。これは長丁場になるから。途中で休みたくなったら休憩しなさい」

「取調室では足を上げて座りません、病人みたいだから」

「そう、足は上げない。だから必要なときは休憩を取るの」

「それなら、わかりました。警部補に嘘をつかないし、逆らいません」

「じゃあ、行くわよ。わたしたちはワシントンから始める」

「スナッパーですね。彼の報告書や犯罪歴には目を通してあります」

「最初は善玉をやってほしい。相手の印象やリズムをつかめたら、その時点であなたが思うように変えていいけど、まずは理解を示すような感じでやって」

「相手をなだめるんですね、了解」

イヴはマイラに気づいて、取調室の前で足を止めた。

「観察室を出たりはいったりしているわ」マイラはイヴに言った。「その場にいてできるときは手を貸します。今日の予定は可能なかぎり空けてあるの」

「ありがとうございます」

「頑張ってね」

ピーボディと一緒に、イヴは取調室に入室した。「記録開始。ダラス、警部補イヴならびにピーボディ、捜査官ディリアはこれよりワシントン、デンビーの尋問を開始します。事件番号……」そこで間をおき、ファイルに当たるふりをしてから容疑についての情報を読み上げた。

「あんたらみんな、ボコられた顔してるな」彼はにやにやしながら言った。

図体は大きい。エイムズほど大柄ではないものの、時間をかけて筋肉をつけたような感じだ。そのほうが強そうに見えるとでも思ったのだろう。

残念ながら、そうは見えない。

黒っぽい肌にはニキビの痕が散っている。短めのドレッドヘアは赤く染めた毛先が褪色《たいしょく》し、顎にはロークの拳がつけた見事な痣ができている。

データには十八歳と載っているが、一見もっと幼く見える——その目に浮かぶ邪気がなければ。そのせいで若さの感じられない、荒れすさんだ顔になっている。

「あなたもね、デンビー」イヴは着席しながら言った。

「これは警察の残虐行為のせいだ」チャンスがあれば訴えてやる」

「そうなの？　おかしいわね、記録にはっきり映ってるんだけど。あなたがその傷を負ったのは、武装して警察車両を乗っ取ろうとしたときなのよ。それもあなたにかけられてる容疑のひとつ」

「でたらめな容疑だ」

テーブルの下で彼は指を鳴らしていた。パチンパチンという音が聞こえてくる。

「俺はバンに乗ってる人たちにやべえことになってるぞって警告しようとした。そしたらあのクソッタレ野郎が殴ってきた、そういうことだよ」

「じゃあ、あなたが大声で——えーと、記録によれば——」ふたたびイヴはファイルに当たった。「〞とっととバンから降りろ。ぐずぐずしやがると殺すぞ、このクソッタレども〟と叫んだのは、警告だったということ？　だってね、明らかに肉体的危害を加える脅しのように聞こえるから」

「それは俺じゃねえよ。ほかのやつだ」

「外は混乱してたものね」ピーボディが口をはさんだ。

「そうだよ。やべえことになりそうだから、俺は近づかないようにして、みんなに警告しようとしてただけだ。俺はただ道を歩いてて、やべえことになってたんだ」

「あなたは建物内にいたのよ」イヴはにべもなく言った。「それも記録されてる。あなたはね、ワシントン、なかで寝てたの。それでやべえことになったから臆病者みたいに外に逃げ出した」

「俺は臆病者なんかじゃねえぞ、ビッチ」いきなり両手をテーブルの上に出して拳を固め、あの荒れすさんだ目に怒りの炎を浮かべた。「この手錠をはずせ、どっちが臆病者か決着つけようぜ」

「ミスター・ワシントン」例の理解を示す口調で、ピーボディはなだめにかかった。「わたしたちは起こったことを整理しようとしているだけなの。冷静になったほうがいいわよ」

ワシントンはそちらへ体をひねり、自分の言い分の正しさをピーボディに訴えた。「俺はなかに駆け込んでどんぐらいやべえのか確かめようとするだろ、それから外に出てってみんなに警告した。そういうことだよ」

「見物人を危険から遠ざけようとしたのね」

「そうそう、そんな感じ」イヴに向き直る。「スナッパーを臆病者とは誰にも呼ばせねえよ。俺は何からも誰からも逃げたりしねえんだ」

「あなたは〈バンガーズ〉という名の街のギャング団のメンバーよね」イヴはきいた。

「それがどうした。〈バンガーズ〉を虚仮《こけ》にするやつは許さねえ。警官でもな。そうさ、ボコられた女警官なんかに虚仮にされてたまるか」

「当該のギャング団のメンバーとして、あなたは犯罪活動に従事したことがある？」

「俺たちはただ生きてる、それだけだ」

「その〝ただ生きてる〟のなかに、違法薬物の所持、流通、販売は含まれる？」

「それについては何も知らねえな」

「〈バンガーズ〉の本部が置かれてるビルから数千ドル相当の違法薬物が押収されたの」

「サツどもが仕込んだんだろ」

「偽のＩＤ作成や成りすまし犯罪に使用する機器や道具も彼らが仕込んだの？」

「それについては何も知らねえな」

「当該のギャング団のメンバーとして、あなたは自分たちの縄張りの住民や店主に建造物損壊や人身傷害の脅しをかけて、自身またはほかのメンバーへの支払いを強制する行為に加わったことがある？」

「ねえよ。あいつらはみんな、保護してもらう礼として払うんだ。俺たちはみんなの安全を守る。サツどもが忙しいからだよ」

イヴは椅子の背にもたれた。「あなたは街から出ていく、あなたは檻に入れられる。巡査たちは今ごろあなたたちの縄張りに出かけて、供述を取ってるの。あなたたちが自分たちの利益のために脅したり強制したり威嚇したり暴行したりした人たちから」

「あいつらは嘘つきだ」

「あなたが彼らを守っていたなら」ピーボディが助け舟を出した。「みんな感謝してるだろうし、きっとそう言うわよ」

「あいつらは何が自分たちの身のためか知ってるからそう言うだろう」

イヴはさらに踏み込んだ。「バカね、彼らが真実を語ったらどうするの?」

「あいつらは俺の面倒の種で、俺はあいつらの面倒の種だ、わかるか? それに俺は塀のなかにはいるのはなんとも思わねえ。また出てくるから」

「そう思う?」証拠品袋に入れたロシェルのイヤリングとライルのイヤホンをファイルから取り出し、テーブルに置いた。「これはどこで手に入れたの?」

「イヤホンは買った」

「どこで?」

「路上で。どこかの男から」

「変ね、どこかの男の指紋はついてないのよ。あなたのはついてる、ライル・ピカリングの指紋も──そのイヤホンの持ち主だと登録されてる人物」

「ピカリングなんてやつは知らねえ。俺は買ったんだ」

「いつ？」

「たぶん、先週かな」

「あなたはよくよくバカね。今言ったでしょ、それはピカリングのものだと登録されてるし、彼の指紋もついてるって。彼が殺された日にそれを持ってたことを証言してくれる者が五、六人いるのよ」

「そいつらは嘘つきだ。俺はそのイヤホンを先週どこかの男から買ったんだ」

「じゃあ、こっちのイヤリングは？　これもその男から買ったの？」

あの荒れすさんだ目がどう答えればいいか計算している。「それは見たことねえな」

「逮捕手続きの最中にあなたのポケットから出てきたの。そうやっていつまでも嘘をついてなさいよ」

「あんたには関係ねえだろ？」パチンパチンと指を鳴らす。「見つけたんだよ。ちゃちなイヤリングを見つけたからって、べつに違法じゃねえだろ」

「ライル・ピカリングを殺す目的で侵入したアパートメントの抽斗《ひきだし》で見つけたなら違法よ。謀殺の罪はすごく重いの。あなたは地球外のコンクリート製の檻に入れられて、そこでみじめな一生を終えるのよ。臆病者」

「うるせえ。俺は誰も殺しちゃいねえ。ピカリングなんてやつは知らねえ。イヤホンはどこかの男から買った。イヤリングは道で拾った。ちがうとは証明できねえだろ」

「だったらどうして、あなたの指紋がライル・ピカリングのアパートメントで見つかったの?」

「指紋なんか残すもんか。俺たちはコーティングしてた」

バカだ、とイヴは思った。こいつらはバカばっかりだ。こんな手にやすやすと引っかかるなんて、この男はバカの一等賞をもらえるかもしれない。

「あなたはピカリングを殺す目的で部屋に侵入するまえにコーティングしていた。彼に注射を打ったのは誰?」

指を鳴らす音がどんどん速くなる。

「大事なことなのよ、デンビー」ピーボディが心の底から心配しているような声で言った。「あなたがほんとうに注射器を使用しなかったなら、それが罪に関係してくるの」

「なんのことかさっぱりだ。もうあんたたちと話す必要はないな」

「嘘つきの臆病者」イヴはテーブルに手をついて身を乗り出し、その荒れすさんだ目をのぞき込んだ。プライドを傷つけられた憎悪の炎が燃えていた。「あなたはディニー・ダフを使って部屋にはいり、ピカリングに襲いかかって鎮静剤で眠らせた。臆病だから一対一の勝負をしたくなかったから。それから過剰な量のアッパー系を注射して殺した。彼のほうがあなたより立派なのが気に食わなかったから」

ワシントンは飛びかかろうとしたが、拘束具のせいで引き戻された。「あのクソ野郎は俺より立派じゃなかった。あいつには忠誠心なんかこれっぽっちもなくて、自分のファミリーに背を向けたんだ。生きてる理由も権利もないだろう。ボルトはやつを消せと言う。スライスじゃ弱すぎてできねえから、俺たちがやれって」

「ボルト、すなわちケネス・ジョルゲンソンがあなたたちにライル・ピカリング殺しを命じたの？」

「女警官が俺をやっつけようとしてるが、俺はやるべきことをやったまでよ。臆病なんかじゃねえ。俺は売られた喧嘩は買う」ワシントンは吐き捨てるように言った。「あんたのも買ってやるよ、やられるのはどっちか試してみようぜ」

「それでボルトはどうやって殺すかも指示した？　どんなふうにやるべきかを。あなたと、バリー・エイムズと、バーク・チェスターフィールドに」

「フィストとティッカーのことよ」またピーボディが助け舟を出す。

「フィストは自分自身を証明する必要がある、そうだろ、〈バンガーズ〉の一員になりたいんだから。ティッカーもだ。ふさわしい人間だと証明しなきゃならねえ」

「ピカリングを殺すことによって」

「てめえのファミリーに背を向けたんだぞ。俺たちはやつをバラした。堂々とそう言ってやるよ」

「ディニー・ダフはあなたとエイムズとチェスターフィールドを彼の部屋に入れた」

「あいつはボルトの女で、なんでも言われたとおりにする」

「だから彼女はあなたたちがピカリングを殺すのに協力したの？」

「女の力なんか要《い》らねえ。ドジを踏むだけだ」指を鳴らし、体を揺らした。「とんでもねえドジをな。女がなんのためにいるか教えてやろうか」

彼は忘我状態《ゾーン》にはいっている。イヴのせいで、憎悪にまみれたプライドのことしか頭にない。「つまりあなたは彼女を追い払ったのね。あなたとチェスターフィールドとエイムズの三人だけで、ライル・ピカリングを殺した」

「処刑したんだよ、ビッチ。わかるか？　そうすべきだったんだ」

「ピカリングを処刑するためになかにはいったとき、彼はどこにいたの？」

「キッチンだよ。フィストがしっかり押さえて、ティッカーが鎮静剤を打った。そのやり方はつまらねえ、ボコボコにしてやるべきだった。だけどボルトが、過剰摂取《OD》に見せかけろって言うから。あいつが嘘つきだったことをわからせるために」

「アパートメントに仕込む違法麻薬は誰がくれたの?」

「ボルトは望めばなんでも手に入れられる。〈バンガーズ〉の指揮官になるべき男なんだ。俺たちはボルトの指示どおり、あのクソ野郎の部屋にヤクを置いてきた」

「ライルの部屋から何を盗んだの?」

「ただのコインだよ。何か買うのには使えねえやつ」ワシントンは鼻で笑った。

「イヤホンはどこにあった?」

「あいつのポケット。あいつにはもう必要ないだろ」

「ほかの部屋からは?」

「なんか光るやつだよ、知るか。フィストは赤いバッグが気に入った。それと交換にただでヤれるかもしれないと思ったんだ。男ってやつはしょうがないからな」

「なぜディニー・ダフを殺したの?」

すぐには答えず、指を鳴らしている。

「彼女は手助けしてくれたんでしょ」イヴは水を向けた。「あなたがやるべきことに手を貸してくれた」

「ボルトが言うんだ、あいつがめそめそごねてるって。俺たちがやつを殺すだなんて知らなかったって。スライスや警察に告げ口するかもしれねえって。あいつはボルトの女だが、警察に告げ口したらどうなる？ それは裏切りなんだよ」

「彼女を止めなくてはいけなかったのね」ピーボディが割り込んだ。「彼女はボルトや〈バンガーズ〉に忠実じゃなかったから」

「あの女はしょっちゅうハイになってて、どこでもベラベラしゃべりまくる。だからボルトが消すべきだって言うんだよ」

「中立地帯で殴ってレイプして消した」イヴはうながした。

「レイプなんかじゃねえ。あの女はいつでも誰にでもヤらせる。俺たちは与えてくれるものをもらうだけだ」

「そして殴り殺した」

ワシントンは肩をすくめた。「スライスには〈ドラゴンズ〉をやっつけて俺たちの縄張りを取り戻す度胸がない。俺たちがあの女を殺して戦争を起こす。けど、そうなってもスライスには度胸がなかった！ 臆病者はあの男だ」

「だからあなたはもっと強く押さなければならなかった」イヴは話を進めた。「なぜフィストなの？　なぜ彼を殺すの？」

「やつは運が悪かっただけさ。ボルトはあいつには素質がないと思ってる、脳みそも軽いだろ？　それにぐうたらだ。脳みそが軽くてぐうたらなやつが〈バンガーズ〉の一員になるのは無理だ。俺たちはやつを始末する、うまく始末する、俺とティッカーとボルトで。で、俺とティッカーが、やつのぐうたらな尻をあの忌々しいファン・ホーの家の戸口に置いてくる。俺たちがやったのはそういうことだ」

ワシントンはイヴに歯を剝《む》いてみせた。「今までファン・ホーにそんなことをしたやつはひとりもいねえ。俺たちだけだ」

イヴは彼から詳細を引き出した。その殺しについて、死体の運搬について。話し終えるとワシントンは椅子にふんぞり返り、イヴを嘲笑《あざわら》った。

「臆病者はどいつかな、ビッチ？」

「そうね、オメガ星の檻で二年くらい過ごせば、あなたにも答えがわかるんじゃないの。デンビー・ワシントン、あなたはこれによって、三件の第一級殺人およびそれらの犯罪に関連する容疑で告発されます。手続きののちライカーズ刑務所に護送され、そこで裁判の日を待つことになるわ。ダラスとピーボディは尋問を終了します。記録停止」

「俺が怖がると思うのか？」ワシントンはふたりの背中に叫んだ。「俺には恐れるものなんかない」

イヴが制服警官にワシントンを連れ出すよう合図すると、ピーボディはふうっと息を吐き出した。

「彼は何もかもしゃべりましたね。ひとつ残らず。それほど強く押す必要さえなかった」

「彼はバカなだけじゃなくて、自分がやったことを自慢に思ってるから。彼はほかの仲間を裏切ったけど、自分ではそう見てない。仲間も同じように自慢に思ってると見てる。休憩を取って」

「大丈夫です、ほんとに」

「いいから取りなさい。わたしはほかのチームの様子を見たいし、チェスターフィールドを連れてくるまえにラボからDNAの返事が来てるかどうかも確かめたい」

ひとり落ちたと思いながら、イヴは状況を確認するため観察室へ向かった。

20

バーク・チェスターフィールドを片づけるには一時間もかからなかった。これも図体の大きな男で、麦藁《むぎわら》色の髪をトサカのように突っ立て、右の目頭に涙形のタトゥーを入れている。彼は薄ら笑いを浮かべて尋問に臨んだ。喉の脇には導火線に火のついた爆弾のコミック風の絵が描かれているから、それがティッカーという通り名の由来だろう。

チェスターフィールドはほかの殺人仲間のような若さのない荒れすさんだ目ではなく、冷酷な殺人犯によく見られる表情のない空虚な目をしていた。

「こちらが入手した情報によれば、あなたはまだ〈バンガーズ〉の一員ではないようね」

薄ら笑いは嘲笑《ちょうしょう》に変わった。「あんたの情報っていうのはその程度か」

「なら、いいわ。いつ加入したの?」

「もうじきだ、俺がこの肥溜《こえだ》めから出たらな」

イヴはファイルを繰りながらうなずいた。「じゃあ無理ね――あなたはこの肥溜めから別の肥溜めに移されて、そこで一生を終えるから」

「あんたは俺に関することを何もつかんでない。俺は今日出ていく」

エイムズ殺害の現場写真をファイルから引き抜いた。「あなたはバリー・エイムズ、別名フィストのことをどのくらい知ってた？」

「どんなやつかは知らない」

「つまりあなたはよく知りもしない男と、それからデンビー・ワシントン、別名スナッパーと一緒に、ディニー・ダフの手を借りてライル・ピカリングのアパートメントに侵入し、彼を殺したの？」

一瞬、その空虚な目をショックがよぎった。自分が殺人と結びつけられたことによるショックだ。

「殺人のことなんかなんにも知らないな。その男が殺されたとき、俺はスナッパーと空き地でバスケをやってた」

「あら、あなたはミスター・ワシントンと一緒だったのね」ピーボディが助け舟を出すように言った。

「今そう言っただろう。あいつにきけば教えてくれるよ」

「もうきいたの」ピーボディはにっこりした。「もうミスター・ワシントンを尋問したのよ。あなたは今言わなかったけど……」顔をしかめ、身を乗り出してファイルをのぞき込んだ。「そうそう。ケネス・ジョルゲンソンという人は」

「そうだよ」薄ら笑いらしきものが戻ってきた。「ボルトもその場にいた。俺たちはホースをやってた」

「それは面白いわね。ピーボディ捜査官、ワシントンの尋問記録からミスター・チェスターフィールドに関する部分を再生してもらえる？　問題の時間にどこで何をしてたか」

「はい。今出しますのでちょっと待ってください」

ピーボディはミニスクリーンを作動させた。

チェスターフィールドはワシントンが得意げに自慢話を語るのを見つめている。顔が怒りに燃え、徐々に赤みが引いていき、やがて蒼白《そうはく》になった。

「あいつは嘘をついてる」

「なぜわざわざそんなことするの？　なぜあなたやジョルゲンソンと一緒にバスケットをしてたと言わないの？」

「あいつが嘘つきだからだ」

「じゃあ、ピカリングを殺したと嘘をついたのは……一生刑務所で過ごしたいから？」

「あいつが何をやったかは知らない。俺に頼みがあると言って、一緒にバスケをやってたことにしてくれって言うから、俺はそう言ったんだ」

「今は一緒にバスケをやったと言ってない——あなたは嘘をついた」

「あいつに頼まれたんだ」

「なぜ彼はあなたに頼んだあとになって、あなたを犯行に巻き込むの？」

「あいつは頭がおかしいんだ」その説に熱がはいってきたらしく、チェスターフィールドはミニスクリーンに指を突きつけた。「俺を嫌ってる。ずっと俺をトラブらせようと狙ってたんだ」

考え込むようなしかめ面を作って、イヴはうなずいた。「つまり、彼はあなたを嫌ってて、トラブらせようとしてたのに、あなたは殺人のことで彼の頼みをきいたってこと？　あなたはずいぶん心優しい人のようね。心優しいあなたはライル・ピカリングに致死量を超える違法麻薬を打って、〈バンガーズ〉にふさわしい人間であることを証明した。そして彼の靴を盗んだ。彼のライトニングのハイトップを」

「あれは俺のハイトップなのに、あんたらは俺から奪った。あれは先週買ったんだ」

「先週はみんなよく買い物したのねえ」イヴはピーボディにしみじみ言った。「買い物だらけ——イヤホンにハイトップ——どちらもライル・ピカリングの指紋つき」

何かひらめいたらしく、チェスターフィールドの顔が輝いた。「俺はスナッパーから買った」

「そう、あなたをトラブらせたがってるのに、あなたが頼みをきいてやる人ね」

「頼みをきいたらくれたんだよ」

「なるほど、つまりあなたは今言ったのとはちがって、先週買ったんじゃない」

「交換したんだ。頼みをきいてやるのと引き換えに靴をもらう」

「今は誰が誰をトラブらせようとしてるのかしら」ピーボディが疑問を口にした。「あの靴についてた指紋はライル・ピカリングとあなたのものだけなの」

「たぶん、彼はもう優しさを使い果たしちゃったのよ」イヴは言った。「エイムズとワシントンと三人でディニー・ダフをレイプして殴り殺したときにはもう、優しさは残ってなかった。バリー・エイムズの喉を切り裂くまえに優しさはすっかり使い果たしていた。でなきゃ、とてつもない人道主義者なんだってこと」

「俺は何もやってない。スナッパーは俺をはめようとしてるんだ、そういうことだ。俺はそんなことは何もやってないし、俺がやったとは誰にも言えない」

「あなたはそんなことを全部やったし、われわれはあなたがやったと言ってるの」

「スナッパーのほうが嘘をついてると俺は言ってるんだよ」

「それに、あなたと彼のどっちがバカかと言えば、わたしはいい勝負だと言いたい。あなたはどう思う、ピーボディ？」

「接戦で、決めかねますね」

「俺はバカじゃない。あんたらがバカなんだ」

「じゃあ、バカレースをしてみる？」イヴは提案した。「あなたは逮捕されたとき、ピカリングのアパートメントから盗んだブローチを迂闊《うかつ》なポケットに入れてたし、ライル・ピカリングの靴を履いてた」

「彼は先頭を走ってます」ピーボディが断言した。

「われわれはあなたがセックスと交換にあげたブレスレットをしていた女性の供述を持ってる。それもピカリングのアパートメントから盗んだものよ」

「ブローチなんてもん、知らねえよ！　あのヨランダって女は嘘つきの娼婦だ」

「ブローチというのはね、ピンのついたアクセサリーのこと」イヴはテーブルに写真を放った。「それと、ブレスレットをつけてた女性の名前は言ってないんだけど。あとね、ダフの遺体からあなたのＤＮＡが見つかったの。あなたはあれを垂直に立てるためにずいぶん薬物を使用するようだけど、それでも毛髪からＤＮＡを抽出することはできるのよ、バーカ」

「毛髪なんか誰でも持ってるだろう」

「おやまあ、基礎科学はあなたにとって外国語なの？　あなたの毛髪やあなたのDNAは誰でも持てるものじゃないの」

チェスターフィールドは口をねじ曲げようとしたが、その唇はいくらか震えていた。「あんたらは俺のDNAなんか持ってないだろう。おふくろが俺を登録するわけがない。おふくろはそんなバカなことはしないよ」

「あなたがその賢さを受け継がなかったのは残念ね。あなたは手続きの最中にコークを飲んだでしょ。われわれはその空き容器からあなたのDNAを抽出して、それがダフの遺体についてた毛髪と一致したの。あなたが逮捕されたときに所持してたナイフの刃と柄にも、バリー・エイムズの血痕がついてた」

「それに、彼が本部の部屋に置きっぱなしにしたシャツにも血痕がついてましたよ」ピーボディが指摘する。「喉を切り裂くと返り血がすごいですからね」

「それは俺のシャツじゃない。あのナイフは見つけたんだ。ブローチとかいうやつも」

「どこで？」

「路上だよ」目が泳いでいる。「ちがう、スナッパーの部屋だ。どっちもスナッパーの部屋にあったんだ」

「あなたは自分を殺人者じゃなくて泥棒だと思わせたいの？　説明して、どうしてそのナイフとブローチにあなたの指紋はついてるけど、ワシントンの指紋はついていないのか。できないでしょ」イヴはぴしゃりと言った。「あなたにはとっさの嘘がつけない。それに彼はもうあなたを裏切ってるの。ボルトに自分の価値を証明するためにやれと言われたことをあなたはやった。ピカリングに注射を打ち、ダフをレイプして殴り殺してから戦争になるようにと彼女を中立地帯に放置し、エイムズの喉を切り裂いてから彼をチャイナタウンまで運び、ファン・ホーの家族がやってる食堂の裏に遺棄した」

「俺はその場にいただけだ」泳いでいる目には今や涙がこみあげ、目頭にあるタトゥーをなぞって流れた。「俺は何もやってない。そこにいただけだ。俺はハイになってた。ボルトが俺たちにやらなきゃならないと言ったんだ」

「そこから説明して、具体的に。ボルトはあなたに何をしろと言ったの？」

尋問を終えると、ピーボディが自販機からふたり分の水を買った。

「ダラスはどうかわかりませんけど、わたしは水がほしい気分です。ふたり落としたらハイファイブがほしくなるだろうと思ってましたけど」ピーボディは水の蓋をあけた。「だけど、彼は哀れでしたね。だって、最後の二十分はずっと泣いてましたよ。彼のせいじゃない、彼はハイになってたんです。彼のせいじゃない、ボルトに命じられたんです」

「だから次はボルトをやる」イヴは目をこすり、その奥にある頭痛をやわらげようとした。「エイムズの運搬に使ったバンを担当してるチームの様子を確認する。遺留物採取班の作業が始まってるかどうかも。あなたは休憩して」

大部屋《ブルペン》のほうへ歩いていくと、廊下のベンチにクラックとロシェルが座っているのが見えた。

「バンを確認するまえに」イヴはピーボディに言った。「彼らと話をする」

「休憩しながらほかの尋問チームの更新情報を入手しておきます。座ったままやれる仕事ですから」

そちらへ近づいていくと、ふたりは腰をあげた。

「ウィルソンを責めないで」ロシェルがあわてて言った。「彼はほんとは止めようとしたんだけど、わたしがどうしても行くと言い張るものだから心配してついてきたの。彼らが逮捕されたニュースを聞いたあと……怪我《けが》したのね」

「職業病」

「痩《や》せっぽちの白人女はタフなんだ」

「そうよ」イヴはクラックに言った。「ラウンジがあるの」そちらを手振りで示す。「なかで話しましょう」

「忙しいのはわかっているの」ロシェルが話を続ける。「わたしと話す暇なんてないのも。でも、どんなことでもいいから、何か聞かせてもらえることがあるなら。ここに押しかけてきたのは――」

「わたしがあなたを追い払うことはまずないから」

「ええ。そのとおりね」

イヴはラウンジに案内した。警官たちの大半に尋問や四人を護送する仕事をあてがってあるため、なかはがら空きだった。「コーヒーは飲めたものじゃないわよ」と警告する。

「何も要らないわ」ロシェルはイヴと向かい合わせにテーブルにつき、隣のクラックの手をぎゅっと握り締めた。「あなたが話してくれること以外は」

ロシェルは何日も寝ていないような顔をしている。その疲れた目は必死に訴えていた。

「午後に記者会見で声明を発表する。だからここで話すことは外に漏らせないの。あとの捜査の妨げになるかもしれないから」

「身内には話してもいいことはある？」

「正式な発表があるまで、このことは伏せておいてほしい」

「わかったわ」

「あなたの弟さんを殺した三人の男のうち、わたしたちはふたり勾留していて、ふたりとも殺人罪で告発する。第一級殺人。三人めの男は彼らの手によって殺された」

「あなたは犯人たちを捕まえたのね」ロシェルの目に涙がこみあげた。「犯人たちを捕まえてくれた」

「四人めの人物も勾留中。わたしたちはその男をこれから尋問する。彼は実行犯ではないけどそれを命じることで殺人に関与した」

ロシェルは泣くまいと努力するのをやめた。流れる涙は静かに頬を伝った。「それはマーカス・ジョーンズ？」

「彼ではないということは教えられる。ジョーンズはほかの犯罪の首謀者として投獄するつもり。でも、弟さんのことでは立件しない。あなたのアパートメントから盗まれた品物は回収したから、この一件が落着したら返してあげられる。弟さんの部屋にあった違法麻薬は、犯人たちが仕込んでいったものだった。自供はしっかり取れてる」

「あの子は麻薬に戻ったわけじゃなかった」体を揺らしながら、ロシェルは震える息をついた。「わたしにはわかっていたけど、あなたにも知ってもらえてよかった。誰もが知ることになって」

「ロシェル、あなたの弟は麻薬や昔のギャング仲間のもとには戻らなかった。あなたに嘘をついてなかった。自分が成し遂げたことや、関与してたことで、あえてあなたには告げてなかったことはある。ライルは情報提供者として警察と働いてたの」

涙をとめどなくあふれさせたまま、ロシェルは口元を押さえた。「あの子は警察に協力していたの？　あなたに？」

「わたしじゃない。時間ができたら、連携していた捜査官と話せるように手配するわ。ライルがそのことをあなたに言わなかったのは、言えなかったから。彼は何人かの命を救ったかもしれない。彼は情報を提供することでまちがいなく逮捕に貢献し、何人もの犯罪者を街から追い払った。彼は逆境を乗り越えただけじゃなく、それを打ち砕いた。あなたは彼を誇りに思っていいのよ」

「思うわ。誇りに思う。そのせいで……そのことがばれたから、弟は殺されたの？」

「それはまだわからない。もう少し時間をちょうだい。それから、ここで話したことはわたしがいいと言うまで秘密にしておいて」

「そうする。約束するわ」なおもクラックの手を握ったまま、ロシェルはもう一方の手で胸を押さえた。「あの子は償いをしていたのね、警察に協力することで過去に傷つけた人たちへの償いをしていた。あの子が協力していた捜査官と話すことがあったら、感謝していると伝えてほしい。そういう機会を与えてくれたことに感謝していると」

「そうするわ。もう戻らないと」

「もう少しここに座っていてもいい？　少しだけこのままでいたいの」

「好きなだけゆっくりしていって」イヴは腰をあげながら言った。

殺人課へ戻りかけたところで、クラックに呼び止められた。

「引き留めるつもりはないが、ひとつだけききたいことがある」

「話せることはすべて話したけど」

「いや、これは俺の個人的な質問だ。あんたの顔にそんなことをしやがったクソッタレをやっつけたか？」

イヴは思わずかすかな笑みを浮かべ、顔に凄みを加えた。「もちろん、やっつけたわ。その女の顔もあまり見られたものじゃないけど」

「ならいい」クラックが戻っていくので歩きだすと、彼は後ろから呼びかけた。「痩せっぽちの白人女なら何人も知ってるが、あんたより綺麗なやつは知らないな」

イヴはオフィスへ向かいながら、ほかの逮捕者たちの更新情報を集めるまえに、まずはコーヒーだと考えていた。なかにはいると、レオがすでにコーヒーを片手に、デスクの椅子に座っていた。

「ごめん、少しのあいだ静かな場所がほしかったの」

イヴは手を振って、レオを椅子に戻した。「コーヒーを取りにきただけだから」

「じゃあ、それをやってるあいだにドニータ・ヘイヴァーのことを知りたくない？　本人はタンクと呼ばれるほうが気に入ってる。あなたはやられた本人だからその女がバットで殴ろうとしたことを知ってるわよね。彼女は警察官に対する殺人未遂を自白した」

「なんですって？　待って。凶器を用いた暴行じゃなくて、殺人未遂を自白したの？」

「自慢げに、次こそやってやると言ってる。彼女は少なくとも知恵はあるらしくて――それが備わってない者が驚くほど大勢いるけど――法定代理人を要求した。その後、公選弁護人《PD》が警察官だとは知らずにやったとか、心神耗弱を主張するとか言いだしたら、彼を肘でぶちのめした」

　レオは指を一本立てて、ノートブックをスクロールした。「引用するね。〝あのバカ女がお巡りだってことは知ってた。あいつがあの腹立つヘルメットをかぶってなかったら、クソ頭をかち割って脳みそを食ってやれたのに。次こそやってやる〟」

　考え込みながら、イヴはコーヒーを飲んだ。「ニューヨークではそれが四十年ないし無期の刑になることを彼女は知ってるの？」

「彼女にはどうでもいいみたい。自分を閉じ込めておける檻はないとうそぶいてる。脱獄して、あなたを追い詰めて、脳みそを食べるんですって。それでも、弁護人が抜けてからの――彼は治療が必要で、彼女も弁護士なんか要らないって言ったから――尋問中に、バクスターとトゥルーハートが頑張って自白を引き出した。ほかの暴行罪とか、違法麻薬の売人を殴り殺したこととか——素手で、と誇らしげに言った——その他もろもろの罪。わたしたちは彼女に地球外刑務所での無期刑を要求する——ちなみに、彼女は二十四歳よ」

「無期刑ならわたしは大丈夫ね」

「覚えておいて、わたしたちは何人かと取引したから。もっと軽い罪の者とだけど」

「彼らは短い刑期を終えて、また活動を再開する。そういうものよ」イヴはライル・ピカリングのことを思い浮かべた。「際立った例外もまれにあるけどね」

「令状の数も際立ってるわよ。ジェンキンソンとライネケは彼らがセックスワーカーを収容してる場所を引き出した。あなたは尋問中だったけど、ホイットニーが一網打尽にするチームを送り込んだ。ストロングは今ファン・ホーに取り組んでる。彼女はホーの手下から始めて、なかなか素敵なファイルを作りあげた。いくつか取引したうえでね」

「その取引はホーを収監する役に立つ？」

「わたしはそう思う。彼は弁護士を雇った——PDじゃないほう——けど、わたしたちは彼を仕留める。ジョルゲンソンについたPDは、わたしに取引を持ちかけてきた」レオは爪を点検した。「わたしは小バカにして、大笑いした」

「『小バカにして、大笑いした』？」

「こんな感じ」

レオは淑女のように小さく鼻を鳴らしてから、悪魔のように喉を鳴らして笑った。

「素晴らしい」

「練習してるのよ。あなたがワシントンから手に入れたものがあれば、取引なんてありえないでしょ」

「こっちはチェスターフィールドから裏づけを取ったところ、細部についてもいくつか引き出した」イヴはリスト・ユニットに目をやった。「そろそろジョルゲンソンを連れてきてもらうわ」

「じゃあ彼の公選弁護人に知らせておくわ」

「デスクはそのまま使ってて。わたしはまだ――」

足音が聞こえて、イヴは言葉を切った――あのなめらかで、よどみない足取り。思ったとおり、キョンが戸口をまたいだ。

キョンは長身で、見栄えのする黒人であり、しかもメディア担当としてアホではない。

「警部補、レオ地方検事補、お邪魔して申し訳ありません」

「部長が会見は午後だと、午後遅くだと言ったけど、まだ午後にもなってないわよ」

「もうすぐ午後です。ティブル本部長とお話ししたところですが、本部長はこれからこちらに戻られます。四時を目標にしたいそうですが、それでは早いようでしたらもう少し遅らせることもできます」

イヴは時間を計算した。逃れようとしても無駄なので計算した。ジョルゲンソンとジョーンズとコーエンは片づけておきたい。「一五〇〇時までに知らせる」

「それでけっこうです。声明が必要になります」キョンは片手をあげて反論を制した。「草案はこちらで作成します。警部補には事実関係に誤りがないかを確認していただき、よろしければ、あなたの持ち時間に発表していただきたいのです。それから、メイクされることはめったにないと認識しておりますが」

「くだらない。わたしはそんなもの――」

ふたたび、キョンは片手をあげた。「メイクはしないでほしいとお願いするところでした。これはまたとない機会です。NYPSDの警官の真価を見せつけてやりましょう」

イヴはコーヒーを飲み干し、マグを置いた。「あなたは相変わらずアホじゃないのね、キョン」

「その基準を維持するために全力を尽くしています。レオ地方検事補、少しお時間をいただいてもよろしいですか」

「ここを使って」イヴはふたりに言った。

ふたりを残してブルペンのバクスターのデスクからジョルゲンソンを取調室に連れてくるよう命じると、イヴはロークに約束した途中経過を送った。

〝目下、二打席とも本塁生還。三番バッター待機中〟

すぐさま返事が来た。

〝かっ飛ばせ、警部補〟

「ホームランを狙ってやるわよ」イヴはつぶやいた。

ピーボディが椅子を回転させた。「尋問の状況リストがあります。誰が尋問を終了したとか、罪状と処分とか」

「わたしのPPCに送って」

バクスターがはいってきたので腰をあげかけると、彼は首を振ってデスクの端に腰かけた。

「俺たちは休憩中だ。トゥルーハートに少し外の空気を吸ってこいと言ってやった」

「その理由は?」

「今終えたやつが十四歳だった。児童の権利擁護者と母親がついてた。母親は俺たちに助けてくれと訴えた、自分と息子を助けてくれと。二年くらいまえに〈バンガーズ〉のやつらが学校に現れて、息子をスカウトしだしたそうだ」

「それが事実なのはわかってるのね」

「ああ。違法麻薬をただで分けてやり、くだらない話をしていく。母親の話では、息子は彼らを避けていた、もしくは避けようとしていた。ある晩、仕事から戻ると、母親は殴られてレイプされた。その被害届や報告書は入手したから作り話じゃない。彼女は相手が誰か知らなかった。もうひとつ知らなかったのは、息子がギャングたちに追い詰められ、仕事を手伝わないと母親がもっとひどい目に遭うと脅されていたことだ。やつらはもしかすると母親が死ぬことになるかもしれないと脅した。このことを母親や誰かに言ったら、かならずそうなると」

「その息子は何をやったの？」

「指示されたことをやった。使い走りや運び屋にされた。彼は違法麻薬を運び、みかじめ料を集めた。逮捕される半年前まで少年は真面目な生徒だった。その後、急に成績が落ち、学校で問題を起こし、食事もまともに取らないから体重が減っていく。取調室でも最初のうちはなかなか話そうとしなかった。あの子は恐れてるんだよ、LT、全身から発散される恐怖が伝わってきた」

「その子はゆうべ、彼らの本部で何をしてたの？」

「ジョーンズに荷物を届けた。トゥルーハートがなだめて聞き出した。時間も手間もかかったが、少年から引き出したんだ」

「彼は脅した者たちが誰かわかる？」

「わかるし、名前を挙げた。俺たちは次にそいつらをやる。彼が言ってたが、ジョーンズは週に一度、彼を本部に来させてたそうだ。そして〈バンガーズ〉にはおまえのような優秀な若者が必要なんだ、母親を守りたいのはいいことだが、自分たちはもうおまえの家族なんだと言う。それを忘れたら、母親が報いを受けることになるってな」

「マイラにその少年と話してもらいたい」

「もう伝えてあるよ」

「彼のことは伏せておきましょう、彼と母親のことは。その手のろくでなしどもが、まだ街にどれぐらいいるかわからないから。ほかに身内はいるの？」

「母親の妹がクイーンズにいる。祖父母はブルックリンに」

「彼女はどっちかへ行ったほうがいいわね、マイラが問題を取り除いてくれたあとで」

「俺もそう思う。ダラス、やつらは彼と同年齢の少女を引きずり込んで、性サービスをやらせてるらしい。危ない生き方をしてる子を見つけたり、少年に用いたような方法を使ったりして引きずり込むんだ」

なかなか鎮まろうとしない頭痛が、またひどくなってきた。「わたしたちは彼らがセックスワーカーを収容してる場所をつかんだ。ほかにもあるなら、未成年用の宿泊所があるなら、それも突き止める。あなたは残りの尋問でそこを追及し、みんなにその情報を伝える。追及するのよ。ピーボディ、休憩は終わり。ジョルゲンソンが到着した」

「準備OKです。用意はしっかり整ってます」

ジョルゲンソンはたいした男には見えない。取調室にはいるとイヴはそう感じた。身長はせいぜい一七〇センチで、引き締まった体つき。スパイキーカットの赤い髪が生白い顔を縁取っている。

彼は薄緑の目に退屈そうな色を浮かべ、腕を組んで座っていた。隣の公選弁護人《PD》はひとりでやきもきしている。

「私の依頼人はこの尋問のためにもう十六時間以上待たされています。法の適正な手続きによれば――」

「はいそこまで。記録開始。ダラス、警部補イヴならびにピーボディ、捜査官ディリアはジョルゲンソン、ケネスの尋問を、公選弁護人列席のもと開始します。記録のために氏名をお願いします」

「ポール・クウェンティン」

イヴはピーボディとともに着席し、もろもろの事件名を挙げていった。

「今も言ったように、私の依頼人は――」

「順番を待たなければならなかった」イヴはあとを引き取った。「ミスター・ジョルゲンソン――」

「私が依頼人の話を代弁します、警部補。私の依頼人はボルトという名で呼ばれることを望んでいます」

「あら、そうなの?」

このPDは神経質そうな顔をしている、とイヴは思った。それに青二才だ。混血人種で、痩せ細った体をスーツで包み、ネクタイをきっちり結んでいる。まだ若く、まだ新参者だから理想主義者で通せるのだろう。

「あなたは自分の依頼人にかけられた容疑を承知していますか」

「もちろんです。そしてもちろん、私の依頼人はそれらに異議を唱えています。依頼人はライル・ピカリングが死亡した時刻のアリバイを裏づけてくれる証人の名前をふたり挙げられます」

「まず、あなたの依頼人の容疑はミスター・ピカリングの殺害を命じたことで、殺害を実行したことではありません」

イヴは視線を生白い顔に移し、その退屈しきった目をのぞき込んだ。「われわれは彼が自分の手を汚していないことは承知しています」

「私の依頼人は死亡した人物とのつながりさえない。したがってその殺しを命じるいわれもありません。しかし依頼人は捜査の参考になりそうな情報を持っているかもしれないと考えています。それをおこなった人物、正確にはミスター・ピカリングを殺した人物に関する情報です。彼はその情報と引き換えにもっと軽い罪の免責を求めています。暴行、違法麻薬所持、武器の——」

「静かにして」

クウェンティンは口をぽかんとあけた。「なんと言われました?」

「静かにして」そろそろその未熟さを少し拭《ぬぐ》い払ってやってもいいころだ。「もし人殺しなんか屁《へ》とも思わないあなたの依頼人が、これをマーカス・ジョーンズのせいにできると考えてるなら、あなたはわたしの時間と、わたしのパートナーの時間を無駄にしてる。あなたが人間のクズである依頼人を心から信じてるなら、この先半年はPDを続けなきゃならないでしょうね」

「私や私の依頼人に向かってそのような口の利き方を——」

「静かにして」イヴは繰り返した。「みんなあなたを裏切ったのよ、ボルト。スナッパーも、ティッカーも——あなたたちのつまらないギャング・ネームで呼ぶならね。彼らは寝返り、あなたをつぶして、さらに踏んづけた」

ボルトが弁護士のほうへ身を寄せ、耳元で何かささやいた。クウェンティンはうなずき、咳払いした。「依頼人と私は、警察官が尋問中に嘘をつかれて惑わされることがあるのは充分承知しています。そこで、依頼人は今あなたが名前を挙げた人物たちのことはよく知りませんが、ライル・ピカリングの殺害がおこなわれたと思われる時刻に、空き地と呼んでいる場所でバスケットボールの単純なゲームをしていたとき、彼らが少しのあいだ参加したのを見たと言っています」

「それは面白いわね。面白いでしょ、ピーボディ?」

「胸が躍りますね。まあ、ふたりが言う彼のアリバイはしょうもないもので、ふたりとも自分たちがゲームをしていたときに彼が参加してきたと言いましたけど、そんなふうに些細《ささい》な部分のつじつまが合わなくなることってありますよね、嘘をついてると」

「いつも些細なことなのよね」イヴはあいづちを打った。「些細といえば、ワシントンとチェスターフィールドは――ここにはエイムズも入れないとね――あなたの依頼人には内緒で、ピカリングのアパートメントから些細なものを盗みだしたの。あなたの依頼人の命令に従ってピカリングに致死量の麻薬を注射したあとで」

「そんな証拠はない。私の依頼人は――」

ギャング仲間がジョルゲンソンの情報を漏らしたように、イヴは仲間たちの情報をジョルゲンソンに漏らした。「たとえば、被害者の姉のクローゼットから光沢のある赤いバッグを盗んだ。それはエイムズの豚小屋のような部屋から見つかった。そのバッグのなかに何があったと思う？　彼らが耳たぶからもぎ取った、血のついたイヤリング。それはたまたまディニー・ダフの血痕だったの」

「私の依頼人がそんなことに関係したり――」

「まだ終わってない」正直なところ、弁護士をさえぎるのが楽しくなっていた。「ワシントンもイヤリングを所持していた」イヴはファイルから写真を取り出し、テーブルの向こうへ押しやった。「ロシェル・ピカリングの寝室から盗まれたもの。彼はそれをポケットに入れてたのよ、ボルト。ねえ、もう少し利口な者が見つけられないの？　チェスターフィールドもだめよ。だって、彼はこのブレスレットを――これもロシェル・ピカリングの寝室から盗んだ――セックスと交換したんだもの。おまけに逮捕されたときはロシェル・ピカリングの寝室から盗んだこっちのブローチを持ってた。あのアホすけはピカリングのクローゼットから盗んだ靴も履いてたの」

「それが事実だとしても、私の依頼人とはなんの関係もない」

「きっと彼は怒ってるでしょうね」イヴはボルトが顎をこわばらせるのを見守った。「だって、ほら、ひとつしかない仕事もろくにできないようじゃね。あなたはたったひとりの人間を殺すのに三人送り込んだ――ダフを含めれば四人。部屋にはいり、実行し、違法麻薬を仕込み、部屋から出る。だけど彼らはぴかぴかしたものを盗まずにいられなかった」

「正確には、警部補、その日の仕事はふたつです。彼はライルを殺したあとで、ディニー・ダフも殺すように命じたから」

「そのとおりだわ。一日にふたつの仕事。彼らには荷が重かったようね。彼らはドジを踏んだ。ダフのイヤリングをもぎ取り、彼女をレイプしたときに彼女の体に自分の毛髪と繊維を残した。ダフを殺した動機はわかってる。彼女のようなジャンキーは口が軽い。それに中立地帯に死体を放置しておけば〈ドラゴンズ〉との抗争が勃発《ぼつぱつ》する。でも、ピカリングを殺した動機はわからない。なぜなの、ボルト？」

「依頼人はそういった件に関しては潔白を主張しており、今後も主張しつづけます」

「じゃあ、バリー・エイムズ殺しや、その死体をチャイナタウンまで運んだ件に関しても潔白を主張するってことね。あのねえ、ボルト、わたしは仲間のなかではあなたがいちばん利口だとわかったの。だってね、ワシントンとチェスターフィールドに少しでも常識があったら、あなたのいとこのバンに死体を積んで、ファン・ホーの家の路地裏に捨てたりしないでしょ」

哀れむようにイヴはかぶりを振った。「今、そのバンを調べてる。チェスターフィールドが言った場所にちゃんとあったの」

顔にさっと怒りが走ったが、ボルトはまた弁護士に身を寄せた。今回はさっきより時間がかかった。

「依頼人はいとこの車両が犯罪を実行するのに使われたとしても、その車両を駐車していた場所は大勢の者が知っていたと言っています」

「それで？　そのなかの何人がその駐車場に出入りするコードや、バン自体のコードを知ってたの？　あなたの依頼人の指紋がそのバンのなかや周囲に残っていたことはどう説明するの？」

またもやボルトがクウェンティンに身を寄せると、イヴは目を丸くしてみせた。

「頼むから自分で言ってよ。この部屋に一日じゅういたいの？」

「依頼人はパートタイムでいとこの配送会社の仕事を手伝っているそうです。したがって、該当車両の内外に指紋がついていることはありうると言っています。警部補、あなたが私の依頼人に関して握っているのは状況証拠だけで、どれも推測の域を出ません。この尋問を切り上げる頃合かと思いますが」

「そう思う？　じゃあ、あともうひとつだけ。ピーボディ、あれを呼び出して再生して」

21

イヴはただ椅子にゆったりもたれ、ピーボディが映し出す尋問の場面を眺めていた。ワシントンはジョルゲンソンの関与を明かし、チェスターフィールドはその関与を裏づけた。

場面は行きつ戻りつする。

クウェンティンがさえぎろうとすると、イヴは指を突きつけた。「静かにして」

ジョルゲンソンが空き地にバンを乗りつけたことをチェスターフィールドが供述したところで、イヴは再生を終わらせた。彼らはハイになってバスケットをやろうと言って、そこにエイムズをおびき寄せたのだった。

俺とスナッパーは運転できない、運転の仕方を知らないから、ボルトが運転する。俺とスナッパーは路地までフィストを運び、リサイクラーの裏に押し込む。そのあと、ボルトがバンを返しにいく、いとこに何もばれないように。俺たちは服を着替える、血だらけだから。俺はあのブレスレットをヨランダにやり、ＢＪをしてもらった。それから俺たちは何か食いもんを取りにいく。

イヴはピーボディに合図してから、ジョルゲンソンのほうを向いた。「そうよね、喉を切り裂いてギャングの抗争をけしかけようとすれば、おなかがすくものね。今その食堂《ダイナー》に警官が行って、スタッフから話を聞いてる。あなたも自分が協力を求めたアホどもとそこにいたことを突き止める。そうだ、これも些細なことなんだけど、あなたはここ数週間はいとこの仕事を手伝ってないんじゃないの？　彼は入り口の上に防犯カメラを設置してるの」

イヴは指をくるりとまわしてから、ジョルゲンソンに突きつけた。「つーかまえた」

「依頼人と相談させてほしい」

「もちろんどうぞ。ダラスとピーボディは退室します。記録停止」

ドアの前でイヴはジョルゲンソンを振り返り、骨を削《そ》ぐように獰猛な笑みを浮かべた。

「遺留物採取班に連絡して」取調室から出るとイヴは指示した。「わたしはカーマイケル巡査とシェルビー巡査に連絡する」

「了解。わたしはフィジーを買ってきます――景気づけに。ペプシ、要ります？」

イヴはうなずいただけで、会話を始めた。「カーマイケル巡査」

彼の話を聞いているうちに、イヴの笑みは会心の笑みに変わった。

その顔のまま観察室にはいっていくと、コーヒーを片手に座り、いくつもの尋問が映し出された画面を見つめていたレオが、スクリーンを消音にした。

「マイラと行きちがいになったわね。すぐ戻ってくるって。わたしたちはあなたがジョルゲンソンの首に縄をかけたということで意見が一致してる。しかもマイラは最後の数分間を見てないのよ」

「もっと手に入れた。エイムズの死体を捨てて、血まみれの服を処分したワシントンとチェスターフィールドと一緒に、彼が〝食いもん〟を取ってた食堂に目撃者がいた」

「あの三人がその店で一緒にいたところを見た者がいたの？」

「ふたりいた。うちの警官がその夜のシフトだったコックとウェイトレスを突き止めたの。ふたりとも三人一緒に、三時半ごろやってきたと言ってる。時間的には合う。向かいの住人があの路地で人の声を聞いたと思われる時間から計算するとね。それからいとこの会社の駐車場までバンを返しにいき、着替えをすませ、アホのチェスターフィールドが盗んだブレスレットと引き換えに手早くＢＪをしてもらう。うん、合うわね。ウェイトレスの話では、ジョルゲンソンが三人分の食事代をまとめて払い、やるべきことをやった褒美だと言ったそうよ」

「それで彼は法廷に召喚される。罪を免れることはできない。弁護士は取引したがるでしょう。それを言いだしたら知らせて。彼の夢を打ち砕いてやるのが楽しみだわ」

ピーボディがはいってきた。「ハーイ、レオ」

「座りなさい」イヴは命じた。「足を上げて」

「そうします。ちょっと報告するあいだだけ……」ピーボディは座り、ゆっくり息をつきながらレオがそばに引き寄せた椅子に足を載せた。「遺留物採取班はまだ作業中なんですけど、すでに報告があったとおり、ジョルゲンソンの指紋を採取しました。運転席側のドア、貨物口のドア、ハンドルから。意外でもなんでもないですね。あのふたりのバカ者の指紋もありました。新たな情報は、貨物室から血痕が見つかったことです。簡単には目につかなかった――ビニールシートの上に寝かせてあったのはいくらか利口でした。でも、血を全部受け止めることはできなかった。彼らはサンプルを採取し、現場で照合をおこなってます。

そうそう、いとこは怒ってました。彼が言うには、この冬にジョルゲンソンをクビにしたらしいです。というのもジョルゲンソンが彼のものを盗んでることはわかってたし、例のバンを勝手に乗りまわし、セックスにも使ってたんじゃないかと疑ってたからです。だから入り口のドアに防犯カメラを設置したんだとか」

「じゃあ、なんで駐車場のコードを変えなかったのよ」

「変えました。それで問題は解決したようだったんです。彼はジョルゲンソンが侵入しようとするところが防犯カメラに映ってるのを見て、それでクビにした。その後、ここ数週間は画像を確認しなかった。問題はもうなくなってたから。ところが今朝になってわかったんですけど、ジョルゲンソンは数日前に会社の運転手を脅してコードを聞き出してたんです。彼女は怖くてそのことを社長に言えなかった。でも、警察が会社にやってきたのですっかり話したというわけです」

「ジョルゲンソンは前もって計画してたのね。三人組のひとりはとっくに死ぬ運命だった」

「彼の目に×印がついてるのが見える」レオがコメントをはさんだ。

イヴは蓋をあけてペプシを飲みながら歩きだした。「ジョルゲンソンは自分ひとりでやったほうが危険が少なかったでしょう。ダフを利用して部屋にはいり、ピカリングを始末する――だけどピカリングはそうやすやすとは殺されない、それが理由のひとつ。でも、ピカリングを殺《や》ってダフを殺って、さらに殺しが必要になったらエイムズのような男を引っ張りこめばいいわけよ。だけど、彼は三人のマヌケを引き込む。手下がほしいから、主導権を握りたいから。彼は目立たないようにして、裏から三人を操る。指図どおり殺したら、彼らはもう自分の掌中にある。そして三人のうちでいちばん弱い者を殺したら、もう秘密が漏れることはない。ジョルゲンソンはそういうふうに考えた。何がなんでも戦争を起こし、それを利用してなんとかしてジョーンズを蹴落とし、自分がリーダーの代わりになる」

イヴはまたペプシを飲み、それを持ったまま手振りをした。「ジョルゲンソンは彼らが自分のために罪を負ってくれると心から信じていた。決して寝返ったりしないと。それは傲慢よね、うぬぼれってものよ。ひとりが寝返ったのは、全員がヒーローになれると考えてるから、殺人は名誉の証だと考えてるから」

「そいつも心から信じてたんでしょうね」ピーボディが補足する。「ジョルゲンソンも同じように感じてると」

「そのとおり。ふたりめが寝返ったのは、バカに加えて腑《ふ》抜《ぬ》けだから。ハイな気分やギャング仲間を取り上げられれば、とたんに崩れる」

「わたしも入れて」レオが言った。「ジョルゲンソンにはリーダーとしての資質が欠けてるように思う」

「それも正しい。ジョーンズを持ち出して彼をやっつけるわよ」とピーボディに言う。「ピンはねのことやコーエンとのパートナーシップのことや何もかも。彼はそれを面白く思わないはず」

「ねえ、ここにポップコーンを備蓄しておいたほうがいいんじゃない？」

「覚えておくわ」ドアがあいて、そちらを向くと制服警官が立っていた。

「警部補、ジョルゲンソンの弁護士が再開できると言ってます」

「ありがとう、巡査。さあ、ピーボディ、あのクズ野郎にとどめを刺すわよ」

イヴは取調室にはいり、記録を再開して、席についた。

「警部補、私の依頼人は捜査の参考になり、なおかつあなたの役に立つ情報を持っていると考えています」

「それは全身耳にして聞かなくちゃね、ピーボディ？」

「耳は全部で四つあります」

「この情報を共有するにあたり、私はたとえ予備知識なく犯罪に加担した場合でも、依頼人に法的危険がおよぶ可能性があることを忠告しました。我々は依頼人が罪に問われないという確約を要求します。依頼人は犯罪とは知らずにおこなった行為、もしくはこの尋問中に犯罪であると知らされた行為によって重要な情報を握っていることに気づきました」

「取引したいと言うだけなのに、たくさん言葉を費やしたわね」

「警部補、ワシントンとチェスターフィールドの供述を聞くにおよび、さらには彼らが三件の殺人を犯しただけでなく、自分を巻き込もうとしていることを知るにおよんで、依頼人はそれらの件に関して警察に協力することを望んでいます」

「たくさんの言葉だこと。あなたの依頼人が窮地に陥ったからそこから抜け出したいと言えばすむのに」

公選弁護人は厳《いか》めしいと本人は思っているのかもしれない目つきでイヴを見た。「検事局に連絡することをあなたに要求します。私の依頼人があなたがたの捜査とその後の当事者たちの訴追に役立つ可能性のある情報を持っていることを知らせてください」

「言葉、言葉、言葉」イヴは腰をあげてドアまで行った。「巡査、容疑者が取引を望んでるってシェール・レオ地方検事補に知らせてきてもらえる?」

「承知しました」

イヴはふたたび席につき、椅子の背に腕を引っかけてジョルゲンソンと目を合わせた。先に目をそらしたのは彼のほうだった。

制服警官がレオをなかに案内すると、イヴは記録のために発言した。「レオ、地方検事補シェールが入室します」

「ポール・クウェンティン」公選弁護人は手を差し出した。「ミスター・ジョルゲンソンの弁護士です」

「お気の毒に」とは言ったものの、レオは握手をして着席した。「それで?」

クウェンティンが先ほどとほぼまったく同じ長広舌《ちょうこうぜつ》を繰り返すあいだ、レオは両手の指を組み合わせてただ聞いていた。

「簡単に答えましょうか？　取引はしない」

「ミズ・レオ、地方検事がこれらの殺人事件に有罪判決を望んでおられることはまちがいありません。私の依頼人はあなたがそれを獲得するのに役立つ情報を握っているのです」

「ワシントンとチェスターフィールドはふたりとも、殺人における自分たちの役割については全面的に自供し、その間ふたりとも――別々に――あなたの依頼人がそうした殺人に関与していたことを供述した。取引はしない」

「依頼人はそうした犯罪の予備知識を持たずに行動したと主張しています。さらに、依頼人はあなたがたの捜査や犯人たちの有罪判決に役立つ情報と、ほかの関係者を割り出すことに役立つ情報も持っています」

「ほかの関係者。興味が湧いてきた」

「そんなのでたらめよ、レオ」イヴは言った。

「そうかもしれないし、ちがうかもしれない。じゃあ、こうしましょう。あなたの依頼人が嘘偽りのない重要な情報を提供し、それがピカリング、ダフ、エイムズ殺害に関与していたほかの者の逮捕につながるものであるなら取引する」

「あらゆる容疑の免責を望みます」

「青さが出たわね、ミスター・クウェンティン。それはこすり落としたほうがいいわよ。おいしい情報を見せてよ」レオはジョルゲンソンに直接言った。「そうしたらバリー・エイムズについての――たぶん――事後従犯のことを話し合える。あなたがバンを提供して、それを運転してバリー・エイムズの死体を運んだことは知ってるけど、五年ないし十年までの減刑を求めることもできるわよ」

「それはあなたの職掌《しょくしょう》を外れてるんじゃないの、レオ?」

レオは首をめぐらせ、イヴに冷ややかな視線を投げた。「これはわたしの仕事よ。何かちょうだい、ミスター・ジョルゲンソン、上司に話してみるから」

クウェンティンが話しだそうとすると、レオは彼に指を突きつけた。

「話すのは彼。彼の言葉で、あなたのフィルターを通さずに」

「彼らは俺のところに来た」ジョルゲンソンは肩をすくめた。「血だらけで」

「誰が?」

「スナッパーとティッカーだ。彼らは俺のところに来て、〈ドラゴンズ〉のやつらに襲われて、フィストがファン・ホーに殺されたと言った」

「それらは彼らが――別々に――提供した自白の内容と矛盾するわね」

「俺は彼らが俺に言ったことを伝えてるだけだ。彼らはスライスがホーと取引して、ディニーの一件のあと揉《も》めないようにしてると言った。彼らはそれが気に入らず、スライスをこきおろした。スライスが〈ドラゴンズ〉に自分たちを襲わせたと思った。だからフィストをホーの家に置いてくれば〈ドラゴンズ〉が殺した証明になると考えた。俺はバンを取りにいって運転しただけだ」

「殺人を警察に通報せずに、死体を犯行現場からチャイナタウンまで運んだの？」

「〈バンガーズ〉は警察になんか知らせない」ジョルゲンソンはむきになって言った。「自分たちのことは自分たちで始末する」

「ふーん。それで、エイムズが殺された攻撃から逃げのびたふたりが無傷なのは不思議だと思わなかったの？」

「彼らは血だらけだった」

「エイムズの血でしょ」

ジョルゲンソンは肩をすくめた。「そんなこと俺にどうしてわかる？　血は血だよ」

「そして、でたらめはでたらめよ。あなたたちは死体を捨てたあとで食事に行き、旺盛《おうせい》な食欲を満たした。あのふたりは服を着替えていた――血はついてない。それでもあなたは、なぜ怪我がないのか尋ねなかった。エイムズの喉はぱっくり割れていたけど、それ以外に傷はなかった」

「俺は彼らが言ったことを伝えてるだけだ、わかるか？　彼らはスライスと組んでたんじゃないかと思う。俺をはめるために」

「なぜなら？」

「なぜならスライスは俺がやつより利口で強いことを知ってるから、俺がやつに代わってリーダーになることを知ってるからだ」

「あなたは」笑いながら、イヴは座ったまま身を起こした。「自分がジョーンズより利口だと思ってるの？　ギャング団の資金を三年以上もかすめ取ってたジョーンズはあなたたちが寝泊まりして、家賃を払ってるあのビルを所有してるのよ」

「おまえはとんでもない嘘つきだ」

「ミスター・ジョルゲンソン」クウェンティンが警告する。「頼むから黙っていてください」

「サミュエル・コーエン。その名前は知ってるわね。あなたはおそらく彼に代理人になってもらおうとしたけど連絡がつかなかった。あなたはおそらく彼が大勢の〈バンガーズ〉の世話に追われて、折り返しの連絡をよこせないのだと判断した。ジョーンズとコーエンはあなたたちを搾取してたの。そのお金でなんと不動産を購入してたのよ。もちろんジョーンズはそれを秘密にしておきたかった――警察を銀行口座に近づけさせたくなかった。彼は二、三百万ドル溜め込んでた。あと、コーエンと共同であちこちに不動産を所有してた。

それからコーエンは何をするか？　ジョーンズに違法麻薬やみかじめ料や性サービスの分け前を減らされたあと、彼はあなたに近づいてきて提案を持ちかける。きっと遠大な妄想を吹き込んだんでしょうね」

イヴは立ち上がり、テーブルをまわって、ジョルゲンソンに顔を近づけた。「あいつを倒せるよな？　コーエンはそう言ったんじゃない？　私がきみの力になろう。きみが指揮官になったら私に分け前をよこせ、きみの相談役になってあげるから。そんな感じ？　心配しないで、彼から返事が来なかったのは、この件でジョーンズを売ることに取り組んでるから。彼は自分の身を守る取引もFBIと結ぼうとしてる。脱税、詐欺、あらゆる種類のお宝のこと。あなたを裏切ることは？　それは交渉過程の一部でしかない」

「やつらは終わったな。ぶっ殺してやる」

「ミスター・ジョルゲンソン――」

「黙れ、この役立たずのクソ野郎。いいから黙ってろ」

「彼らに近づくことができたら自分の手で殺すの、ボルト？　それとも、またバカなやつらに命じて殺させる？　ピカリングやダフやエイムズのときのように」

「やつらは終わった。スライス、コーエン、スナッパー、ティッカー。みんなぶっ殺してやる」

「大口を叩いてくれるじゃない、姉にやっつけられた男が」

「うるさい、黙れ」

「そのこと知ってた、クウェンティン？　彼は母親を暴行して、姉に叩き出されたの。あなたがここにいるのは、告訴こそされなかったけど、彼は家族に見捨てられて、弁護士費用を頼めなかったから」

「おまえに何がわかる」ジョルゲンソンは怒鳴り、イヴを殴ろうとしたが、拘束具のせいで手を出せなかった。

「ほら、癇癪《かんしゃく》を起こした」イヴは言った。「あなたのお姉さんとちょっとお話ししたのよ、ボルト。あなたのことはいっぱい知ってる。そうそう、あの二等軍曹はあなたによろしくって言わなかった」

「あいつは嘘つき女なんだよ、母親とそっくりだ」

「ボルトは女性があまり好きじゃないみたい」イヴはレオに向かって楽しそうに言った。

「女性が怖いのかもしれない。性的関係にあったあのジャンキーを殺すこともできなかったんでしょ？　あなたは彼女をさんざんレイプしろと命じたんでしょ？　殴り殺して、放置しろと。スライスが知らん顔するわけにはいかないだろうと思った地帯に」

「怖がってるのは俺じゃない。スライスだ」

ジョルゲンソンはわめいた。彼も忘我状態《ゾーン》にはいっている。けれど、この男のゾーンは怒りだった。

「スライスに度胸があったら、ファン・ホーもその仲間も終わってただろう。だが、やつは根性なしだ」

「だからあなたはあの中立地帯を選んだ。でも、スライスは食いつかなかった。あなたはダフと寝だしたときから、彼女を利用して、そのあとで殺すつもりだったの？」

「お願いですから――」

「いいから黙ってろ！」ジョルゲンソンはクウェンティンに叫んだ。「俺があのジャンキーの娼婦とやったり、あいつのつまらない愚痴を聞いてやったりするのは、俺があいつを気に入ってたからだと思うか？」

「思わない」イヴはまたテーブルをまわった。「あなたがそうしたのは、彼女にはふたつ使いみちがあったから。あなたたちをピカリングのもとへ連れていくことと、無惨な死に方をすること。それはわかる。それはわかるのよ。わからないのはピカリングのこと。なんで彼なの？　彼はもうギャング団の仲間じゃなかった。脅威ではなかった。道具だったとも思えない」

「スライスはあいつの好きにさせた、何も言わず去っていかせた。まるであいつが俺たちより偉いみたいに。あんなふうに俺たちから去っていける者はいない。あいつはたっぷり痛めつけてやる必要がある、おとしまえをつけさせるべきだと俺は言った。スライスはどうしたか？　だめだと言いやがった。あいつには近づくなと。彼は優秀な幹部で、つまらない暮らしに飽きたら戻ってくると」

「そうなったら、スライスは彼をあなたより上に置くわよね？　高い地位につける」

「そんなの、くそくらえだ。だがスライスはたまにあいつの職場に会いにいく、まるでダチみたいに。外の世界の友達がほしいのかよ。俺はどうなるか見せてやった」

「じゃあ、あなたがピカリング殺しを命じたのはスライスに対する逆襲だったのね。ピカリングを見せしめにして。おまけに、そのふたりにはつながりがあるから、警官がスライスの周辺を嗅ぎまわりだす」

「おまえも来ただろ？　コーエンは事故に見せかける必要があると言った」

イヴはまた座った。「そうなの？」

「俺はめった刺しにして、そのナイフをスライスの部屋に仕込もうと言ったが、コーエンは過剰摂取《OD》で死んだように見せろと言った。それでも警官はやってくるから、スライスは頼りなく見えるだろうと。だからあのクソ野郎どもにやるべきことを指示したのに、あいつらはそんな仕事もまともにできないのか？　あそこからなんか盗んでこなきゃならなかったのかよ？」

「だけどあなたは彼らにディニー・ダフを叩きのめせと指示した」

「女は痛めつけてやらなきゃ意味がない。コーエンはまたピカリングと同じように殺せなんてつまらないことを言いやがったが、俺はきっちりやってやると言った」

「コーエンは彼女をレイプして殴り殺す計画を知ってたのね」

「もちろんさ。ちゃんとコンドームをつけて、警官に見つかるようなものを体内に残すなと言った」

「それでも、そんなことがあっても、スライスは戦争を呼びかけなかった」

「度胸も誇りもない。自分のファミリーから金をくすねるような野郎だよ」

「エイムズはなぜ？　最初から殺すつもりだったの？」

「あの大バカはたいていボーッとしてた。あいつとディニーはヤクをせがんでばかりいた。俺は誰ひとり殺してない。その罪を俺に着せることはおまえにはできない」

イヴは椅子の背にもたれた。「大バカは誰かしらね？」

ここでイヴは全員に休憩を宣言した――そしてもう一度ロークを真似て皆を労うことにした。

オフィスで腰を落ちつけてそれぞれの尋問をチェックしていると、こちらへ向かってくるピザのにおいに続いて、ピーボディの重い靴音が聞こえてきた。

「少し持ってきました。あのう、ダラスは大丈夫なのかとみんな知りたがってます」

「なんでわたしが大丈夫じゃないの？」

「今朝はシナモンバンズ、午後はピザですよ」

「今日だけは特別。彼らにいつもそうだと思うなと言ってやって」

「みんな利口な警官だから、言わなくてもわかってると思います。ティーズデールとは話しました？」

「ええ、彼女にこの尋問の記録を送った。コーエンはさぞがっかりするでしょうね。証人保護プログラムが受けられなくなったら——永久に」

「その代わりに、彼は三件の殺人の事前と事後従犯で投獄される」

「地球の刑務所にしてもらうつもりよ」

ピーボディは驚愕《きょうがく》と失望を同時に表すという技を見せた。「なぜですか」

「あのゲス野郎にはそのほうがつらいだろうと思うから。それに、ジョルゲンソンと迂闊《うかつ》な仲間たちは地球外行きになるだろうし、彼らが同じ施設に入れられたらコーエンは殺されちゃうわよ。彼には生きたまま長くみじめな人生を送ってほしいの。さあ食べてきて、狼《おおかみ》どもに食い荒らされないうちに」

「みんなわたしに優しいんです。最初にどうぞとか言って。ジョーンズをやる準備ができたら知らせてください」

「わかった」イヴはこわばった肩をまわし、ロークにメッセージを送った。

〝満塁ホームラン〟

そして、彼の返事を見てにやりとした。

〝観衆は総立ちだ。試合がまだ続いているなら、四時までにはセントラルに着きたいと思っている〟

イヴは息を吐き出した。

〝そのころくだらない記者会見をやる予定。これからジョーンズを仕留める。コーエンはティーズデールに任せる。ジョルゲンソンはきれいに包んで蝶結びにした〟

〝ならば、きみが記者会見でニューヨーク市民に平和な夜が来ることを告げるところを見逃さないようにしよう。何か食べるんだよ〟

ピザがあることを知らせようとして、昨日もピザを食べたことに気づいた。それについて、ロークはきっと何かひとこと言うだろう。

〝今、休憩中。じゃあ、またあとでね〟

時間を確認してからピザをかじり、コーヒーのチェイサー代わりの水で我慢しながら尋問のチェックを続けた。

それから、少し考えてナディーンに連絡した。

「もういいの？　あと二時間くらいしたらセントラルに行って、会見に加わらないといけないのよ」

「今、報道できることを教える。ジョルゲンソン、ワシントン、チェスターフィールド、コーエンは全員送致された」

イヴはピザを食べながら罪状を伝えた。「地方検事局に問い合わせて確認することもできるけど、彼らは全員、今日起訴されることになってる。コーエンには連邦犯罪も加わるけど、それについてはティーズデール特別捜査官から承認をもらったほうがいい。あと三十分待ってくれるなら、ピカリングが情報提供者《CI》だったことも発表していい。そのまえにジョーンズを取調室に入れておきたいの。そのニュースが彼に漏れると尋問に狂いが生じるかもしれないから」

「待ってるわ」

「お願いがあるの――速報があることをキョンに知らせておいて。彼はあまり気が進まないかもしれないけど、わかってくれる」

「彼をいじめるなってことね、了解」ナディーンは取材メモを調べた。「ロシェルの弟のこともちゃんとやるわ、ダラス」

「それは安心してる。ロシェルに知らせておくわ」

イヴは通信を切り、クラックにつないだ。「ロシェルも一緒？」

「ああ。俺はライルの追悼式のプランのことで、今ロシェルの兄貴のところにいる」

「よかった。彼女に伝えて、わたしが午前中に話したことを家族にも伝えていいって。それと、チャンネル75をつけておいたほうがいいわよ。あと三十分くらいで特ダネが発表されるから」

「やつらは収監されるのか、ダラス？」

「犯人たちは五人とも二度と外の世界を見ることはない。クラック、ライルを使ってた警官は、彼の死は自分のせいだと責任を感じてるけど、違ったの。あなたから家族にも教えてあげて、彼が殺されたのは警察に協力したせいじゃなかったと。犯人たちはそのことを知りもしなかったの。ライルを殺したのは彼がギャング団を抜けた見せしめのため、彼を自由に抜けさせたジョーンズへの当てつけだった。それはまちがいない」

そして続けた。「さあ、この事件にけりをつけなくちゃ。スクリーンをつけておいてよ」

「彼らに伝えるよ。ありがとよ、痩せっぽちの白人女」

「またね、図体のでかい黒人男」

イヴはピザを食べ終え、コーヒーを飲み干し、しばらくそのまま事件ボードを眺めた。いくつもの人生がだいなしにされ、無駄にされ、終わりにされ、打ち砕かれた。欲深いふたりの男が金欲しさに汚い手を使ったから。もうひとりの男がおのれのエゴと怒りのために血と戦争を求めたから。

ブルペンにはいっていくと、ピザの空き箱越しに拍手喝采が起こった。

「はい、はい。さあ口にいっぱい詰め込むのが終わったら、仕事に戻って。ピーボディ」

「ジョーンズですね？　彼を連れてこさせます」

「ちょっと待って」イヴはピーボディの席まで行った。「ティーズデール捜査官と話をした。今、コーエンに悪いニュースを伝えてる」

「あーあ。こんなにいろいろあっても、やっぱりその場にいたかったような気がします」

「出番は明日あるわよ。ティーズデールと話がまとまった。わたしたちは彼を三件の殺人と結びつける。コーエンが彼らとつながり犯行を関知していたのは、詐欺、脱税、違法麻薬取引が原因になってるから、そっちでも連邦刑務所行きになる。わたしたちは彼に縄をかけ、ティーズデールは彼を閉じ込める」

「まあ妥当ですね」

「とりあえず今日のところはそっちの件は置いておいて、ジョーンズはこういうふうに攻める」

作戦を説明していると、マイラがやってきた。

「さっきは会えなくてごめんなさいね」マイラが言いだした。「あなたに伝えたかったの、このマラソンみたいな尋問は勉強になるってこと。様々な駆け引き、リズム、反応を学べる。これはいわばひとつの社会ね――限られたスペースと時間のなかで交戦する」

「交戦？」

マイラは医療バッグをピーボディのデスクに置いた。「競争と呼んでもいいけど、相手と向き合うひとつの形よ。ピーボディ、その膝を見せて」

「今、取調室に行こうとしてたところなんです」

「ジョーンズを呼んでるあいだに、それをやってもらって」イヴは言った。「ここに連れてくるまでにしばらくかかるでしょう」話しながらバクスターの椅子を引き寄せて、マイラを座らせた。

「ありがとう。もちろん、尋問は数えきれないほど観察してきたけど、これは社会の縮図のようなものだわ」

マイラは優しくかつ手早くパンツの裾をまくりあげると、固定具をはずした。「そのことについて論文を書こうかしら。痛みの程度はどのくらい？」

「それほどひどくはないです。歩きまわるとちょっと痛みますけど、あんまり歩いてませんから」

「よかった。じゃあ冷却棒《コールド・ワンド》を使うわね」

痛みはそれほどひどくないのかもしれないが、腫れと痣はかなり残っていた。

やはり今週いっぱいのデスクワークは決定だ。必要ならもう少し延ばそう。

ピーボディがジョーンズを取調室に連行する手配を終えるのを待って、イヴは言った。

「あなたを階段から落としたろくでなしの尋問を担当させてあげればよかったわね」

「いいんです。ジェンキンソンとライネケが締め上げてくれたから。まだお時間はありますか――顔のほうも手当てしていただけたら……」

「もちろんよ」マイラはイヴのほうをちらっと見た。「ふたりともやってあげる」

「記者会見のあとでね――ピーボディもよ。警官は殴られることもためらわないという気概を示すんです」

マイラはピーボディの膝の手当てをしながらうなずいた。「今日の服装は殴られるより殴るほうが多そうに見えるわね」

「狙いはそこです」

22

ジョーンズの尋問を最後まで取っておいたおかげで、コーエンには明日イヴの正義に花を添えてもらうとして、三人の逮捕者の尋問を終え、三件の殺人事件の始末をつけることができた。それだけでなく、刑務所で一生過ごすことになる三人の男たちからさらにデータを集める機会も与えられた。

そのデータをポケットに入れて、イヴはピーボディとともにマーカス・ジョーンズと〝交戦〟するのだ。

ジョーンズはひとりで取調室にいた。記録を開始し、必須事項を読み上げるあいだ、彼は絶望からではなく関心がないことを示すため、前かがみになっていた。気だるげにイヴの顔を見やり、ピーボディの顔に視線を移してから、ようやく面白がるような表情を浮かべた。

「ずいぶん待たせてくれたが、俺には何も言うことはない」

「それもあなたの権利よ」イヴはパートナーとともに席につきながら切り返した。「あなたが権利を読んでもらったことは知ってる、わたしが自分で読み上げたから。あなたは好きなだけ黙ったまま座っていられる。わたしたちはそれでも給料をもらえるの」

「何も言うことはない」ジョーンズは繰り返した。「俺はほかの権利を行使してる。弁護士を待ってるんだ」

イヴは驚いた目をしてみせた。「弁護士を要求したのにまだ着いてないの？　きっと忙しい人なのね」

「優秀な弁護士は忙しい弁護士だ」

「だったら弁護士が到着するまで、あなたを留置場に戻してあげる」イヴは腰をあげかけ、小首をひねった。「ねえ、あなたの弁護士って、まさかサミュエル・コーエンじゃないわよね？」

ジョーンズは眉間にしわを寄せただけで、なんの反応も示さなかった。「あんたには関係ないだろ」

「そうはいかないのよ。あなたが待ってるのがコーエンなら、あなたには気の毒だけど……永久に待つことになる。彼は目下、法に違反した人物として連邦政府の管理下に置かれていて、代理人も自分で務めているの。容疑については……ええと、なんて言えばいい？」

「クソ大量でいいんじゃないですか」ピーボディが助け舟を出した。

「そうね。クソ大量の犯罪。これが終わったら、あなたにもFBIと話してもらう。だけど、黙秘権を行使してるし、弁護士を待ってもいることだし、いったん留置場に戻して支局担当特別捜査官に知らせるわ」

「それはでたらめだ」

「どこが？　コーエンからの返事はないんでしょ？　できないのよ、リンクは押収されてて使えないの。FBIも、もちろんNYPSDもアクセスした。われわれは彼の電子機器や記録《データ》にもアクセスした。だからね、FBIはあなたとじっくりおしゃべりするのが待ちきれないの」

「俺がFBIのやつらを気にするとでも思ってるのか？」

「気にしたほうがいいわよ。とくにコーエンが洗いざらいぶちまけたあとは」

「やつらをここに連れてこい」イヴに指を突きつけた拍子に、手錠の鎖が音を立てた。「やつらはコーエンがほしいんだろ。俺が取引してやるよ」

「悪いけど、そのまえにこっちの用をすませてもらわないと。でも、われわれとは話さないのよね、あなたの権利だし。何か言うことが見つかって、ほかの弁護士も見つかるか、そのどちらかが見つかるまで待つわ」

「公選弁護人になるでしょうね」腰をあげながら、ピーボディが指摘した。「彼の口座はすべて凍結されてますから」

「それは彼の問題よ」イヴはピーボディと話しながらファイルをまとめだした。「三件の第一級殺人の容疑も、FBIに捕まることも」

「殺人なんか知るか」ジョーンズは立ち上がろうとし、また鎖がガチャガチャ鳴って椅子に引き戻された。「俺に殺人の罪を着せることは許さない」

「黙秘権を行使するのかしないのか。弁護士の権利を行使するのか放棄するのか。決めてちょうだい」

「俺に殺人の罪を着せることは許さないと言ってるんだ」

「あなたは弁護士の助けを借りずに、みずから話し、質問に答える気になったの?」

「俺は役立たずの公選弁護人なんかにイライラさせられるのはごめんだ。自分の身は自分で守れる。あんたには俺を殺人犯に仕立てることなんかできない」

「あなたの元弁護士はそう思ってないわよ。あなたに罪をなすりつけようとしてる」

「あいつはとんでもない嘘つき野郎だ！」

イヴはふたたび腰をおろし、ピーボディが席につくのを待った。「その点についてはわたしも賛成。彼は嘘つきのインチキ野郎よ。でも、あなたがライル・ピカリング殺しを企てたこととか、彼があなたを思いとどまらせようとしたとかの話には説得力があった」

「俺はピックを殺してない。そんなことを言うやつはみんな嘘つきだ。ピックは弟のようなものだった。俺はあんたたちに彼が死んだことを知らされるまで、ピックについてコーエンと話したことはない」

「彼のことをコーエンと話したの？」

「死んだあとにだよ。やつは弁護士だろ？　俺の弁護士ということになってたから、あんたたちが嗅ぎまわってることを知らせたんだ」

「なるほどね」イヴは気軽に言った。「彼はなんてアドバイスした？」

「心配することはないと言った。あんたたちはピックの過剰摂取《OD》やディニーの身が危ないという話をして、反応を探っているような気がしたと」手錠をはめたまま、ジョーンズは拳をもう一方の手のひらに叩きつけた。「それが今や俺を利用して保身をはかってる。なら、俺だって同じことをしてやるよ。あのクソ野郎のことはいろいろ知ってるんだ」

「そりゃ知ってるでしょうね。ＦＢＩも彼とのビジネス関係について興味を持つと思うわ。でも、彼らの順番が来るまえに……」

イヴはファイルを積み重ねて、てっぺんを軽く叩いた。

「こっちを整理しないと。三件の殺人容疑、違法麻薬に関する容疑、武器に関する容疑、未成年を含む無認可のセックスワーカーを営利目的で働かせていた容疑、金銭を強要した容疑――みかじめ料のことね。それから、あなたの建物から爆発物が発見されたこと、火炎瓶投入、暴行、誘拐、証人への脅迫行為、それに関連する殺人、さらにその他すべての容疑の締めくくりに警察官への殺人未遂――これはわたしのこと」

「あれは自分の身を守るためだった」

「うーん……それはだめね。あのね、あなたの建物――あなたの名義になってるのよね――には令状を携行して立ち入ってるし、そのことはあなたの……客？　テナント？　には告げてあったの。あなたたちは暴力によってそれに抵抗した。なかでもあなたは、民間人には所持が禁じられてるスタナーをフルパワーにしてわたしを狙い撃ち、こう言った……」

イヴはファイルをめくった。「〝おまえは終わりだ。しくじったな〟」

「俺がスタナーをフルにしてたなら、なんであんたは死ななかったんだ？」

イヴは指をひらひらさせた。「魔法よ。要するに、三件の殺人とその他もろもろとわたしへの殺人未遂。言っておくけど、法廷は警察官への殺人未遂を重く見るわよ。なぜ知ってるかというとわたしは警察官だから」

「俺はピックやディニーやあのマヌケ野郎のフィストを殺してない。俺も犯人を見つけ出そうとして自分で調べてたんだ」

「それはすごい」ピーボディが目を丸くしてイヴのほうを向いた。「ダラス、すごいと思いませんか？　彼は調べてたんですよ、わたしたちみたいに」

「言葉を失うわ」

「あんたらは自分が利口だと思ってるのか？」身を乗り出して、ジョーンズは両手を広げた。「あんたらなんかどうでもいい。だれか呼んでこい、書面にして取引できるやつを。そうしたら知ってることを話してやるよ」

「取引したいの？」

「俺はくだらないことでＦＢＩに付きまとわれたくない。だからコーエンの野郎のことをたっぷり話してやる。あんたらはそのほとんどが証明できない残りのたわごとを忘れろ、そうすれば殺人犯を教えてやる。単純なことだ」

「単純なことね」イヴは繰り返し、ピーボディを見た。「彼は取引したいんですって」

「ええ、今日はほかでも聞きましたね」

ふたりは突然笑いだした。ピーボディは苦しそうにあえぎ、目尻の涙をぬぐった。

「俺を笑いものできると思ってるのか」ジョーンズは怒りに震えた、凄《すご》みのある声で言った。「俺がぶちのめさないとでも思ってるのか？」

「尋問中に、記録されたうえで、警察官を脅すのは得策じゃないわよ」イヴは大きくため息をついた。「ああ、すっきりした。とにかく、繰り返すけどわたしたちは警察官よ。捜査官。殺人を捜査する警察官なのよ、このバカ。わたしたちが卑劣なギャング団員の手を借りないと殺人事件を解決できないなんていうその考えがばかげていると思えないなら、あなたの人生にはユーモアが足りないわね」

「もうその犯人たちは逮捕してるんですよ」ピーボディが親切に教えてやった。「でも、申し出てくれてありがとう」

「俺が殺したと言いたかったんじゃないのか」

「まあね、わたしたちはそういうことをやるのよ。それに」イヴは言い添えた。「自供した人物のなかには、あなたのせいだと主張する者もいたの。だからその点をはっきりさせて整理したいのよ」

「あなたがピカリング、ダフ、エイムズを殺してないことはわかってます。あなたはその件に関しては窮地に陥ってません」

「そのとおり」イヴは断言した。「あなたの三人の手下――おっと、エイムズはまだ志願者だったわね――と幹部のひとりは窮地に陥ってる。あなたの弁護士――資格を剝奪された弁護士――も事前および事後従犯として。彼らはそれをあなたの鼻先でやったの」

「あんたたちは嘘をついてる。俺たちを仲間割れさせようとしてるんだ。やったのはファン・ホーとやつの手下だ。俺の指示がなければ部下たちは何もしない」

「ほんとに？　あなたの指示がなければ、地域の住民を脅すことも、違法麻薬取引や性サービス業や何かに従事することもないの？」

「俺は〈バンガーズ〉を取り仕切ってるんだよ、ビッチ」開き直って嘲笑を浮かべ、ジョーンズはふたたび身を乗り出した。「それはわかるだろ？」

「もちろん。わかるけど、あなたの指導力にあまり満足してない者もいたようね」

「彼らは、ほら、変化を起こしたがってたんです。あなたに刺激を与えて」ピーボディが説明する。「そうすればあなたが戦争を呼びかけると思って」

「ピカリングのことであなたは行動を起こそうとしなかった。彼はあなたたちのギャング団に背を向け、タトゥーを消そうとし、まともな生活を送ろうとしていた。あなたがそれに対処しないことが気に入らなかった者がいた。その者はダフを使ってピカリングをはめることができる立場にあった」

「それが誰か当ててもらいましょうよ」ピーボディがそそのかし、肩を揺すった。「当てさせましょう、ダラス。わかりかけてるみたいですよ」

「ボルトが俺に逆らってたなら、ぶっ殺してやる」

「はい、もういいわ」イヴは手で払いのけた。「あなたたちはその脅し文句が大好きね。ボルトは自分を裏切ったスナッパーとティッカーを殺してやりたいと思ってる――彼らは殺人の実行犯なの、フィストも。まあ、フィストは自分のことは殺せなかったけど。彼らはあなたに楯突《たてつ》いたのよ、ジョーンズ。ダフも。そのせいでフィストとダフはすでにひどい代償を払わされた。ボルトはあなたのこともぶっ殺したがってる――彼は自分が望んでた戦争であなたが命を落とすことを願ってたの。でも、今はもっと個人的な動機になってる」

「わたしたちはうっかり口を滑らせたかもしれません。あなたがギャング団の資金をかすめ取ってたことや、あの建物の家賃のことでメンバーたちをだましてたことを」ピーボディはイヴを見やり、笑いそうになる口元を手で押さえた。「おっと」

「ほらね、捜査官だからあなたのちゃちな隠し部屋を見つけるのも簡単だったし、クソNYPSDにはワクワクしながら電子機器やデータを調べてくれる部署もあるの」

「それは俺の個人的なものだ。俺の個人情報を調べることはできない。市民権の侵害だ」

「あなたの弁護士がそう教えてくれたの？　資格を剝奪された弁護士に何ができるかを見せてくれたわけね。でもね、その人はあなたが彼の取り分を減らしたとき少し腹を立てたの。だからボルトと手を組むことにした。彼らはあなたをはめようとした。わたしたちのほうが彼らより賢かっただけ」

「あんなの簡単にわかります。わたしたちは彼を所得隠しでは送致しないんですよね」ピーボディが尋ねた。

「それはFBIにいくらか分けてあげましょう。わたしたちには供述や証拠が山のようにあるのよ、ジョーンズ。それは――一部の反対分子の例外を除けば――あなたの指示がなければ何もしないというあなた自身の主張を裏づけてる。たとえば、家族を脅すことによって未成年を使い走りや新兵や麻薬の運び屋として入団させる。母親たちを殴り、レイプする。未成年の少女を性サービス業で働かせる。告訴しようとした被害者の子供を誘拐して訴えを取り下げさせる、等々」

「どれも証明できないだろう」

「あら、できるのよ。すでに何件もの事案の証拠を手に入れた」イヴは心持ち身を乗り出し、世間話でもするように話しかけた。「大掛かりな手入れをメディアが取り上げたらどういうことが起こるか知ってる？　報復を恐れて引っ込んでいた人たちが出てきて、いろいろしゃべってくれるの。教えてあげようか、あなたは近所ではあまり好かれてなかったみたい」

ピーボディが調子を合わせる。「証言したい人の行列ができてましたね。それだけじゃないんですよ、あなたの部下たちや脅されて働いてた人たちまで、こっちが記録するのが追いつかないほどの勢いで寝返ったり情報を漏らしたりしてくれました」

ピーボディは額の汗をぬぐうふりをした。「ふうーっ。ああ、忙しかった！」

「そしておいしいところは全部FBIが持っていくのよね」イヴはリスト・ユニットに目をやった。「コーエンはもう洗いざらいぶちまけてるころね。あなたからは何も要らないわ、スライス。あなたはもう終わり。あなたには何も残らない。不動産も、お金も、ギャング団も。アルーバのことは忘れて」

「俺は全部取り戻してやる」

ジョーンズは今や震えている。怒りのせいも、裏切られた悔しさもあるのだろう。何もかも失った絶望もあるのかもしれない。

「いいえ、そうはいかない。あなたは三件の殺人では収監されないけど、あなたが命じた罪、あなたが犯した罪がある」イヴはファイルを叩いた。「それは全部ここに載ってる。名前も、日付も、手口も、動機も。あなたは仲間から盗み、彼らを騙《だま》し、彼らを裏切った。そのことを――そのやり口を知らされた彼らは、堰《せき》を切ったように、あなたに関する情報をしゃべりだした。そういうわけで」そこでイヴはファイルをひらいた。「わたしたちはそれについて話し合う。ひとつ残らず」

尋問が長引いたせいで、イヴはピーボディを退室させなければならなくなった。休憩を取らせるためだけでなく、キョンに記者会見の開始時刻を一七〇〇時に延ばす必要が生じたことを知らせてもらうためにも。

尋問を終えるころには、ジョーンズの震えはとうに止まっていた。彼はプライドとあの怒りを最後の拠《よ》り所にしていた。目には殺意があったが、そのやり場がないことはさぞ歯がゆかっただろう。

イヴはジョーンズを見張りがふたりつく完全警備の独房へ送り出した。「はいこれで、一件落着」

「休憩もありがたかったですけど、最後を見逃さずにすんでほっとしてます」

「もう一度取って。記者会見で話すまでに二十分くらいあるから」

「ジョーンズは全部認めたんですね」取調室を出ながらピーボディは言った。「全部認めるとは思いませんでした」

「ひと皮剝けば、彼もボルトと同じよ。ファン・ホーとも同じ。ギャングのプライド。彼は自分がやるべきだと思うことをやった」

「彼は自分の仲間から盗んでたんですよ」

「ジョーンズは父親のように脳に損傷を受けて不随になることにはならなかった。ボルトがもしこの計画を成功させてリーダーになってたら？　いずれかならず、自分はもっと上を狙えると思ったでしょうね。そしてまたそれより上を望む。コーヒーが飲みたいわね」そう言ったとき、ロークが観察室から出てくるのが見えた。

「間に合ったのね」

「そうだよ、三十分くらい前に着いた。間に合わせた甲斐《かい》以上のものがあったよ。ところで、僕のお嬢さんの具合はどうかな？」ロークはピーボディの痣のできた頬にキスした。

「あら。わたしは大丈夫です」

「ピーボディは足を上げておかなくちゃいけないの。わたしはコーヒーを飲まなくちゃ、あの七面倒くさい本日のPR活動に対処するまえに」

ロークはピーボディの背中を優しく叩いてから、イヴと一緒にオフィスへ向かった。

「PRはもう始まっているよ。僕はここに着くまえにナディーンのニュース報道を楽しむ時間があった。今も再放送かハイライトをやっているよ。トップニュースだった。しばらくは続くだろう」

「よかった」

ロークがオートシェフへ向かったので、イヴは細長い窓まで行って、外の世界をのぞいた。

「座って」ピーボディにやったように、ロークはイヴの背中を優しく叩いた。「コーヒーを飲みながら、二十分の休憩を取るんだ」

「わたしは一日じゅう取調室の椅子に座ってたの。次から次へと現れるやつはバケツ一杯の小便ほどの価値もない者ばかり。頭の程度もそれ以下よ」

「そのバケツ一杯の小便より劣った者たちは、残りの人生をどこで過ごすのかな？」

イヴはコーヒーを飲み、次の段階を乗り切る意欲が湧いてくるのを待った。「檻のなか。レオとは相談したし、もう一度話し合うけど、ワシントン、チェスターフィールド、ジョルゲンソンは地球外にさせるつもり。ジョーンズはたぶんコーエンと同じで連邦刑務所。別々の檻で。コーエンを刺して彼の刑期をいきなり終わらせる機会をジョーンズに与えてもしょうがないでしょ」

「それでも、きみにはまだあの悲しみがいくらか残っているね」

「振り払うわ。結局システムは機能したんだもの。二ヵ所の界隈《かいわい》とその住民はまえより安全になった。わたしのチームは上から下まで、内側も外側も、徹底的にこれに取り組んだ。すべての尋問をチェックしたけど……」

もうひと口コーヒーを飲んだ。「そう、みんなよくやった。マイラはこれについて論文を書くかもしれないって」イヴはロークのほうを向いた。「わたしたちはふたつのギャング団を骨抜きにした。肝心な部分を取り去った。もう指導者はいない。彼らが仲間を騙し、裏切っていたこと、彼らが考える名誉や忠誠が欠けていたという話が広まったら——かならず広まるけど――どうなる?」イヴは首を振った。「彼らはもう終わり。新たな組織は出現するでしょう、それが世の常だから。でも、システムは機能しつづける」

ロークは顔を近づけてイヴにキスした。本人が認めようが認めまいが、イヴにはそれが必要だったから。

ストロングがオフィスに足を踏み入れた。「あら。失礼」

「かまわないよ」ロークは体を離した。「コーヒーは?」

「わたしは、その……」

「きみが淹《い》れてあげたら、警部補? 僕はピーボディの様子を見てくる」

ロークが出ていっても、ストロングはまだためらっていた。「彼を追い払うつもりはなかったんです」

「追い払ってないわよ」イヴはストロングにコーヒーを手渡した。

「ありがとうございます。記者会見のまえに少しお時間をいただきたくて」

「いいわよ。あなたのホーに対する尋問をチェックした。うまく取り組んでたわ。彼らのなかでは利口なほうだけど、彼はすぐカッとなる。あなたは彼をどう扱えばいいかよくわかっていた」

「彼は一見上品そうですけど、その上辺《うわべ》の下にはこれまで取り調べたなかでも最悪のろくでなしが潜んでいました。それはともかく、警部補がボルト、スナッパー、ティッカー、それにジョーンズも落としたと聞きました。でも、ジョーンズは——」

ストロングは言葉を切って事件ボードを見た。「彼はライル殺しに関与してなかったんですね」

「そう。その犯人たちはオメガ星のコンクリートの檻《おり》に入れられる。彼らがライルを殺したのは彼があなたのCIだからじゃなかったのよ、ストロング」

ストロングははっと首をめぐらせてから、客用の椅子に腰をおろした。「ほんとうですか？」

「ほんとよ。彼らはそのことを知らなかった。つまりあなたたちはふたりとも、うまくやっていたということ。わたしは彼らにあらゆる機会を与えた。彼らが知ってたならそれに食いついたはず。それが動機だったなら、もっとわかりやすかった。彼らの面子《メンツ》をつぶされたせいだということになるから。でも、そうじゃなかった」

「じゃあ、なぜ？」

「ジョルゲンソンがジョーンズの立場を危うくしようとして命じた、ジョーンズに歯向かうために。ライルを黙って去らせたことが気に入らなかったから。ほかの者たちは自分の価値を示すために、彼の命令に従っただけ。彼らの尋問を見てみなさい」

「そうします。もしわたしに協力していたせいだったら、わたしはそれを抱えて生きていかなければならなかったでしょう。どうしたらそれができるか考えていたんです」

ストロングはマグのなかのコーヒーを見つめていたが、やがて顔をあげた。「わたしは彼のことが心から好きだったんです、ダラス、彼を尊敬していました。たいした理由もなく殺されたことのほうがもっと耐えがたいでしょうか？　無駄死にのほうが？」

イヴも同じ疑問を自分に問いかけていて、答えは出せなかったのだった。

「わたしたちは警官よ。そういうことを毎日いやでも目にするのよ。遺族にはもう伝わってると思うけど、あなたも彼らと話したいでしょう」

「ぜひ。お礼を言わせてください、警部補。この件に呼んでいただいて、捜査に参加させていただきありがとうございました」

「彼はあなたの管轄だった」

「ええ」ストロングは腰をあげた。「ええ、彼はそうでした」歩きだし、ドアのあたりで立ち止まった。「彼の回復二年の記念メダルはまだ証拠課にあります。それを思い出として素敵な小箱に入れて渡したら、ご家族は喜んでくれるでしょうか」

「喜ぶと思うわ。あなたが持ち出すのを許可しておく」

「はい。では記者会見で」

イヴは残った休憩時間をひとりで過ごし、細長い窓から街を眺めた。

会見は長々と続いた。とはいえ、どんな記者会見でも五分以上かかるものはイヴにとっては長い。最初にティブル本部長が話し、彼流のやり方で逮捕に携わった全職員の功労を強調した。続いてホイットニー部長が簡単に挨拶《あいさつ》した。ふたりとも質問は最後にしてほしいと述べた。

自分の番がまわってくると、イヴはPPCを片手に演壇に立った。「NYPSDは所属警察官の努力と技術と勇気を通し、さらにはFBIの協力と資源を得て、多数の身柄を確保し、何千ドルにも相当する違法麻薬、武器、偽のIDおよびIDの偽造機器を押収しました。われわれのEDDは押収した電子機器からデータを取得・精査しました。そこには殺人、未成年への性労働の強要、恐喝、違法麻薬取引、建造物損壊、詐欺その他の犯罪が記録されており、それらを実行していたのは〈バンガーズ〉ならびに〈ドラゴンズ〉として知られる街のギャング団のメンバーたちでした。

こうした捜査はライル・ピカリングという人物が殺されたことがきっかけで始まりました。この殺人事件はメディアの注目を集めたとは思えません。彼は〈バンガーズ〉の元メンバーであり、前科があり、麻薬依存から立ち直った者でした。彼は自身の名誉回復にも取り組み、技術を身につけて職に就き、断薬会に通い、ギャング団とのつながりを断ち切り、充実した人生を送っていました。彼の古巣であるギャング団のメンバーたちは、これをよく思わず彼の殺害を計画し、実行したのです。

ライル・ピカリング殺しの捜査が進行し、続いて起こった二件の殺人との関連から、次の者たちの逮捕へとつながりました。

ケネス・ジョルゲンソン、第一級殺人三件、警察官への暴行一件、凶器所持二件。

デンビー・ワシントン、第一級殺人三件、第一級強姦《ごうかん》一件、盗品所持二件、違法麻薬所持一件」

イヴは彼らの罪をひとつ残らず読み上げていった。

声明が終わって後ろに下がると、矢のような質問が飛んできた。ティブル本部長が前に出てきて両手をあげ、第一波を受け止めた。キョンと目が合うと、彼はうなずいてつぶやいた。「大変よろしかったと思います、警部補」

そうかもしれない、とイヴは思った。あれでよかったのかもしれない。けれど、悲しみはまだ振り払いきれていない。

一日がようやく終わると、イヴはロークに運転させ、シートに背をあずけて目を閉じた。ロークは黙ったままでいた。少しそっとしておいてやろう、好きなようにさせてやろうと思ったのだ。けれどもロークには、イヴの心に押し寄せる悲しみを取り除いてやれそうな案があった。

車が停《と》まると、イヴは身を起こして目をあけた。そして顔をしかめた。

「家に帰るまえに寄りたいところがあるんだ」

「大きなグラスに注いだワインのことを考えてたのに」

「それもいいね、だがそのまえに」

ロークは車を降りて、イヴを待っている。彼はいったいどうやって駐車スペースを見つけたのだろう。とはいえ、それができるのがロークだ。

歩道に降り立つと頭の霧が晴れ、自分がヘルズ・キッチンにいることがわかった。

その建物はまだ古びた印象を留めている。けれど優雅な威容を誇る古さで、壁のレンガはきれいに掃除して目地を塗り直してあり、明るい日ざしが射し込みそうな新しい窓も取りつけられていた。

正面玄関のドアは彫刻を施した木製のものに変えられている。その上に真鍮《しんちゅう》のシンプルな銘板がついている。

「〈アン・ジーザン〉。〝避難所〟って意味よね？　いい感じじゃね」

「ほかもそう思えるか確かめてみよう」

ロークはドアのほうへ向かった。もちろん優れたセキュリティが完備されている。イヴは階段を二段進んで彼に追いついた。

「僕たちが発見した少女たちのことをきみが思いだすのはわかっている」ロークはドアをあけるまえに言った。「きみが正義をもたらしてあげた少女たちのことを。僕たちがここでやってきたこと、これからやることが、いくらかでも平安を添えるよう僕は願う」

イヴはかつて目にした光景を思いだした。崩れかけた建物の内部、汚れた壁、その壁にロークが大槌《おおづち》で厳かにあけた穴。

その奥に隠されていた少女たちの遺骨。

ロークが照明を命じると、そこには清潔な真新しい空間が現れた。壁は暖かみのあるトーストのような色に塗られ、ほかの部屋やスペースに続くアーチ道がいくつかあいていた。

「あなたはすっかり変えたのね、配置というか――」イヴは手振りで説明した。

「コンフィグレーション、そうだよ。まえよりオープンで快適になったと思う。それでいながら効率もよくなった。こっちは共有エリアで、生徒たちがくつろいだりのんびりしたりする場所だ。ここにスクリーン、団欒《だんらん》用の家具、ゲーム、音楽、本を置く。もうひとつの共有エリアにはスクリーンを置かず、静かに勉強とか宿題とか読書とかそういったことをする。教室や管理事務室もこの階にある」

ロークに案内されて建物内を歩きながら、どこも考え抜かれ、気配りが行き届いていることに気づいた。暗い雰囲気や、そうした施設であることを感じさせない温かみのある色合い、天井と壁のあいだの廻り縁《クラウンモールディング》の手法、ふんだんな採光。コンピュータサイエンス室、美術室、グループセラピー室、それより小さな個人セラピー室。

まずまずのジムにはロッカールームとシャワー室がついている。シャワー室はきちんと仕切られていた。

「なんだかまえより広く見えるわね」イヴは感想を漏らした。

「コンフィグレーションのおかげだよ。まえは細かくぶった切られていたから。オープンにしたことで閉塞《へいそく》感がなくなった。メインキッチンには」ロークは言いかけた。

イヴは言葉もなく見つめていた。予想どおりキッチンはスタイリッシュで輝いていたが、それでもどこか……家庭的な感じがする。色調のせいだろうか？ これもコンフィグレーションとやらのおかげ？ それとも、ロークは魔法が使えるのだろうか。

たぶんその全部だろう。

「栄養士のスタッフが常駐するが、彼女はそれほどやかましく、なんていうか、ハッピーフードを禁じたりしない。調理室では料理も学べる」

調理室はメインキッチンより狭いが、やっぱり輝いていて、アイランド型の作業スペースが二ヵ所と、食糧を保存するスペース——そう、パントリーと呼ぶのだ——があった。

「サマーセットにもときどき料理講習をしてくれないかと頼んだ」

イヴは顎がはずれそうなほどぽかんと口をあけた。「あなたは——サマーセットに?」

「あの男が料理上手なことはきみも認めるだろう? それに、彼は子供が好きだし」

「サマーセットがねえ」ぶつぶつ言っていると、ロークはイヴを連れて新しい階段を登りだした。

広々とした階段で、頑丈な手すりがついている。

二階には寝室があった。各部屋に窓とクローゼットと作りつけの学習スペースがついている。さらには、ゲーム室、音楽室、ダンス室もあった。

イヴは彼が成し遂げたことに少なからず感動して、足を止めた。

「わたしが学校に、州立学校にいたころは、毎日カレンダーの日付を消していた。ほんとうに、入学した日から抜け出せた日まで、カレンダーの日付を消すのが日課だった。今思うとそれほどひどいところじゃなかったけど。勉強するのはあまりいやじゃなかった。でも、毎日消してたのよ」

イヴはゆったりとした窓台に手を走らせた。

「プライバシーも、自意識もなかった。食事は決まった時間に目の前に出されたものを食べる、そうしないと飢えてしまうから。壁の色は……色と呼べるものはなかった。シャワーエリアは女子用と男子用がひとつずつ。仕切りなんてないのよ。プライバシーがない。できるだけ、真夜中にこっそり抜け出してシャワーを浴びるようにしてた」

イヴは繰り返した。「カレンダーの日付を消すのが日課だった。ここに来る子たちはそんなことをしないですむ。よほど問題のある者でないかぎり、カレンダーの日付を消しながらここから逃げ出す日を待ち望むようなことはない。あなたが成し遂げたことはこれから重要な役割を果たす、生徒たちが何かを成し遂げるチャンスを与えられたことも」

ロークはイヴの手を取り、そこにキスしてから、手を握ったまま屋上へ連れていった。すでに揚《あ》げ床《どこ》では苗木が育てられ、ドームで寒さから守られていた。四方に配されたベンチは座って景色を眺めたり、友達と一緒におしゃべりしたりする場所を提供している。安全用の高い壁の向こうでは街の明かりが輝いていた。

「野菜ばかりじゃなく、花も植えようと思っているんだ」ロークが説明する。「小さな噴水はまもなく完成する。観賞植物や実のなる木を植えて、もちろんハーブも育てる。生徒たちは菜園で作業したり収穫を手伝ったりできるし、キッチンでは生徒たちが育てた作物を使うことができる」

イヴは歩きまわりながら、それはどんな感じだろうと想像をめぐらせた。賑《にぎ》やかな話し声、明るい日の光、噴水のせせらぎ、採《と》れたての作物のにおい。

そう、ここの生徒たちは自分のようにカレンダーの日付を消すことはないだろう。

イヴは戻ってきて、すでに設置されている記念碑を見つめ、あの少女たちのことを思った。ここで発見され、イヴが名前を取り戻してやった不運な少女たちも、ここで思いだしてもらうことができる。とうとう身元が判明しなかった少女にも、イヴはエンジェルという名前をつけたのだった。

「あなたが言った平安というのは正しいわ」今度はイヴがロークの手を取り、ベンチまで連れていった。「ここは素敵なところね、ローク。素敵な機会よ。生徒たちに過去に何があったのだとしても、ここなら素敵な機会に恵まれる」

イヴはロークの肩にもたれた。「ここは素敵なところだから、しばらくこのままでいましょう」

ロークはイヴに腕をまわして引き寄せ、きらめく街の明かりと、輝かしい未来に囲まれてただ座っていた。

あの悲しみはどこかへ消えていた。

訳者あとがき

イヴ&ローク・シリーズ第四十九作『差し伸べた手の先に(*Connections in Death*)』をお届けします。

今回のお話は〈チャンネル75〉のキャスターにして、イヴが解決した事件を描いた作家のナディーン・ファーストの新居祝いから幕が開きます。招待客はイヴ・ダラス警部補が公私ともに付き合いのある者ばかり。殺人課の部下たちのなかには玄人はだしの音楽の才能を発揮する者もいて、パーティは大いに盛り上がります。盛り上がらないのはパーティ嫌いのイヴだけ。そのうえ、浅からぬ付き合いのあるクラックがロシェル・ピカリングという女性を同伴するにおよんで、イヴは複雑な心境になります。ロシェルはいかがわしい酒場のオーナーとはおよそ釣り合わない穏やかな人柄の美女で、彼のことを本名で呼ぶ相当な親密ぶり。そして偶然にも、ロークが完成間近の避難施設の主任セラピストに望んでいた児童精神分析医でもありました。

彼女にはギャング団との縁を切り、麻薬の常習から立ち直って、まともな人生を歩みはじめた弟ライルがいました。そのライルが麻薬の過剰摂取と思われる状態で死亡します。クラックから助けを求められたイヴは、人生をやり直したライルに正義を、遺族の心に平安をもたらすため捜査に乗り出します。

従来どおりの地道な捜査の過程で、イヴは敵対するふたつのギャング団の深奥に迫り、手入れを断行します。タンクという通り名そのままの体つきをした強敵（ちなみに女性です）を相手に死闘を繰り広げる場面は、本書の読みどころのひとつです。

殺人課の面々は今回もそれぞれの個性を発揮し、会話やファッションセンス（含ネクタイ）などで楽しませてくれます。いつものメンバーのほか、警察内部の汚職を描いたシリーズ33巻『裏切り者の街角』でも活躍したストロング捜査官も登場します。

原題の「コネクション」というキーワードからは、人と人との関係、結びつき、つながり、しがらみなどが連想されます。不幸な子供時代の経験に負けずに今日の自分を築いたイヴは、できるかぎり人とつながらないように生きてきたのですが、信頼できる仲間、そして理解しあえるロークと出会ってから、そういうつながりを彼女なりに大切に育ててきたのだとあらためて感じさせてくれる一作でした。
次回は日本では記念すべき五十作目になりますね。ここで、前作の訳者あとがきにもあるとおり、毎日「だいたい朝八時から午後三時まで」書くという健筆家ノーラ・ロバーツのJ・D・ロブ名義の直近五作を振り返りますと、

Leverage in Death（二〇一八年九月、本国刊行、以下同）『穢れし絆のゲーム』
Connections in Death（二〇一九年二月）本書
Vendetta in Death（二〇一九年九月）邦訳第五十作
Golden in Death（二〇二〇年二月）
Shadows in Death（二〇二〇年九月）となります。

読者のみなさんにご愛顧いただき、日本でもコンスタントにお届けできております。ありがとうございます。次作もどうぞお楽しみに！

二〇二〇年七月

差し伸べた手の先に
イヴ&ローク 49

著者　J・D・ロブ

訳者　小《こ》林《ばやし》浩《ひろ》子《こ》

2020年8月28日　初版第1刷発行

発行人　三嶋 隆

発行所　ヴィレッジブックス
〒150-0032 東京都渋谷区鶯谷町2-3 COMSビル
電話 03-6452-5479
https://villagebooks.net

印刷所　中央精版印刷株式会社

ブックデザイン　鈴木成一デザイン室

DTP　アーティザンカンパニー株式会社

定価はカバーに明記してあります。
ISBN978-4-86491-485-7 Printed in Japan